AUTHENTIC

红发安妮系列 之

Goods

壁炉山庄的里拉

[加]露西·莫德·蒙格玛丽 / 著

何洹洹 / 译

四川文艺出版社

图书在版编目（CIP）数据

壁炉山庄的里拉／（加）露西·莫德·蒙格玛丽著；
何洹洹译. — 2版. — 成都：四川文艺出版社，2019.3
（红发安妮系列）
ISBN 978-7-5411-5222-1

Ⅰ.①壁… Ⅱ.①露…②何… Ⅲ.①儿童小说－长
篇小说－加拿大－现代 Ⅳ.①I711.84

中国版本图书馆CIP数据核字（2019）第025977号

BILUSHANZHUANGDELILA

壁炉山庄的里拉

[加] 露西·莫德·蒙格玛丽　著

何洹洹　译

责任编辑　朱　兰　蔡　曦
封面绘图　江显英
封面设计　叶　茂
内文设计　史小燕
责任校对　王　冉
责任印制　周　奇

出版发行　四川文艺出版社（成都市槐树街2号）
网　　址　www.scwys.com
电　　话　028-86259285（发行部）　　028-86259303（编辑部）
传　　真　028-86259306

邮购地址　成都市槐树街2号四川文艺出版社邮购部　610031
排　　版　四川胜翔数码印务设计有限公司
印　　刷　三河市华东印刷有限公司
成品尺寸　203mm×140mm　　开　本　32开
印　　张　11.5　　　　　　　字　数　270千
版　　次　2019年3月第三版　　印　次　2019年3月第一次印刷
书　　号　ISBN 978-7-5411-5222-1
定　　价　22.00元

寻访露西·莫德·蒙格玛丽

◎ 李文俊

1989年的6月，我寻访了一位女作家。这次走得还真够远的，一直去到大西洋西北角圣劳伦斯湾的一个海岛上。这一次我寻访的是加拿大儿童文学作家，《绿山墙的安妮》(*Anne of Green Gables*)一书的作者露西·莫德·蒙格玛丽(Lucy Maud Montgomery)。

我最早知道这位作家的名字，还是得自1986年我国某份报纸上的一篇报道。那篇《渥太华来讯》里说："加拿大青年导演凯文·沙利文将加拿大著名女作家露西·莫德·蒙格玛丽的名著《绿山墙的安妮》改编为电视连续剧，该剧在加拿大广播公司电视台播放，收看人数达550万，超过了其他电视片。"报道里还提到：小说《绿山墙的安妮》发表于1908年，写的是一个孤女的故事。马克·吐温读了这部小说后曾说："安妮是继不朽的艾丽丝之后最令人感动与喜爱的儿童形象。"

1988年的夏天，我出乎意料地看到了《绿山墙的安妮》一书的中译本，马爱农译，中国文联出版公司出版。

我也曾注意过一些书评报刊，却从未见到有文章提到《绿山墙的安妮》的中译本，哪怕是一句。小安妮在中国的遭遇太可怜了。要知道这本书不但在英语国家是一本历久不衰的畅销书，而且被译成数十种文字，拍摄成无声、有声电影，搬上舞台，又改编成音乐喜剧。我一直为安妮在中国的命运感到不平，正因如此，在一次加方资助的学术考察活动中，我报了去蒙格玛丽故乡参观并写介绍文章的计划。

我动身之前仔细阅读了莫莉·吉伦(Mollie Gillen)所著的蒙格玛丽的传记《事物的轮子》（*The Wheel of Things*，1976）一书。下面的叙述基本上都取材于这部著作。

蒙格玛丽出生于1874年11月30日。她出生的地点是加拿大最小的省份爱德华王子岛北部一个叫克利夫顿的小村子。她的父亲是个商人，经常在加拿大中部经商，母亲在小莫德出生21个月后就去世了。莫德只得与外祖父母一起生活，她来到卡文迪许，这也是一个小村庄，离她出生地只有几英里。莫德对大自然的热爱贯穿了她的一生，也在她的作品中得到强烈的表现，这是与她在海岛上度过的童年生活分不开的。这个小女孩在森林、牧场与沙滩间奔跑。美丽的景色也培养了她对美好事物的追求。

母亲早逝，父亲经商在外，她没有兄弟姐妹，无疑有些孤独，她有时会对着碗柜玻璃门上自己的影子诉说心事。小莫德9岁时开始写诗，用的是外公邮务所里废弃的汇单。莫德15岁时写的一篇《马可·波罗号沉没记》在一次全加作文竞赛中得到三等奖。这是她根据亲眼所见的一次发生在海岛北岸的沉船事故写成的。1890年8月，莫德由外公带着来到父亲经商的艾伯特王子城。继母要她帮着带孩子。她不能上学，自然觉得很痛苦。但是她能通过写作把痛苦化解掉。她写了一首四行一节共三十九节的长诗，投稿后居然被一家报纸头版一整版登出来。当时她还不到16岁。她继续投稿，报纸上当时已称呼她为"lady writer"（女作家）

了。不久，她的短篇小说又在蒙特利尔得奖。1891年，父亲把她带回到故乡，此后，在父亲1900年去世前的几年里，父女很少见面。莫德幼年丧母，又得不到父亲的抚爱，她作品中经常出现孤儿形象与孤儿意识，便不是一件偶然的事了。

莫德回到爱德华王子岛后进了首府夏洛特教的威尔士王子学院，1894年毕业，得到二级师范证书。在岛上教了一年书后，她又进了哈利法克斯的达尔胡西大学学文学。在大学念书时，她仍不断投稿。

1895年7月，莫德得到一级师范证书，她教了两年书。1898年3月，外祖父去世，莫德为了不使外祖母孤独地生活，回到故乡。从这时起除了当中不到一年在哈利法克斯一家报馆里当编辑兼记者兼校对兼杂差，直到1911年外婆去世，她都过着普通农妇的生活。但是不管在什么情况下，莫德都没有停止写作。她仍然不断向加、美各刊物投稿。有时，发表一首诗只拿到两元钱。

说起《绿山墙的安妮》之所以能写成，还得归功于莫德的记事本，她平时看到什么想到什么，就喜欢往本子上涂上几行。有一天她翻记事本，看到两行不知何时写下的字："一对年老的夫妻向孤儿院申请领养一个男孩。由于误会给他们送来了一个女孩。"这两行字启发了她，使她开始写小孤女来到一个不想要她的陌生家庭的故事。莫德把"一对夫妻"改成"两个上了年纪的单身的兄妹"，因为单身者脾气总是有点孤僻，这样，与想象力丰富、快言快语的红头发、一脸雀斑的小姑娘之间的冲突就越发尖锐了。小说的第一、二、三章的标题都是"×××的惊讶"，使读者莫不为小孤女的遭遇捏了一把汗。小安妮也确实因为性格直率、不肯让步与粗心大意吃了不少苦。但是最终的结局还是令人宽慰的。儿童文学作品总不能没有一个"快乐的结局"嘛。

《绿山墙的安妮》在1908年出版，很快就成为一本畅销书，到9月中旬已经4版，月底6版。到1909年5月英国版也印行了15版。1914年，佩奇公司出了一种"普及版"，一次就印了15万册。以后的印数就难以统计了[①]。

在这样的形势下，读者都想知道"小安妮后来怎么样了"，出版社看准了"安妮系列"是一棵摇钱树，蒙格玛丽自然是欲罢不能了。其结果是她一共写了8部以安妮与其子女为主人公的小说。它们按安妮一家生活的年代次序(而不是按出版次序)为：《绿山墙的安妮》(1908年出版，写安妮的童年)、《安维利镇的安妮》(1909，写安妮当小学教师)、《小岛上的安妮》(1915，写安妮在学院里的进修生活)、《白杨山庄的安妮》(1936，写安妮当校长时与男友书信往来)、《梦中小屋的安妮》(1918，写她的婚姻与生第一个孩子)、《壁炉山庄的安妮》(1939，写她又生了五个孩子)、《彩虹幽谷》(1919，孩子们长大的情景)、《壁炉山庄的里拉》(1921，写安妮的女儿，当时在打第一次世界大战)。这样的创作方式自然会使真正的艺术家感到难以忍受。出了第一部"安妮"之后莫德就在给友人的信里说："这样下去，他们要让我写她怎样念完大学了。这个主意使我倒胃口。我感到自己很像东方故事里的那个魔术师，他把那个'精怪'从瓶子里释放出来之后反倒成了它的奴隶。要是我今后的岁月真的被捆绑在安妮的车轮上，那我会因为'创造'出她而痛悔不已的。"

尽管莫德自己这样说，她的"安妮系列"后几部都还是有

---

① 笔者本人就见过中国出版的一种"海盗"影印本，上面没有任何说明。从版式、纸张、封面推测，大约是20世纪40年代上海印制的。

可取之处，其中以《小岛上的安妮》更为出色。作者笔下对大自然景色的诗意描写，对乡村淳朴生活的刻画，对少女的纯洁心态的摹写，还有那幽默的文笔，似乎能超越时空博得大半个世纪以来各个阶层各种年龄读者的欢心。这样的一个女作家不是什么高不可攀的哲人与思想家，而像是读者们自己的姑姑、姐妹或是侄女甥女。给莫德写信的除了世界各地的小姑娘之外，还有小男孩与白发苍苍的老人，有海员，也有传教士。两位英国首相斯·鲍德温与拉·麦克唐纳都承认自己是"安妮迷"。一位加拿大评论家在探讨"安妮"受到欢迎的原因时说，这是因为英语国家的人民喜欢小姑娘。不说英语的民族又何尝不是如此呢?人们在生活与艺术中对天真幼稚避之唯恐不及。但是率直的天真，不扭扭捏捏的天真，却又是一种难以企及的美的境界了。凡人都有天真的阶段，当他们处在这个阶段的时候莫不希望早日脱离，避之唯恐不及;但是一旦走出天真，离天真日益遥远，反倒越来越留恋天真，渴求天真，仰慕天真了。也许正是基于这种心理，连城府极深的政坛老手也希望能有几分钟让自己的灵魂放松放松?也许正是由于这个原因，71岁的马克·吐温给34岁的莫德写去了那样的一封"读者来信"?

美学家们对这样的现象可能早已有极为透彻的论述，还是让我回到莫德生平上来吧。她的外祖母于1911年逝世，莫德不愿一个人住在空荡荡的大房子里，搬到几英里外另一个村子去与亲戚一起住，不久便与埃温·麦克唐纳牧师结婚。他们恋爱已有8年，订婚也已有5年了。婚后除了做妻子和母亲(她生了三个儿子，活下来两个)需要做的一切家务事外，她还要担当起牧师太太的一切"社会工作"。

除了8本"安妮系列"之外，莫德还写了自传性很强的"埃米莉"三部曲。当然，还有其他长篇小说、短篇小说集和诗歌、自传之类的作品。莫德是1942年4月24日去世的。丈夫和两个儿子把她的遗体送回到卡文迪许小小的公墓，她的墓碑与如今已成为"蒙格玛丽博物馆"的"绿山墙房子"遥遥相望。

此后便是我去"绿山墙的房子"朝圣的日子了。

"绿山墙的房子"不算大，呈曲尺形，两层，每层也就有四五个房间。我们听完讲解员的话便拾级而上，到楼上去看"小安妮的卧室"。房间里沿墙放着一张硬板床，旁边是一只茶几。

莫德就葬在西边不远的地方。小说里写到的"情人巷""闪光的湖"和"闹鬼的林子"也都在附近。每年都有数以千计的游客慕名而来，其中不少是来验证自己读小说时所留下的印象的。

第二天，我冒着蒙蒙细雨，步行了几英里去看爱德华王子岛大学。校园的气氛有点像旧时上海的沪江大学或圣约翰大学。我在楼里楼外漫步了近1小时，几乎没有见到一个人，似乎是苍天有意安排，让我可以独自与莫德的幽灵相处，细细体味一个未踏进社会的女学生的多彩幻想与美丽憧憬。

我在岛上住了3夜之后按原定日程经由哈利法克斯飞往多伦多。我唯一感到遗憾的是未能看到音乐剧《绿山墙的安妮》，它要到7月才开始上演。

目录

溪谷村 "简讯" 及其他

这天下午，阳光明媚，温暖舒适。在壁炉山庄宽敞的客厅里，苏珊·贝克如释重负般地坐了下来，她感到了前所未有的满足。她从清晨六点一直忙到下午四点，现在她觉得自己完全有理由休息、闲聊上一个小时了。那天厨房里一切进展得异常顺利，苏珊暗自庆幸。"杰基尔博士"没有变成"海德先生"①，所以没有给她带来什么麻烦。从她坐着的地方，她能看到她引以为傲的东西——她自己亲手种植和悉心栽培的牡丹花圃。牡丹花正在争奇斗艳、竞相开放。它们色彩各异，有着深红色、粉色，还有如冬日白雪般纯净的白色，这是圣玛丽溪谷村中其他牡丹花圃永远也做不到的。

苏珊穿着一件黑色的丝质短上衣，足以同马歇尔·艾略特

---

① 是英国作家罗勃·路易士·斯蒂文森（1850–1894）的名著《化身博士》中的人物，故事主角杰基尔博士是个双重性格的人，表面上他学识渊博、德高望重，内心深处却潜伏着一种寻欢作乐的邪恶。后来他发明了一种化学药剂，每当受到享乐欲望诱惑时，他就会服下这种药物，变成矮小丑陋的海德先生，外出寻欢作乐，干尽坏事；回到家后，再服一剂药水，他则变成了受人尊敬的杰基尔博士。可是，药物渐渐被用完了，杰基尔博士发现自己再也不能变回原来的自己，只能作为罪孽深重的海德先生留在世上，就服毒自杀了。后来"Jekyll and Hyde"一词成为心理学"双重人格"的代称。

太太穿过的任何一件衣服相媲美。她还系了一条浆洗过的白色围裙，围裙边沿上是复杂的足有五英寸宽的钩织蕾丝花边，就更不用说与之相配的精美绣饰了。苏珊对自己的衣着相当满意，于是她心情舒畅地打开《企业日报》，准备阅读"溪谷简讯"这一栏目。科尼莉娅小姐刚才已经读过了，告诉她说"溪谷简讯"占了《企业日报》的近一半版面，里面几乎提到了壁炉山庄的每一个人。《企业日报》醒目的头版头条说的好像是斐迪南大公①在某地遇刺的事，这个地方有个奇怪的名字叫萨拉热窝，但是苏珊所关心的并不是诸如此类无趣又与她毫不相干的事，她要读的是真正重要的事。哦，看到了——"圣玛丽溪谷村简讯"。苏珊聚精会神地看着，并且非常大声地朗读着每条讯息，从中获得最大限度的满足。

布里兹太太和她的客人科尼莉娅小姐（也就是马歇尔·艾略特太太）正坐在通往门廊敞开的门旁聊天，透过开着的门，一阵芬芳的清凉微风吹了进来，带来了来自花园的淡淡幽香和迷人的欢快谈笑声，这个声音来自那个垂着葡萄藤的角落。里拉、奥利弗小姐和沃尔特正在那里聊天。只要里拉·布里兹在哪儿，哪儿就有笑声。

客厅里还有另一个家庭成员，它蜷缩在一张长沙发上，谁都不会忽略它，因为它不仅个性鲜明，而且还是唯一一令苏珊憎恶的生物。

---

① 弗朗茨·斐迪南大公（Archduke Franz Ferdinand of Austria，1863–1914），奥匈帝国皇储，弗朗茨·约瑟夫一世皇帝之弟卡尔·路德维希大公之子，皇帝独子皇太子鲁道夫于1889年患精神病自杀后，他成为皇位继承人。1914年与其太太苏菲视察萨拉热窝时，被塞尔维亚民族主义者普林西普刺杀身亡。"萨拉热窝事件"成为第一次世界大战的导火线。

所有的猫都是神秘的，但是"杰基尔博士和海德先生"（简称"博士"）却尤甚。它是一只有着双重性格的猫——或者，按苏珊曾发誓诅咒的那样，它是一只魔鬼附身的猫。首先，单看这只猫如何来到这个世上就有一些异乎寻常之处。四年前，里拉·布里兹养过一只深受她宠爱的小猫。这只猫全身雪白，尾尖却带了一点俏皮的黑色。里拉·布里兹给它取名叫杰克·弗罗斯特。苏珊并不喜欢它，虽然她无法，也不愿给出一个合适的理由来。

"别不相信，亲爱的医生太太，"她常做不祥的预言，"那只猫不是什么好东西。"

"可是你为什么这样想呢？"布里兹太太会问。

"我用不着想——我就是知道。"苏珊每次只做这样的回答。

对于壁炉山庄的其他人来说，杰克·弗罗斯特是他们的最爱：它身上的毛被洗得干干净净，梳理得整整齐齐，那身漂亮的白色外套上从来没有出现过一点污渍；它感到满足时发出的咕噜声和偎依在人怀里的姿态都十分讨人喜欢，它也绝对是一只诚实的猫。

不久，壁炉山庄发生了一场家庭悲剧。杰克·弗罗斯特怀上小猫了！

苏珊得意扬扬的样子简直无法用语言来形容。难道她没有经常提醒说那只猫是一个骗子，会设陷阱吗？现在他们应该明白了吧！

里拉留下了其中的一只小猫崽，一只很漂亮的小猫崽。它的毛是深黄色的，带有橙色的条纹，光滑而有光泽，金色的耳朵又大又光滑。她给它取名叫戈尔迪，这个名字似乎很适合这个淘气的小家伙，而这个小家伙小时候可一点没有暴露出它邪恶的本性来。苏珊一如既往地警告这家人说不要希望那个恶魔般的杰克·弗罗斯特的后代会是什么好东西，但是他们对苏珊不祥的预言置若罔闻。

长久以来，布里兹一家都习惯把杰克·弗罗斯特看成是一只公猫，这个习惯已经根深蒂固无法改变。他们继续使用杰克·弗罗斯特这个男性化的名字，虽然这显得十分滑稽可笑。当里拉随口提到"杰克和她的小猫咪"或者板着面孔对戈尔迪说"到你妈妈杰克那儿去，让它把你的毛舔干净"时，客人们往往会大吃一惊。

"这很不合适，亲爱的医生太太。"可怜的苏珊怨恨道。她自己找到了一个折中的办法，总是把杰克叫作"它"或者是"白色的野兽"。第二年冬天，当"它"被意外毒死时，苏珊一点儿也不心疼。

一年后，戈尔迪这个名字变得越来越不适合这只橙色的小猫咪了。在读史蒂文森的小说时，沃尔特灵机一动，将这个名字改成了"杰基尔博士和海德先生"。当它是"杰基尔博士"时，它是懒洋洋的、温顺的，喜欢蜷缩在坐垫上的小猫。此时的它喜欢被人抚摸，在别人的宠爱中洋洋得意。它特别喜欢仰面躺着，一边让它光滑的、奶油色的喉咙接受轻柔的抚摸，一边在昏昏欲睡中发出"喵喵"的满足的叫声。它的"喵喵"声可是一绝。壁炉山庄的猫还没有哪一只能如此连续而又心醉神迷地发出满足的"喵喵"声。

"猫唯一让我羡慕的地方就是它会发出'喵喵'声，"有一次，布里兹先生在听到"博士"那洪亮的叫声后曾这样说，"这是世上最心满意足的声音。"

"博士"很英俊，它的每个动作都很优雅，它的每个姿态都很高贵。当它把它那长长的、暗黑色的带环纹的尾巴盘绕在脚边，在门廊上坐下来长时间凝视天空时，布里兹一家感到它比埃及的狮身人面像更适合作守护神。

　　但是当那只猫变成"海德先生"时——这样的事总是发生在下雨时或刮风前——它就会变成一只目露凶光的野兽，这样的转变总是突如其来。它会突然从冥想中醒来，猛地跳起来，并发出一声狂野的咆哮，咬伤任何一只试图来管束或抚摸它的人的手臂。它的毛色变暗，眼里发出恶魔般的凶光。此时的它身上有一种让人毛骨悚然的美。如果这样的改变发生在黄昏，它就是一只可怕的怪兽，壁炉山庄所有的人都会感到它身上散发的恐怖气息，连它走路时都是鬼鬼祟祟的。只有里拉还为它辩解，坚持说它是"一只勇敢的好猫"。

　　"杰基尔博士"喜欢喝新鲜牛奶，而"海德先生"却从不碰牛奶，而是喜欢对着肉咆哮。"杰基尔博士"总是静悄悄地下楼梯，没人会注意到它的到来，而"海德先生"的脚步声却像男人一样沉重。苏珊自己说，有几个晚上，当她独自一人待在屋里时，海德先生的脚步声把她"吓得半死"。它还会坐在厨房的地板中央，用它那双恐怖的眼睛一眨不眨地盯着她的眼睛，一看就是一个小时。苏珊的神经可经受不起这样的刺激，但是可怜的苏珊对这个恶魔充满了敬畏，不敢把它赶出去。一次，她大着胆子向它扔了一根棍子，它就立即向她猛扑过来。苏珊吓得跑出了房子，从此再也不敢去招惹"海德先生"了——不过她把它的恶行都怪罪在无辜的"杰基尔博士"的身上，只要它敢越雷池一步，她就会把它从她的地盘上赶走，哪怕它向她讨点心，她也会断然拒绝。

"几个星期前，菲斯·梅瑞狄斯小姐、杰拉德·梅瑞狄斯和詹姆斯·布里兹从雷德蒙学院回到了家乡，"苏珊读道，她把每个名字都细细地品读着，就好像嘴里含着一块糖一般甜滋滋的，"他们的众多好友热烈欢迎他们归来。詹姆斯·布里兹已经于1913年修读完了文科课程，现在他刚刚完成了他在医学院第一年的学业。"

"菲斯·梅瑞狄斯是我所见到过的最漂亮的姑娘。"科尼莉娅小姐一边钩着方网眼花边一边说道，"罗斯玛丽·威斯特来到牧师家后这些孩子的变化真让人惊讶啊。人们都快忘了他们曾是多么淘气顽皮的家伙。亲爱的安妮，你还记得他们过去调皮的样子吗？真没想到，罗斯玛丽能和他们相处得这么融洽。她更像是孩子们的朋友，而不是继母。孩子们都很爱她，尤娜更是崇拜她。至于那个小布鲁斯，尤娜像一个小奴仆似的悉心照顾他。当然，他也的确很招人爱。但是你见过一个跟自己姨妈长得如此相像的人吗？他跟他的艾伦姨妈长得实在是太像了，跟她一样黝黑，一样有个性。在他身上看不到一点罗斯玛丽的影子。诺曼·道格拉斯常大声信誓旦旦地说，本来应该把布鲁斯送给他和艾伦，结果却一不小心把他送到了牧师家。"

"布鲁斯很崇拜杰姆，"布里兹太太说，"他到这来时，就像一条忠诚的小狗一样紧跟在杰姆左右，抬起他那两道浓黑的眉毛，仰望着他。我相信，为了杰姆他愿意做任何事。"

"杰姆和菲斯能成为一对吗？"

布里兹太太笑起来。众所周知，科尼莉娅小姐曾经对男人深恶痛绝，可是到了晚年却养成了好点鸳鸯谱的习惯。

"科尼莉娅小姐，他们只是好朋友。"

"我敢说是非同一般的好朋友，"科尼莉娅小姐强调说，"我可听说了所有关于他们的事。"

"我不怀疑玛丽·范斯知道点什么，马歇尔·艾略特太太，"苏珊意味深长地说，"但是我觉得这样谈论孩子们的亲事不太合适。"

"孩子们！杰姆都二十一岁了，菲斯也十九了。"科尼莉娅小姐反驳道，"苏珊，除了我们这些老骨头，世上还有其他的成年人。"

这句话把苏珊惹怒了，她不愿人们暗示她的年龄——并不是出于虚荣，而是出于一种挥之不去的恐惧，她担忧人们开始觉得她太老了而无法继续工作了。苏珊不再说什么了，继续去看她的简讯。

"上周五晚卡尔·梅瑞狄斯和雪莱·布里兹从奎恩学校回到了家里。我们都知道卡尔明年要去港口那边的小学教书，相信他会成为一位受人欢迎的好老师，将来一定会干出一番成绩来的。"

"他会教给那些孩子关于昆虫的一切知识。"科尼莉娅小姐说，"他已经完成了在奎恩学校的学习。梅瑞狄斯先生和罗斯玛丽本来想让他今年秋天就去雷德蒙学院读书的，但是卡尔生性就很独立，想要自己挣钱攻读大学。他做出这样的选择对他来说会更好。"

"沃尔特·布里兹已经辞职了，他在罗布里奇教了两年书，"苏珊念道，"他打算今年秋天去雷德蒙。"

"沃尔特的身体已经恢复了吗？他能去雷德蒙了吗？"科尼

莉娅小姐关切地问道。

"我们希望他能够秋季入学。"布里兹太太说，"让他在整个夏天呼吸新鲜空气，晒晒太阳，让他彻底放松，这样肯定对他的身体大有好处的。"

"但伤寒可不是那么容易好的，"科尼莉娅小姐强调说，"特别像沃尔特这样曾与死神擦肩而过的人。我倒觉得他最好晚一年再去上大学。但话说回来，他毕竟是一个有抱负的人。黛和楠也要一起去吗？"

"是的。她们都想再教一年书，但吉尔伯特认为她们最好今年秋天就去。"

"那我就高兴了。这样，他们可以照看一下沃尔特了，免得他太用功了。我猜，"科尼莉娅小姐先瞥了一眼苏珊，然后继续说道，"既然我刚才说的话不中听，现在我就不能随便乱说杰瑞·梅瑞狄斯在向楠暗送秋波的事情了。"

苏珊对此不予理睬，布里兹太太却笑了起来。

"亲爱的科尼莉娅小姐，我要做的事已经够多了，不是吗？我身边的男孩和姑娘都相互倾心？如果我当真的话，这真要把我累垮了。我不会当真的——要我承认他们已经长大成人了还太难。科尼莉娅小姐，当我看着我那两个高大的儿子时，我都不知道他们是否就是那两个可爱的、脸上带着酒窝的胖小子，要知道不久前我还在轻吻他们，抱着他们，唱着儿歌哄他们入睡——真的，就在不久前啊，科尼莉娅小姐。在梦中小屋，杰姆是最可爱的孩子，不是吗？而现在他已经是文科学士了，还有人说他在和姑娘谈情说爱。"

"我们都老了。"科尼莉娅小姐叹气道。

"我感到身上唯一老了的地方，"布里兹太太说，"就是脚踝。住在绿山墙的时候，杰西·派伊和我打赌，我们去比赛爬巴里家的厨房房梁，结果我不小心摔伤了脚踝。刮东风时，我的脚踝就会疼。我不认为那是风湿病，但它的确很疼。至于孩子们，他们会和梅瑞狄斯家的孩子一起度过一个快乐的夏天，等到秋天再继续安心学习。他们是一群阳光灿烂的孩子，能让房子里永远充满欢声笑语。"

"雪莱回奎恩学校时，里拉也要去吗？"

"还没定下来。她父亲认为她还不够强壮——她的个子长得太快，但体力却跟不上——她的身高对于一个还不到十五岁的姑娘来说实在是太高了。我不急着打发她走，因为一想到明年冬天没有一个孩子在我身边，我就感到难过。那我和苏珊很有可能会通过吵架来打破沉闷哦。"

苏珊被这样打趣的话给逗乐了。

"里拉她自己想去吗？"科尼莉娅小姐问道。

"她不想去。事实上，里拉是我几个孩子中唯一一个没有雄心壮志的人。我倒真的希望她能多点抱负。她完全没有崇高的理想——她唯一的志向就是把日子过得轻松愉快些。"

"可这有什么不好呢，亲爱的医生太太？"苏珊嚷嚷道。她不能容忍自己听到一句指责壁炉山庄家人的话，即使是自己人也不行，"一个年轻的姑娘家就应该享受生活，我认为这是天经地义的。她如果想去学习拉丁文和希腊语，还有的是时间。"

"我希望能在她身上看到一点责任感，苏珊。你自己也知道她过于自负了。"

"她有让她骄傲的资本。"苏珊反驳道，"她是圣玛丽溪谷村最漂亮的姑娘。你认为那些住在港口那边的姑娘有谁能够比得上里拉的漂亮吗？那些麦克阿利斯特家、克劳福德家、艾略特家的姑娘个个都没法比。亲爱的医生太太，我知道我不该说这话，但我决不允许你这样贬低里拉。马歇尔·艾略特太太，好好听听这段消息。"

苏珊终于找到一个机会来还击科尼莉娅小姐对孩子们的说三道四。她绘声绘色地朗读着下面的这条新闻。

"米勒·道格拉斯已经决定不去西部了，他说爱德华王子岛对他来说就已经很好了，他将会继续留在他的婶婶埃里克·戴维斯太太的农场上。"

苏珊注意观察着科尼莉娅小姐神情的变化。

"我听说，马歇尔·艾略特太太，米勒正在追求玛丽·范斯。"

这一击正中要害。科尼莉娅小姐圆胖的脸涨得通红。

"我不会让米勒·道格拉斯围着玛丽转的。"她斩钉截铁地说道，"他出身于一个没有什么社会地位的家庭。他父亲被道格拉斯家族开除了，而他母亲来自于港口那边可怕的狄龙家。"

"马歇尔·艾略特太太，我听说过玛丽·范斯的父母也不是贵族出身。"

"玛丽·范斯受到了良好教育，是一个漂亮、聪明、能干的姑娘。"科尼莉娅小姐反驳道，"她不会跟米勒·道格拉斯在一起，我保证！她知道我对此事的看法，她还从来没有违背过我的意愿。"

"嗯，我认为你不需要担心，马歇尔·艾略特太太，因为埃里克·戴维斯太太像你一样反对这事。她说她的侄子决不能娶一个像玛丽·范斯这样的无名之辈。"

苏珊觉得在这事上她已经大获全胜，于是回归正题，接着读下一条简讯了。

"我们很高兴地得知奥利弗小姐将继续执教一年，她将会在罗布里奇的家中度过这个假期。"

"我很高兴格特鲁德能够留下来，"布里兹太太说，"要是她不在了，我们会非常想念她的。她对里拉的影响很大，里拉很崇拜她。尽管年龄上有差异，但她们是好朋友。"

"我好像听说她要结婚了。"

"我想这事已提上日程了，但要推迟一年。"

"对方是谁？"

"罗伯特·格兰特，夏洛特敦的一名年轻律师。我希望格特鲁德能幸福。她的一生很不幸，有太多的苦涩回忆，她对事情又太敏感了。她的第一个爱人走了，现在她形只影单的。她的这段新恋情简直是天赐良缘，我认为她都可能不太相信它能天长地久。当她的婚期不得不推迟时，她真是绝望透了——虽然这肯定不是格兰特先生的过错。他的父亲去年冬天去世了，他在处理他的产业时遇到了一些麻烦，决定把这些事解决后才结婚。我觉得格特鲁德认为这是个不好的兆头，生怕她又要和幸福擦肩而过。"

"亲爱的医生太太，把过多的感情投注到男人的身上是行不通的。"苏珊严肃地说。

"苏珊，格兰特先生对格特鲁德的爱跟格特鲁德对他的爱一样深。她不相信的不是他，是命运。她有一些神秘，我猜有些人会认为她迷信。她相信梦会给她启示，在这一点上我们即使笑话她，也不能让她有所改变。我必须要承认她的一些梦是有预见性的——但话说回来，让吉尔伯特听见我散布这样的异端邪说可不好。苏珊，你又发现什么有趣的东西了？"

苏珊惊叹了一声。

"听听这个，太太。'索菲娅·克劳福德太太已经放弃了她在罗布里奇的住宅，打算将来和她的侄女艾伯特·克劳福德太太住在一起。'太太，为什么会是我的表姐索菲娅呢。我们当孩子时因为谁应该得到主日学校的卡片而大吵了一架。那张卡片上写着'主是仁爱的'，那些字的周围还环绕着玫瑰花蕾。从那以后，我们再没说过话。而现在她就要住到我们街对面了。"

"你必须要设法解开这个老疙瘩，苏珊。和邻居闹别扭可不好。"

"是索菲娅挑起的争端，因此要让步也该由她站出来，亲爱的医生太太，"苏珊高傲地说道，"如果她能做到，我觉得作为一个足够好的基督徒我是会原谅她的。她不是一个令人愉快的人，一辈子都令人扫兴。上次我见到她时，她脸上能数出一千条左右的皱纹来，因为她总是忧心忡忡，杞人忧天。她在第一任丈夫的葬礼上，哭得死去活来，但是不到一年就又嫁人了。下一条简讯描述了上个礼拜天的晚上在我们教堂里举行的特殊弥撒，上面说教堂的装饰非常漂亮。"

"说到这里，让我想起了普赖尔先生坚决反对在教堂里摆放鲜花的事。"科尼莉娅小姐说，"我早就说过，如果那个人从罗布里奇搬到这儿来，我们这儿肯定有麻烦。本来就不应该把他选为长老，这是个错误，相信我，我们总有一天会后悔的！我还听他说过，如果姑娘们再'用杂草来摆弄布道坛'的话，他就不再去教堂了。"

"在这个'月球大胡子'来溪谷之前，教堂一切都很正常。我认为即使他离开了溪谷，教堂照样能正常运转。"苏珊说道。

"到底是谁给他取了那样一个可笑的绰号？"布里兹太太问道。

"哎呀，从我记事起罗布里奇的男孩们都一直这样叫他，亲爱的医生太太——我猜这大概是因为他的脸又圆又红，还有一圈沙色的络腮胡。但是没有人会当着他的面这样叫他，这点你大可放心。但是比起他的胡子来，亲爱的医生太太，更为糟糕的是，他是一个蛮不讲理的人，头脑里净是些稀奇古怪的想法。他现在是长老了，他们说他很虔诚，但是亲爱的医生太太，我还清清楚楚地记得二十年前有人发现他在罗布里奇的墓地里放牛。当他在集会上做祷告时，我总是会想起这件事来。好了，今天的简讯就这么多，报上没有其他什么重要的事了。我从来不关心国外发生的事。对了，那个被刺的大公是谁？"

"那和我们有什么关系？"科尼莉娅小姐问道，但她并不知道上天为她的这个问题准备了怎样可怕的答案，"在巴尔干地区总有人想着去谋杀别人或被别人谋杀，这是他们的生活常态，我认为我们的报纸没有必要报道这种骇人听闻的消息。好了，我该回家了。不，亲爱的安妮，不必留我吃晚饭。马歇尔会觉得我不在家吃饭，就没必要吃饭了——这就是男人。天啦，亲爱的安妮，那只猫怎么了？它是不是病了？""博士"突然跳到了科尼莉娅小姐脚边的地毯上，两只耳朵朝后，对着她咆哮，然后猛地一蹿，消失在了窗外。

"哦，没事。它只是变成了海德先生了——这意味着明天凌晨会有大雨或刮大风。'医生'跟晴雨表一样准。"

"还好，谢天谢地，这次它是到外面去撒野了，没有跑进我的厨房。"苏珊说，"我要去准备晚饭了。像我们壁炉山庄这么大一家子人，我得为我们的一日三餐早做准备。"

晨　露

　　室外，金色的阳光洒满了壁炉山庄的草坪，些许阴影斑驳陆离。里拉·布里兹正在一棵高大的苏格兰松下悬挂着的吊床上晃悠，格特鲁德·奥利弗挨着她坐在树下。沃尔特平躺在草坪上，读一本爱情小说，在他的想象中，传说中那些逝去的骑士和公主们又复活过来了。

　　里拉是布里兹家最小的孩子。她长期都愤愤不平，因为没人相信她已经长大了。她就要满十五岁了，因此她总是声称自己十五岁了。她跟黛和楠一样高，而且苏珊对她美貌的形容毫不夸张。她有一双淡褐色的迷人大眼睛，皮肤白皙，脸上长了点金色的雀斑，眉毛像弯月一样，给人一种娴静而充满疑惑的感觉，使得别人，尤其是十多岁的男孩子们，都想争先恐后帮她解答疑惑。她有一头红褐色的浓密头发，上嘴唇处有个小小的凹痕，就好像是在她洗礼那天有位善良的仙女用手指在上面轻轻地点了一下。里拉的好友都认为里拉有些爱慕虚荣。她认为她的脸蛋无可挑剔，可是却总担心自己的身材不够好，她希望能说服母亲允许她穿长一点儿的裙子。在彩虹幽谷的时候，她是一个矮矮胖胖的小丫头，而现在却非常瘦削，她正在长胳膊长腿的年龄。杰姆和雪莱把她叫作"蜘蛛"，这弄得她心烦意乱，她想方设法想摆脱这种尴尬。她走起路来步态轻盈，让人觉得她不是在走路而是在跳舞。大家对她宠爱有加，把她都有点宠坏了。不过大伙儿一致认为里拉·布里兹是一个非常可爱的姑娘，即使她不如楠和黛那样聪明。

当晚奥利弗小姐就要回家度假了，她在壁炉山庄已经寄宿了一年。布里兹一家邀请她是为了让里拉高兴。里拉非常喜欢她的老师，在没有其他空房间的情况下，甚至愿意和她同住一个房间。格特鲁德·奥利弗已经二十八岁了，生活对于她来说是艰辛的。她是一个引人注目的姑娘，有着一对相当忧郁的、褐色的杏仁眼，嘴唇透出机敏，同时流露出一丝嘲讽，黑色的鬓发异常浓密。她不算漂亮，但是她的好奇心和神秘感使她平添了几分魅力，甚至是她偶尔流露出来的那种忧郁和愤世嫉俗，都能深深地吸引里拉。不过，只有当她疲惫的时候，才会出现情绪低落。一般情况下，她是一个积极乐观、鼓舞人心的伙伴。她最偏爱沃尔特和里拉，她是他们的知己，能与他们分享内心深处隐秘的愿望与抱负。她知道里拉渴望"出彩"——像楠和黛一样去参加聚会，拥有华丽的晚礼服，还要——有追求者！而且是很多的追求者！至于沃尔特，奥利弗小姐知道他写了一组名为《致罗莎蒙德（也就是菲斯·梅瑞狄斯）》的十四行诗。他的目标是成为某所著名大学的英国文学教授。她知道他对于美怀有炽热的爱，对于丑怀有强烈的恨。她也了解他的优点和缺点。

沃尔特一直是壁炉山庄里长得最英俊的一个男孩子，光泽的黑发，明亮的深灰色的眼睛，毫无瑕疵的五官，而且随时能出口成章！奥利弗小姐虽然不是评论家，但是她知道沃尔特的确是才华横溢、出类拔萃。一个二十岁的小伙子居然能写出那样的组诗来，这是一件多么了不起的事！

里拉全身心地爱着沃尔特。沃尔特不会像杰姆和雪莱那样取笑她，从来不会叫她"蜘蛛"。他对她的昵称是"里拉-我的-里拉"，正好与她的真名"玛莉拉"谐音①。她跟住在绿山墙的玛莉拉姨婆同名，但是玛莉拉姨婆在她很小的时候就过世了。而里拉讨厌这个名字，觉得它土气，而且古板。为什么他们不叫她的第一个名字贝莎呢？这名字既动听又高雅，比起那个傻乎乎的"里拉"来说可要好多了。她不介意沃尔特那样叫她，但是除了奥利弗小姐偶尔可以这样称呼她一下外，她是不允许其他人那样叫她的。她对奥利弗小姐说，如果能对沃尔特有所帮助，她愿意为了他而献出生命。像大多数十五岁的姑娘那样，里拉喜欢用斜体字来强调她们的情感，而最让她痛苦的事是，她怀疑沃尔特把很多秘密告诉给了黛而不是她。

"他认为我年龄不够大，不足以理解这一切，"有一次里拉忍不住向奥利弗小姐诉苦，"但是我已经长大了！我不会把他的秘密告诉给任何一个人——甚至是你，奥利弗小姐。我把我所有的秘密都告诉了你，因为如果我对你有所隐瞒的话，我就不会快乐，你是我在这世上最亲的人，但是我绝对不会背叛他。我把我的一切都说给他听了，我甚至还给他看了我写的日记。当他不愿意给我谈论有关他的事时，我感到伤心极了。虽然他也给我看他写的诗，那是非常棒的诗，奥利弗小姐。唉，我希望有一天我和沃尔特的关系，能像华兹华斯②的妹妹多罗西对于华兹华斯的关系一样。沃

① 里拉的真名是Marilla，与my-Rilla(我的里拉)谐音。
② 华兹华斯（1770-1850），英国浪漫派诗人。1843年被封为英国桂冠诗人。

兹沃斯写不出像沃尔特那样好的诗篇来，连丁尼生①也不行。"

"要是我的话，我可不会这样形容。华兹华斯和丁尼生都写过不少拙劣的诗歌。"奥利弗小姐漠然地说道。但看到里拉眼中痛苦的神情，她后悔了，赶紧又接着说，"但是我相信将来有一天，沃尔特也会成为一位了不起的诗人的。等你再长大点，你会赢得他更多的信任。"

"去年，沃尔特患上伤寒住院时，我急得都快疯了。"里拉有点小题大做地叹口气说，"他们谁都没告诉我他到底病得有多重，父亲不让他们告诉我，一直等到一切都熬了过去。我很庆幸我不知道，因为我会受不了的。事实上，每天晚上我都是哭着睡着的。但有的时候，"里拉心酸地说，"有的时候我觉得，他更关心他的小狗'星期一'，而不是我。"里拉现在说话时喜欢抱怨，并模仿奥利弗小姐的语气。

叫"星期一"的这条狗是壁炉山庄的狗，之所以给它取这个名字，是因为它到这个家来的那天恰好是星期一，那时沃尔特正在读《鲁滨孙漂流记》②。它实际上是杰姆的狗，但是对沃尔特也很有感情。"星期一"此时正躺在沃尔特的身旁，把它的鼻子靠在他的手臂上。只要沃尔特拍拍它，它就会满心欢喜地使劲摇晃尾巴。"星期一"不是一只牧羊犬，也不是一只赛特种猎犬或普通猎狗，更不是纽芬兰犬。正如杰姆所说，它是一条"普通的狗"，挑剔的人还会补充说，它是一只再普通不过的狗了。确

---

① 丁尼生(1809-1892)，英国十九世纪的著名诗人。1850年被封为英国桂冠诗人。
② 《鲁滨孙漂流记》，英国作家丹尼尔·笛福(1660—1731)所著。鲁滨孙用火枪和《圣经》慑服了一个土著人，并让他成为自己的忠实奴仆。鲁滨孙给这个土著人起名为"星期五"，以纪念他是在星期五这一天获救的。

实，"星期一"的长相并不出众，它有一身黄色的毛皮，身上星星点点的撒满黑色的斑点，其中一个斑点正好落在它的眼睛上。它的耳朵是残缺不全的，因为它从没在维护自己尊严的打斗中获胜过。但是它拥有一个出奇制胜的法宝，它知道不是所有的狗都长相英俊、善于表白或屡战屡胜，但是每条狗都可以对主人奉献爱心。像任何一条狗一样，在它普通的外表下，与生俱来就跳动着一颗火热的、忠实的、诚实的心。它的褐色眼中流露出的目光，会让任何一位神学家都认定那具备了人的灵魂。壁炉山庄的每个人都很喜欢它，甚至连苏珊也不例外。

在这样一个特别的下午，里拉并没有可抱怨的。

"六月还不错吧？"她一边说，一边心不在焉地眺望着远处那一朵朵白色浮云，它们静静地悬浮在彩虹幽谷的上方，"我们过得很愉快，天气这么好，一切都很完美。"

"我一点也不喜欢这样，"奥利弗小姐叹了口气说道，"总有点不祥的预感。完美的东西是上帝的恩赐，那是在补偿即将到来的不幸。这样的事我已经看得太多了，因此我不愿听到别人说他们拥有了一段完美的时光。不过，这个六月我们确实过得很快乐。"

"当然，它算不上激动人心的一个月，"里拉说，"一年来唯一一件让人兴奋的事就是上了年纪的米德小姐在教堂昏倒了。有时我希望偶尔能发生点戏剧性的事。"

"别这样希望。戏剧性的事对于当事人来说就是痛苦。你们这群快乐的人要度过多么美好的一个夏天啊！而我却要去罗布里奇打扫屋子了。"

"你要常过来，好吗？我猜今年夏天会很有趣的，不过我肯定还是不会受重视，像往常一样。当你明明不再是小女孩了，而别人却还把你当成小女孩，实在是太讨厌了。"

"有足够的时间让你长大，里拉。不要总是盼着自己快快长大，青春稍纵即逝，很快你就会开始品尝生活真正的滋味。"

"品尝生活！我倒想大口大口地咀嚼生活呢。"里拉大声叫道，"我想要拥有一切——一个姑娘能拥有的一切。再过一个月，我就要十五岁了，到那时就没有人再说我是小孩子了。我曾听人说过，十五岁到十九岁是一个姑娘一生中最美好的时光。我要让它们过得非常完美，要让快乐填满这段时光。"

"没必要去考虑你要做什么，那完全没用——很明显，你肯定做不到。"

"但是你可以从梦想中得到很多快乐呀。"里拉大声说。

"除了快乐，你就什么也不想了，你这个淘气鬼？"奥利弗小姐宽容地笑话道，"嗯，十五岁还能做什么？你有没有想过今年秋天去上大学呢？"

"没有，永远也不!我不想去上大学。我不会像楠和黛那样疯狂地崇拜那些所谓的科学和学说。我们家现在已经有五个人在上大学了，这已经足够了。每个家庭都会出个笨孩子。如果我能成为一个漂亮的、受人欢迎的、快乐的人，我情愿当这个笨孩子。我并没什么才能，你不能想象这对我来说有多好。没人期望我干出点什么成绩来。我成不了擅长烹调的家庭主妇。我讨厌缝缝补补，也讨厌打扫房间。苏珊曾经试图教我烤饼干，但没有成功，之后再也没有人能教会我。父亲说我既不会种地也不会纺纱，因此我就是一枝野百合。"里拉笑着说。

"里拉，你还年轻，不能完全放弃你的学业。"

"嗯，母亲明年冬天给我安排了一个阅读课程，顺便让她找回文科学士的感觉。幸运的是，我喜欢阅读。别这样忧愁而又满脸疑惑地看着我，好吗，亲爱的？我不能太认真、太严肃，一切对我来说都是玫瑰色的，像雨后的彩虹般美好。下个月我就满十五岁了，明年十六岁，后年十七岁，还有什么能比这更吸引人的呢？"

　　"希望你能得偿所愿，"格特鲁德·奥利弗半开玩笑半认真地说，"希望你能称心如意，里拉–我的–里拉。"

月光下的欢笑

里拉睡觉时会紧闭双眼，这样看起来就好像她在睡梦中也在微笑。现在，她打了个哈欠，伸了伸胳膊，面带微笑看着格特鲁德·奥利弗。格特鲁德·奥利弗前一天晚上从罗布里奇过来，经过里拉的再三挽留，终于肯留下来，愿意参加明天晚上在四风港灯塔上举行的舞会。

"新的一天已经在敲打我的窗户，我很想知道，这会是怎样的一天？"

奥利弗小姐突然打了个冷战。她不会像里拉那样满怀憧憬地迎接新一天。她经历了太多，知道新的一天里也许会发生可怕的事。

"我觉得生活最迷人的地方，就是你不知道将会发生什么。"里拉继续兴致勃勃地说道，"在这样一个阳光灿烂的清晨醒来，起床前先做上十分钟的白日梦，想象这一天可能会发生的各种奇妙的事，是件多么惬意的事啊！"

"我希望今天会发生点出人意料的事，"格特鲁德说，"我希望有消息说德法之间的战争威胁已经被解除了。"

"哦——是的，"里拉含糊地说，"我想，如果不是这样的话，就会很可怕。但是这对我们来说并不重要，对吧？奥利弗小姐，我今晚应该穿那条白色的裙子，还是那条绿色的新裙子？当然，绿色的裙子要漂亮得多，但是我不敢把它穿到海边舞会上去，在那里，不知道会发生什么。还有，你能为我做个新发型吗？我们这儿的姑娘从没梳过的发型，而且是能引起轰动的发型。"

"你是怎么劝说你母亲让你去参加舞会的？"

"哦。沃尔特说服她的。他知道如果我不能去的话，我会心碎的。这是我第一次真正意义上参加成人舞会，奥利弗小姐，为了这个舞会，我已经失眠一个星期了。我今天早上看见阳光明媚，真想高声欢呼。要是今晚下雨，那可就太糟了。我想我要冒险穿上那条绿色的裙子，我希望在今晚我的第一次聚会上，人们能看到最美的我，而且那件裙子比我的白裙子还要长三厘米呢。另外，我要穿上我的薄底舞鞋。那是福德太太去年送我的圣诞礼物，我还没有机会穿呢。它漂亮极了。我真的希望男孩儿们能邀请我跳舞。如果没人邀请我跳舞的话，我会羞死的，真的会。因为那样，我不得不一晚上靠墙挺直腰板呆呆地坐着。当然，卡尔和杰瑞是不能跳舞的，因为他们是牧师的儿子。不然的话，我还会指望他们把我从极度的耻辱中解救出来。"

"你会有很多舞伴的。港口附近的小伙子都会来，小伙子的人数比姑娘的人数多得多。"

"我很庆幸自己不是牧师的女儿，"里拉笑道，"可怜的菲斯很是烦恼，因为她今晚不能去跳舞。当然尤娜是不在意的。有人告诉菲斯说，不跳舞的人可以在厨房里做太妃糖，你真该看看她当时的表情。我猜她和杰姆在晚上大多数时候里，都会坐在外面的岩石上吧。我们要一直步行走到过去住的那幢梦中小屋下面的小河边，然后坐船去灯塔，你知道吗？棒极了，是吧？"

"我十五岁时，说话也很夸张。"奥利弗小姐带着讽刺的语气说道，"我想这个聚会会让小孩子很开心，而我会感到很无聊。没哪个小男孩会来请我这样的老姑娘跳舞的，除了杰姆和沃尔特出于好心会邀请我外。因此，你不能期望我会像你们年轻人那样对这场舞会充满狂喜之情。"

"但是，奥利弗小姐，你是不是在你的第一次聚会上玩得不开心？"

"不开心。我讨厌那次聚会。我很寒酸，相貌平平，除了一个比我更寒酸、更不好看的男孩邀请我跳舞外，就没人邀请我了。他表现得很糟糕，我不喜欢他，但就连他邀请我一次后就再没有邀请我。里拉，我没有真正的少女时代，这真叫人伤感。这就是我为什么希望你能拥有一个灿烂的、快乐的少女时代的原因。我希望你的第一次聚会让你心情愉快，终生难忘。"

"昨晚我梦见我在舞会上穿着睡衣和拖鞋，"里拉叹息道，"我一下子惊醒了。"

"说到梦，我做了一个奇怪的梦，"奥利弗小姐心不在焉地说，"我有时会做一些很逼真的梦，那是其中的一个。它们不是混乱的、模糊的梦，而是非常清晰，如同现实生活一样。"

"你梦到什么了？"

"我站在壁炉山庄门廊的台阶上，俯瞰着溪谷村的田野。突然，我看到远处，有一道长长的、银色的、耀眼的波浪向这边袭来。它越来越近，越来越近，就像拍打着海滩的滔天巨浪。溪谷村被吞没了。我暗想，'这浪是不可能接近壁炉山庄的。'但是它们越来越近，越来越近，步步紧逼，我还没来得及移动身子或大声喊叫，它们就已经涌到了我的脚下。一切都不见了，溪谷村所在的地方只见一片汪洋。我往后退，看到我的裙边被鲜血给染红了。然后，我醒了，吓得浑身发抖。我不喜欢这个梦，这梦不吉利。对于我来说，这样逼真的梦往往会成真。"

"但愿这不是意味着有一场风暴从东边袭来，毁掉这次聚会。"里拉嘟囔着。

"难缠的十五岁！"奥利弗小姐冷冷地说，"不会的，里拉-我的-里拉，我认为它不可能预示如此糟的事。"

几天以来，壁炉山庄都笼罩在一种紧张的氛围之中，但是里拉因为沉浸在对新生活的幻想中，所以没有注意到这一切。布里兹先生神色凝重，几乎闭口不谈报上的事。杰姆和沃尔特却对报上的新闻颇感兴趣。那晚，杰姆兴奋地与沃尔特聊起天。

"听着，伙计，德国已经对法国宣战了。这意味着英国很有可能也会参战。如果英国参战的话，那么你幻想中的那个吹魔笛的人就果真来了。"

"这不是幻想，"沃尔特慢悠悠地说，"是一种预感，一个预示。杰姆，很久以前的那个晚上，有那么一刻我真的看见他了。如果英国真的参战会怎样？"

"呃，那我们就得转过身去帮助她，"杰姆兴奋地说道，"我们不能让我们'身在北海的白发苍苍的老母亲'独自抗争，是吧?但由于伤寒，你是不能参军的。你觉得沮丧吗？"

沃尔特并没有回答，他只是静静地看着溪谷村，以及远处那泛着涟漪的蓝色港湾。

"我们都是些不懂事的小家伙，为了在家中拥有一席之地，我们打架时都是手脚并用。"杰姆继续兴奋地说，用他那有力的、瘦削的、敏锐的褐色手指拨弄着他那红色的鬈发——他父亲认为，那是天生的做外科医生的手，"那会是多么有趣的一次冒险啊！不过，我想格雷①或其他一些谨慎的老家伙会在最后时刻调停成功，从而避免战争爆发。如果他们让法国处于危难中而不顾，那会是件非常可耻的事。如果宣战的话，那就有好戏看了。嗯，我想时间到了，该为灯塔上举行的狂欢做准备了。"

杰姆吹着《一百个吹笛手》的曲调离开了，沃尔特在原地站了许久。他微微皱着眉头，这时恰好天空中出现了一片黑压压的乌云。几天前谁都没想到会发生那样的事，现在想起来还觉得有些荒唐。会找到解决办法的!战争是太可怕的事了，简直不可能发生在二十世纪两个步入文明的国家之间。就是想想都觉得可怕，想到它可能对幸福生活造成的威胁，沃尔特就感到难过。沃尔特不愿去想它，竭力把它排斥在脑海之外。历史久远的溪谷村是一个多么美丽的地方，八月是万物成熟的季节，到处是收获的美景，连成一片的农舍被树荫遮挡着，耕种过后的土地，还有那静静的庭院。西边的天空宛如一颗硕大的金色珍珠，远处是笼罩在傍晚月光下的港口。空气中弥漫着悦耳的乐音——昏昏欲睡的知更鸟低声鸣唱着，树林浸润在柔和的微光中，风从林间吹过来，发出美妙的、哀愁的、轻柔的低喃声，白杨树沙沙作响，它们用银铃般的声音在轻声交谈，同时不忘抖动它们精致的心形树叶，轻快而有节奏的欢笑声从房间的窗户里飘出来——那是姑娘们在为晚上的舞会做准备。整个世界处处洋溢着美妙的色彩和声响。他心里想的只有这些，还有它们带给他的那种强烈而又微妙的愉

① 查尔斯·格雷（1764—1845），英国外相。

悦。"无论怎样，没人会指望我去参战，"他心里想着，"正如杰姆说的那样，伤寒已经豁免了我。"

里拉从房间的窗户探出身来，她已经为晚上的舞会穿戴整齐。一朵黄色的三色堇从她的头发上滑落下来，像一颗坠落的金色流星向外飘落到了门槛上。她试图抓住它，但没来得及——不过她头上还留了足够多的三色堇，因为奥利弗小姐已经为她编织了一个花环来装饰头发。

"一切都很平静，很美好，是吧？我们会拥有一个美妙的夜晚的。听，奥利弗小姐，我能非常清晰地听到彩虹幽谷那边的叮当声。那些铃铛在那里已经挂了十多年了。"

"它们在风中发出的和谐声音，总让我想起亚当和夏娃在弥尔顿的《失乐园》①中所听到的天籁之音。"奥利弗小姐说。

"小时候我们住在彩虹幽谷时是多么快乐啊。"里拉眼神迷离地回想着。

现在没有人再到那儿去玩了。夏天的晚上那儿非常安静。过去，沃尔特喜欢到那儿去读书；杰姆和菲斯常到那儿去约会；杰瑞和楠常常光顾那儿，探讨各种深奥的学术问题，并且常常为某个问题争论不休，这似乎是他们独特的谈情说爱方式。而里拉在那儿有一块心爱的小幽谷，在那儿她可以坐下来幻想。

"在我走之前我要先到厨房去一趟，让苏珊看看。否则她会记恨我一辈子的。"

里拉风一般地跑进了壁炉山庄幽暗的厨房，此时苏珊正无精打采地织补袜子，里拉的美让整个厨房熠熠生辉。她身穿一条绿

---

① 弥尔顿（1608～1674），英国诗人、政论家。

色的裙子，裙子上镶着雏菊图案的粉红色花边，穿着一双丝质的长袜和一双银色的便鞋，头上和光滑的脖子上都戴着金色的三色堇。她是如此的年轻、漂亮、浑身散发着火一般的热情，即使是厨房里的索菲娅·克劳福德都对她赞不绝口。要知道索菲娅·克劳福德几乎从不会去赞美尘世间任何短暂的事物的。自从索菲娅搬来溪谷村居住后，苏珊和她的表姐已经修补或是忘却了她们长久以来的不和，而且索菲娅表姐还常常在晚上过来串门，就像走访邻居一样。苏珊并不高兴她的来访，因为索菲娅表姐并不讨人喜欢。"有些造访可以称之为拜访，而有些只能称之为视察，亲爱的医生太太。"苏珊曾这样说过，显而易见，索菲娅表姐明显属于后者。

索菲娅表姐的脸如一张苍白的纸，干巴巴地皱成一团，鼻子长长的、瘦瘦的，嘴巴长长的、薄薄的，双手瘦骨嶙峋，十指纤长，毫无血色，总是顺从地叠放在黑布做成的裙摆上。她的五官给人的感觉就是苍白、枯瘦、细长。她用忧伤的眼神看着里拉·布里兹，惋惜地问道："那都是你自己的头发吗？"

"当然是啦。"里拉愤怒地嚷道。

"啊，哎呀！"索菲娅表姐叹了口气，"如果不是那样的话，也许对你会更好些！头发过多会消耗一个人的体力。我听说头发多的人容易得结核病。嗯，我从不赞成跳舞。我认识的一个姑娘在跳舞时倒地身亡。我很不理解，一个人在有了这些症状时怎么还有心情去跳舞？"

"那个姑娘还跳舞吗？"里拉冒失地问道。

"我给你讲过她死了。当然她永远也不会再跳舞了，可怜的人。她是罗布里奇基克家的人。你难道要这样光着脖子去参加舞会？"

"今晚挺热的，"里拉辩解说，"但是到了海上我会披上一条披肩的。"

"我记得四十年前的一个晚上，就是像这样的夜晚，有一船年轻人从那个港口出海，"索菲娅表姐阴沉着脸说，"结果他们的船翻了，全被淹死了，一个也没活下来。我希望像这样的事今晚不要发生在你们的身上。你有没有对你的雀斑做些治疗？我以前发现车前草汁挺管用的。"

"你应该成为一个治疗雀斑的专家，索菲娅表姐。"苏珊急忙替里拉解围，"你做姑娘时，脸上的斑点比癞蛤蟆还多。里拉只是在夏天时脸上才长点斑，而你一年四季都如此，而且你的肤色比起里拉来说简直要差十万八千里。里拉，你今晚真的很漂亮，你的发型也很适合你。但是你不会穿着这样的便鞋走到港口去吧？"

"哦，不会的。我们会穿普通的鞋子去港口，把我们的舞鞋带上。你喜欢我的裙子吗，苏珊？"

"这让我想起了我当姑娘时穿过的一条裙子，"苏珊还没来得及开口，索菲娅表姐就叹了口气，抢在苏珊前面说，"它也是条绿色的裙子，上面是粉色的花，从腰身一直到裙边都镶着荷叶边。我们从不会穿得像如今的姑娘这样暴露。唉，时代变了，恐怕再也不会变得像以前那样好了。那晚，我的裙子撕了个大洞，还有人把一杯茶洒在了我的裙子上。我的裙子彻底给毁了。但是我希望那样的事不会发生在你身上，里拉。我想你的裙子应该再长点，因为你的腿太长、太细了。"

"布里兹太太不赞成小女孩穿得像大人一样。"苏珊生硬地说。她只是想气气索菲娅表姐，但是里拉听了这话感到很难受。小女孩，怎么能这么说！她气哼哼地冲出了厨房。当她加入到向四风灯塔进发的人群时，情绪又一次高涨起来。

布里兹家的孩子们离开了壁炉山庄，山庄里只剩下了"星期一"在哀号，它被关在了仓库里，大家害怕它赶路，成为舞会上的不速之客。他们在村子里碰上了梅瑞狄斯家的孩子们。当他们沿着港口大道往下走时，其他人也加入到他们的队伍中。玛丽·范斯穿着蓝色绉绸裙，蕾丝外衣，显得光彩照人。她从科尼莉娅小姐家的大门走出来，就黏上了走在一起的里拉和奥利弗小姐，而她们实际上并不太欢迎她。里拉不太喜欢玛丽·范斯。她永远无法忘记玛丽当年对她的羞辱——玛丽曾经拿着一条干鳕鱼追了她整整一个村子。任何一个群体都不欢迎玛丽·范斯，但她们仍然喜欢有玛丽做伴——她说话很尖刻，很吸引人。"我们已经习惯有玛丽·范斯做伴，尽管我们都很讨厌她，但是我们没她还真不习惯。"黛·布里兹曾这样说。

这群人中大多数都是结伴而行。当然，杰姆和菲斯·梅瑞狄斯走在一起，杰瑞·梅瑞狄斯和楠·布里兹是一对。这一次，是黛和沃尔特走在一起，他们谈笑风生，这让里拉感到特别妒忌。

卡尔·梅瑞狄斯和米兰达·普赖尔走在一起，乔·米尔格里夫认为这对他来说简直是一种折磨。大家都知道乔在热烈地追求米兰达，但是他太腼腆了，不敢大胆地向她表白。如果那晚够黑，他也许能鼓足勇气，慢慢走到米兰达的身旁，但是在这样一个有着皎洁月光的夜晚，他是无论如何也不能那样做的。他一路尾随着这支队伍，对卡尔·梅瑞狄斯满腔怒火。米兰达是"月球大胡子"的女儿，她不像她父亲那样不受欢迎，不过她面色苍白、相貌平平，追求她的人也不多，有时她还会因为紧张一直吃吃地傻笑。她有着一头充满光泽的金发，一双湛蓝的大眼睛。她的眼睛总是睁得大大的，看起来就好像小时候受过极度惊吓，一直没回过神似的。她其实内心渴望跟乔走在一起，而不是和卡尔同行，跟卡尔在一起她觉得一点都不自在。不过，能和一个在读大学的男孩、一个牧师的儿子同行，也是件挺光荣的事。

雪莱·布里兹和尤娜·梅瑞狄斯走在一起，出于天性使然，两人都很安静。雪莱十六岁了，沉稳、理性、考虑周全，不乏幽默。他是苏珊的"褐色小男孩"，因为他有褐色的头发、褐色的眼睛和浅褐色的皮肤。他喜欢和尤娜·梅瑞狄斯走在一起，因为她永远不会让他在不想开口说话时说话，也不会在他的耳边唠叨个没完没了。尤娜还像在彩虹幽谷时那样温柔、害羞，她那双大大的深蓝色眼睛，迷离中略显惆怅。她对沃尔特·布里兹怀着一份爱恋之情，不过，她小心翼翼地隐藏起来，除了里拉外没人知道。里拉对此十分同情，希望沃尔特能做出回应。她喜欢尤娜胜过菲斯，菲斯的美和自信让其他姑娘黯然失色，里拉当然不希望自己被比下去。

但是现在里拉很快乐。能和朋友们沿着这条幽暗的、泛着点点微光的小路漫步，真是一件愉快的事。路的两旁栽种着云杉和冷杉，树上的树脂香味弥漫在空气里。向西延伸的群山后面，是夕阳映衬下的草原。在群山前面是波光粼粼的港口。港口那边的小教堂里的钟声响起来，那些梦幻般的音符，余音缭绕，最终消失在了昏暗的泛着紫色的山头。远处的港口在夕阳的余晖中泛着银色和蓝色。里拉热爱生活，她相信自己会度过一段难忘的时光。在这世上，没有什么让她担心的，甚至脸上的雀斑和过长的腿也算不了什么。现在，她只是隐隐有点儿担心无人邀请她跳舞。活着——十五岁了——花季一般的年华，长得如花似玉，这些本身就已经很美好了。里拉满心欢喜地深吸了口气，但是这口气并没能顺畅地吐出来。杰姆正在给菲斯讲故事，发生在巴尔干战争中的故事。

"一位医生被炸掉了双腿，血肉模糊，他只能留在战场上活活等死。但他匍匐着前进，去救治身边的每一个受伤的士兵，竭尽全力去减轻他们的痛苦，全然没有想到自己。就在他为一个人的腿上扎绷带时，他停止了呼吸。当人们找到他时，他的双手还紧紧地勒着绷带。血被止住了，那个伤兵得救了。他是个英雄，是吧，菲斯？我给你说，当我读到……"

杰姆和菲斯走远了，他们的声音也听不见了。格特鲁德·奥利弗突然打了个冷战。里拉善意地将胳膊搂在奥利弗的臂上。

"这难道不可怕吗，奥利弗小姐？我不知道为什么杰姆这个时候非要讲那种恐怖的事，我们是出来玩的呀。"

"你认为这很恐怖吗，里拉？我认为这故事很伟大，很感人。那样的故事会让那些曾经怀疑人本善良的人感到羞耻。那个人的行为是多么神圣！人类是多么愿意追寻自我牺牲的理想啊！我也不知道我为什么会发抖。今晚已经够暖和了。可能有人正从那个黑暗的、被星光照耀的地方走过，那里将来会成为我的墓地——这是过去的迷信说法。好了，在这样一个美好的夜晚，我不愿再去想这事了。你知道吗，里拉？当夜晚来临时，我总是很高兴我能居住在乡下。在这儿，我们能真正欣赏到夜晚的美丽，而住在城里的人对此却永远无法理解。乡下的每一个夜晚都是美妙的，即使是在有暴风雨的夜晚。我喜欢这个古老海滨的狂暴的暴风雨之夜。至于像这样的一个夜晚，美得恍如梦境，这种夜色只属于年轻人和梦境，却让我感到极为不安。"

"我觉得我和它融为了一体。"里拉说。

"啊，是的，你很年轻，不会有这种不安。哦，我们到了梦中小屋了。这个夏天，这里好像有点冷清。福德一家没过来吗？"

"福德先生和太太，还有帕西丝都没来。肯尼斯来了，但他去了港口那边，住在他母亲娘家的房子里。这个夏天我们也很少见到他。他的腿有点瘸，因此他很少四处走动。"

"瘸？发生什么事了？"

"去年秋天，他在足球比赛中伤了脚踝，卧床了一个冬天。自那以后，他的腿就有点瘸了，不过现在好多了。他说过不了多久他就会痊愈的。他只来过壁炉山庄两次。"

"埃塞尔·瑞斯对他痴迷极了，"玛丽·范斯说，"只要一说到肯尼斯，她就会神魂颠倒。上次祈祷会后的那个晚上，肯尼斯陪她从港口那边的教堂步行回家。她兴奋得忘乎所以，真让人受不了，就好像自多伦多的肯尼斯真的打算和乡下姑娘埃塞尔交往一样！"

里拉的脸唰地一下红了。哪怕肯尼斯·福德和埃塞尔·瑞斯一起回十次家，也与她毫不相关——这不重要！他做的任何事都与她无关。他比她大好多。他聊天的对象通常是楠、黛或菲斯，而他总是把她看成是个小孩子，他除了取笑她外从来不曾在意过她。她讨厌埃塞尔·瑞斯，埃塞尔·瑞斯也讨厌她。自从沃尔特在彩虹幽谷狠狠揍了丹·瑞斯后，埃塞尔·瑞斯一直对她怀恨在心。但是，为什么她里拉就不能得到肯尼斯·福德的关注？仅仅因为她是个乡下姑娘？这个玛丽·范斯，越来越喜欢乱嚼舌根，整天只关心谁送谁回家!

　　在梦中小屋下面的海滩上有一个小小的码头,有两艘船停泊在那里。其中一艘由杰姆·布里兹来负责,另一艘由乔·米尔格里夫来指挥。乔·米尔格里夫对于划船可以说是得心应手,而且他希望米兰达·普赖尔能注意到他的这项本领。

　　他们竞相驶出了港口,结果乔的船率先靠岸。越来越多的船从港口或西边驶过来,到处充满了欢声笑语。四风岬巨大的白色塔楼里灯火通明,灯塔顶端的信号灯不停旋转。从夏洛特敦来的一家人,他们是灯塔看守人的亲戚,正在这里消夏。这家人举办了这场晚会,邀请了四风港、圣玛丽溪谷村和港口那边的所有年轻人来参加。还没等杰姆的船停靠在岸边,里拉已经躲到奥利弗小姐的身后,迫不及待地脱掉脚上的鞋子,换上了那双银色的舞鞋。因为她远远看到从码头到灯塔的那段路上站满了男孩子。那条从岩石上开凿出来的道路两旁,挂着中国灯笼。她决定不再穿她那双笨重的鞋了,尽管她的妈妈一再坚持说这双鞋穿着好走路。这双舞鞋把她的脚夹得生疼,不过,当她笑盈盈地登上台阶时,根本没人注意到她的脚疼。她柔和的黑眼睛闪闪发光,充满了惊奇,圆圆的、粉嫩的脸颊绯红。她刚一登上灯塔的平台,就有一个港口的男孩过来邀请她跳舞,里拉还没回过神来,他们就已经在棚屋下面翩翩起舞。棚屋是特意为舞会而搭建的,一边靠在灯塔上,一边伸向大海。这是一个很可爱的建筑。棚顶是用冷杉树枝搭成的,上面还悬挂着很多灯笼。远处的大海泛着微光,左面是月光映衬下连绵起伏的沙丘,右侧是岩石遍布的海滩,海滩上有漆黑的阴影,亮闪闪的小海湾。里拉和她的舞伴在舞池中飞旋着,她心满意足地深深地吸了口气。来自上溪谷村的内德·伯尔用他的小提琴演奏出了迷人的音乐——他的小提琴就像传说中的魔笛一样，让所有听到笛声的人忍不住翩翩起舞。从海上吹来的海风是多么清凉；皎洁的月光洒向大地，这是多么美好啊！这才是生活——迷人的生活！此刻，里拉觉得她的双脚和灵魂都已经插上了翅膀，想要振翅高飞。

魔笛吹响了

　　里拉的第一次舞会很成功——至少刚开始的时候是成功的。她的舞伴很多，让她不得不在一支舞曲还没跳完时就更换舞伴。她的银舞鞋好像自己就能跳舞，即使她的脚指头很痛，脚后跟起了泡，那也丝毫没有影响她的快乐心情。这期间只有十分钟让她很不开心。埃塞尔·瑞斯带着她特有的虚伪的笑，神秘地对她招招手，把她叫了出来，低声对她说她的裙子开线了，荷叶边上还有污渍。里拉痛心地冲进了灯塔里临时改为女更衣室的房间，发现所谓的污渍只是被青草染上的一点儿草渍，所谓的开线了简直是微不足道，只是一个裙子的挂钩松了。艾琳·霍华德帮她拉紧了挂钩，又给她说了一些非常甜蜜的、关心的、赞美她的话。里拉觉得艾琳是在屈尊恭维她。她是上溪谷村一个十九岁的姑娘，似乎喜欢和更年轻的姑娘待在一起，不怀好意的朋友说这是因为她能在其中成为无可争议的佼佼者。但是里拉认为艾琳很好，因为艾琳帮了她。艾琳很漂亮，也很时髦。她的歌唱得也很棒，她每个冬天都要到夏洛特敦去上音乐课。她在蒙特利尔有个姑妈，总是给她送来漂亮的衣服。人们说她有过一段失败的恋情，但是没人知道详情，或许正是因为这种神秘，反而更吸引人。能够得到艾琳的称赞，里拉觉得这是今晚的最大成就！她兴高采烈地跑回到棚屋那儿，在入口处流连了片刻，站在灯笼下面欣赏着里面跳舞的人群。在飞舞的人群闪过的一瞬间，她瞥见了站在舞池对面的肯尼斯·福德。

就在那一秒钟，里拉的心脏突然停止了跳动，也许医生会说这不可能，但是里拉真真切切地觉得它停止了跳动。这么说，肯尼斯还是来参加舞会了。她原以为他不会来的，以为他根本不会在乎舞会。他会看见她吗？他会注意到她吗？当然，他不会邀请她去跳舞的，不要抱任何希望。他总是把她当成是一个小孩子。就在三周前，他来壁炉山庄拜访时，还把她叫作"蜘蛛"。她后来跑到楼上为这事痛哭了一场，对他的态度极为不满。但当她看见他绕过棚屋，挤开人群向她走来时，她的心脏又停止了跳动。真的是朝她走过来的吗？真的吗？是真的吗？是的，这是真的！他来找她——他站到她的身旁——他正在用他那双深灰色的眼睛凝视着她，眼中有着一种她从未看到过的神采。哦，真是让人难以承受的幸福！一切都还像先前一样——舞池里的人们在飞舞，没有找到舞伴的男孩在舞厅周围徘徊，情侣们亲热地坐在外面的岩石上——谁都没有注意到刚刚发生的动人心魄的那一幕。

肯尼斯个子很高，长得非常英俊，有着一种自然而高贵的优雅，相比之下，其他的男孩都显得拘谨而笨拙。据说他特别聪明，头顶着大城市里知名大学的光环。据说他还是个"少女杀手"，这可能是源于他的平易和柔和，和让任何姑娘听后都怦然心动的嗓音，以及他那种危险的聆听方式——就好像他等了一辈子，终于等来了这位姑娘向他敞开心扉。

"这是里拉–我的–里拉吗？"他低声问道。

"系（是）。"听到自己的声音之后，里拉恨不得立刻从灯塔边的礁石上跳下去，或者立马从这个爱嘲笑人的世界消失。

里拉小时候有点口齿不清，但现在她已经长大了，不会再这样了。只有在她感到有压力、紧张时，偶尔才会出现这种情况。她已经有一年没有口吃过了，可就在这样一个紧要关头，就在她希望自己显得成熟和老练时，她却像小孩子一样咬字不清了。这真是太丢人现眼了。她感到眼泪就要涌出来了——她马上就要哭出来了——是的，就要哭出来了——她希望肯尼斯立刻走开——她希望他根本没来过。她的舞会完蛋了。一切都是徒劳的。

他把她叫作"里拉–我的–里拉"——以前肯尼斯偶尔注意到她时，总是习惯性地称呼她"蜘蛛"、"小家伙"或"小丫头"。"里拉–我的–里拉"是沃尔特对她的昵称，肯尼斯使用这个称呼，她一点儿不介意。他低沉的、轻柔的语调说出这个名字时，真是让人心旌荡漾啊，而且其中还有一点点儿暗示，似乎重音落在了"我的"这个音节上。如果她刚才没有出丑，一切是非常美好。她不敢抬头，以免看到肯尼斯眼中的笑意。于是她低下头。她的睫毛又长又黑，眼睑平滑而又厚重，使她显得十分迷人。在那一刻，肯尼斯意识到里拉·布里兹将会成为一位漂亮的姑娘。他想让她抬起头来，再看一看她那羞怯的、娴静的、充满疑问的眼神。毫无疑问，她是这个舞会上最美的姑娘。

他说什么了？里拉几乎不敢相信自己的耳朵。

"我能请你跳支舞吗？"

"好的。"里拉说。她下定决心这次决不能口齿不清，因此说这句话时，她几乎使出了浑身的力气。接着她又忐忑不安起来。这听起来太冒失——太急切了，就好像她在眼巴巴地等着他的邀请！他会怎么想？唉，当一个姑娘努力想要展现出她优雅的一面时，为什么总是事与愿违呢？

肯尼斯拉着她来到了跳舞的人群中。

"虽然踢球让我的脚踝受了伤，但我想我应该还能跳上一曲。"他说。

"你脚踝怎样了？"里拉问。哦，她为什么就不能说点别的呢？她知道他讨厌别人询问他的伤情，在壁炉山庄时她曾听他这样说过。她亲耳听见他对黛说，他要在胸前挂个牌子，向所有人宣布说他的脚踝正在一天天好转等等。可是，现在她又旧话重提了，真是哪壶不开提哪壶。

肯尼斯厌烦了人们对他脚踝的关心。但是现在这个问题是出自这么可爱的双唇——上面还有一个迷人的小凹痕。可能正是因为这个小凹痕，所以他才会耐心地回答说，它正在逐渐好转，只要不长时间地行走或站立的话，已经没有大碍了。

"他们告诉我说，它会完全恢复，和原来一样强壮有力，不过我这个秋天都不能踢球了。"

他们一起跳舞，里拉知道那里的姑娘都在羡慕她。一曲结束之后，他们顺着台阶走了下去。肯尼斯找到了一条小船，他们划着船穿过了月光照耀下的海峡，来到了一片沙滩上。他们沿着沙滩漫步，直到肯尼斯的脚开始发出抗议，他们才在小沙丘上坐下来。肯尼斯和她闲聊了起来，就像他跟楠和黛交谈时那样。出于一种莫名的羞涩，里拉说得并不多，她害怕他会觉得自己很愚蠢。但是尽管如此，一切都很美好——优美的月夜，波光粼粼的海水，轻柔的海浪冲刷着沙滩，发出沙沙的声响，捉摸不定的夜风在沙丘顶上挺拔的草丛中吟唱，模糊而悦耳的音乐声飘荡在海峡的上空。

"欢乐的小夜曲奏响了美人鱼的狂欢。"肯尼斯低声吟出了沃尔特的诗句。

真不可思议，现在只有他和她，他们俩，沉浸在夜色和音乐的魔力之中！她的舞鞋要是不这样夹脚该多好啊！她要是能像奥利弗小姐那样妙语连珠该多好啊！不对，她要是能像和其他男孩子交谈时那样同肯尼斯交谈该多好！可是，她现在不知道该说什么话，她只能倾听，时不时低声说些简短的客套话作为回应。不过，也许她那蒙眬的眼神、带凹痕的嘴唇和修长的脖子比任何语言都具有魔力。肯尼斯似乎一点儿也没有急着回去的意思。当他们回到灯塔时，晚餐已经开始了。他为她在灯塔厨房靠窗的地方找了个座位，自己坐在了旁边的窗台上。里拉开心地吃着冰激凌和蛋糕，她环顾着她的四周，心想她的第一个聚会是多么美好啊。她永远也不会忘记这个夜晚。

有一群男孩挤在门口。突然，人群中出现一阵骚乱，一个年轻人挤了进来。他在门口犹豫了一下，神色凝重地看了看四周。他是港口那边的杰克·艾略特，在麦吉尔大学学医，性格比较沉默，不太热衷于社交活动。虽然舞会也向他发出了邀请，不过，大家都没指望他能来，因为那天他去了夏洛特敦，要很晚才能回来。出乎意料的是，他来了——手里拿着一张折叠起来的纸。

格特鲁德·奥利弗从角落里看着他，又打了个寒战。毕竟，在这个晚会上她过得很愉快，因为她遇见了一个从夏洛特敦过来的老朋友。那个朋友比大多数客人要年长一些，对这里并不熟悉，所以感到有点孤独，偶遇像奥利弗这样一位聪明的姑娘，他很高兴。格特鲁德见多识广，他们在一起兴致勃勃地谈论着国内外的大事，暂时把来时的担忧抛到了一边。但是现在她又开始担心起来了。杰克·艾略特带来了怎样的消息？古老的诗句在她的头脑中闪过："入夜传来了狂欢的声音"……"嘘！听！低沉的声音响起，宛如敲响了丧钟"——为什么她现在会想起这样的诗句来呢？为什么杰克·艾略特不说话？——看样子他有重要的事要公之于众。

"去问问他——去问问他。"她焦急地对艾伦·戴利说。但是已经有人去问他了。房间里突然变得异常安静。外面拉小提琴的人已经停下来休息了，所以外面也是出奇的安静。他们能听见远处大海的低吟——这是有暴风雨从大西洋袭来的先兆。一个姑娘的笑声从岩石那边传来，随即戛然而止，好像被这突如其来的安静吓坏了。

"今天，英国向德国宣战了，"杰克·艾略特缓慢地说，"我离开镇子时刚刚收到电报。"

"愿上帝保佑我们。"格特鲁德·奥利弗轻声说道，"我的梦——我的梦！第一道波浪已经袭来了。"她看着艾伦·戴利，努力想挤出一个笑容来。

"这就是《圣经》中所说的世界末日的善恶大战吗？"她问道。

"恐怕是的。"他表情严肃地说道。

人群发出了一阵惊呼——人们感到有些吃惊，但对于这个消息本身却并不感兴趣。几乎没有人意识到这个消息的重要性——更不会有人意识到这对他们来说意味着什么。很快舞会又继续进行，欢声笑语一片。格特鲁德和艾伦·戴利低声谈论着这条新闻，两人都显得忧心忡忡。沃尔特·布里兹面色苍白，他离开了房间，在外面遇见了正急匆匆爬上台阶来的杰姆。

"你听到消息了吗，杰姆？"

"是的。吹魔笛的人真的来了。好哇！我知道英国不会丢下法国不管的。我刚才去找了乔西亚船长，想让他把国旗升起来，但他说要等到天亮，听到正式消息才能升旗。杰克说可能明天就会开始招募志愿兵。"

"真是大惊小怪。"当杰姆匆匆离开时，玛丽·范斯轻蔑地说道。她和米勒·道格拉斯此时正坐在一个捕龙虾的笼子上，坐在那里既不浪漫，也不舒服，但是玛丽和米勒却很开心。米勒·道格拉斯高大、健壮，却有些粗野，他认为玛丽很有口才，她的眼睛是世上最亮的星星。他们俩都不明白为什么杰姆·布里兹想把灯塔上的国旗升起来。"就算欧洲那边要打仗，这跟我们又有什么关系呢？八竿子打不着。"

沃尔特看着玛丽，发表了一席泄露天机的预言。

"在整个战争的过程中，"他说道——这些话就像是从他嘴里流淌出来一样——"加拿大的每个人，无论是男人、女人，还是孩子都会深切地感受到战争的存在——玛丽，你也能感受到——会从心灵的最深处感受到它。你将会痛哭流涕。吹魔笛的人已经来了。他会不停地吹奏，直到世界的每个角落都能听到他那令人畏惧的、不可抗拒的笛声。要过上好多年，死亡的舞蹈才会停止。是很多年，玛丽。而且，在这期间，数以百万的人会伤心欲绝。"

"太夸张了！"玛丽嚷道。当她想不出可说的话时，总会这样说。她不知道沃尔特说这话是什么意思，但她感到极其不安。沃尔特·布里兹总是说些奇奇怪怪的话。

"沃尔特，别那么夸张好吗？"哈维·克劳福德说。他那时刚好路过，"这场战争不会持续好多年的，一两个月就会结束。要不了多久，英国就会把德国从地图上抹去。"

"你认为德国精心准备了二十年的战争能在几个星期就结束？"沃尔特激动地说，"这不是巴尔干地区的小打小闹，哈维。这是一场生死搏斗。德国要么征服其他国家，要么自取灭亡。如果德国赢了，你知道是什么后果吗？加拿大会成为德国的殖民地。"

"嘿，我想我们不会坐以待毙的。"哈维耸了耸肩说，"首先德国人要应付英国的海军；其次，还有米勒和我在，我们会让他们知道厉害的，对吧，米勒？德国人别想把我们收入囊中，呃？"

哈维笑着跑下了台阶。

"要我说，我认为你们这些男孩都是在说胡话。"玛丽·范斯反感地说道。她站起来，拽上米勒去了岩石海滩。他们在一起聊天的机会并不多，她下定决心决不能让沃尔特·布里兹的胡言乱语毁了她的这次约会，在她看来，他的那些关于吹魔笛的人和德国人的话实在是愚蠢、可笑。他们离开了，只留下沃尔特独自站在台阶上。他远眺着四风港的美景，眼神忧郁，对一切视而不见。

今夜最美好的部分对于里拉来说结束了。自从杰克·艾略特宣布了开战的消息后，她感到肯尼斯的心思已经不在她身上了。她突然感到孤单和苦恼。这比他从没在意过她还更糟。生活就是像这样吗？——美好的事发生后，就在你要尽情狂欢时，幸福却离你而去。里拉悲哀地感到今晚她一下子老了几岁。可能这只是她的感觉，可能她真的长大了。谁知道呢？突然远离青春的剧痛让她无所适从。这是很可怕的感觉，因为青春本身还不知道"一切会远去的"。

"累了吗？"肯尼斯问道，语气温和却心不在焉——哦，如此的心不在焉。他根本就不在乎我是否累了，她黯然神伤。

"肯尼斯，"她大着胆子羞怯地问道，"这场战争不会对我们有太大的影响，是吧？"

"影响？当然会有影响，那些能参战的幸运儿可以一展身手。我恐怕是没这个机会了——都是这可恶的脚踝。真是倒霉透顶了。"

"我不明白我们为什么要帮英国打仗，"里拉大声说道，"英国自己肯定就能应付过去的。"

"问题不在这里。我们是大英帝国的一部分。这就像是家族事务，我们应该相互支持。糟糕的是，等我康复能派上用场时，战争恐怕已经结束了。"

"你的意思是说，要不是因为你的脚踝，你真的要去报名参军了？"里拉疑惑地问道。

"我当然会。数以千计的人都会去。我百分之百地肯定，杰姆一定会去。我想，沃尔特是不能去了，他的身体不够结实。杰瑞·梅瑞狄斯也会去。而我，唉，没法去参军，还担心什么足球赛！"

里拉惊讶得说不出话来。杰姆……杰瑞！不可能！父亲和梅瑞狄斯先生怎么会允许呢？他们还没上完大学呢。哦，为什么杰克·艾略特一定要宣布这个可怕的消息呢？

马克·沃伦上来邀请她跳舞。里拉接受了邀请，因为她知道肯尼斯对此不会在意。而一个小时前，在沙滩上，他看着她，他的眼神就好像在告诉她，她是这世上唯一重要的东西。而现在她已经不重要了。他满脑子想的都是在血腥的战场上为了帝国的利益而展开一场伟大的竞技——这场竞技中可没有女人的位置。而女人,里拉悲哀地想,却不得不待在家里,以泪洗面。可是,这一切都是荒唐可笑的。肯尼斯不能去了——他自己刚才也承认了——沃尔特也不能去了——真是感谢上帝——而杰姆和杰瑞会清醒过来的。她用不着担心——她要尽情狂欢。但是马克·沃伦实在是太糟了,他的舞步多乱啊!嗨,看在上帝的分上,完全不懂跳舞并且老是绊脚的男孩就不要跳舞了吧。

她继续和其他男孩子跳舞,但是她已没有了激情,她感觉舞鞋把她的脚夹得生疼。肯尼斯好像已经走了——至少没再看到他的身影了。她的第一次聚会已经被毁了,虽然一度曾那样美好。她感到头疼——脚趾也疼。但她还不知道,接下来还有更糟的事情在等着她呢。她和一些港口的朋友到海滩去散步,而其他的人还在一曲接着一曲地跳着。空气凉爽宜人,他们都累了。里拉静静地坐着,没有心情聊天。当终于听到有人喊道"到港口那边的船要走了"时,她感到一阵释然。大家争先恐后爬上灯塔的平台上。舞池里只剩下几对人在跳舞,其他的人都已经走了。里拉四处寻找从溪谷村过来的人,但是一个人也没见到。她跑进灯塔,也没见到一个人影。她慌忙跑到通往码头的台阶上,港口那边的人正匆匆往下走。她能看到下面停靠的小船——但是杰姆在哪儿呢?——乔又在哪儿呢?

"嗨,里拉·布里兹,我还以为你早就回家了呢。"玛丽·范斯说,她此时正朝着沿着海峡往上驶去的一艘小船挥舞着披肩。那是由米勒·道格拉斯驾驶的船。

"其他人呢?"里拉气喘吁吁地问道。

"怎么，你不知道？杰姆一个小时前就走了，因为尤娜觉得头痛。其他人十五分钟前就坐乔的船走了。看——他们穿过白桦岬了。我没有走，因为海上起风了，我知道我会晕船的。我不介意从这步行回家。只有两公里半。我还以为你已经走了。你去哪儿了？"

"我在下面岩石上和杰姆·克劳福德和莫莉·克劳福德在一起。哦，他们怎么也不找找我？"

"他们找过了——但是没有找到你。所以他们以为你在另一艘船上。别担心。你今晚可以住在我家，我们可以给你家打个电话。"

里拉意识到，现在没有别的选择了。她的嘴唇发抖，眼眶里噙满了泪水。她使劲地眨了眨眼睛——她不愿让玛丽·范斯看见她掉泪。但是，她就这样被人遗忘了！居然没有人想到要仔细找找她——甚至是沃尔特也对她漠然置之。突然，她惊恐地想起了一件可怕的事。

"我的鞋子，"她惊叫起来，"我的鞋子还在船上。"

"嗯，我从不这样，"玛丽说，"真没见像你这么粗心的孩子。你得向哈泽尔·刘易森借一双鞋。"

"不用了，"里拉喊道，她不喜欢这个哈泽尔，"我宁愿光着脚走回家。"

玛丽耸了耸肩膀。

"随便你。但自尊是要付出代价的，不过这会让你下次长点记性。好了，我们走吧。"

于是她们上路了。但是要穿着一双薄薄的、银色的高跟舞鞋，沿着带深深辙痕、布满鹅卵石的小路"徒步旅行"，这可一点儿也不轻松。里拉一路上一瘸一拐、跟跟跄跄，终于坚持走到了港口的大路上。但是她再也没办法穿着这双可恶的鞋子继续走了。她把舞鞋和她那双心爱的丝袜脱下来，开始光着脚前行。但这样也好不到哪去。她的脚很细嫩，鹅卵石和车辙把她的脚硌得生疼。脚后跟起的水泡感到刺痛无比，但是比起遭受的羞辱，身体上的痛楚根本算不了什么了。这实在是太凄惨了！幸好肯尼斯·福德没有看到她现在的这副倒霉模样——她一瘸一拐地走着，像一个扎破了脚的小姑娘！哦，为什么她美妙的舞会要用这样可怕的方式收场！她应该哭出来——这实在是太糟了。没有人关心她——根本没有人在意她。她偷偷地用披肩擦去了泪水——她的手绢好像和鞋子沆瀣一气，在最需要它的时候不见了！可是，她还是忍不住抽鼻子。而且越来越厉害！

"我看你是感冒了。"玛丽说，"你早就应该想到，坐在岩石上吹海风会有什么后果。我敢打赌，你母亲短期内不会再让你出门的。这个舞会办得真不错。刘易森家的人很会组织，我是就事论事，虽然我也并不喜欢那个哈泽尔·刘易森。哎，她看见你和肯尼斯·福德跳舞时，气得脸色铁青。那个粗野的埃塞尔·瑞斯也是一样。肯尼斯可真是个情种啊！"

"我不认为他处处留情。"里拉在艰难地应付鼻涕的同时，强烈地反驳她说。

"等你长到我这么大时，你就会更了解男人，"玛丽用说教的口吻说，"你要当心，他们给你讲的话你别全信。不要让肯尼斯·福德觉得他可以轻而易举俘房你。多长几个心眼儿，小丫头。"

被玛丽·范斯这样欺凌和教训！脚后跟起了泡，还要光着脚在这布满碎石的路上走！更惨的是流鼻涕的时候竟然没有手绢，鼻涕却不停地流！

"我对于"——吸气——"肯尼斯"——吸气——"福德"——连续吸两口气——"一点也没有兴趣。"备受折磨的里拉嚷道。

"没有必要冒火，丫头。你应该虚心接受长者的建议。我看见你和肯尼斯溜到海滩上，还和他在那里坐了很久。如果你母亲知道了，她肯定会不高兴的。"

"我会把这事一五一十地告诉我母亲的，还有奥利弗小姐和沃尔特。"里拉一边吸气一边说，"玛丽·范斯，你和米勒·道格拉斯在那个捕虾笼上坐了好几个小时。要是艾略特太太知道这事，她有什么反应？"

"算了，我可不想和你吵架，"突然之间，玛丽变得高傲起来，"我只是想劝告你，在长大之前要当心点。"

里拉不想再掩饰下去了，她哭出声来。一切都被毁了，甚至是与肯尼斯在沙滩上月光下共度的那段美妙的、梦幻般的浪漫时光，也被玛丽庸俗化和低级化了。她恨死玛丽·范斯了。

"嘿，怎么了？"迷惑不解的玛丽问道，"你哭什么？"

"我的脚——太疼了……"里拉啜泣着，竭力想维护自己最后的一丝尊严。承认因为脚疼而哭泣并不算什么丢人的，至少比那些真正的理由要好听一些：她被人涮了，被朋友抛弃了，还要被人教训。

"肯定会疼。"玛丽并不是毫无同情心，"别担心，我知道在科尼莉娅漂亮的储藏柜里有一罐鹅脂，它比世界上所有那些高档的雪花膏还管用。你上床睡觉前，我会帮你在你的脚后跟抹一些。"

在脚后跟上抹鹅脂！第一次舞会，第一个追求者，第一次月光下的浪漫就落得如此结局！

里拉绝望地躺在玛丽·范斯的床上。她最后放弃了哭泣，因为她意识到眼泪已经于事无补了。屋外，黎明乘着风暴的翅膀静静地来临了。乔西亚船长信守诺言，在四风灯塔上升起了英国国旗。在猎猎狂风下，国旗在布满乌云的天空下迎风飘扬，就像是一道壮观的永不熄灭的烽火。

"出征的召唤"

里拉一路跑着，穿过壁炉山庄后阳光照耀下美丽的枫树林，来到彩虹幽谷中她最喜欢的那个僻静角落。一块长满青苔的石头淹没在蕨草间，她在石头上坐了下来，用手支着下巴，呆呆地看着八月午后那令人眩晕的蓝色天空。天空是如此蔚蓝，如此深幽，好像从来没有变化过。从她记事起，每个仲夏时节，溪谷村的天空都是如此。

她想独自一人待会儿，去思考一下问题，如果有可能的话，让自己适应一下这个变化中的世界。她好像是突然之间被抛进了这个世界，因此，她对自己的身份还感到有些迷茫。她还是六天前……仅仅在六天前，在四风港的灯塔下跳舞的那个里拉·布里兹吗？对于里拉来说，似乎在这六天里所经历的一切是以往这十几年来所经历的总和。如果这是真的，我们就该用她的心跳来计算时间。在六天前的那个夜晚，有希望，有恐惧，有成功，也有羞辱，但现在看来，这一切竟然是如此遥远。她真的是因为被遗忘了，不得不和玛丽·范斯走回来而哭泣了吗？哦，里拉悲伤地想，那个哭泣的理由现在看来是多么不值一提，多么荒唐可笑啊。她现在有非常正当的理由哭泣了，但是她不想哭，也不能哭。她的妈妈说，"如果我们女人丧失了勇气，我们的男人还会勇往直前吗？"妈妈说这话时，嘴唇惨白，眼中透着痛苦，里拉从没见过她妈妈这样过。是的，就是因为这个，她必须坚强起来，像母亲、楠和菲斯那样。哦，菲斯，她眼里含着泪光说："哦，我多希望是个男人，和你一起去战场！"只有当里拉的眼睛酸疼，嗓子发酸时，她才会到彩虹幽谷待上一会儿，静下心来仔细想一想，并且告诫自己，她已经不再是个小女孩子了——她现在已经长大，是一个女人——女人就不得不面对像这样的事。不过，能偶尔离开人群，在没有人的地方痛哭一会儿也许是件好事。在这儿，没人看到她，如果她忍不住放声哭出来，至少她不用担心人们会认为她很怯懦。

灌木丛的香气多么宜人啊！冷杉羽毛状的树枝在轻柔地摇摆着，像是在对她喃喃低语，那些情侣为表达爱意系在树上的铃铛发出的声音是多么美妙啊！当有风吹过时，它们就随着风儿发出悦耳的叮当声。山谷里的紫色烟雾飘忽不定，就像是献给深山的焚香！还有那些枫树叶，当风吹过的时候，所有的叶子都翻卷起来，露出白色的背面，宛若开满了浅浅的银色花朵。她曾经成百上千次看过这些景象，突然间，好像整个世界的面貌都发生了改变。

"我还幻想着戏剧性的事情发生，这真是太可耻了！"她想，"哦，如果我们能重新过上那些珍贵的、简单的、快乐的日子就好了，我以后再也不会抱怨了。"

舞会的第二天，里拉的世界就崩溃了。在壁炉山庄，正当他们饭后长时间待在晚餐桌边谈论战争时，电话铃响了。这是从夏洛特敦打来找杰姆的长途电话。他接完电话后，挂上听筒，开始在房里踱来踱去。他的脸色通红，两眼发光。他还没张口说话，他的母亲、楠和黛已经面色苍白了。至于里拉，她觉得所有的人都能够听到她急促的心跳。她的喉咙发紧，像是被什么东西堵住了。

"他们在镇上招募志愿兵了，父亲，"杰姆说，"许多人已经参军了。我今晚也要去应征。"

"哦，我的小杰姆。"布里兹太太神情沮丧地喊道。自从杰姆对这种叫法表示强烈反对后，她已经有很多年没这样叫过他了。

"哦，不要这样——不要——我的小杰姆。"

"我必须得去，母亲。我这样做是对的。我难道做得不对吗，父亲？"杰姆说道。

布里兹先生已经站了起来。他面色苍白，声音嘶哑。但是他毫不迟疑。

"对的，杰姆，对的。如果你是这样想的，你就是对的……"

布里兹太太用手捂住了脸，显得异常痛苦。沃尔特心神不宁地盯着他的盘子。楠和黛彼此紧握着对方的手。雪莱装着无所谓的样子。苏珊瘫坐在那儿，盘中的馅饼只吃了一半。

杰姆又走到了电话前，"我必须给牧师家打个电话。杰瑞也想去。"

他的话音刚落，楠叫了一声"哦"，就好像有一把刀子插进了她的身体。她跑出了房间，黛跟着她出去了。里拉转向沃尔特，想向他寻求安慰，但是沃尔特却好像已经陷入了冥想之中，而他在想什么，她却一点儿也不知道。

"好的。"杰姆说，他的语调沉着，听上去就像在安排一次野餐，"我想你也想去……好的，今晚……七点那班车……我们在车站见。待会儿见。"

"亲爱的医生太太，"苏珊说，"我希望你能摇醒我。我是在做梦，还是醒着的？那个小子知道他在说什么吗？他真的要去报名参军吗？你不会告诉我，他们要招收像他这样小的孩子吧！真是太过分了。你和医生坚决不能同意。"

"我们阻止不了他。"布里兹太太哽咽着说，"哦，吉尔伯特！"

布里兹医生走到妻子身后，温柔地握着她的手，凝望着她那双灰色的眼睛。以前这双眼睛里满是温柔，现在却充满了痛苦的哀求。他们都情不自禁地回想到了那仅有的一次，在很多年前，小乔伊斯在梦中小屋里夭折的那一天。

"安妮，你想让他留下来吗？而别的孩子都要上前线？他认为那是他的职责，你会让他成为自私和卑劣的人吗？"

"不，我不想那样！但是……哦，他是我们的长子。他还是一个孩子呢，吉尔伯特。我会试着坚强起来的，我会好起来的，但是现在我做不到。这一切来得太突然了。你要给我点时间。"

医生和他的妻子走出了房间。杰姆走了，沃尔特也走了，雪莱站起来，也要走了。里拉和苏珊坐在空荡荡的饭桌前，愣愣地望着对方。里拉没有哭，她还处在震惊之中没回过神来。她看见苏珊哭了，她以前从未见过苏珊掉过一滴眼泪。

"哦，苏珊，他真的要去打仗吗？"里拉问。

苏珊抹去眼泪，一时哽咽了，她站起来说，"我要去洗盘子了。即使每个人都疯了，还得要人洗盘子。宝贝儿，不要哭了。杰姆会去打仗，但是战争不会拖那么久的，还没等他上战场，战争肯定就结束了。让我们振作精神吧，别给你那可怜的母亲再添乱了。"

"今天《企业日报》上说基钦勒爵士①预测战争会持续三年。"里拉迟疑地说。

"我不了解这个基钦勒爵士，"苏珊镇定地说，"但我敢说，他和普通人一样也常会犯错误。你的父亲说这场战争会在几个月内结束，我相信他说的，他的话比任何爵士的话都可靠。"

当天晚上，杰姆和杰瑞去了夏洛特敦，两天后他们穿着黄色卡其布做的军装回来了。整个溪谷村都沸腾了。在壁炉山庄，生活突然变得紧张而激动人心。布里兹太太和楠显得十分勇敢，面带笑容，表现得很平静。布里兹太太和科尼莉娅小姐已经在开始筹备红十字会。医生和梅瑞狄斯先生在村子里成立了一个爱国社团。里拉经历了最初的震惊后，逐渐开始寻找其中的浪漫感觉，尽管她仍然时不时感到心如刀绞。穿上军装的杰姆看上去帅极了。想想看，加拿大的小伙子们多么英勇——他们毫不犹豫地响应了国家的号召，不计个人得失而且毫无惧色。在那些没有哥哥报名参军的姑娘中，里拉算是真正扬眉吐气了一回。在她的日记中，她这样写道：

> 如果道格拉斯的女儿是个男子汉，
>
> 她也会和我一样勇敢无畏地去参战。

她确实是这样想的。如果她是个男儿身，她也会去参军。她

---

① 霍雷肖·赫伯特·基钦勒（Horatio Herbrt Kitchener, 1850—1916），英国陆军元帅，伯爵，是英国历史上最具影响力的名将之一。1914年第一次世界大战爆发后回国任陆军大臣，晋封伯爵，升为元帅。

对此深信不疑。

　　沃尔特在伤寒后并没有如他们所愿的那样尽快好起来，她真不知道自己该不该为这事感到高兴。她在日记中写道：

　　　如果沃尔特离开了，我一定会受不了。我非常爱杰姆，但是沃尔特是我生命中最重要的人。如果他走了，我会伤心得要死。这些天来，他似乎变了很多，几乎不怎么和我说话了。我猜他也想去，而且为不能入伍而感到难过。他很少和杰姆和杰瑞待在一起。当杰姆穿着黄色卡其布军装回来时，苏珊脸上的表情我永远都忘不了。她的脸在抽搐，在扭曲，就好像她马上就要哭出来似的，但是她最后只是说了这样一句，"杰姆，你穿上军装看上去像个真正的男人了。"杰姆听到她这样说就笑了，他从不介意苏珊把他当成个孩子。这里的每个人都很忙，只有我无所事事。我希望我能做点什么，但是似乎没什么可做的。母亲、楠和黛一直都忙忙碌碌的，而我只能像孤魂野鬼一样四处游荡。但是最让我伤心的是，母亲和楠的笑容像是故意装出来的。而现在，母亲眼里再没有笑意了。这让我感到我也不该再笑了，开心好像是一件十分邪恶的事。但是让我不笑太难了，即使是杰姆要当兵了。可是当我笑的时候，我也不再像以前那样开心了。在这一切的背后总有什么东西让我感到伤心。特别是当我在夜里醒来的时候，我会不由自主地哭起来，因为我害怕基钦勒爵士的预测是对的，这场战争会持续数年，杰姆可能会……不，我不能把那个字写出来。写出来就会让我感到那事真的会发生一样。前几天楠说，"对于我们每个人来说，生活不会再像从前那样了。"这让我想要反抗命运。等这一切结束后，杰姆和杰瑞回来了，生活为什么就不能恢复原样了呢？那时我们会高高兴兴、快快乐乐地继续生活，战争的日子将会成为一场噩梦。

现在每天等着报纸成了最让人激动的事。父亲会一把抓过报纸，我还从来没看见他这样过，而我们其他人则会围在他身旁，越过他的肩膀从上往下看报上的大标题。苏珊发誓说她从没相信过也永远不会相信报上说的任何一个字，但是她总会来到厨房的门口，听听报上说些什么，然后一边摇头一边转身向厨房走去。她现在总是气哼哼的，总是做杰姆最喜欢吃的菜。昨天，当她发现"星期一"又睡在了雷切尔·林德太太缝有苹果树叶的被单上时，她居然没有发脾气。"只有上帝才能知道你的主人不久会睡在什么地方，你这个可怜的不会说话的家伙"。她边说边把它轻轻地抱出了房间。但是她对"博士"的态度还是这样的强硬。按照苏珊的说法，那只猫一看到杰姆身穿军装回来，就立刻变成了"海德先生"。她认为这已充分证明了它的本性。苏珊是个很有趣的人，但是她已上了年纪了。雪莱说她既是天使，也是个好厨师。当然了，我们当中只有雪莱没受过苏珊的责备。

菲斯·梅瑞狄斯真是了不起。我觉得她和杰姆已经算是订婚了。不管到哪儿，她的眼里都闪闪发光，但她的笑容却有点僵硬、不自然，就像母亲的笑容。我不知道如果我的恋人要去打仗的话，我是否能像她那样坚强。自己的兄弟上战场就已经够受的了。梅瑞狄斯太太说，当布鲁斯·梅瑞狄斯听说杰姆和杰瑞要去打仗后，哭了整整一夜。他想知道他父

亲所说的 "K of K" 是否是 "万王之王"①。他是最可爱的小孩儿了。虽然我对于小孩普遍没兴趣，但我很喜欢他。我一点也不喜欢婴儿，不过要是我这样说，人们总会以非常惊愕的眼神看着我。唉，我真的不喜欢，我必须对自己诚实。如果别人抱着一个可爱的、白白净净的婴儿，我可以多看几眼，但是我无论如何也不会去碰他，而且我不会对他们产生一丁点的兴趣。格特鲁德·奥利弗和我的感受一样（她是我所知道的最诚实的人，她从来不会装模作样）。她说要等到婴儿大到能交谈时，她才不会对他们产生厌烦，然后她才会开始喜欢他们，但是是有所保留地喜欢。母亲、楠和黛都非常喜欢婴儿，她们觉得我不太正常，就因为我不喜欢婴儿。

自从上次舞会后，我就再也没见过肯尼斯。在杰姆回来后的一天晚上，他来过一次，但是我恰巧不在家。我想他根本没提到过我——至少没人告诉我他问起过我，我也下定决心不去打听，但这并不说明我在意这事。所有的那些事现在对我来说一点都不重要了。现在唯一重要的就是杰姆报名参军了，再过几天就要去瓦尔迪卡埃，②了。我那高大、帅气的哥哥杰姆啊！哦，我真为他感到骄傲！

我猜肯尼斯要不是因为脚伤，他也会去报名参军的。真是苍天有眼啊。他是她母亲唯一的儿子。如果他走了，她会有多伤心啊！独子就不该想着上战场！

---

① "K of K"是基钦勒爵士的缩写，与"万王之王"（King of King）缩写一样。
② 瓦尔迪卡埃，在魁北克城以北，在第一次世界大战期间，这里是加拿大重要的军队驻扎地。

当里拉还坐在彩虹幽谷时，沃尔特漫无目的地走了过来。他低垂着头，两手背在身后。当他看见里拉时，突然转身想要走开，接着又突然转过身来，来到她跟前。

"里拉-我的-里拉，你在想什么呢？"

"一切都变了，沃尔特，"里拉惆怅地说，"甚至连你——你也变了。一星期前，我们都还那么快乐，而现在我却茫然无措。我不知道该怎么办。"

沃尔特在她旁边的一块石头上坐下来，握住了里拉小巧的手。

"恐怕我们原来的生活已经不复存在了，里拉。我们必须面对现实。"

"一想到杰姆，我就难过。"里拉发自肺腑地说，"有时我会暂时忘记参军的真正含义，心里感到激动与自豪，但是过不了多久，恐惧又会像寒风一样袭来。"

"我很羡慕杰姆！"沃尔特烦躁地说。

"羡慕杰姆！哦，沃尔特，你——你不会也想去打仗吧？"

"我不想去，"沃尔特说，他凝视着眼前溪谷村下那一片葱绿的风景，"不，我不想去。但那正是问题所在。里拉，我不敢去。我是个胆小鬼。"

"你不是！"里拉愤怒地反驳道，"这没什么，任何人都可以害怕。你也是……嗯，你有可能会死在战场上。"

"如果没有什么疼痛的话，我并不害怕死亡，"沃尔特低声说，"我想我并不害怕死亡本身，我害怕的是临死前要承受的痛苦。死，让一切结束，并不那么糟，但是挣扎在死亡线上才是最糟的。当我想到我可能会残废或失明，我就止不住地发抖。里拉，我不能面对那样的事。如果我瞎了，就再也看不到这个美丽的世界，看不到四风港的月光，看不到冷杉树间闪烁的星光，看不到海湾上笼罩着的薄雾了。我本来应该去参军，我应该踊跃报名。但是我不敢，我痛恨这种感觉，我为此感到羞愧——羞愧。"

"但是，沃尔特，无论如何你是去不了的，"里拉悲悯地说，沃尔特想去参军使她心中产生了新的恐惧，她感到极不舒服，"你的身体还没有康复呢。"

"我已经好了。我觉得这个月已经完全恢复了。我知道，我能通过任何一项体检。大家都认为我恢复得还不够好，其实我也在借此逃避责任。我——我倒像是个姑娘。"沃尔特异常痛苦地嚷道。

"即使你身体已经恢复得足够好，你也不该去。"里拉哭着说，"母亲该怎么办呢？杰姆的事已经让她够伤心的了。要是你们俩都走了，她肯定会伤心死的。"

"哦，我不会去的，别担心。我告诉你，我害怕去打仗。在这事上我没有隐瞒。里拉，能把这事坦白告诉你，让我心里好受些了。我不会把我的心里话再告诉给其他任何一个人——楠和黛会因此而瞧不起我的。但是我痛恨这一切——恐惧、痛苦和丑恶。战争不是卡其布军服，也不是列队检阅——我所读过的有关战争的故事常折磨着我。我晚上睁着眼睛，想象着战场上的事情，我看到刀光剑影，短兵相接，血肉横飞，尸骨遍野。即使我能面对其他的一切困难，我也仍然无法面对这些。光想想我都会感到痛不欲生。去冲锋比迎接冲锋更可怕——用刺刀去杀死另一个人，这实在是太可怕了。"沃尔特扭曲着身体，浑身直哆嗦，"这段时间以来这些事一直在我的脑子里翻腾，但好像杰姆和杰瑞从来不考虑这些问题。他们笑着谈论要'把德国佬下油锅'。看到他们身穿军服的样子,我都要发疯了。他们认为我不高兴是因为我的身体还没恢复,不能去参军。"沃尔特苦笑了起来,"意识到自己是个胆小鬼,这个滋味可不好受。"

里拉用胳膊搂着他,把头依偎在他的肩上。她很高兴他并不想去打仗——因为她刚才真的吓坏了。沃尔特能把他的心事吐露给她,这真是太好了,是告诉给她,而不是黛。她现在不再感到孤单了,觉得她不再是一个无关紧要的人了。

"你难道不鄙视我吗,里拉-我的-里拉?"沃尔特焦急地问道。不知怎的,想到里拉可能会鄙视他,他会感到很难受,换作是黛藐视他,他同样也会这样难受的。他突然意识到自己是多么喜欢这个小妹妹,她有着一双可爱的眼睛和一张忧郁的少女面庞,而且她一直都崇拜着自己。

"不,我不会鄙视你的。为什么要鄙视你呢,沃尔特,要知道有无数人都和你有同样的感觉。你不知道吗?在五年级的课本里有莎士比亚的一句诗,'勇敢的人并不是心中没有恐惧。'"

"是的,但是,他也是'能用高贵的灵魂征服内心恐惧的人'。但我做不到。我们不能为我的懦弱找借口,里拉。我是一个胆小鬼。"

"你不是。想想以前你是怎么教训丹·瑞斯的吧。"

"那是一时的勇气,对于一辈子来说算不了什么。"

"沃尔特,有一次我听父亲说起过你,你的问题就是天性敏感,想象力丰富。事情还没发生,你就感知到了。你独自感受这一切,却没有什么能帮助你,让你去承受它们,让你不再为它们感到苦恼。这完全没什么值得羞愧的。两年前,山上的草着火的

060.

那次，你和杰姆的手都被烧伤了。杰姆疼得大呼小叫，你比他表现得还要沉着勇敢些。至于这场可怕的战争，有许多人会去的，你不去也没什么影响。它不会持续很久的。"

"我希望是这样。啊，该回去吃晚餐了，里拉。你最好快点回去。我什么也不想吃。"

"我也不想吃。我一口也吃不下。让我在这里陪你一会儿吧，沃尔特。你能够和我谈谈心，我感到特别开心。他们都觉得我太小了，什么也不懂。"

于是他们俩坐在彩虹幽谷中，直到夜晚来临。枫树林上空，星星透过浅灰色的薄薄云层在空中闪耀，微潮的夜色散发出迷人的芳香，在这个小小的幽谷间弥漫开来。这个夜晚，里拉会一辈子珍藏心间。在这一晚上，沃尔特和她倾心交谈，第一次把她当成大人，而不是小孩子。他们相互安慰，相互给予对方力量。沃尔特觉得对于可怕战争的恐惧并不再是那么可鄙的事了。里拉很高兴沃尔特向她吐露心中的苦恼——她同情沃尔特，支持并鼓励他。她终于在别人心中有分量了。

当他们回到壁炉山庄时，几位到访的客人正坐在门廊上。梅瑞狄斯夫妇、诺曼·道格拉斯夫妇都来了。索菲娅表姐也在那里，和苏珊坐在后面的阴凉处。而布里兹太太、楠和黛都不在家，只有布里兹先生在家——"杰基尔博士"也在，它无比威严地坐在最高一级的台阶上。他们都在谈论战争，除了"杰基尔博士"以外。它像一只猫所能做的那样，尽量保留自己的观点，露出一脸的不屑。在那些日子里，只要两个人碰上了，就会自然而然谈论起战争。上港口村的海兰·桑迪独自在他家几英亩地的农场上一边干活一边破口大骂德国皇帝。沃尔特悄悄地离开了，他不想和别人打招呼，也不想被人注意到，但是里拉却在台阶上坐了下来。此时花园里的薄荷已沾上了露珠，散发出阵阵幽香。这是一个平静的夜晚，金色的余晖洒满了溪谷村。在刚刚过去的令人心烦的一个星期里，只有这一刻让她感到最愉快。她现在再也不用忧心忡忡了——沃尔特不会去打仗了。

"如果我能年轻二十岁的话，我也要去参军，"诺曼·道格拉斯嚷嚷道，诺曼一激动，就会不由自主地提高嗓门，"我会给德国皇帝一点颜色看看！我说过世上没地狱吗？地狱当然有，有许多地狱，成百上千的地狱，都是为德国皇帝和他那伙人准备的。"

"我早就知道要打仗了，"诺曼太太得意扬扬地说，"我早就预料到了。我真应该预先警告那些愚蠢的英国人。我很多年前就告诉过你，约翰·梅瑞狄斯，德国皇帝居心不良，你当时还不信。你说他不敢把整个世界卷入战争。到底谁更了解德国佬，约翰？是你——还是我？你说说看。"

"是你对了，我得承认。"梅瑞狄斯先生说。

"现在承认已经太晚了。"诺曼太太摇着头说，好像在暗示说，要是梅瑞狄斯先生早些承认了的话，就能避免战争似的。

"感谢上帝，英国的海军已经准备就绪了。"医生说。

"感谢主，"诺曼太太点点头说，"虽然他们中大多数人都是榆木脑袋，但是还是有些聪明人能预见到这一切。"

"英国军队会好好教训德国人的。"诺曼大声嚷道，"等英国军队开赴战场，德国皇帝就会吃苦头了。德国皇帝会发现真正的战争跟翘着胡子在柏林附近游行完全是两回事。"

"英国现在没有像样的军队。"诺曼太太强调说，"你用不着瞪着我，诺曼。瞪着我也不能把稻草人变成士兵。十万人的军队根本抵挡不了德国的百万军队，他们只是小菜一碟，德国军队一下子就会把它们吃掉。"

"我想，即使英国军队只够他们吃上一口，德国人真想要把它吃到肚里去，也不会那么容易的，"诺曼固执而勇敢地说，"他们会硌碎德国人的牙齿。英国士兵能以一挡十呢，你不相信吗？"

"我听说，"苏珊说，"那个老普赖尔先生不看好战争。他说英国介入战争，是因为它在妒忌德国，还说英国一点也不关心比利时的惨剧①。"

"我相信他一直在说那样的胡话，"诺曼说，"幸好没有让我听到，如果让我碰上了，我会让这个'月球大胡子'找不着北。我知道我那个好亲戚——凯蒂·埃里克也是这样想的。幸好她没有当着我的面说出来——不知怎么回事，只要我在场，他们就绝口不谈这个话题。可能是因为他们都知道我的脾气，不敢在我面前谈论这件事情。"

"我很担心这场战争是对我们罪孽的惩罚。"索菲娅表姐说，她那双苍白的手一直顺从地放在膝盖上，现在郑重其事地举起来放在了胸口上，"这个世界是非常邪恶的——清除这些罪恶的时候到了。"

"牧师也是这样想的，"诺曼笑着说，"对吧，我的牧师？几天前的那个晚上你的布道词是：'不流血，就没法缓解罪孽。'我不同意你的说法，我当时就想从座位上站起来，大声宣布说你的话完全没有道理。但是艾伦把我拦住了。我结婚后就被剥夺了顶撞牧师的乐趣。"

---

① 1914年8月3日，德军对永久中立国比利时不宣而战。8月9日，德军攻占比利时全境，并且驱逐在比利时境内的法军回法国境内。

"不流血就什么也实现不了。"梅瑞狄斯先生说，他的语调极其温和，但在说服他的听众方面能起到意想不到的效果，"在我看来，任何东西只有通过自我牺牲才能得到。在我们人类痛苦的前行过程中，每前进一步都要付出鲜血的代价，而现在又需要鲜血横流了。不过，克劳福德太太，我不认为这场战争是对罪孽的惩罚。我认为这是人类为了获得上帝的恩赐而必须付出的代价——为了获得某种进步，这是个很大的进步，值得让我们付出如此惨重的代价——也许我们不能活着看到这个进步，但我们的子孙后代会因此而受益。"

"如果杰瑞战死了，你还会这样想吗？"诺曼问道，他一辈子都这样咄咄逼人，而且从来也没想过这种直言不讳有什么不对，"行了，艾伦，别踢我的腿。我只是想知道牧师说的是心里话呢，还是在装腔作势？"

梅瑞狄斯先生的脸有些发抖。在杰姆和杰瑞去镇上的那个晚上，他独自一人在书房中度过了难熬的一夜，但是他现在却平静地回答：

"不管我的感受如何，都无法改变我的信仰。我坚信那些勇敢的孩子们在保卫祖国，他们愿意为祖国献出生命，这样的国家将会迎来光明。"

"你说的是实话，牧师。我能分辨出人们是否在说实话。我天生就有这个本事，所以大多数牧师都很怕我。不过，我还没有发现你说过假话。我一直希望我能发现你不诚实的地方——这就是我心甘情愿去教堂的真正原因。那对我来说是很大的一个宽慰，也会成为一个可以用来还击艾伦的有力武器，要知道，她总是想方设法地要开化我。好了，我要顺道去看看艾伯特·克劳福德了。愿神保佑你们！"

"这些顽固的异教徒！"当诺曼大踏步离开时，苏珊嘟囔道。她不在乎艾伦·道格拉斯是否听到了她说的话。苏珊搞不明白，为什么诺曼·道格拉斯这么无礼地冒犯牧师，上帝的怒火却没有从天而降？不过更让苏珊不解的是，梅瑞狄斯先生好像很喜欢他的这个姐夫。

里拉希望他们能谈谈除了战争之外的其他的事。这一星期来，她的耳朵除了战争、战争、战争，再也没有别的什么了，她开始感到厌烦了。既然她已摆脱了恐惧——沃尔特不会去打仗了，再听到有关战争的话题只会徒增她的不耐烦。但是，这有什么办法呢，她叹了口气，大概人们还会津津乐道地谈论上三四个月吧。

苏珊、里拉和"星期一"的决心

壁炉山庄宽敞的客厅里，白色的棉布堆得到处都是。红十字会总部通知说需要大量的被单和绷带，楠、黛和里拉都忙得不可开交。布里兹太太和苏珊在楼上男孩们的房间里忙碌着。她们正在打点杰姆的行装，她们的眼睛干涩而疼痛。杰姆第二天一大早就要去瓦尔迪卡埃军营了。大家都知道这是迟早的事，但当这天真的到来时，大伙儿的心里都感到特别难受。

里拉正在缝被单，这是她生平第一次干这活儿。当通知杰姆报到的命令传来时，里拉跑到彩虹幽谷的松树林里痛哭了一场，然后跑去找她的母亲。

"妈妈，我想做点事情。我只是个姑娘——我不可能去打仗——但是我必须在家里做一些力所能及的事。"

"做被单的棉花已经运来了，"布里兹太太说，"你可以帮楠和黛缝被单。还有，里拉，你可以组织年轻姑娘们成立一个'青年红十字会'呀。我想她们会更喜欢有自己的组织，这样，你们就比跟成年人待在一起好多了，而且还能把工作干得更出色。"

"可是，妈妈，我从没有干过这样的事情。"

"在今后的几个月里，我们都得去做许多我们以前从未做过的事，里拉。"

"好吧，"里拉毅然决然地说，"我会试试看的，妈妈……不过你要告诉我从哪里入手。我已经想好了，我决心尽我最大的努力，做到坚强、勇敢、无私。"

听完里拉的这番豪言壮语，布里兹太太并没有笑。也许她已经不习惯笑了，也许在里拉的浪漫表态中，她真切地感受到了里拉的决心。所以里拉现在一边缝被单，一边思考着如何组建"青年红十字会"。是的，她喜欢从事这样的工作，而不是待在这里缝被单。组建"青年红十字会"这项工作很有趣，而且里拉也发现自己身上具备这样的组织能力，这让她感到很吃惊。谁来当主席呢？当然，她自己不能当，再说，那些比她大的姑娘也不会同意的。艾琳·霍华德行吗？不行，不知怎的，艾琳人缘不够好。玛乔里·德鲁？不行，玛乔里的魄力不够，她总是赞同最后一个发言人的意见。贝蒂·米德——沉稳、干练、机智的贝蒂——就是她了！尤娜·梅瑞狄斯做出纳。如果她们非要坚持的话，里拉可以答应做秘书。至于各种委员，可以等"青年红十字会"成立之后再讨论。现在，里拉都已经想好了谁该负责什么工作。她们需要经常开会，开会的时候不能捎带聚餐，里拉知道在这个问题上她会和奥利弗·柯克发生激烈的争辩。每件事都应该规规矩矩地照章办事。她们的会议记录本的封面应该是白色的，封面上还要印上红十字。统一服装是不是会更好些呢？这样，在她们去音乐会上募捐时就可以穿着统一的制服了——要简单而又美观的。

"糟糕，你把上边缝在这一侧，又把底边缝到另一侧去了。"黛说。

里拉只好把缝上的线拆开。她一点也不喜欢缝纫，真的。组织"青年红十字会"会有趣一些。

布里兹太太在楼上说："苏珊，你还记得杰姆小时候的样子吗？他向我伸出他的小手，叫我'嬷嬷'——那是他说的第一句话。"

"关于那个乖宝宝的事，有哪一件事我不记得？我会一直记得，直到我进坟墓。"苏珊板着脸说。

"苏珊，我今天老是想起他在半夜里哭着找我的那一次，那时他才几个月大。吉尔伯特不想让我去抱他，他说这孩子很舒服，也很暖和，没必要抱着他，去抱他只会助长他的坏习惯。可是，我还是去了，把他抱了起来，他的小手紧紧搂着我的脖子，到现在我都还能感觉到。苏珊，如果二十一年前的那个夜晚，我没去抱那个哭着找妈妈的孩子，我就没法面对明天早上的分别了。"

"我不知道明天该怎么办，亲爱的医生太太。但是千万不能说那就是最后的告别。在他开赴战场前，他还会回来探望的，对吗？"

"我们希望如此，但不能确定。我就当他没有机会回来了，这样我就不会太失望了。苏珊，我已经下定决心，明天我要面带笑容给我的孩子送行。我不能给他留下脆弱的印象，他已经勇敢地参军了，他的母亲应该同样勇敢。我希望我们谁都不要哭。"

"我不会哭的，亲爱的医生太太，这一点你不用担心。但是我笑不笑得出来，那就要看上帝的安排和我的心情了。你那个包裹还有多余的地方吗？这里还有水果蛋糕、脆饼和馅饼。这样不管魁北克有没有东西吃，这个乖宝宝都不会挨饿了。好像一下子什么都变了，不是吗？连牧师家的那只老猫都死了。亲爱的医生太太，要是'海德先生'死了，我是一点都不会伤心的。自从杰姆穿着军装回来后，它大多数时候都处于'海德先生'的控制下，那一定预示着什么。我不知道杰姆离开后，'星期一'会怎样。这条狗肯定是通人性的，当我第一眼看见它时，我就忍不住喜欢上了它。艾伦·威斯特过去总是咒骂德国皇帝，那时我们都认为她疯了，现在我明白了她的疯狂是有道理的。"

　　杰姆·布里兹和杰瑞·梅瑞狄斯在第二天早晨离开了溪谷村。那天天色阴沉，厚重的乌云在天边翻滚，一场暴雨即将来临。除了"月球大胡子"外，几乎所有的人都来给他们送行了，这些人中有的来自圣玛丽溪谷村和四风港，有的来自港口上头、上溪谷村和港口那边。布里兹家和梅瑞狄斯家的每个人都面带笑容。甚至是苏珊，就像是遵照上帝的旨意一样，也挂着笑容，虽然这个笑容看起来比哭还痛苦。菲斯和楠面色苍白，但都表现得十分勇敢。里拉希望能表现得体些，但是喉咙里像被什么哽住了，嘴唇还时不时地发抖。"星期一"也来了。杰姆本想在壁炉山庄跟它告别，但是"星期一"哀怜的眼神打动了他，他心软了下来，让它跟着来到了火车站。"星期一"紧贴着杰姆的腿，眼巴巴地看着它心爱的主人的一举一动。

　　"我受不了那条狗的眼神。"梅瑞狄斯太太说。

　　"这动物比人还重感情。"玛丽·范斯说，"米勒脑子进水了，他也想去，但是我很快就打消了他的这个念头。我和凯蒂·埃里克头一次意见一致。这真是个百年不遇的奇迹，估计以后再也不会发生了。里拉，肯尼斯来了。"

　　里拉知道肯尼斯也在场。当他从利奥·威斯特的马车上跳下来后，里拉就注视着他的一举一动。现在他笑着向她走了过来。

　　"我知道，你现在需要表现成一个'勇敢的、微笑的妹妹'。溪谷村里居然来了这么多人!顺便说一句,再过几天,我要回家了。"

里拉突然产生一阵被人遗弃的感觉,杰姆的离去都没有让她感到这么难过。

"怎么了?你的假期不是还有一个月吗?"

"是有假期,但是当世界上战火四起时,我怎么能在四风港闲荡,光顾着自己高兴呢?那个小小的古老的多伦多才是我该去的地方,在那里兴许我能帮上点忙,尽管我的脚伤让我真是烦透了。我不想去找杰姆和杰瑞了,他们让我嫉妒得要命。你们姑娘真是了不起——没有哭泣,也没有一脸的沉重。这样,小伙子们才会安心地离开。希望轮到我离开家时,帕西丝和妈妈也能表现得如此勇敢。"

"哦,肯尼斯,还没轮到你,战争就会结出(束)了。"

天啦!她又吐字不清了。一生中的另一个重要的时刻被毁了!算了,这就是她的宿命。不管了,这都不重要了,肯尼斯已经走开了,去找埃塞尔·瑞斯说话去了。埃塞尔今天七点就起来打扮了,穿的是那晚参加舞会时穿的礼服,现在正哭哭啼啼。埃塞尔·瑞斯凭什么要哭?瑞斯家又没人参军。里拉也想哭,但是她不能哭。那个可恶的德鲁老太婆正在对母亲说什么呢?她总是一副悲悲切切的样子。"布里兹太太,我不知道你怎么能忍受得了这一切。如果是我的儿子,我就会受不了。"母亲——哦,永远可以依靠的母亲!她的脸色苍白,但是灰色的眼睛却显得那么明亮!"这还不是最糟的,德鲁太太。如果需要我鼓励他去参军,那才叫人难过呢。"德鲁太太不明白这话是什么意思,但里拉能够明白。她扬起了头,她知道她的哥哥不需要别人催促和鼓励。

人们在站台上走来走去。里拉独自站在一边，她能听到从她身边经过的人们所说的只言片语。

"我让马克等一等，看看他们是否还要招更多的人。如果需要的话，我会让他去的，但他们应该不会了。"帕莫·伯尔太太说。

"我想用天鹅绒来做缎带。"贝茜·克洛说。

"我不敢看我丈夫的脸，害怕在他脸上看到他也想去。"一个港口那边娇小的新娘说。

"我怕得要命。"反复无常的吉姆·霍华德太太说，"我既害怕吉姆会去报名，又害怕他不敢去。"

"战争会在圣诞节前结束的。"乔·维克说。

"让那些欧洲国家自己打去吧。"阿博纳·瑞斯说。

"英帝国现在岌岌可危。"卫理公会的牧师说。

"军服确实很吸引人。"艾琳·霍华德叹息道。

"说到底这是一场贸易战，不值得善良的加拿大人为此流一滴血。"从海滨酒店来的一位陌生人说。

"布里兹家的人满不在乎。"凯特·德鲁说。

"他们那些小傻瓜是去冒险。"内森·克劳福德低声抱怨说。

"我对基钦勒爵士有十足的信心。"港口那边的医生说。

在短短的十分钟里，里拉就感受到了人类各种各样的情感，有愤怒、欢乐、轻蔑、忧虑和欢欣鼓舞，让她头晕目眩。哦，人是多么有趣啊！他们根本就不了解壁炉山庄的人！"满不在乎"，事实上，就连苏珊也整夜没合眼！凯特·德鲁真是个肤浅无知的女人。里拉觉得她自己好像正在做一场噩梦。

火车来了——妈妈握着杰姆的手——"星期一"舔着他的手——大家都向他们告别。火车进站了。杰姆当着众人的面吻了菲斯。德鲁太太歇斯底里地哭了起来，男人们在肯尼斯的带头下欢呼起来。里拉感到杰姆抓住了她的手——"再见了，蜘蛛。"——有人吻了她的面颊，她觉得是杰瑞，但不能肯定。他们上了车——火车开动了——杰姆和杰瑞向大家挥手告别，大家也向他们挥手。母亲和楠还在微笑，好像她们忘了要换一种表情。"星期一"哀号着，要不是有卫理公会的牧师拼命抱住它，它一定会发疯似的去追赶火车。苏珊挥舞着她那顶最好的帽子，像男人一样高声叫好——她是不是疯了？火车拐过了一弯道。他们消失了。

里拉叹了口气，回过神来。一切都陷入了寂静中。现在已经没什么可做的了，只能回家去，等待。起初没人注意到"星期一"。等他们想起它来时，它已不在了。雪莱只好跑到火车站去找它。他发现它蜷缩在车站旁的一个货棚下面。他试着哄它回家。但"星期一"就是不愿意离开。它摇着它的尾巴，表示说它并不想与他作对，但它不打算回家——任何威逼利诱对它都没有用。

"我猜'星期一'是下定决心要在那儿等杰姆回来了。"雪莱回到了那一群年轻人中间，试图挤出点笑容来。"星期一"真的这样做了。它亲爱的主人走了，它却被抛弃了，一个伪装成牧师的恶魔故意地、有预谋地拦住它，不让它去追赶主人。一个冒着黑烟、呜呜乱叫的妖怪把它的主人带走了。所以，它，"星期一"，要等在那儿，直到那个妖怪把它的主人给送回来。

忠诚的小家伙，你温柔的眼中透着惆怅和疑惑。好吧，你就在这儿等着吧。可是就在你的那个大男孩回来之前，你不知道会经历多么漫长而痛苦的等待啊。

医生那晚出诊去了，苏珊在回房睡觉前悄悄走进布里兹太太的房间，她想看看她亲爱的医生太太是否会"不舒服"，是否"安定"下来。她庄重地站在床边，用同样庄重的口气说："亲爱的医生太太，我已经下定决心要当个女英雄了。"

亲爱的医生太太想笑，但是最终忍住了，以前里拉发表类似的豪言壮语时她也没有笑，如果现在要笑的话，这对苏珊来说显然不公平。里拉是个穿着雪白裙子的瘦削的小姑娘，有着如花似玉的面庞，一对随着情绪起伏变化而闪烁的明亮眼睛。相比之下，苏珊穿着样式异常简单的灰色法兰绒睡袍，灰白色的头发上绑了一根红色的绳线，那是作为抵挡神经痛的护身符。可是，外表的差异并不重要，重要的是内在的精神力量，不是吗？布里兹太太想忍住不笑，但这太难了。

"我决定，"苏珊继续坚定地说，"不再像以前那样唉声叹气，哭天抢地。我再也不会怀疑上帝的智慧了。哭泣、逃避或责怪上帝都没有什么意义。我们必须专心做好我们该做的事情，不管是给洋葱地除草，还是管理一个政府，做好自己的本职工作就行了。我会非常坚强的。那些可敬的孩子们已经去打仗了，而我们女人，亲爱的医生太太，我们女人必须要照看好一切，而且要咬紧牙关。"

战时婴儿和大汤盆

"列日①，那慕尔②，现在又是布鲁塞尔③！"医生摇着头说，"形势不妙，形势不妙。"

"别泄气，亲爱的医生，这些地方都是由外国人驻守的。"苏珊自信地说，"等德国人遇到了英国人，情况就会完全不同了，你要相信我的话。"

医生又摇了摇头，但这次要稍稍轻松点了，可能他们在下意识里都赞成苏珊的看法，"那条细细的灰色防线"固若金汤，即使是德国战无不胜的百万大军穷追猛打也奈何不了。因此，当可怕的消息传来，英军被迫后撤④。他们面面相觑，惊慌失措，但这还仅仅是一个开始，接下来的日子里他们天天度日如年，担惊受怕。

"这，这不可能是真的。"楠艰难地吐出了这几个字，用暂

---

① 列日(Liège)，比利时城市，距荷兰30公里，距德国45公里。
② 那慕尔（Namur），比利时中部城市，那慕尔省首府。
③ 布鲁塞尔（Brussels），比利时的首都。
④ 1914年9月3日，德军逼近巴黎，法国政府被迫撤退至波尔多。9月5日—9月12日，德军与英法联军在巴黎近郊马恩河至凡尔登一线爆发马恩河战役，结果两败俱伤，德军转入战略防御，固守安纳河一线，战斗开始演变为阵地战。接着，双方将阵地战又逐渐演变成在海边进行的运动战，结果英法联军大败。

时的怀疑来逃避现实。

"我就觉得今天会有坏消息。"苏珊说，"那只猫今天早上无缘无故地变成了'海德先生'，那可不是个好征兆。"

"一支被击溃了的军队，但是士气仍然高涨。"医生读着伦敦发来的新闻报道，小声地嘀咕道，"这说的是英国的陆军吗？"

"看来离战争结束遥遥无期了。"布里兹太太绝望地说。

听到这条消息后，苏珊的信心也受到了短暂的打击，但是她很快又恢复了信心。她欣欣鼓舞地说：

"别忘了，亲爱的医生太太，英国的陆军不等于英国的海军。永远不要忘了这一点。还有，俄国人正在开赴前线。不过我不太了解俄国人，因此不知道他们是否靠得住。"

"俄国人可来不及给巴黎解围。"沃尔特沮丧地说，"巴黎是法国的心脏——现在通往巴黎的道路上已经没有障碍了。哦，我真希望……"他突然停住了，扭头走了出去。

一整天的惊吓后，壁炉山庄的人们发现生活还能继续下去，不过从前线传来的消息越来越可怕。苏珊在厨房里拼命地工作，医生继续出去巡诊，楠和黛继续忙着红十字会的工作，布里兹太太去夏洛特敦参加了一个红十字会的联络大会。里拉在彩虹幽谷痛哭了一场，然后又在日记中宣泄了一番，现在心情好多了。她想起了她"要做勇敢的女英雄"的承诺，觉得自己该做点实事。她主动请缨去收集村民们承诺捐给红十字会的物资。骑着阿博纳·克劳福德家的灰色老马在溪谷村和四风港转一圈也算是英勇的举动。壁炉山庄的一匹马瘸了，而医生需要用另一匹马，因此她只能选择克劳福德家慢悠悠的老马。这是一匹毛皮很厚的马，性情温和，是个慢性子，它有一个习惯，那就是每走上几米就要停下来，用一条腿去驱赶另一条腿上的苍蝇，里拉简直要急死了，就跟"德军人离巴黎只有八十公里远"的消息一样令人心急如焚。但她还是勇敢地踏上了征程，而且收获颇丰。

这天将近傍晚的时候，里拉的马车上已堆满了包袱。她来到通向港口的一条杂草丛生、满是沟痕的小路入口处，安德森家的房子就在小路边。里拉犹豫着要不要去拜访安德森夫妇。安德森家一贫如洗，所以安德森太太恐怕没有什么可捐赠的东西。但是另一方面，她的丈夫是个英国人，战争刚一爆发就参军了。他当时在金斯波特工作，听到消息后，直接坐船去了英国——没来得及回家，也没有给家里寄钱。在这种情况下，如果里拉不去拜访，安德森太太很可能会不高兴。里拉决定要去试一试。在随后的一段日子里，她对这个决定后悔不已，但在后来更长的岁月里，她又庆幸自己当时这样做了。

安德森家的房子又小又破，隐藏在一小片不断受到海风侵袭的冷杉林里，就好像它为自己的简陋感到羞愧，急于要躲藏起来一样。里拉把那匹灰色的老马拴到东倒西歪的栅栏上，然后走到了门前。门是开着的，门里面的景象让她顿时呆若木鸡。

正对着大门的是一间小卧室，门是敞开的，透过那扇门，里拉看到安德森太太躺在凌乱的床上——她已经死了，毫无疑问，她死了。同样毫无疑问的是，另一个红头发、红脸庞、脏兮兮的大胖女人还活得好好的，她正坐在门口，悠然自得地抽着烟斗。在一片脏乱的场景中，她慵懒地躺在摇椅上，摇晃着身子，全然不顾屋子中间摇篮里传来的声嘶力竭的哭声。

里拉认识眼前这个女人，也知道她的为人。她是康诺弗太太，就住在下面的渔村里，是安德森太太的姨婆，不仅抽烟，而且还酗酒。里拉的第一反应是转身逃走，但是，她又转念决定留下来。虽然这个女人的名声不好，但她可能也需要帮助，尽管她看起来根本不需要帮助。

"进来。"康诺弗太太说。她放下烟斗，用她那双小小的、老鼠一样的眼睛盯着里拉。

"安德森太太，她……真的死了吗？"里拉跨过门槛，怯生生地问。

"一动也不动了，"康诺弗太太开心地回答说，"死了有半个小时了。我已经让詹·康诺弗去给殡仪馆打电话了，顺便再到海边去叫些人来帮忙。你是医生的女儿，对吗？"

"她……突然死了？"

"嗯，她早就不行了，自从那个窝囊废吉姆去了英国后——他走得真不是时候。我想就是那个消息要了她的命。那个小东西是两个星期前出生的。孩子生下来后，当妈的就不行了。今天好像好了一点，没想到却突然死了。谁也没有料到。"

"有什么需要我帮忙的吗？"里拉迟疑地问道。

"上帝'保育'（保佑）你，不用了，除非你有哄小孩的本事。我可不行。那个小东西不分白天黑夜，一直哭个不停。不过，我已经习惯了，全把这当成耳边风。"

里拉踮着脚尖，小心谨慎地走到了摇篮旁边，然后更加小心地揭开了一块脏兮兮的毯子。她可不想去碰那个婴儿——她也没有哄孩子的本事。她看到一个又小又丑的东西，裹在一块脏兮兮的旧法兰绒布里。婴儿的脸涨得通红，痛苦地号啕——里拉没见过比这更丑的婴儿了。但是她觉得眼前这个无依无靠的小家伙很可怜，里拉突然有了恻隐之心。

"这个婴儿以后怎么办？"里拉问。

"上帝才知道。"康诺弗太太坦言说，"明丽·安德森在临死前非常担心这个孩子。她不停地说，'哦，我那可怜的孩子可怎么办呀。'我都被烦死了。我可以老实告诉你，我才不会为这事烦心。我对明丽说最好把他送到孤儿院去，等吉姆回来再把他接出来。她不赞成这样做，但有什么办法啊，看来只能如此了。"

"但是在送他去孤儿院之前，谁来照看他呢？"里拉刨根问底。不知怎的，这个婴儿的命运牵动着她的心。

"看样子只能是我。"康诺弗太太咕哝着说，她放下了烟斗，从身边的架子上拿过来一个黑色的瓶子，喝了一大口，"我觉得那个孩子活不长。他体质太差了。明丽的体质很差，我猜孩子也一样。他很快就不会给别人添麻烦了，那我就解脱了。"

里拉把毯子又揭开了一点儿。

"怎么，这婴儿没穿衣服！"她震惊地叫起来。

"我倒想知道，谁会有兴趣去给他穿衣呢？"康诺弗太太凶巴巴地问，"我可没时间，我的时间都花在照顾明丽上了。这孩子出生时，是比利·克劳福德老太太把他清洗干净的，然后她就把他裹在了那块法兰绒里。之后，一直是詹在照看他。反正这个小东西又不冷。这种天气一点也不冷。"

里拉沉默了，她低头看着这个哭闹着的婴儿。从她出生到现在，还从没遇见过什么悲惨的事情，这个婴儿的命运深深地触动了她的内心。可怜的母亲孤孤单单地长眠于九泉之下，可是心里还牵挂着她的孩子。可怜的孩子身边除了这个可怕的老女人外，再也没有任何亲人。里拉心如刀割。要是她早来一步就好了！可是，她早来一步又能做什么呢——她现在又能做什么呢？她不知道，但她必须得做点什么！她讨厌婴儿——但她不可能转身走开，不可能把这个可怜的小家伙留给康诺弗太太。康诺弗太太又拿起了那个黑色的瓶子，等有人赶来的时候，她可能早已酩酊大醉了。

"我不能留在这里。"里拉心想，"克劳福德先生说过，我必须在晚饭之前回去，因为他今晚要用这匹马。哦，我该怎么办？"

她突然做了一个冲动而疯狂的决定。

"我想把这个孩子带回家，"她说，"可以吗？"

"当然可以，只要你愿意。"康诺弗太太心平气和地说。

"可我……没法抱着他。"里拉说，"我必须牵着缰绳，我怕会把他摔下来。有没有……能装下婴儿的东西，比如说篮子？"

"据我所知，没有。我给你说，这里没多少东西。明丽又穷又没出息，像吉姆一样。你去那个抽屉里看看，里面应该有几件婴儿的衣服，最好把它们也一起带上。"

里拉找到了衣服，都是廉价破旧的衣服，是可怜的妈妈尽其所能为孩子准备的。但是这并不能解决眼前最紧迫的问题——如何把婴儿带走。里拉茫然无助地四处搜寻。哦，要是妈妈在该多好，或者苏珊也行！最后，她在碗柜的后面发现了一个斗大的蓝色汤盆。

"我可以把孩子装在这里面吗？"她问道。

"哦，那不是我的汤盆，不过，我想你可以把它拿走。小心，别把它摔碎了——如果吉姆能够活着回来，发现汤盆被打碎了，他肯定会小题大做的——他一定能活着回来，他在战场上不会有什么作为。那个汤盆是他从英国带来的——据说是祖传的。

他和明丽从来没有用过这个汤盆——他们没有足够的汤——不过吉姆把它当宝贝。他会非常在意一些无聊的东西，但是却从来不在乎盘子里是否有足够的食物。"

里拉·布里兹生平第一次触摸到了婴儿。她把婴儿抱起来，裹在一张毯子里，她紧张得全身发抖，生怕把婴儿摔倒在地上，或者把婴儿给摔碎了。然后，她小心翼翼地把婴儿放进了汤盆。

"他会不会透不过气来？"她担心地问道。

"可能性不大。"康诺弗太太说。

里拉还是很担心，她把婴儿脸上的毯子又弄松了一些。这个可怜的小家伙已经停止了哭泣，正在眨巴着眼睛看她。他的那张小脸很难看，但是却有着一对又黑又大的眼睛。

"最好别让他吹风。"康诺弗太太告诫她，"如果吹了风，他会喘不过气来的。"

这就是里拉·布里兹的遭遇：一个自认为痛恨婴儿的人，驾着马车来到了安德森家，从这家离开时，却带走了一个婴儿，放在膝盖上的大汤盆里！

里拉觉得回家的路太漫长了，仿佛永远也到不了壁炉山庄。大汤盆里出奇的安静。一方面她庆幸这个婴儿没有哭，另一方面她又希望他能时不时发出点声音，好证明他是活着的。他是不是已经闷死了？里拉不敢掀开毯子去看一眼，因为那时正在刮大风，她害怕婴儿"喘不过气来"——或者是别的什么可怕的后果！终于她回到壁炉山庄，心中充满了无限感激。

里拉端着大汤盆来到厨房，放在了苏珊的眼皮底下。苏珊朝汤盆里看了一眼，惊得瞠目结舌，一句话都说不出来。

"这是什么东西？"医生走进厨房来问。

里拉一五一十地讲述了事情的经过。"我不得不把他带回来，父亲，"她最后说，"我不能把他留在那。"

　　"你打算怎样处置他？"医生冷冷地问。

　　里拉还没想过这样的问题。

　　"我们……在我们想到更好的办法之前……我们能收容他一段时间……行吗？"她不知所措，结结巴巴地说。

　　布里兹先生在厨房里来来回回走了好几圈。与此同时，那个婴儿正目不转睛地盯着汤盆白色的内壁。苏珊此时也缓过神来了。

　　过了片刻，医生对里拉说：

　　"里拉，养一个婴儿就意味着家里会增添额外的工作和麻烦。楠和黛下周就要去雷德蒙了，而在现在这种情况下，你母亲和苏珊已经不可能抽出更多的精力来照顾这个婴儿。如果你想要留下这个婴儿，你就必须负责照看他。"

　　"我！"里拉万分吃惊，变得有些语无伦次，"为什么……父亲……我……我……做不到！"

　　"比你年轻的姑娘都会照看婴儿。我和苏珊都可以向你提供指导。如果你做不到，那么这个孩子就必须送还给梅格·康诺弗。那样的话，这个孩子可能就活不太长了。我能够看出来，这个孩子身子很虚弱，需要悉心照顾。我觉得即使把他送到了孤儿院，他也会活不长。但是不管怎么说，我不能让你母亲和苏珊过度操劳。"

　　医生说完，走出了厨房，他的态度非常严厉，毫无商量的余地。他心里很清楚，汤盆里的小家伙肯定会留在壁炉山庄，但是他想看看里拉是否敢于承担责任。

　　里拉坐了下来，一脸茫然地看着这个婴儿——让她照顾婴儿，多么荒唐的想法！但是，她又觉得这个小可怜是多么瘦小，刚刚去世的母亲是多么担心他啊，那个上了年纪的梅格·康诺弗是多么可怕啊。

"苏珊，该怎么照顾一个婴儿？"她沮丧地问道。

"你必须让他保持暖和、干爽，要每天给他洗澡，还要注意水温不能太热或太凉，每两个小时就要给他喂一次奶。如果他肚子疼，就把热东西捂在他的肚子上。"苏珊说，语气相当轻柔而平淡，完全不是她平日的风格。

婴儿又开始哭了。

"他一定是饿了，必须给他弄点儿吃的。"里拉焦急地说，"告诉我该给他喂点什么，苏珊，我去给他弄。"

在苏珊的指导下，里拉按照比例把牛奶和水混和好，又从医生的工作间里找来了一个瓶子。然后把婴儿从汤盆里抱了出来，开始给他喂奶。她从阁楼上把她自己小时候用过的摇篮拿下来，把睡着了的婴儿放在了摇篮里。她把汤盆放到了储藏室。最后，她坐下来仔细思考该怎么办。

她思考了很久。当孩子醒了之后，她又去找到苏珊。

"苏珊，我决定要试试看。我不能让这个可怜的小家伙回到康诺弗太太那里。告诉我该给他怎么洗澡、换衣服吧。"

在苏珊的指点下，里拉给婴儿洗了个澡。苏珊只能在一旁指导，不敢动手帮忙，因为医生就在客厅里，随时都可能走到厨房来。苏珊了解医生的脾气——如果他决定了什么事情，就必须照办，没有丝毫商量的余地。里拉咬紧牙关，干了起来。天啦，一个婴儿怎么会有这么多皱纹？而且，婴儿太小了，她没法抓牢他。哦，要是他滑到水里去了该怎么办——他动得太厉害了！他为什么哭得没完没了？这么一丁点大的东西怎么能发出这么大的声音来？从地窖到阁楼，整个壁炉山庄都能听到他的哭声。

"我真的弄疼他了吗？苏珊，你觉得这样做有问题吗？"她可怜巴巴地问。

"没事，亲爱的。大多数婴儿都不喜欢洗澡，就跟碰到毒药似的。作为一个初学者，你已经做得很好了。一定要记住，用你的手托着他的后背，别紧张。"

别紧张！里拉的每个毛孔都在冒汗。等她给婴儿擦干身子，穿好衣服，给他喂奶，让他暂时安静下来后，里拉感到她已经虚脱了。

"今天晚上怎么办，苏珊？"

白天这个婴儿就已经够磨人的了，到了晚上真不敢想象。

"放把椅子在你床边，把篮子放在椅子上，再把篮子盖好。晚上，你还得喂他一两次，你最好把加热器拿到楼上。如果你一个人应付不了，你就叫我，我会来帮助你的——不管医生怎么想。"

"可是，苏珊，他晚上哭怎么办？"

幸运的是，那天晚上，婴儿并没有哭。他出奇的老实，可能是这个可怜的小家伙终于吃饱了吧。这一天晚上，婴儿多数时间都在睡觉，里拉却睡不着。她不敢睡觉，因为担心婴儿会出什么事。三点钟时，她给婴儿配好了牛奶，下定决心不去麻烦苏珊。哦。她是不是在做梦？她，里拉·布里兹，真的让自己陷入了这样可笑的境地？她现在不在乎德国人离巴黎还有多远了，她也不在乎他们是否已经占领了巴黎，只要这个婴儿不哭，不发生"喘不过气来"的事，也不抽搐就行了。婴儿有时会抽搐的，是吗？哦，她怎么忘了问问苏珊，婴儿如果抽搐了该怎么办？父亲那么关心母亲和苏珊的健康，为什么就不关心她的健康呢？里拉伤心地想。他有没有想过，如果她整夜不合眼会怎样？可是，她现在已经没有退路了，她不能放弃。即使这会要了她的命，她也会照顾这个可恶的小东西。她要找一本有关婴儿卫生学的书来看，这样就不用去麻烦别人了。她决不会向父亲求教，她也不会去烦扰母亲，她只会在无计可施的时候向苏珊求助。她要做给他们看看！

两天后，布里兹太太回到了壁炉山庄，询问里拉在哪里。苏珊镇定自若地回答了她的问题，结果把布里兹太太吓坏了。

"她在楼上，亲爱的医生太太，正在哄她的婴儿睡觉。"

里拉下定决心

布里兹家庭里的每个成员都很快适应了这一新的生活方式，毫无异议地接受了这个事实——家中新添了一个婴儿。一个星期后，安德森家的孩子就完全融入了这个家庭，就好像他是在这儿出生的一样。经过三个心烦意乱的夜晚后，里拉又能入睡了，并按时醒来去照看孩子。她熟练地给他洗澡、喂奶、穿衣服，就好像她这一辈子一直都在这样做。她并不喜欢这份工作，对这个婴儿也没有什么特殊的感情。她小心翼翼地照顾他，就好像在照顾一条小蜥蜴，而且是一条娇贵的小蜥蜴。她尽心尽职，把那个婴儿收拾得干干净净，在圣玛丽溪谷村，没有谁能比她更细心了。她甚至每天都要给婴儿称体重，并把结果记录在日记本里。但是她有时会悲哀地问自己：为什么上天要对她那么残忍呢？为什么在那个特定的日子里，要让她走上了通向安德森家的小道？雪莱、楠和黛对里拉收养战时婴儿的举动大为震惊。但出乎里拉的意料，他们并没有嘲笑她。她猜测是医生下达了指令。沃尔特当然更不会嘲笑她了，有一天，他甚至称赞里拉是个坚强的人。

"你承担了照顾一个五磅重的新生儿的责任，里拉-我的-里拉，我觉得，和你比起来，杰姆对德国兵的英勇都算不了什么。

我要是能有你一半的勇气就好了。"他闷闷不乐地说。

听到沃尔特的赞扬，里拉感到很骄傲，但是，那天晚上，她却在日记中这样沮丧地写道：

我希望我能更喜欢婴儿一点。这样的话，我的工作就会轻松一些。但是，我就是做不到。我听人们说过，当你开始照顾一个婴儿后，你就会喜欢上他，但这根本不对，我无论如何都做不到。他是个讨厌鬼，不停地搞乱。每当我想要把"青年红十字会"组织起来时，他都会束缚住我的手脚，让我无暇他顾。昨晚，就因为他，我不能去参加艾丽丝·克洛家的晚会，我懊恼极了。当然，父亲也并不是完全不通情达理，如果有必要的话，他允许我晚上离开一两个小时。但是我知道他是不会容忍我整个晚上都待在外面，而让母亲和苏珊来照顾婴儿的。我没有去参加晚会看来是很明智的，因为一点钟左右的时候，"小东西"好像是肚子疼了。他没有乱蹬，也没有全身僵硬，因此我知道，按照育婴书本《摩根手册》上的说法，他不是因为发脾气而大哭的。他已经吃饱了，也没有什么东西扎着他。他一直哭，哭到脸色都发紫了。我爬起来，准备了热水，把热水瓶偎在了他的肚子上。但是他哭得更厉害了，那两条可怜巴巴的瘦弱小腿在空中乱蹬。我怀疑是热水瓶子太烫了，但我觉得没有那么严重。于是我抱着他在房间里走来走去，虽然我知道《摩根手册》里说过永远不能这样做，但是我找不到更好的办法。我来来回回走了好长时间。哦，我筋疲力尽，灰心丧气，都快发疯了。是的，我要发疯了。如果他再大一点，禁得起摇晃的话，我肯定会使劲摇他——可是他还太小了。父亲出诊了，母亲犯了头疼病。最近苏珊对我不冷不热，因为每当她和《摩根手册》上的意见相左时，我坚持要按《摩根手册》上说的去做。所以，不到万不得已的情况，我不会去找她。

最后，奥利弗出现了。她现在和楠住在同一个房间，不和我住了，都是因为这个婴儿。我为这事伤心死了。我多么想念那些日子，我们躺在床上彻夜长谈。只有那时她才是完全属于我的。我真希望不是婴儿的哭声把她吵醒的，因为她的事已够她受的了。格兰特先生现在也去了瓦尔卡迪尔。奥利弗小姐的心情糟透了，虽然她极力赞成他这样做，但是我知道她认为格兰特先生回不来了。她的眼神让我的心都要碎了，多么凄惨的眼神啊。她把那可怜的小东西接过去，把他的脸朝下平放在自己的膝盖上，然后轻轻地拍了拍他的背。他居然不哭了，马上就睡着了，一直睡到天亮，像一只熟睡的小羊羔。我可没这么幸运，我已经筋疲力尽了。

我非常艰难地把"青年红十字会"组建起来了。我成功地让贝蒂·米德当上了主席，自己当上了秘书，但她们一致推选詹·维克做出纳，而我却瞧不起她。她的作风我很不认同，她认识一些聪明的、漂亮的或者是有名的人，其实都不熟，但是私底下说起他们的时候都是直呼其名。她很狡猾，是个两面派。尤娜当然不会在意这些，她愿意去做任何力所能及的事，而不在意自己是否有个头衔。她是个真正的天使，而我则有时是天使，有时又是恶魔。我希望沃尔特能喜欢上她，但他似乎从没往那方面想过，不过有次我曾听他说过她像一朵散发着茶香的玫瑰。这个比喻太贴切了！她总是受人指使，就因为她太体贴，太乐于助人了。我可做不到，谁也别想来占里拉·布里兹的便宜，"你永远也别想"——就像苏珊的口头禅那样。

正如我所料，奥利弗坚持在开会时要有午餐。我们为此进行了激烈的争论。大多数人反对，少数人就只有生闷气了。艾琳·霍华德站在支持吃饭一方。从那以后，她就对我很冷淡，这让我感到很难过。我不知道在红十字会里，母亲和艾略特太太是不是也遇到过类似的烦心事。我猜她们也遇到过，不过，不管发生什么，她们都能平静地应对。我也会坚持下去的，但是做不到那么冷静，我会发脾气，会哭鼻子，但这都是在私底下，在日记中发发牢骚而已。发泄了一通，就变得心平气和了。我从来不生闷气，我讨厌生闷气的人。不管怎么说，我们的"青年红十字会"成立了，我们一个星期要开一次会，而且我们都要学习编织。

我和雪莱又去了一次车站，想把"星期一"劝回家来，但是没能成功。家里所有的人都试过，都失败了。在杰姆走后的第三天，沃尔特也去了一次，他用马车把它强行带回了家，还把它关了三天。"星期一"进行绝食抗议，像鬼一样日夜哀号。我们只好把它放了，否则它就会饿死的。

于是我们决定随它去，父亲让车站附近的屠夫用骨头和碎屑喂它。另外，我们中几乎每天都有人给它带点吃的东西去。它蜷缩着身子躺在货棚下。只要有火车进站，它都会冲到站台上，满怀期待地摇晃着它的尾巴，在火车上下来的人群中来回奔跑。然后，当火车开走了，它意识到杰姆没回来，就会带着失望的神色垂头丧气地回到货棚，躺下来耐心地等候下一班火车。据说有一天，有些男孩朝它扔石头，老约翰尼·米德抓起一把肉铺里砍肉的斧子，把那些男孩一直追到了村里。老约翰尼平时是个老实人，从来都不招惹是非的。

肯尼斯·福德已经回多伦多了。两天前的晚上他过来道别。我没在家，我去了牧师家，因为得为婴儿准备些衣服，梅瑞狄斯太太愿意帮忙做。他让楠代他向"蜘蛛"道别，还说让我在专心致志地做母亲时不要把他彻底给忘了。他竟然说这么无聊的、恼人的话！这只能表明，我们在海滩上度过的那个美好的夜晚对他来说毫无意义，我也用不着再去想他或是回想那个夜晚了。

弗雷德·阿诺德恰好也在牧师家。他跟我一起步行回家。他是新来的卫理公会牧师的儿子，人不错，也很聪明，如果不是因为他的鼻子，他会是个美男子。这个鼻子长得实在是太糟了。当他谈论寻常事时，倒无伤大雅，但当他谈到诗歌和抽象的东西时，他的鼻子和对话内容便形成了强烈的反差，让我直想大笑。这实在是太不公平了，因为他说的内容都很有趣，如果这些话出自肯尼斯之口，我肯定会陶醉的。当我低着头听他说话时，我真是如痴如醉。但是一旦我抬起头来，看到他的鼻子，这种魔力瞬间就消失了。他也想去参军，但是还不够年龄，他只有十七岁。当我们走过村子，遇到了艾略特太太时，她一脸的惊骇，就仿佛是发现我跟德国皇帝走在一起似的。艾略特太太讨厌卫理公会的人，也讨厌他们的教义。父亲说她对卫理公会教派有强烈的偏见。

九月一日，壁炉山庄和牧师家都人丁锐减。菲斯、楠、黛和沃尔特都去雷德蒙了，卡尔去了港口小学，雪莱去了奎恩学校。只有里拉孤零零地留在了家里，如果她闲下来，肯定会很孤独的。但是她忙于"青年红十字会"和婴儿的事，几乎没有一分钟多余的时间来感受孤独。她很想念沃尔特。自从他们在彩虹幽谷那次交谈后，他们就变得非常亲密了。里拉会和沃尔特讨论一些她决不会向别人说起的问题。有时，当她躺上床后，她会把头埋在枕头下哭上那么一会儿——为了沃尔特的离开，为了在瓦尔卡迪尔的杰姆，还为了肯尼斯那并不浪漫的告别。但是，她总是在真要泪如泉涌之前就睡着了。

"要不要和惠普顿联系一下？我们可以把婴儿送到那里去。"在婴儿回壁炉山庄的两个星期后，医生有一天突然问道。

有那么一刻，里拉真想说"好的"。可以把孩子送到惠普顿去，他在那可以得到专业的照料，而她也可以重新获得自由和不受牵绊的夜晚。但是……但是……那个可怜的年轻母亲呢？她并不希望她的孩子被送到孤儿院去。里拉没办法绕过这个念头。而且就在那天早晨，她发现自婴儿来壁炉山庄后，体重增加了两百多克。里拉为此感到非常自豪。

"你……你说过，要是把他送到惠普顿的话，他可能活不长。"她说。

"是的。不管慈善机构有多么用心，他们都不一定能保证把每一个脆弱的生命养活。但是你应该很清楚，如果你把他留下来，这就意味着你会付出代价。"

"我已经照顾他两个星期了——他的体重增长了两百多克呢，"里拉大声说，"我想我们还是等有了他父亲的消息后再做决定吧。他还在为他的祖国打仗，而我们却把他的孩子送到孤儿院去，他肯定会不高兴的。"

等里拉走后，医生和布里兹太太相视而笑，他们认为里拉的回答很有趣，同时也感到很满意。从那以后，他们再也没有提起过"惠普顿"的事。

但是，医生脸上的笑容很快就消失了。德国人离巴黎只有三十公里了。战败的比利时遭受德国的蹂躏，各种可怕的事情开始见诸报端。壁炉山庄的气氛紧张了起来，尤其是对于年长的人。

"看看战争新闻就饱了。"格特鲁德·奥利弗对梅瑞狄斯太太说，她试图自嘲，但没能成功，"我们整天都在研究地图，只需几个强有力的攻势就能把整个德军都消灭掉。但是霞飞老爹①没有我们这么好的参谋，所以巴黎——注定会——沦陷。"

"他们真的能占领巴黎吗？难道正义之手不能阻止他们吗？"约翰·梅瑞狄斯低声问。

"我在学校讲课时就像在做梦。"格特鲁德继续说，"回到家时，我就把自己关在房里，来回走动。我把楠的地毯都踩出了一条轨迹。这场战争现在和我们息息相关。"

"德国人现在推进到了桑利斯②。现在没有人、也不可能有任何办法能拯救巴黎了。"索菲娅表姐哀叹道。索菲娅表姐近来养成了读报纸的习惯，而且开始研究法国北部的地理。在索菲娅表姐七十一岁这年，她了解到的法国知识比她读书时学到的还要多得多。当然，法国城市的名字是一个永远的谜团。

"我并不怀疑上帝的力量，我也相信基钦勒爵士。"苏珊倔强地说，"我知道在美国有个叫伯恩斯托夫的人说战争已经结束

---

① 约瑟夫·雅克·赛泽尔·霞飞（1852年—1931），法国元帅和军事家。
② 桑利斯，巴黎北部50公里处的城市。

了，德国人赢了——还有人告诉我说，'月球大胡子'也在洋洋得意地散布类似的言论，但是我要告诉他们两个家伙，别高兴得太早了！小鸡没有孵出来之前不能算数，瘦死的骆驼还比马大呢。"

"为什么英国海军不多出点力呢？"索菲娅表姐坚持说。

"索菲娅·克劳福德，海军是不能在陆地上航行的，即使是英国海军也不例外。我没有放弃希望，以后也不会。但是那些名字也太难念了，托马斯考，莫比基……亲爱的医生太太，你能告诉我，这个'R-h-e-i-m-s'该怎么念？是念瑞姆斯，黑姆斯，瑞斯还是热姆斯？"

"我觉得它读来更像'如昂斯'，苏珊。"

"哦，这些可怕的法国名字。"苏珊抱怨道。

"报纸上说德国人毁掉了那里的教堂。"索菲娅表姐叹了口气，"我还一直以为他们是基督徒呢。"

"毁坏教堂已经很可耻了，但他们在比利时的行径更可怕，"苏珊谴责道，"当我听医生读到他们用刺刀残杀婴儿的时候，亲爱的医生太太，我就想，'哦，要是那是我的小杰姆该怎么办！'我当时正在搅汤，我立刻就想到了我那盆翻滚着的热汤。如果我能把它直接扣在德国皇帝的脑袋上，嗯，那我也就算没有白活了。"

"明天……明天……我们就会听到德国人占领巴黎的消息。"格特鲁德·奥利弗咬着嘴唇说道。她和很多人一样，灵魂被绑到了火刑柱上，忍受周遭世界苦难的煎熬。对于战争，她不仅要承担和她生死攸关的担忧，还要承受另外的煎熬——那些冷酷无情的人烧毁了鲁汶大学①、毁掉了兰斯②的古迹，而现在，巴黎就要落入这些魔掌中了，她一想到这里就感到痛苦不堪。

但是在接下来的两天里不断传来马恩河战役中获胜的消息。里拉发疯般地从邮局跑回家，手上挥舞着印有红色大字标题的《企业日报》。苏珊跑了出去，用颤抖的双手升起了国旗。医生昂首阔步地在房子里走来走去，嘴里咕哝着"感谢上帝"。布里兹太太则是又哭又笑，不能自已。

"上帝终于伸出了正义之手，给了他们一击——'你只可到此，切莫前行'③。"那晚梅瑞狄斯先生这么说。

巴黎得救了，战争结束了，德国人战败了，很快一切都会结束，杰姆和杰瑞要回来了。乌云已经散开了。

里拉正在楼上，哼着歌儿，哄她的婴儿入睡。

"在这个让人欢欣鼓舞的晚上，你可不准闹肚子疼，"她对婴儿说，"如果你真敢那样，我就一巴掌把你打回到那个大汤盆里，再把你送到惠普顿去，用运货的火车，搭最早的那班车。你有一双漂亮的眼睛，你不像以前那样皮肤发红、皱巴巴的一团了，但是你没有一根头发，你的小手就像爪子一样，我一点也不喜欢你，还是和从前一样。但是我希望你可怜的妈妈知道，你现在不是被老梅格·康诺弗一点点地折磨死，而是躺在一个舒适的篮子里，还能喝上牛奶，而且还是按《摩根手册》推荐的比例调制的。不过我不希望她知道，在苏珊不在身边的那个早晨，我差

① 天主教鲁汶大学，位于比利时。1914年，大礼堂和图书馆被德国人烧毁，三十万册书籍化为灰烬。
② 兰斯，法国东北部城市，素有"王者之城"之称。自十一世纪起，法国国王都必须到这个"加冕之都"受冕登基，兰斯圣母院是最重要的古迹。
③ 出自《圣经》。

点就把你给淹死了。你从我的手上滑下去，掉进了水里。你怎么会像泥鳅一样滑呢？哦，我还是不喜欢你，我永远也不会喜欢你的，但是无论如何，我都会把你培养成一个体面、正直的小孩。首先，你得长胖一点——没错，有自尊心的小孩都应该是一个小胖子。我可不愿意听到有人说'里拉·布里兹的孩子是多么瘦弱呀'——昨天，在红十字会的会议上，德鲁老太婆就那么说你来着。尽管我不会爱你，但至少我希望能为你骄傲。"

"博士"的不幸遭遇

"这场战争在明年春天前是不会结束了。"当安纳河的漫长战役明显变成了一场拉锯战时，布里兹医生说。

里拉一边低声念着"打四针，收一针"，一边用一只脚轻轻摇晃着婴儿的摇篮。《摩根手册》不赞成给婴儿使用摇篮，但是苏珊喜欢用摇篮，里拉觉得在原则上做出一点小小的让步，让苏珊高兴也是值得的。她听到医生的话，猛地停下了手中的针线活，抬头问道："天啦，我们怎么可能坚持得了那么久？"——然后又把她的袜子拿起来，继续织。要是放在两个月前，她早就跑到彩虹幽谷去大哭一场了。

奥利弗小姐叹着气，布里兹太太双手紧握。苏珊轻快地说："嗯，我觉得形势很好，我们只需要把野兽围住，然后再消灭它。他们说'处乱不惊'是英国人的座右铭，亲爱的医生太太，我现在也把这个当成是我的座右铭了。我知道基钦勒爵士仍然掌控着大局，霞飞元帅作为一个法国人，做得也不错。今天我要把那盒蛋糕给小杰姆寄去，还要织完那双袜子。一天一双袜子是我的定额。连索菲娅表姐也开始织袜子了，亲爱的医生太太。这可是件好事，这样一来，当她的手忙着干活时，就不会放在胸前，想出那么多令人沮丧的话来说了。她老是认为明年这个时候我们都会成为德国人，没门！你知道里克·麦克阿里斯特也报名参军了吗，亲爱的医生太太？据说乔·米尔格里夫也想参军，只是他担心如果他去了，'月球大胡子'就不会把米兰达嫁给他了。"

"甚至连比利·安德鲁斯的孩子也要参军了，还有简的独子，戴安娜的小杰克。"布里兹太太历数着，"普里西拉的儿子从日本回来了，斯特拉的孩子从温哥华回来了，还有乔纳斯牧师家的两个男孩都参军了。菲利帕写信来说，她的孩子直接跑去参军了，根本不顾及她仍然犹豫不决的态度。"

"杰姆来信说，他认为他们很快就要开赴前线了。他还说不可能回家探望了，他们随时都可能开拔。"医生边说边把信递给妻子。

"这不公平，"苏珊愤怒地说，"萨姆·休斯爵士①怎么不考虑一下我们的感受？他怎么能直接把这个乖孩子送到欧洲战场上，甚至都不让我们再看上他一眼呢！如果我是你，亲爱的医生，我就给报社写信呼吁一下。"

"这样直接走也好，"同样失望的母亲说，"要是让我再跟他告一次别，我肯定受不了。哦，要是……不行，我不能说出来！我要像苏珊和里拉一样，"布里兹太太勉强挤出一个笑容，最后说，"我决心要当个英雄。"

"你们都是好样的，"医生说，"我真为我们的女同胞感到骄傲。甚至里拉也很棒，我的'野百合'把'青年红十字会'组织得有声有色，还为加拿大拯救了一条小生命。这算得上是一大

---

① 萨姆·休斯，时任加拿大防务部长。

功劳了。里拉，安妮的乖女儿，你打算给你的战时婴儿取什么名字呢？"

"我还在等吉姆·安德森的消息，"里拉说，"他可能想亲自给自己的孩子取名字。"

但是整个秋天都过去了，还是没有吉姆·安德森的任何消息，自从他从哈利法克斯港口①上船离开后就没有了他的任何消息，好像他对妻子和孩子的命运一点儿也不在乎。最后里拉决定给那孩子取名叫吉姆斯，而苏珊认为还应加上基钦纳。这样这个孩子就有了一个响当当的名字：吉姆斯·基钦纳·安德森。壁炉山庄的人很快就把这个名字简化成了吉姆斯，只有苏珊固执地把他叫作"小基钦纳"。

"'吉姆斯'不是正经的基督徒的名字，亲爱的医生太太，"苏珊不以为然地说，"索菲娅表姐说'吉姆斯'这个名字太轻浮了。我生平第一次认为她说得有道理——不过我不想明确表示出来，免得她听了得意忘形。至于这个孩子，他现在开始像个婴儿了，而且我要承认里拉把他照顾得很好，不过我也不会当着她的面这样说，那样会助长她的骄傲情绪。亲爱的医生太太，我永远永远也不会忘记我第一眼看见这个孩子时的情景，他就躺在那个大大的汤盆里，裹在脏兮兮的法兰绒毯子下。我苏珊·贝克是不会轻易被吓倒的，但我那时确实吓得目瞪口呆——当真如此。有那么一会儿，我感到我的大脑一片空白，还以为是幻觉呢。我当时想，'不对，我从来没听说过有人产生过有关大汤盆的幻觉，所以那肯定是真的。'于是我回过神来。然后我听到医生对里

---

① 哈利法克斯，加拿大新斯科舍省省会城市，也是大西洋沿岸诸省中最大港口城市。

拉说，她必须自己照顾那个婴儿，我想他是在开玩笑，因为我决不相信她愿意照看这个孩子，并且她也不会照顾好的。但是你看看接下来发生的事。现在里拉已经变成一个女人了。当我们女人不得不去做一件事时，亲爱的医生太太，我们就肯定能做到。"

苏珊的这个断言很快又有了新的例证。在十月的一天，医生和他的妻子都不在家。里拉正在楼上照看吉姆斯午睡，同时不知疲惫地"打四针，收一针"。苏珊坐在屋后的门廊上，索菲娅表姐也在，两人在剥豆子。山谷里一片宁静祥和，天空中的云朵都镶上了银边。彩虹幽谷披上了柔和的、梦幻般的紫色，枫树林一片火红。厨房外篱笆上的蔷薇花，呈现出细微的色调不一的变化，令人赏心悦目。如此的美景，让人觉得这世上根本不可能存在冲突。虽然苏珊前一天夜里难以入睡，惦记着远在大西洋上的小杰姆——庞大的舰队正载着加拿大的第一批援军前往大洋彼岸，但是现在，她虔诚的心得到了抚慰，暂时忘掉了纷扰与焦虑。甚至连索菲娅表姐看上去也没有那样悲观了，她承认这一天无可挑剔，不过她认为，毫无疑问，这只是暴风雨来临前的平静，接踵而至的将会是一场狂风暴雨。

"好日子长不了。"她说。

好像是为了证实她的话似的，她们的身后突然传来震耳欲聋的巨响。从厨房里传来的杂乱声震天响，还有叮叮当当声、吱吱嘎嘎声、低沉的尖叫声以及咆哮声，并伴随着时不时发出的撞击声。苏珊和索菲娅表姐惊恐地对视了一眼。

"到底发生什么事了？"索菲娅表姐心神不宁地问道。

"一定是那只海德猫彻底发疯了。"苏珊嘟囔说，"我就知道会有这么一天的。"

里拉从客厅的侧门冲了出来。

"出了什么事？"她问。

"我也不清楚，肯定是你的那只中了邪的畜生快崩溃了，"苏珊说，"别靠近它。我去把门打开一条缝，往里瞅一瞅。听，它又摔碎了一些瓷器。我早就说过，它的身体里藏着一个恶魔，我对此深信不疑。"

苏珊打开了门，朝里面看了一眼。地上满是打碎的盘子碎片，看来悲剧就发生在碗橱附近，苏珊在那里整整齐齐地摆放着一排闪闪发光的餐具。那只发疯的猫正在厨房里乱跑，它的头被牢牢地卡了一个旧鲑鱼罐头里。它盲目地四处乱撞，发出愤怒的咆哮。不管遇到什么东西，它都用"铁头"猛撞上去，现在又徒劳地想要用爪子把罐头从头上拔下来。

这一幕实在是太有趣了，里拉笑弯了腰。苏珊用责备的眼神看了她一眼。

"我没看出有什么好笑的。那个畜生已经打碎了你妈妈的蓝色沙拉盆，那还是她结婚时从绿山墙带过来的。不过现在最要紧的是，怎么把那个罐头盒子从它的头上取下来。"

"难道你还敢去碰它吗？"索菲娅表姐喊道，"快把厨房门关上，去找艾伯特来。"

"我没有遇到点困难就去找艾伯特的习惯，"苏珊高调地说，"那个畜生正在受罪。不管我有多么讨厌它，我也不能眼睁睁地看着它受苦。你待在一边，里拉，就算是为了小基钦纳，让我来看看我能为它做点什么。"

苏珊昂首阔步、面无惧色地走进厨房，抓起了医生的一件旧大衣。她追着"海德先生"满屋子跑，经过几次失败的猛扑后，她终于用大衣罩住了猫和罐头盒子。这只猫在大衣里使劲扭动着身子，里拉上前来抱住了它，苏珊用开罐器撬松了罐头盒子。在壁炉山庄，还没有人听到过如此惨烈的叫声。当那个畜生被解救出来时，它怒气冲天，极其愤慨。很显然，它认为这是专门为它布下的一个阴谋，就是为了羞辱它。它恶狠狠地看了苏珊一眼，算是对她的感激，然后就冲出了厨房，跑到野蔷薇篱笆下，在那里生了一天的闷气。厨房里，苏珊则板着脸清扫着打碎的碗碟。

"就算是德国鬼子也不可能造成这么大的破坏。"她愤怒地说，"这个世道真是不行了，难道一个本分的女人就只能待在厨房里，寸步不离？非要让一只恶魔附体的猫戴着鲑鱼帽子四处乱撞吗？！"

里拉的烦恼

　　十月过去了，使人闷闷不乐的十一月和十二月来临了。军队在相互厮杀，发出的疯狂喊声让世界都为之颤抖。安特卫普[①]陷落了，土耳其宣战了，塞尔维亚虽然弱小但却英勇，给了它的侵略者以致命的一击。在几千公里以外，在群山环抱的宁静的圣玛丽溪谷村中，每一天、每一颗心都在随着战报时喜时悲。

　　"几个月前，"奥利弗小姐说，"我们想到的、谈论到的都是圣玛丽溪谷村的事。而现在我们思考的、谈论的都是军事战略和外交手腕。"

　　每天只有一件重要的事情，就是等着报纸送来。甚至连苏珊也不得不承认，从邮差的马车骨碌碌驶过车站和村庄之间的那座小桥开始，直到报纸送到家来，大家都读过后，她才能静下心来好好干活。

　　"在报纸送到前，我除了干点针线活，别的什么都干不了，亲爱的医生太太。等我看了头条新闻，不管是好消息还是坏消息，我才能平静下来，继续去干我该干的事。不巧的是，报纸送

---

① 安特卫普（Antwerp），是比利时的第二大城市，欧洲人口最密集的地区。

来的时间刚好就是准备午饭的时间，我希望政府能想想办法错开送报纸的时间。还好，德国人对加莱①的猛攻最终没有得逞，跟我当初预料的完全一样，德国皇帝今年是别想在伦敦享用他的圣诞大餐了。好了，今天下午我会很忙，我要把寄给小杰姆的蛋糕包裹好。他会喜欢的，只要我的那个宝贝没落到烂泥地里淹死就行。"

杰姆此时正在索尔兹伯里平原②的营地里，兴高采烈地给家里写信，尽管他周围都是烂泥。沃尔特此时在雷德蒙，他写给里拉的信却一点也不能让人高兴起来。每次打开他的来信，里拉的心里总是忐忑不安，她害怕他会突然说，他已报名参军了。他的苦恼让她难过。她真希望能用胳膊搂着他，安慰他，就像那天在彩虹幽谷里一样。她痛恨所有给沃尔特带来伤害的人。

"他还是会走的，"一天下午，当里拉独自一人坐在彩虹幽谷里读着他的来信时，痛苦地喃喃自语道，"他早晚会走的。要是他走了，我肯定会受不了。"

沃尔特写信说有人给他寄了一个信封，里面只装着一片白羽毛③。

这是我应得的羞辱，里拉。我觉得我该把白羽毛插在头上，向所有雷德蒙学院的人宣布说，我知道自己是个胆小鬼。所有跟我一样大的男孩都要走了。每天都有两三个人去参军。有那么一段时间，我几乎已下定决心要去参军了。然后我看见自己把刺刀刺进了另一个人的胸膛，也许是某个女

---

① 加莱，法国北部港市，是离英国最近的城市。
② 索尔兹伯里平原，在英格兰南部，主要位于威尔特郡内。
③ 在多数英联邦国家，白羽毛象征懦弱。

人的丈夫、情人或是儿子，也许是某个孩子的父亲。我看到自己血肉模糊地躺在寒冷、潮湿的战场上，孤零零的一个人，口渴得要命，而在我身边的都是一些已死或将死的人，那种恐惧让我无法接受。我知道我永远也不能参军了。我连想想都受不了，我又怎么能面对真正残酷的战场？有很多次，我都后悔自己生在这个世上。我一直以为生活永远都是美好的，而现在却变得这么丑陋、可怕。里拉-我的-里拉，要不是因为有你的信，你写给我的那些宝贵的、开朗的、令人愉快的、妙趣横生的、充满信任的信，我想我就要放弃生命了。还有尤娜的信！尤娜真是个好人，不是吗？在她那腼腆的、满怀惆怅的少女气质下，有着一种难得的善良与坚定。她不能像你那样写出引人发笑的信来，但是在她的信中有某种东西，我也不知道什么，至少在我读她的信时，使我感到了勇气，甚至有了去前线的勇气。她从来没有说过我该去前线，或暗示过我该去，她不是那样的人。但是她的信中展现出来一种精神，呈现了一种独特的人格魅力。唉，我还是不敢去打仗。你有一个懦弱的哥哥，而尤娜有一个懦弱的朋友。

"哦，我希望沃尔特再也不要说这样的话了，"里拉叹息着，"这让我很伤心。他不是一个懦夫，他不是，不是！"

她惆怅地看了看周围，小山谷里绿树掩映，远处灰色的休耕地显得格外荒凉。一切都让她回想起沃尔特！小河湾上有一丛野生蔷薇，那红色的叶子在风中飘摇，花茎上挂着露珠，那是刚才那场小雨洒下的珍珠。沃尔特曾经写过一首诗来描述这样的情景："褐色的蕨草沙沙作响，那是秋风在染霜的草丛中叹息，然后沿着小溪忧伤地远去了。"沃尔特曾经说过，他喜欢十一月里秋风的哀愁。那两棵"情人树"仍然忠贞地相拥着，而"白衣少女"如今已经长成了一棵大树，傲然挺立在灰色的、天鹅绒一样的天空下，它白色的枝干显得格外耀眼。那是沃尔特在很久以前给它们取下的名字。去年十一月，他曾经和里拉、奥利弗小姐一起在幽谷中漫步。看着一轮银色的新月照耀着光秃秃的"白衣少女"，他说："白桦树是一位美丽的异教徒少女，她永远都不知道自己是赤身裸体——那是伊甸园中的秘密，无须感到羞耻。"奥利弗小姐说："把这写进诗里吧，沃尔特。"他真的这样做了，第二天还把他写的诗念给她们听。这首诗不长，但却充满着奇特的想象力。哦，那时他们是多么快乐啊！

好了，里拉匆忙地站起来，时间到了。吉姆斯很快就要醒了，该准备他的午饭了，还要烫好他的小衣服。晚上"青年红十字会"还有个委员会议，她得赶紧织完她手上的这个背包，这个背包一定是"青年红十字会"中织得最漂亮的一个，甚至比艾琳·霍华德织的还要漂亮，她必须回家去工作了。那些天里，她从早忙到晚。小吉姆斯像只小猴子一样，占用了她太多的时间。不过，他一天天在长大，体重一天天在增加。里拉不止一次确信，他长得越来越漂亮了，这不再是一个虔诚的愿望，而是一个无可争辩的事实。有时她为他感到骄傲，有时她又冲动地想打他的屁股。但是她从来没有亲吻过他，也不想去亲吻他。

十二月里的一天晚上，奥利弗小姐、布里兹太太和苏珊在舒适的客厅里忙着缝纫和针织，奥利弗小姐说："德国人今天占领了罗兹①。这场战争至少有个好处，那就是扩展了我的地理知识。虽然我是个女教师，但三个月前我根本不知道世界上还有一个叫罗兹的城市。如果不是经人提起，我对它会毫无所知，毫不在意。如今，我对它已经了如指掌，城市的大小、位置以及它的战略意义知道得一清二楚。昨天报纸上说德国人第二次向华沙②推进时占领了罗兹，这让我的心一下子沉了。在夜里醒来，我都为此忧心如焚。我现在明白了，婴儿在晚上醒来时总是要哭泣，这是有原因的，他都在为战争而焦虑。我觉得压抑得都透不过气来了，而且最要命的是，看不到一点希望。"

"当我在夜里醒来睡不着时，"苏珊说，她正在一边打毛线一边读报纸，"我就会想象着如何把德国皇帝给折磨死，这样就能把这段时间给打发过去。昨天晚上想起比利时的那些婴儿，我就想象着把他放到热油里去炸，心里便感到好受多了。"

"教义告诉我们，要爱我们的敌人，苏珊。"医生严肃地说。

"是的，要爱我们的敌人，但不应该包括乔治国王③的敌人吧，亲爱的医生。"苏珊强有力地反驳道。她觉得自己出色地回击了医生，为此很是得意，甚至在擦眼镜时一想到这个都忍俊不禁。苏珊以前是从来不戴眼镜的，但是为了一字不落地读完所有战争的新闻，她最终还是屈服了。"奥利弗小姐，你能告诉我M–l–a–w–a、B–z–u–r–a和P–r–z–e–m–y–s–l该怎么念吗？"

"最后一个实在是让人费解，苏珊。其他两个我倒能试一

---

① 罗兹，波兰第二大城市，罗兹省省会，位于波兰中部。
② 华沙，波兰首都。
③ 乔治国王，即英国乔治五世，于1910年即位。

试。"

"在我看来，这些外国地名一点也不合乎规范。"苏珊厌恶地说。

"我敢说，奥地利人和俄国人也会为'Saskatchewan'和'Musquodoboit'大伤脑筋。"奥利弗小姐说。

里拉躲到楼上，通过写日记来缓解自己在情感上所承受的巨大压力。

这周所有的事对我来说都"不对劲"，像苏珊说的那样。部分是我的错，部分不是。但是不管是不是我的错，都让我高兴不起来。

几天前我打算去镇上买一顶冬天戴的帽子。没人坚持要陪着我去帮我挑选，这种情况还是第一次出现，我觉得母亲真的已经不再把我当小孩子看待了。我找到了一顶最中意的帽子，它真的非常迷人，是一顶天鹅绒的帽子，有着鲜艳的绿色，跟我的头发和肤色特别相称，能够映衬出我的优点，奥利弗小姐形容我是"羊脂般光滑"。在我的一生中，以前只有一次碰到过那么精准的绿色。在我十二岁时，我有过一顶那种颜色的小海狸帽，学校里所有的姑娘都羡慕死了。所以，我一看见这顶帽子，我就下定决心要把它买下来。我掏出了钱，真的把它买下来了，尽管这顶帽子价格贵得吓人。在这我不想把这个价格写出来，因为我不想让我的后代知道，在战争期间，当每个人都在厉行节俭或者说应该节俭时，我却为了一顶帽子浪费了这么多的钱。

当我回到家，在我的房间里再次试戴这顶帽子时，我感到深深的不安。不知怎的，对于在溪谷村这个地方，戴着它上教堂或做些日常小事，似乎显得太精致，太奢华了。一句话，就是太显眼了。在女帽店里倒还看不出来，但在我自己白色的小房间里就太明显了。还有那吓人的价格标签！想想正在挨饿的比利时人吧！当母亲看到帽子和价签时，她什么也没说，只是看着我。哦，母亲最擅长用眼睛来表达思想了。

"里拉，"母亲平静的——相当平静地——说道，"你觉得在一顶帽子上花这么多钱值得吗，尤其是在全世界都如此需要援助的时候？"

"我是用我自己的零花钱买的，妈妈。"我大声辩解道。

"那不是问题所在。给你零花钱的目的，是让你能够理智地把钱花在你需要的每一样东西上。如果你在一样东西上花得过多，那么必然就会在其他东西上削减开支，这可不好。当然了，如果你认为你自己做得对，那我也不用多说什么。让你自己的良心来定夺好了。"

我希望母亲不要把事情交给我的良心！但是，既然已经这样了，我又该怎么办呢？我不可能把那顶帽子退回去，我已经戴着它参加过镇上的一场音乐会，我只得把它留下来！我感到很不舒服，结果我发了脾气，我显得冷淡、平静而又可怕。

"母亲，"我傲慢地说，"我很遗憾你不赞成我买这顶帽子……"

"不是帽子的问题，"母亲说，"虽然我不知道，这顶帽子对于像你这样年轻的姑娘来说是否合适——真正的问题是帽子的价格。"

母亲打断我的话，让我更加气恼。于是我变得更加冷漠，用更加平静和更可怕的语气进行反驳，就好像母亲什么也没说过。

"但是我现在只得把这顶帽子留下来了。不过，我向你保证，在接下来的三年里，或者是在战争结束前——如果战争超过三年的话，我都不会再买帽子了。甚至你——"哦，在说"你"的时候我带上了讽刺的口吻，"——也不能再说我乱花钱了。"

"用不了三年你就会厌烦这顶帽子的，里拉。"母亲说。她挑衅地微笑着，她的笑容仿佛在暗示说，她认为我不能坚持到底。

"不管厌不厌烦，我都会一直戴着它。"我赌气地说。然后我就上了楼，但是我为自己讥讽了母亲而难过得哭了。

我已经开始厌烦那顶帽子了。但是话已经说出去了，那么在这三年里，或在整个战争期间，我都只能戴这顶帽子。我做了承诺，不管付出怎样的代价都要坚守承诺。

这只是其中一件"不对劲"的事情。另一件事就是我和艾琳·霍华德发生了争吵——或者说是她和我发生了争吵——或者，不对，是我们之间发生了争吵。

昨天"青年红十字会"在这里开会。开会的时间是两点半，但艾琳一点半就到了，因为她正好顺路搭到了从上溪谷村来的马车。自从上次为聚餐的事发生不快后，艾琳对我就很冷淡，而且我敢肯定她为没能当上主席而怀恨在心。但是我下定决心要以大局为重，不想和她计较。昨天她来的时

108.

候，一下子变得非常友好亲切，我还满以为她已经消了气，我们又能像以前那样成为好朋友了。

但是我们刚一坐下来，艾琳就开始给我找麻烦。我看到她向我新织的背包不经意地瞥了一眼。所有的姑娘都说艾琳嫉妒心强，我以前还不信，现在我愿意相信了。

艾琳接下来做的第一件事就是直奔吉姆斯——她装作很喜欢婴儿的样子——把他从摇篮里抱了出来，在他的脸上亲了个遍。但是艾琳非常清楚，我不喜欢别人那样亲吻吉姆斯，因为那样不卫生。

她不断地骚扰吉姆斯，直到他开始变得烦躁不安。她看了我一眼，然后令人厌恶地轻笑一下，用最甜美的声音说道，"怎么了，里拉，亲爱的，你看上去就好像我在给这个婴儿下毒似的。"

"哦，不，我没这样想，艾琳。"我说，每个字说得都很动听，"但是你知道《摩根手册》说过，婴儿身上唯一可以亲吻的地方就是他的前额，以免他接触到各种细菌，我一直奉行这个原则。"

"亲爱的，难道我身上全是细菌吗？"艾琳带着一脸的怨气说。我知道她在嘲笑我，我满腔怒火，但脸上却不露声色。我已下定决心不和艾琳发生争吵。

然后她又开始把吉姆斯抛上抛下。可是《摩根手册》上说过，对于一个婴儿来说，这是最不应该做的事了。我从不允许别人这样做，可是艾琳却非要这么干，而那个不争气的孩子居然还喜欢这样抛来抛去。他居然第一次咧嘴笑了。他已经有四个月大了，可从来没有笑过。连母亲和苏珊都不能把他逗笑，她们试了很多办法都不行。可是现在他笑了，就因为艾琳把他抛上抛下！忘恩负义的家伙！

我承认，笑容让他变得很漂亮。他的脸蛋上出现了两个最可爱的酒窝，褐色的眼睛里笑盈盈的。艾琳谈论起那两个酒窝，我觉得她的话太可笑了。大家应该已经猜到，她认为是她让婴儿脸上生出了酒窝。但是我一直专心致志地干我的针线活，对她说的并不感兴趣。很快艾琳就厌倦了逗吉姆斯玩，她把他放回了摇篮里。可吉姆斯玩得正高兴，当然不喜欢被放下来，于是就哇哇地哭了起来，而且整个下午都显得很烦躁。如果艾琳一开始就不去管他，他就不会给其他人添任何麻烦了。

艾琳看着他，然后说，"他老像这样哭吗？"就好像她以前从没听过婴儿哭一样。

我向她解释说婴儿为了增加自己的肺活量，一天得像这样哭上好几分钟，《摩根手册》上就是这么说的。

"如果吉姆斯一整天都不哭，我就得想办法把他弄哭，至少得让他哭上个二十分钟。"我说。

"哦，天啊！"艾琳笑了起来，就好像她并不相信我所说的话。《摩根手册》放在楼上，我没法让她马上心服口服。然后她又说吉姆斯没有多少头发——她还没见过哪个四个月大的婴儿头发这样少的。

我当然知道吉姆斯没有多少头发——但是，艾琳说这话时的口气就好像是在暗示说，他的头发这样少都是我的过错。我立刻反驳说，我看到过很多的婴儿头发并不比吉姆斯多。然后，艾琳说，很好，她并不想惹我不快——可是我并没有生气。

在接下来的一个小时里都是这样——艾琳老是在不动声色地挖苦我。其他姑娘说过，如果你有什么事惹她不高兴了，她就会伺机报复，我以前还不相信，我认为艾琳是完美的，现在发现了她原来是这样一个睚眦必报的人，这让我很是伤心。但我极力控制着自己的脾气，继续给比利时的孩子缝制睡袍。

然后，艾琳说出了最无耻、最卑劣的话，是关于沃尔特的坏话。我不会把它写下来，我写不出来。当然她声称是听别人说的，还说她听了之后是如何的愤怒，诸如此类的话——她听到了流言蜚语就算了，为什么要向我转达？她纯粹是为了刺激我。

我一下子爆发了。"你怎么敢到这儿来说我哥哥的坏话，艾琳·霍华德？"我嚷了起来，"我不会原谅你的——永远不会。你的哥哥也没去参军——他根本就不想去参军。"

"怎么了，里拉，亲爱的，我不是那个意思。"艾琳说，"我告诉过你了，是乔治·伯尔太太说的。我告诉她说……"

"我不想知道你对她说了什么。不要再和我说什么了，艾琳·霍华德。"

当然，我是不该这样说，但是那些话都是脱口而出的。然后，其他的姑娘都来了，我不得不平静下来，尽我所能地担当好女主人的角色。艾琳整个下午都和奥利弗·柯克待在一起，她走的时候看都没看我一眼，因此我猜想她是把我的话当真了，但我并不在意，因为我不想和一个说沃尔特坏话的姑娘交朋友，但我一点儿也不高兴。我们以前一直是非常要好的朋友，她以前对我很好。但是，现在我又看清了一个一直以来蒙蔽着我的假象，我感到这世上根本就不存在真正的友谊。

今天父亲拜托老乔·米德在货棚的角落为"星期一"搭一个狗窝。我们都以为等天气转冷了，"星期一"就会回家来，但是它没有。世上没有什么能引诱它离开那个货棚，即使只是几分钟也不行。它就待在那里，迎接着每一趟列车。因此我们不得不设法让它住得更舒服一些。如果乔能盖个狗窝，"星期一"就可以趴在里面观察站台上的动静了，我们希望它能有个可以栖身的狗窝。

"星期一"已经大名鼎鼎了。《企业日报》的一个记者特意从镇上来给它照了相，还长篇报道了它忠诚守候的故事。这个故事在《企业日报》上刊登了出来，现在整个加拿大都知道了。但是这对可怜的小"星期一"来说毫无意义。杰姆走了——"星期一"不知道他去了哪儿，也不知道他为什么要走——但是它会等到他归来。这多少让我感到欣慰：我知道这很蠢，但是苦苦守候的"星期一"让我相信杰姆会回来，否则它就不会整天等在那里了。

吉姆斯正在我身旁的摇篮里打着呼噜。他是因为感冒了才打呼噜，不是由于扁桃体肥大。艾琳昨天感冒了，我知道在她亲吉姆斯时，把吉姆斯也给传染上了。现在，他不像以前那样讨人厌了，他的脊柱结实了，能坐起来了。他现在喜欢洗澡，在水盆里不声不响地扑腾，而不是扭来扭去或尖叫。今天晚上我在给他脱衣服时试着给他挠了挠痒——我不会去给他玩"举高高"，而《摩根手册》上并没有提到不能挠痒痒——为的就是要看看我能否像艾琳一样把他逗笑。他真的笑了，还露出了酒窝。真遗憾，他的母亲看不到他漂亮的酒窝了！

我今天织完了第六双袜子。前三双我让苏珊帮我织完了脚后跟。但我觉得这有点偷懒，于是我学着自己织。我讨厌织脚后跟——但是自从八月四日以来，我已经做了很多我不愿意做的事情，因此再多做一件也无所谓。杰姆曾讲过一个有关索尔兹伯里平原烂泥的笑话，一想到那个笑话，我就有了把袜子继续织下去的动力。

黑暗与光明

圣诞节到了，去上学的孩子们都回到了家里，为壁炉山庄带来了短暂的欢乐。但是，并不是所有的孩子都回来了——因为在摆着圣诞大餐的圆桌旁，第一次出现了空位。杰姆，那个永远自信地抿着双唇、眼睛里闪烁着无畏光芒的孩子现在正身处遥远的战场。里拉觉得那张空荡荡的椅子让她难以接受。苏珊坚持要做一件奇怪的事，给杰姆留出座位来。她坚持要把他的座位上的东西像以前那样摆放好，一张小小的餐巾叠成了环状——那是杰姆从小时候起就养成的习惯，一只奇特的高脚杯——这个杯子是绿山墙的玛莉拉姨婆送给他的，是他每次都要用的宝贝。

"这个乖孩子应该有他自己的座位，亲爱的医生太太，"苏珊坚持辩解说，"别大惊小怪的，你们都知道他的精神肯定和我们在一起，而且等到明年圣诞节，他就会回来坐在他的位置上了。等着瞧吧，春天就会有大反攻的，战争很快就会结束。"

他们都愿意相信苏珊的说法，但是就在他们下定决心要强颜欢笑时，阴影又悄悄笼罩了他们。整个假期，沃尔特都沉默寡言。他给里拉看了一封他在雷德蒙时收到的措辞蛮横的匿名信——明显不是出于爱国热情，而是出于恶意中伤。

"但是，它所说的一切都是真的，里拉。"

里拉从他手中一把夺过了信，顺手扔进了火里。

"这里面没有一句话是真的。"她愤愤地说，"沃尔特，你现在陷入病态了——就像奥利弗小姐说她自己的那样，一件事琢磨得太久就会陷入病态。"

"在雷德蒙时我不可能不去想这些事情，里拉。整个大学都在谈论有关战争的事。一个到了参军年龄而且身体健康的人却不去参军，这会被看成是懦夫，被人瞧不起的。一直很偏爱我的米尔恩博士，也就是我的英语教授，他的两个儿子都参军了。现在，我能明显感觉到他对我的态度不像从前那样亲切了。"

"这不公平——你不适合参军。"

"从身体条件上看，我完全可以参军。我很健康，不健康的是我的灵魂。这是个污点，是种耻辱。别这样，别哭，里拉。你不用害怕，我还不敢去打仗。魔笛声日夜在我耳畔回响——但我不敢去追随那个吹魔笛的人。"

"如果你走了，我和母亲都会心碎的。"里拉哭道，"哦，沃尔特，一个家庭有一个人去参军就足够了。"

这个假期里拉过得并不愉快，但是有了楠、黛、沃尔特和雪莱在家，里拉觉得日子好过了一些。肯尼斯·福德给她寄来了一封信和一本书。信中的某些句子让她脸颊绯红、心跳加速——直到最后一段话，让里拉一下掉进了冰窟窿里。

"我的脚踝快完全恢复了。再过几个月我就可以去参军了，里拉-我的-里拉。穿上军装的感觉一定不错，到时候，我，肯尼斯，就能堂堂正正地面对整个世界，而不会遭别人的白眼了。最近，从我走路不再一瘸一拐起，我就经常感到无地自容，那些不知情的人看我时的眼神，就好像在骂我是'懦夫！'哼，很快他们就不会有这样的机会了。"

"我痛恨这场战争。"里拉望着远处在冬日的暮色中闪烁着冷冷的粉色和金色的枫树林，愤怒地说道。

"1914年过去了，"在新年的那天，布里兹医生说，"太阳还是每天升起，但是落下时却染上了鲜血。1915年会带来什么呢？"

"胜利！"苏珊斩钉截铁地说。

"你真的认为我们能打赢这场战争吗，苏珊？"奥利弗小姐沮丧地问道。

她从罗布里奇赶过来，想在沃尔特和姑娘们回雷德蒙之前和他们见上一面。她的情绪很低落，也充满了疑虑，总是看到事情消极的一面。

"我们会赢！"苏珊大声说，"不，奥利弗小姐，亲爱的，我不是认为——我是深信不疑。我们必须在相信上帝的同时准备好枪炮。"

"有时，我认为枪炮比上帝更可靠。"奥利弗小姐不服气地说。

"不，不，亲爱的，你不该这样想。德国人在马恩河一战中就动用了大炮，不是吗？但是上帝阻止了他们。永远不要忘记上帝的旨意是无法违抗的。当你动摇时，坚信这一点就行了。你可以用手紧紧地抓住椅子的边缘，稳稳地坐牢，然后不断说，'大炮有力量，但上帝更伟大。他站在我们这边，不管德国皇帝怎么说'。和你一样，我的索菲娅表姐也容易往坏的方面想，她昨天就哀号着对我说，'哦，亲爱的，如果德国人来了，我们该怎么办啊？'我干脆地对她说，'埋葬他们，我们有足够的地方来挖坟墓。'索菲娅说我在异想天开，但我不是异想天开，奥利弗小姐，亲爱的，我只是很有信心，对英国军队和我们的加拿大小伙子信心百倍。"

"我现在讨厌去睡。"布里兹太太说，"以前我一直喜欢躺在床上，在入睡前让自己的思绪自由驰骋上半个小时，那是欢快的、疯狂的、引人入胜的时刻。现在我还是会胡思乱想，但是内容却完全不同了。"

"我倒很喜欢赶紧入睡。"奥利弗小姐说，"我喜欢黑暗，因为在黑暗中我可以放松自己——我用不着强颜欢笑或鼓起勇气去说什么。但有的时候我的想象也会失去控制，就像你那样——想一些可怕的事情——即将到来的可怕日子。"

"我很庆幸我没什么想象力。"苏珊说，"所以我也就没有你们这些烦恼。报上说皇储又遇刺了。你们觉得这次他是真的死了吗？我看到这上面说伍德罗·威尔逊又要写一篇文章。"苏珊最近提到这位总统时都会使用辛辣的讽刺口吻，"我真想知道那个人的小学校长是否还活着①。"

转眼又过了一月，吉姆斯已经有五个月大了。里拉给他穿上了童装，以此来庆祝这一时刻的到来。

"他现在有六公斤重了，"她兴高采烈地宣布说，"正好是婴儿五个月大时应该有的体重，完全符合《摩根手册》上的标准。"

吉姆斯会越长越漂亮——现在没有人对此有丝毫的怀疑。

---

① 托马斯·伍德罗·威尔逊（Thomas Woodrow Wilson，1856—1924），美国第二十八任总统。威尔逊大约过了十岁才开始学习阅读。他可能患有阅读障碍症，在家接受父亲的指导，还在奥古斯塔的一个小学上过课。

他的小脸圆润、结实，泛着淡淡的粉色，他的眼睛又大又亮。他的小手胖乎乎的，在每个手指的末端都有个小小的凹痕。他开始长头发了，这让里拉大大地舒了一口气。他的头上长出了淡黄色的绒发，在阳光下清晰可见。他是个乖孩子，通常能按《摩根手册》规定的时间睡觉和吃饭。他偶尔会露出笑容，但从不大笑，不管里拉怎么逗，他都只是默不作声地笑笑。这让里拉很担心，因为《摩根手册》上说婴儿在三个月到五个月大时就会放声大笑。吉姆斯现在已经五个月大了，却始终不肯笑出声来。为什么他不愿笑出声来呢？难道他有什么问题？

　　有一天晚上，里拉去参加了在溪谷村里举办的一个征召志愿兵的集会，很晚才回家。在会上她朗诵了爱国诗歌，以前里拉从不愿在公众场合朗诵，她害怕自己口齿不清——她紧张的时候就容易犯这个毛病。刚开始有人邀请她去上溪谷村的集会上发表演说时，她拒绝了。后来，她又感到忐忑不安。这是怯懦的表现吗？如果杰姆知道了，他会怎么想？经过了两天的思想斗争后，里拉给爱国社团的主席打了个电话，说她愿意朗诵。她去参加了集会，在朗诵的时候确实有几次口齿不清，因此自尊心受到了严重的打击，那天晚上她痛苦得怎么也无法入睡。两天后，她又去港口上头朗诵了一次。随后又去罗布里奇和港口那边朗诵，口吃的情况已经很少见了。似乎除了她自己之外，没有人在意这一点。她是多么饱含激情，多么富有吸引力，双眼是多么炯炯有神啊！在演讲中，里拉热情洋溢地说："男人就该为了他们的父辈的荣耀而战，为了上帝的荣耀而战，人终有一死，但光荣战死更伟大。"她还饱含热情地说，"轰轰烈烈地活上一个小时比默默无闻地过上一辈子更有价值。"不止一个人当场就表示要报名参军，因为他们都觉得里拉的眼睛在注视着他们。有一天晚上，甚至是一向无动于衷的米勒·道格拉斯心中的激情也被里拉给点燃了，玛丽·范斯花了整整一个小时的时间才让他打消了参军的念头。玛丽·范斯愤怒地说，如果里拉真的对杰姆上前线就像她表现出来的那样难过的话，她就不该鼓动其他姑娘的兄弟和朋友去参军。

那天晚上，里拉从集会回来时，又累又冷，赶紧钻进了她温暖的被窝。她蜷着身子躺在被子下面，心里充满了感激，同时又像往常一样为杰姆和杰瑞的处境而担忧。就在她刚暖和过来，昏昏欲睡时，吉姆斯突然哭了起来——而且哭得没完没了。

里拉蜷缩着身子躺在床上，决心任由他哭下去。有《摩根手册》做她的后盾，她并不担心。吉姆斯很暖和，身上也没什么不舒服的地方——他哭不是因为疼痛——他的小肚皮也是饱饱的。在这种情况下，要是去哄他，只会宠坏他，她决不能这样做。等他哭够了，哭累了，想要睡觉了，就不会哭了。

但是，里拉的想象力开始折磨她。她想，假如我是一个只有五个月大的、弱小的、无助的婴儿，我的父亲在法国的某个地方打仗，为我命运担心的母亲已经进了坟墓，我会有什么感受？假如我躺在一个又大又黑的房间的摇篮里，虽然我能看见东西，也能思考，但周围没有一丝光线，周围也看不到一个熟人，我会是什么样的感受呢？假如这世上根本没有人爱我，一个从未见过面的父亲不可能对一个婴儿有什么深厚的感情，他从来没有给我写过信，也不关心我的命运，我会不会像吉姆斯一样哭泣？难道我不会感到孤独、感到被抛弃、感到恐惧吗？难道我不会哭泣吗？

里拉从床上跳了下来。她把吉姆斯从摇篮里抱出来，放到了自己的床上。他的小手冰冷，可怜的小家伙。不过，他很快就不哭了。当她在黑暗中紧紧抱住他时，吉姆斯突然笑了起来——一种真正发自内心的咯咯的、欢快的笑声。

"哦，你这个小乖乖！"里拉惊叫起来，"你发现自己并不孤单，并不是一个人独自待在这个又大又黑的房间里，所以你就这么乐开了怀吗？"在那一刻，她产生了一种想亲亲他的冲动，于是她就这么做了。她亲了亲他光滑的、散发着香味的小小额头，又亲了亲他胖乎乎的小脸，亲了亲他冰凉的小手。她想要抱紧他——拥抱他，就像她过去紧紧拥抱她的小猫那样。里拉沉浸在喜悦、兴奋和渴望中——这是她从未体验过的感觉。

没过几分钟，吉姆斯就睡着了。里拉听着他轻柔的、有节奏的呼吸声，她能感觉到吉姆斯身上的体温，和他相依相偎，让她有了一种满足感。她突然之间明白了——终于明白了——她爱着这个战时婴儿。

"他会成为一个……非常……可爱的……孩子。"她睡意蒙眬地想，然后便沉沉地睡去了。

转眼到了二月份，杰姆、杰瑞和罗伯特·格兰特进入了战壕，壁炉山庄里的气氛又变得紧张起来。到了三月，"伊普瑞战役①"（按照苏珊的发音）的失利给大家带来沉重的打击。报纸上每天都有新的阵亡名单。壁炉山庄里，大家每当听到电话铃响起，都会变得异常恐惧，都不愿把听筒拿起来——因为这可能是

---

① 伊普瑞战役，指伊普尔战役。伊普尔是位于比利时的佛兰德省一座城镇。城镇的西南有一块高地。第一次世界大战期间，协约国的联军占据了这块具有战略意义的高地。因此德军发动了多次的猛烈攻势，并使用了可以置人于死地的化学毒气——氯气。在这次毒袭中，仅英法联军就有1.5万人中毒，5000人丧生。

火车站站长打电话来，通知说有海外发来的电报。大家在早晨醒来时都急切地想要知道这天又会发生什么。

"我以前那么喜欢迎接早晨。"里拉暗想。

然而日复一日的生活还在继续着。几乎每个星期溪谷村里都会有一个小伙子穿上军装参军，而几天前他们还只是一个爱闹腾的男孩子。

"外面好冷啊，亲爱的医生太太。"苏珊刚从外面回来，冬日的黄昏之后，星光撒满了大地，"不知道战壕里的孩子们冷不冷。"

"什么事都和战争联系在一起了，"奥利弗·格特鲁德叫起来，"我们根本无法躲开它呀。即使是在谈论天气，也会说到战争上去。在这样寒冷的黑夜里，我一出门就会想到战壕里的士兵——不光是我们的士兵，还有其他国家的士兵。哪怕前线上没有我认识的人，我还是会这么想。当我钻进温暖舒适的被窝，我为我舒舒服服地躺在床上而感到惭愧。当有那么多人在战壕里受冻的时候，我的舒适似乎很不像话。"

"我今天在店里碰到梅瑞狄斯太太了，"苏珊说，"她告诉我说他们的布鲁斯让他们很担心，他太把事情往心里去了。为了那些挨饿的比利时人，他一个星期都是哭着睡着的。'哦，妈妈，'他总是用近乎哀求的口气说，'这些婴儿不会挨饿的——哦，不可能，怎么能让婴儿挨饿！妈妈，求你了，请你告诉我婴儿们是不会挨饿的。'但梅瑞狄斯太太不能那样说，因为她不能撒谎，她不知怎么办才好。他们尽量不把那样的事情告诉他，但他还是知道了，他们现在很难安慰那个孩子。我自己读到这些报道时痛心极了，亲爱的医生太太，我也没有办法安慰自己，总不能说报道是假的吧。但是我们的日子还得过下去。杰克·克劳福德说他准备去打仗，因为他厌倦了种地。我希望士兵的生活能让他感到满意。港口那边的理查德·艾略特太太现在非常难过，因为她过去老是责备她的丈夫抽烟，说他把客厅弄得烟雾缭绕的。现在她的丈夫报名参军了，她特别后悔，想收回她的话。'月球大胡子'发誓说他不是亲德派，他自称是'和平主义者'，随他怎么说。要么'和平主义者'不是一个褒义词，要么'大胡子'就不是一个和平主义者，你别不信。他说英国在新夏佩勒的胜利得不偿失，损失太惨重了①。他还禁止乔·米尔格里夫靠近他家的房子，因为当乔听到获胜的消息后就升起了他父亲的旗子。亲爱的医生太太，你注意到了吗？俄国沙皇把普里希改成了普热米什尔②，这表明那个人很有见识，虽然他只是个俄国人。乔·维克告诉我说，他今晚在罗布里奇方向的天空中看到了一个奇怪的东西。你说那会是齐柏林飞艇③吗，亲爱的医生太太？"

"我觉得不太可能。"

"嗯，如果'月球大胡子'现在没住在溪谷村的话，我会感觉轻松些。有人说有天夜里看到他在自家后院里提着灯笼做奇怪的动作。他们说他是在通风报信。"

"给谁……为什么？"

"啊，这就是问题的关键，亲爱的医生太太。依我看，政府

---

① 英军于1915年3月突破了德国在新夏佩勒的防线，伤亡人数上万，但是战线只推进了两公里。

② 俄国从1914年11月开始对奥匈帝国的堡垒实施封锁。1915年3月，波兰城市普热米什尔的守城者投降。

③ 齐柏林飞艇（Zeppelin），一系列硬式飞艇的总称。是著名的德国飞船设计家斐迪南·冯·齐柏林伯爵在二十世纪初期在大卫·舒瓦兹所设计的飞艇的基础上进一步发展而来。

应该对他进行监控，否则的话，说不准哪天晚上我们都会被谋杀了。现在我要再看会儿报纸，然后就去给小杰姆写信。亲爱的医生太太，有两件事是我以前从来没有干过的，一件是写信，另一件是读政治评论。然而现在，这是我经常做的两件事，我发现政治评论也不是完全胡扯，也有值得一读的东西。我搞不懂伍德罗·威尔逊的话到底是什么意思，但我还是希望能把它弄清楚。"

目前，苏珊在研究威尔逊和政治问题的时候，遇到了一些烦心的东西。她用极度失望的语气大声说道：

"怎么？那个恶魔一样的德国皇帝只是长了个疖子！"

"别说诅咒的话，苏珊。"布里兹先生拉长着脸说。

"'恶魔一样的'可不算诅咒，亲爱的医生。我一直认为，对上帝说不敬的话才是诅咒。"

"好吧，可是你的话不够……嗯……文雅。"医生一边说，一边对奥利弗小姐眨眼睛。

"不，亲爱的医生，魔鬼和德国皇帝——如果他们真的是两种不同的人，那么用魔鬼的确就不够文雅，但我看不出他们有什么区别。而且你不能用一种更文雅的方式来提到他们。因此我还要坚持我的说法，不过你可能会注意到，当小里拉在场时，我说话绝对会小心的。我认为报纸无权随便猜测说德国皇帝得了肺炎。他们用这个报道来燃起民众的希望，然后又说他什么事也没有，只是长了一个疖子。疖子！我希望他满身都是疖子。"

苏珊气哼哼地走了出去，到厨房里坐下来给杰姆写信。苏珊今天读过杰姆的信，从他的几段文字中，她看出他需要一些来自家庭的温暖。杰姆在信中写道：

爸爸，我们今天晚上睡在一个旧葡萄酒窖里，水深过膝。到处都是老鼠——没有生火——蒙蒙细雨落下来——相当凄凉。不过我们知道情况可能还会继续恶化。我今天收到了苏珊寄来的包裹，真是太棒了，我们大吃了一顿。杰瑞在前线的某个地方。他说配给的食物比玛莎姨婆做的还糟糕。但是在这里食物还不算糟，只是比较单调。请告诉苏珊，我很想念她做的"猴脸"饼干，我愿意用一年的军饷来换一大盒饼干，不过别让她冲动地准备饼干，等送到这里来的时候肯定发霉了。

从二月的最后一个星期开始，我们就一直处在炮火的攻击下。一个小伙子——新斯科舍人——昨天被炸死了，就在我的旁边。一发炮弹在我们附近爆炸。等浓烟散去后，他躺在那儿，已经死了——身上没有任何伤痕——就好像是被吓死的。这是我第一次如此接近死亡，这让我感到厌恶，但是在这里，一个人会很快适应恐惧。我们处在一个完全不同的世界里，唯一和家乡相同的就是星光——不知怎的，它们的位置好像不太对劲。

告诉妈妈别为我担心——我很好——非常健康——也很快乐。在我们的对面，有一些东西必须从地球上抹去，就这么简单——那种东西散发着邪恶，如果任由它存活下去，就会永远毒害整个世界。这事我们必须得做，爸爸，无论要花多长的时间，无论要付出怎样的代价，我们都要坚持下去。请您替我把这一点转告所有溪谷村里的人。他们不知道我们面临着怎样的处境——我刚参军时也不了解，我以为那很好玩。可是，战争一点都不好玩！现在，我坚守在属于我的位置上，我的选择并没有错——对此我确信无疑。当我看到他们对这里的房屋和老百姓所做的一切后——嗯，爸爸，我立刻会联想到一伙德国佬会怎样践踏彩虹幽谷、溪谷村和壁炉山庄的花园。这边也有花园——是历经几个世纪传承下来的花园，精美绝伦——而它们现在又成什么样子了呢？都被毁了，到处都是残垣断壁!我们在这里战斗，就是为了保护我们童年时曾嬉戏的地方免遭同样的命运，让它们传承给我们的子孙后代，我们要为保护那些美丽动人的东西，捍卫我们的美好家园而战斗。

无论你们中谁去车站，一定要记着代我多拍拍"星期一"。真没想到这个忠诚的小家伙会一直在那里等着我! 说实话，爸爸，在战壕中，在一些黑暗寒冷的夜晚，一想到几千公里以外的溪谷村车站，有一只斑点狗和我一起守夜时，我的心里就温暖起来，就会感到莫大的鼓舞，精神也为之一振。

告诉里拉，听到她的战时婴儿越来越健康，我真为她感到高兴。告诉苏珊，我正要和德国兵和虮子①英勇作战。

"亲爱的医生太太，"苏珊一脸严肃地低声问道，"什么是虮子？"

布里兹太太轻声地作了解答。苏珊惊呼起来，布里兹太太说："战壕里就是那样的，苏珊。"

苏珊摇着头，一声不吭地走了。她打开她已经为杰姆缝好的包裹，往里面放了一把细密的篦子。

---

① 虮子，即虱子。

在朗厄马克的日子

里拉在她的日记中写道：

春天如此美丽，可是为什么又如此可怕呢？当阳光普照大地的时候，小溪边柳树上黄色松软的柳絮又开始纷纷扬扬。花园里又开始争奇斗艳，可我总是忍不住想到佛兰德①正发生着的那些可怕的事情。春天就是这样既美丽又可怕！

对我们所有的人来说，刚刚过去的这个星期是难熬的一个星期，因为有消息传来，说在伊普尔地区，朗厄马克和圣朱莉安②两个地方都爆发了战斗。我们加拿大的小伙子们表现得非常出色——法国将军说就在德国人差一点就要突破协约国防线时，是他们"挽救了战局"。但是我除了为杰姆、杰瑞和格兰特先生感到担心外，丝毫也顾不上骄傲或者喜悦。每天报上都会登出阵亡名单——哦，有这么多人献出了生

---

① 佛兰德战役，1915年4月协约国和德国在比利时和法国边境佛兰德地区的战役。

② 朗厄马克和圣朱莉安是伊普尔地区的两个村子，是德国在一战中第一次使用毒气弹的地方，也是加拿大部队参与的第一次主要战役。

命。我不敢去读那个名单，生怕读到杰姆的名字——有很多次在官方电报送达之前，人们已经在阵亡者名单中读到了他们亲人的名字。至于电话，有一两天我根本不敢去接，因为在说了"你好"后，等对方的应答总是让人心惊胆战，我想我承受不了。那短短的几秒钟就好像有一百年那么漫长，我心里怦怦直跳，生怕听见电话那头说"这里有一封给布里兹先生的电报"。在我逃避了一段时间后，我现在已经不好意思把所有的电话推给母亲和苏珊去接，我只好鼓足勇气去接电话。但这真不是轻松的事情。格特鲁德像往常一样在学校教书，批阅学生的作文，出试卷，但我知道她的心思都在佛兰德。她那忧伤的眼神时时在我脑海中萦绕。

肯尼斯现在也穿上军装了。他被委任为陆军中尉，夏天就要奔赴前线了。他的信里是这样说的。信上没说什么其他的——他似乎除了考虑去打仗，其他什么事都抛在一边了。在他走之前，我是没有机会见着他了——也许我永远都见不到他了。有时我问我自己，在四风港的那个夜晚是否是一场梦。它也许就是场梦——好像是很多年前发生在另外一个人身上的事——除了我之外似乎每个人都已经忘记了还有那样一个夜晚。

昨天晚上沃尔特、楠和黛都从雷德蒙回到了家里。当沃尔特走下火车时，"星期一"冲过去迎接他，高兴得发疯。我猜，它一定以为杰姆会和沃尔特在一起。当"星期一"发现没有杰姆时，就不再理会沃尔特了，甚至也不在乎他的安抚。它只是站在那里，焦急地晃动着它的尾巴，绕过沃尔特，看着他身后从车上下来的其他乘客。它的眼神让我哽咽得说不出话来，我和大家一样清楚，"星期一"可能永远也不会看到杰姆走下火车了。等所有的乘客都下了车，"星期一"抬头看着沃尔特，舔了舔他的手，好像是在说，"我知道他没回来不是你的错——原谅我这样没耐心"。然后它一路小跑着到了货棚，它跑起来还是那么怪模怪样地摇着尾巴，给人的感觉是它的后腿不打算配合前腿的方向。

我们又试着哄它和我们回家——黛甚至俯下身来，亲吻它的脑门儿说，"星期一，老伙计，你难道就连一个晚上都不愿意离开，跟我们一起回去吗？""星期一"说话了——我听到它真的说话了！——"实在是对不起，我的确不能走。我必须在这里等着杰姆回来。你知道的，八点还有一班火车要过站。"

沃尔特能在这时回来真好，不过他似乎还是很沉默，很哀愁，还像他在圣诞节时那样。但我要用心去安慰他，使他振作起来，让他露出往日的笑容。对于我来说，随着日子一天天过去，沃尔特在我生命中已经变得越来越重要了。

几天前的一个晚上，苏珊偶然说到了彩虹幽谷里的五月花。当苏珊说起这话时，我恰好看到了母亲脸上的表情。她的脸色突然变了，让人吃惊地哽咽起来，还轻轻发出了奇怪的声音。大多数时候，母亲的脸上都是带着灿烂的笑容，你永远都无法猜出她内心真实的想法来，但是偶尔一些小事也能让她失去冷静，让我们看到她藏在笑容背后的真实感受。"五月花！"她说，"去年杰姆为我摘回来了一束五月花！"她站起身来，走出了房间。我愿意立刻冲到彩虹幽谷去为她摘回来满满的一捧五月花，但是我知道那不是她想要的。而昨天晚上，沃尔特回家后，偷偷去了彩虹幽谷，为母亲把他能够找到的所有五月花都摘回来了。这事没有人对他说起过一个字——他自己惦记着这事，过去每当五月花刚刚盛开时，都是杰姆为母亲摘回最先开放的五月花，于是他就替杰姆把花摘回来了。从这事可以看出他是一个多么体贴、多么温柔的人啊！可是，竟然还有人给他写那些残忍的信！

很奇怪的是，我们仍然继续过着往常的生活，就好像海外的战争跟我们毫不相关，就好像每天不会有坏消息传来。我们能够承受这样的生活，我们也只能这样继续生活着。苏珊把精力花在了花园上，母亲和她一起打扫房间，我们"青年红十字会"策划了一次音乐会，为比利时人募捐。我们已经排演了一个月，期间遇到了各种各样的麻烦，还有很多讨厌的家伙来捣乱。米兰达·普赖尔说好了要来参加演出，她已经把对白背熟了，但是她的父亲坚决不允许她来帮忙。我并不是要责怪米兰达，我只是觉得她有时候态度应该更坚决一些。如果她偶尔态度坚决一点，她就可能迫使她父亲同意，因为她负责家里所有的家务，如果她"罢工"了，他该怎么办？如果我是米兰达，我会找到某种方式来管束他一下。如果其他的方法都不管用的话，我会用马鞭打他，或是咬他。但是米兰达是一个温顺而且听话的女儿，她的苦日子还长着呢。

我找不到其他人来替代她，因为没人喜欢那段对白，最后我不得不来接替她。奥利弗·柯克是音乐会筹委会中的一员，她处处和我作对。但是不管怎样，我有自己的主张，我邀请镇上的钱妮太太来一展歌喉。她是一位了不起的歌手，肯定能吸引更多的人来为我们捐款，虽然我们要支付给她一笔酬劳，但是我们募集到的钱将会更多。但奥利弗·柯克认为我们本地的歌手就能胜任，而且在钱妮太太面前米妮·克洛会非常紧张，在合唱队里完全唱不出来。米妮是我们拥有的唯一一个女低音！有很多次我被气得发疯，我甚至都不想再过问这件事了，但就在房间里发疯似的走了几圈后，我又冷静了下来，总得去设法解决这些难题。现在，我饱受折磨，生怕伊萨克·瑞斯一家的几个姑娘患上了百日咳。她们都感冒了，而且是五个女孩子！她们的节目都是重头戏。如果她们患上了百日咳，咳个没完，我们该怎么办呢？迪克·瑞斯的小提琴独奏将是音乐会的亮点，基特·瑞斯将出现在每一出舞台造景中；三个小姑娘将会舞出最精彩的旗操。我已经花费了几星期时间来训练她们，现在看来我所有的努力都将付之东流了。

吉姆斯今天长出了第一颗牙齿。我为此非常高兴，因为他快九个月大了，玛丽·范斯曾暗示说他长牙的时间太晚了。他已经开始爬了，但动作和其他婴儿不一样。他手脚并用地满屋子乱爬，像条小狗一样把东西含在嘴里。但不管怎样，没有人能说他爬得比别人晚——事实上他还提前了，因为《摩根手册》说婴儿平均要到十个月时才能爬。他真是太可爱了，如果他的父亲看不到他，那将会是他人生的最大遗憾。现在，他的头发也长得很漂亮了，有可能长成鬈发。

在这几分钟里，在我写有关吉姆斯和音乐会的事时，我会暂时忘掉伊普尔、毒气弹和阵亡将士名单。现在一切又重新浮现在眼前，这比以前更让我揪心。哎，如果我们能够知道杰姆现在安然无恙就好了！以前他叫我蜘蛛时，我总是怒气冲天。可是，如果现在他能够吹着口哨走进客厅，朝我喊，"喂，蜘蛛。"我会多么高兴啊，我一定会觉得这是世上最动听的名字。

里拉把她的日记本收好，走出屋子，来到了花园里。春天的傍晚是多么迷人啊。眼前是狭长的溪谷村，一片翠绿，面向大海，笼罩在暮色中，溪谷村外边是落日映照下的牧场。港口上色彩纷呈，紫色、天蓝色，还有乳白色。枫树林涌动着绿色的雾气。里拉惆怅地环顾四周。谁说春天是一年中最快乐的季节？春天是一年中让人心碎的季节。那淡紫色的余晖、星星点点的黄水仙，还有老松树间吹过的风，每一样东西都撞击着人的心扉，让人肝肠寸断。可怕的生活什么时候才能结束？

"能再次欣赏到黄昏的美景，真是太好了。"沃尔特走到她身旁，"我都不记得大海原来是如此蔚蓝，道路原来是如此深红，而树林原来是如此幽静和神秘莫测了。是的，这里还居住着精灵们。我相信在彩虹幽谷的紫罗兰下我能找到很多的小精灵。"

里拉心情立刻就好了起来。这听起来才像是往昔的沃尔特。她希望他已经忘记了那些困扰着他的事。

"彩虹幽谷上方的天空是多么蓝啊！"为回应他的好心情，她说，"蓝色——蓝色——你得把'蓝色'说上一百遍，才能形容出它到底有多蓝。"

苏珊正好经过这里，她的头上包裹着一条围巾，手里拿着各种花园用具。在菊花丛间，"博士"悄悄地尾随着她，两眼闪闪发光。

"天空是蓝色的，"苏珊说，"但那只猫一整天都处在'海德先生'的状态下，所以今晚很可能会下雨，而且我肩上的风湿病又犯了。"

　　"可能会下雨——但是别去想什么风湿病了，苏珊——想想紫罗兰。"沃尔特神采飞扬地说。他的语调太欢快了，让里拉感到有些莫名其妙。

　　苏珊认为他太没同情心了。

　　"事实上，沃尔特，亲爱的，我不知道你所说的'想想紫罗兰'是什么意思。"她生硬地回答说，"风湿病可不是闹着玩的，早晚有一天，你会有切身体会的。有些人总是抱怨这痛那痛的，我希望我不要成为那种人，尤其是在如今局面如此糟糕的时候。风湿病够糟的了，但我也知道，这比被德国兵用毒气毒死要强上千万倍，那实在是太惨无人道了。"

　　"哦，我的上帝，不要说了！"沃尔特激动地叫起来，转身回屋里去了。

　　苏珊摇了摇头。她对这种大惊小怪很不满："我希望别让他妈妈听见他大声嚷嚷。"

　　里拉站在茂密的水仙花丛中，眼里含着泪水。这个晚上又被毁掉了。她痛恨苏珊，不管怎样，她伤害了沃尔特。还有杰姆——他会不会被毒气熏死？他会不会在痛苦中走向死亡？

　　"我再也受不了这种提心吊胆的生活了。"里拉绝望地说。

　　但是像其他人那样，她又挨过了一个星期。他们收到了杰姆的来信，他安然无恙。

　　"我毫发无损地挺过来了，爸爸。也不知道我们所有的人是怎么挺过来的。你在报纸上应该已经读到相关的报道了——我就不写了。但是德国人没能冲破防线——他们别想冲破防线。杰瑞被一发炮弹震昏了，但只是一时的休克。过几天他就会康复。格兰特也平安无事。"

楠收到了一封杰瑞·梅瑞狄斯写来的信。

　　我在黎明的时候恢复了意识，我回想不起到底发生了什么，但是我知道我差点就完蛋了。当时我独自一人，心里很害怕——害怕极了。我周围都是死人，躺在泥泞的灰色战场上。我渴得要命——我想到了大卫和伯利恒井水①——还有彩虹幽谷里枫树林下的那眼老泉水。我似乎看见它就在我眼前了——而你站在泉眼的那一边冲着我笑——我想我完蛋了。我不在乎。说实话，我一点都不在乎。我只是害怕寂静，就像一个小孩子一样，害怕周围的死人，我不知道为什么这些事会发生在我的身上。后来，他们发现了我，把我抬下了战场，不久我就发现我自己没什么大碍了。我明天就要回到战壕里去了。这儿特别缺人手。

"这个世界失去了欢笑。"菲斯·梅瑞狄斯说，她来给大家讲她收到的信里都写了些什么，"我记得我以前对泰勒老太太说过，这个世界充满了欢声笑语，但是这样的日子已经一去不复返了。"

"到处都是痛苦的嘶喊。"奥利弗·格特鲁德说。

"姑娘们，我们必须保持一点笑容。"布里兹太太低声说，

---

① 伯利恒是以色列第二位国王大卫的出生地，当大卫在亚杜兰洞时，三个勇士冒着生命危险闯过非利士人的营地，到伯利恒城门旁的井里打水献给大卫。

"有时候真诚的笑容就像祈祷一样有效——我是说有时候。"
她发现在刚过去的三个星期里，笑是一件很难办到的事——对于
她，安妮·布里兹来说，笑曾经是一件轻而易举、再自然不过的
事。最让她痛心的是，里拉的笑容也变得越来越少了——她以前
还认为里拉笑得太多了。这个孩子的少女时代就要在阴云笼罩下
度过吗？现在的里拉已经长成一个坚强、机敏而成熟的女人！她是
多么有耐心地编织和缝纫，而且还管理好了那些难以驾驭的"青年
红十字会"的成员！她是多么无微不至地照顾着吉姆斯啊！

　　"她对那个孩子照顾得够好了，亲爱的医生太太。"苏珊认
真地说，"她那天带着大汤盆回来时，我对她一点儿也没抱什么
希望。"

里拉受了委屈

"我非常担心，亲爱的医生太太。"苏珊说，她刚刚如朝圣般地去了趟车站，给"星期一"送去了一些肉骨头，"我害怕发生不幸的事。'月球大胡子'下了火车，他是从夏洛特敦回来的，看上去很高兴。我记得以前他在公开场合从未露出过笑容。当然，有可能是他刚刚在牛买卖中占了便宜，但是我有种不祥的预感，一定是德国人在什么地方突破了防线。"

一个小时后，报纸送来了，有关路西塔尼亚号[①]沉没的消息传开了。可能苏珊把普赖尔先生的笑和路西塔尼亚号的沉没联系在一起有失公正。但是，就在那天晚上，出于对德国皇帝所作所为的义愤，溪谷村的男孩子们聚在一起，砸碎了普赖尔先生家所有窗户的玻璃。

"我不能说他们这样做是对的，我也不能说他们做错了，"听说这次破坏行动后，苏珊说，"但是我会说，我自己也想扔上几块石头。有一件事情是肯定的——有人可以证明，那天消息传

---

① 西塔尼亚号，冠达海运公司轮船。1915年5月7日由纽约驶往利物浦，在爱尔兰南部被一枚德国鱼雷击沉。1198名乘客失去了生命。

来时，'月球大胡子'在邮局里说，国家已经发出了警告，可那些人仍然要四处游荡，他们都活该被淹死。诺曼·道格拉斯对此非常气愤。昨天晚上他在卡特的店里大声说，'弄沉路西塔尼亚号的人实在是太邪恶了，如果魔鬼不让那些家伙下地狱，那么魔鬼就没有存在的必要了'。诺曼·道格拉斯一直认为，凡是反对他的人都是站在魔鬼一边的，但是那种人有时会说中要害。布鲁斯·梅瑞狄斯非常可怜那些被淹死的婴儿。上个星期五的晚上，他好像在为某件特别的事向上帝祈祷，但是却没能达成心愿，一直为这事闷闷不乐呢。当他听说路西塔尼亚号的事后，他对他母亲说，他现在明白为什么上帝没有对他的祈祷做出回应了——他太忙了，要忙于安置路西塔尼亚号上的遇难者。那个孩子的心态要比他的年龄要老一百岁，亲爱的医生太太。说到路西塔尼亚号，我觉得太惨了，不管你怎么看它。我猜伍德罗·威尔逊肯定会就这事写个抗议通牒，但这有什么用呢？一位了不起的总统！[①]"一气之下，苏珊把罐子"砰"的一声用力放到了桌上。很快威尔逊总统就成了苏珊厨房里被诅咒的对象。

一天晚上，玛丽·范斯跑到壁炉山庄向人们宣布说，她不会再阻止米勒·道格拉斯去参军了。

"路西塔尼亚号的事对我的刺激真是太大了。"玛丽坦率地说，"既然德国皇帝敢于残害那些无辜的小孩，那就该有人去教训他。这事必须通过战斗才能解决，这是我逐渐萌发出来的想法，而我现在已经全都想明白了。所以我去告诉米勒不用再顾虑我的感受，他可以去参军了。可是老凯蒂·埃里克是不会轻易转

136.

变她的观念的。即使这世界上每一艘船都被潜艇击沉了，每个婴儿都被淹死了，凯蒂依然会无动于衷。当然了，一直是我在阻止米勒参军，而不是老凯蒂太太。我以后也许会感到后悔——但是现在我决心已定。"

玛丽说到做到。就在那个星期天，米勒·道格拉斯就身穿军装和玛丽·范斯一起走进了溪谷村教堂。玛丽感到非常骄傲，双眼放射着光芒。坐在后面的乔·米尔格里夫看了看米勒和玛丽，又看了看米兰达·普赖尔，然后重重地叹了口气，周围三排的人都听见了他的叹息声，他们都知道他的烦心事是什么。沃尔特·布里兹没有叹气。里拉焦虑地观察着他的脸，他脸上的表情深深地刺击着她的内心。在随后的一个星期里，那副表情在她头脑中挥之不去，让她极为不安。在外人看来，或许是红十字音乐会日益临近了，她为此而感到焦虑吧。瑞斯家姐妹的感冒并没有发展成百日咳，因此一团糟的局面并没有上演。但是其他方面又出了问题。就在音乐会举办的前一天，钱妮太太寄来了一封让人遗憾的信，她说她不能来参加演出了。她的儿子随军驻扎在金斯波特港口，现在患上了严重的肺炎，她必须马上去探望他。

音乐会筹委会的成员面面相觑，措手不及。该怎么办才好呢？

"全怪有人想依靠外界的帮助。"奥利弗·柯克不合时宜地说。

"我们必须要采取什么措施来补救。"里拉说，她陷入了绝望，没去在意奥利弗的态度，"我们已经为音乐会散发了大量的广告——很多很多人来——甚至镇上的人也会来——正如大家看到的，我们现在没有人来唱歌了。我们必须找到一个人来代替钱妮太太。"

"都这个时候了，我不知道你还能找到谁。"奥利弗说，"艾琳·霍华德倒是能够来唱，但是在她被我们社团如此羞辱后，这种可能性已经不大了。"

"我们怎么羞辱她了？"里拉用她自己所谓的"冷酷的语调"问。但这种冷酷并没有吓住奥利弗。

"是你羞辱了她。"她尖刻地回答道，"艾琳把一切都告诉我了——她很难过。你对她说过，让她永远不要和你说话——艾琳告诉我说，她真的不能想象自己说了什么或做了什么，才让你如此对待她。就因为这个，她再也不来开会了，而且她还加入了罗布里奇的红十字会。我丝毫也不责怪她，而我，作为这其中的一员，没有权力叫她委曲求全地来帮我们脱离困境。"

"你不会指望我去请她吧？"委员会的另一名成员艾米·麦克阿利斯特咯咯地笑起来，"艾琳和我已经有很长一段时间没说话了。艾琳老是受到其他人的'羞辱'。但是她是一位不错的歌手，这一点我得承认，人们听到她唱歌一定会很高兴的，他们会像喜欢钱妮太太一样喜欢她。"

"即使你去请她，她也不会来。"奥利弗意味深长地说，"就在我们刚开始筹办这个音乐会的时候，大概是在四月份，有一天我在镇上遇到了艾琳，问她是否愿意来帮我们的忙。她说她也想，但鉴于是里拉·布里兹在筹备这个音乐会，她怎么能来呢？里拉曾经用这样奇怪的方式对待过她，所以我们才落到今天这种地步。我们的音乐会将以失败告终。"

里拉回到家里，把自己关在房间里，脑子里一片混乱。她不会向艾琳·霍华德道歉的，那会自讨没趣！艾琳和她在这事上错误对半开。她把她们争吵的内容加以歪曲，卑鄙地四处宣扬，摆出一副莫名其妙受到委屈的样子。里拉永远不能把自己之所以那么做的理由讲出来，因为这牵扯到对沃尔特的诋毁，让她张不开口。因此除了几个永远不喜欢艾琳的姑娘支持她外，大多数的人都认为艾琳受到了不公正的对待。但是——她为之付出了这么多心血的音乐会就要以失败告终了。钱妮太太的四支独唱曲目是整个节目中的亮点。

"奥利弗小姐，你认为我该怎么办？"她绝望地问道。

"我认为艾琳应该向你道歉，"奥利弗小姐回答说，"但是不幸的是，我看这一切都无济于事。"

"如果我去向艾琳道歉，她肯定会参加演出的，这一点我很肯定。"里拉叹息道，"她真的喜欢在众人面前唱歌。但是我知道在这事上她会让我难堪——为了这场音乐会，我愿意做任何事，但就是不愿意求她。不过，我必须去——如果杰姆和杰瑞能面对德国兵，那我肯定也能面对艾琳·霍华德。为了帮助比利时人，我愿意牺牲我的尊严求她帮个忙。现在，我觉得还没有足够的勇气去做，但是我知道，晚饭之后，你就会看到我甘受委屈，小跑着穿过彩虹幽谷去上溪谷村找艾琳。"

里拉说到做到。晚饭后，她精心打扮了一番，穿上镶有珠子的蓝色绉纱裙——因为虚荣心比起自尊心来更难压制，而且艾琳总能在一个姑娘的衣着上挑出瑕疵和不足来。此外，正如里拉在她九岁时对她母亲说过的那样："当你衣着光鲜时就总会举止文雅。"

里拉梳了一个漂亮的发型，因为怕下阵雨，还披上了一件长雨衣。但是整个准备过程中，她都惴惴不安，为了即将到来的令人不快的会面，不停地在头脑里演练着她的台词。她现在只希望一切都赶紧结束——她真希望自己从未试图要去举办一个为比利时募捐的音乐会——她希望自己没有和艾琳争吵过。毕竟，在应对艾琳对沃尔特的羞辱时，轻蔑的沉默会更有效。像她那样冲动行事，是愚蠢和充满孩子气的——嗯，以后她要学得更明智一点，但是现在她必须去主动遭受羞辱了。比起其他人来，里拉·布里兹是最难忍受这样羞辱的人，不过这样的羞辱能让她以后变得更理智一点。

黄昏时分，她来到了霍华德家门外——一座自命不凡的房子，屋檐满是白色的涡形装饰，四面都是凸窗。霍华德太太体态丰满，总爱喋喋不休。她热情地接待了里拉，把她带进了客厅，然后去叫艾琳了。里拉脱掉了雨衣，然后挑剔地审视着壁炉上方镜子中的自己。发型、帽子和衣着都令人满意——没有什么地方能让艾琳小姐挑出毛病。里拉还记得，她曾经认为艾琳对其他姑娘的尖刻、琐碎的批评是那么巧妙而有趣。唉，现在轮到她自己成为被挑剔的对象了。

很快，里拉就看到艾琳步履轻盈地走下了楼梯。艾琳穿着一身漂亮的礼服，淡黄色的金发盘成了最时髦的发型，浑身散发着迷人的香水味儿。

"你好，布里兹小姐。"她用甜美的声音说，"这真是个意外的惊喜。"

里拉起身握了握艾琳冰冷的指尖。当她坐下的时候，她注意到了一件让她震惊的事，让她一时回不过神来。而艾琳坐下来的时候，也看见了，她好像是被逗乐了，于是在接下来的整个会面过程中，她的嘴唇上都挂着恼人的微笑。

里拉的一只脚上穿着一只小巧的鞋子，鞋子很时髦，带着金属扣子，里面穿着薄薄的蓝色丝袜。而另一只脚上却穿着一只厚重的靴子，相当破旧的，里面是一只用黑色棉线织成的袜子。

可怜的里拉！她换好衣服后，就开始换靴子和袜子，当时她的脑子里正忙着思考，一心二用就落到了这样的后果。哦，她现在的处境多么尴尬——尤其是在艾琳·霍华德的面前——艾琳正盯着里拉的脚看，就好像她以前从未看到过别人的脚一样！她曾经还认为艾琳的举止是无可挑剔的！里拉本来把要说的话都准备好了，可现在一句话也想不起来了。她徒劳地想要把她倒霉的脚塞进椅子下面去，然后一个直白的请求脱口而出：

"我来亲（请）求你的帮助，艾琳。"

又口齿不清了！哦，她已经做好了忍受羞辱的心理准备，但没有想到口吃的毛病也会来添乱！老天爷，总该有个限度吧！

"哦？"艾琳冷冰冰地回答说，略带着怀疑的口气。她抬起她浅薄、傲慢的眼睛看着里拉涨红的脸，然后又把眼睑垂了下来，眼睛又饶有兴致地停留在那只难看的靴子和那只精致的鞋子上，似乎那里有很大的吸引力。

里拉冷静下来。她不能再犯口齿不清的毛病了——她要沉着冷静。

"钱妮太太的儿子在金斯波特生病了，所以她不能来参加音乐会。所以，我代表我们筹委会，来请你代替她在募捐音乐会上演唱。"里拉准确、仔细地说出了每个字，就好像在背诵一篇课文。

"你们走投无路了才来找我，对吗？"艾琳露出了一个令人不快的笑容。

"我们一开始筹办音乐会时，奥利弗·柯克就叫你来参加，可你拒绝了。"里拉说。

"那又怎么了，我没法帮忙——你说呢——我能来帮忙吗？"艾琳一副可怜巴巴的样子，"你命令过我永远不要和你再说话。这会让我们俩都很尴尬的，不是吗？"

受辱的时候到了。

"对于我说过的话，我向你道歉，艾琳。"里拉平静地说，"我不该说那样的话，后来我一直非常后悔，你能原谅我吗？"

"然后，这样就能让我来你的音乐会上唱歌？"艾琳用甜美的腔调说，但是却带着羞辱人的意味。

"你的意思是说，"里拉可怜巴巴地说，"如果不是为了音乐会，我是不会向你道歉的，对吗？但自从那事发生后，我确实觉得我不该那样对你，而且已经为这懊悔了一个冬天了，这是真的。这就是我能说的全部了。如果你觉得你不能原谅我，那我想我也不用再说些什么了。"

"哦，里拉，亲爱的，别对我这么凶，"艾琳恳求道，"我当然会原谅你——虽然我曾为此感到很难过——我都想象不到当时我有多难过，我为此哭了好几个星期啊。但是我对谁也没说过！"

里拉强忍着没有加以反驳。毕竟，和艾琳争辩是没有意义的，而比利时人此时正在挨饿。

"你看，你能帮我们举办音乐会吗？"她强迫自己说道。哦，要是艾琳不要老盯着她的靴子该多好啊！里拉甚至能够想象得出，艾琳会把这事当成一个笑柄，会怎样绘声绘色地讲给奥利弗·柯克听。

"我不明白在即将开演时，我还能帮上什么忙，"艾琳辩解说，"我没有时间准备新的歌曲。"

"哦，你会唱很多动听的歌曲，溪谷村的人肯定没听过。"

里拉说，她知道艾琳整个冬天都在镇上上音乐课，这只是她的一个托词，"你的歌对于我们来说都是新歌。"

"但是我没有伴奏。"艾琳又说。

"尤娜·梅瑞狄斯可以给你伴奏。"里拉说。

"哦，我不能让她来给我伴奏，"艾琳叹了口气，"从去年秋天起我们就没讲过话了。在主日学校的音乐会上我们发生了争执，她对我的态度恶劣极了，我不可能和她一起表演。"

天啦，天啦，艾琳和每个人都有仇吗？尤娜·梅瑞狄斯也会和别人发生争执吗？这太滑稽了，里拉费了好大的劲才在艾琳的面前忍住没笑出声来。

"奥利弗小姐的钢琴弹得很棒，能够看到谱子马上就演奏出音乐，"里拉孤注一掷地说，"明天晚上赶在音乐会举办前，你来壁炉山庄一趟，在奥利弗小姐的伴奏下，你可以毫不费劲地把你的曲目排演一遍。"

"但是我没有演出服装。我的新晚礼服还没从夏洛特敦送过来。在那样一个大场合，我不能穿我的旧礼服。那套衣服太旧了，也太过时了。"

"我们的音乐会，"里拉一字一顿地说，"是为了救助那些即将要饿死的比利时儿童。为了他们，你认为你不可以穿一次旧衣服吗，艾琳？"

"哦，难道你不觉得，我们所知道的那些关于比利时人的报道都是夸大其词吗？"艾琳说，"我敢肯定他们实际上不可能被饿死，你要知道，现在已经是二十世纪了，报纸总是爱把事情渲染得很可怕。"

里拉认为她已经受够羞辱了，但她至少还懂得自尊。她用不着再好言相劝了，要么参加演出，要么不参加演出。她站起身来，不再顾及她的鞋子了。

"我很遗憾你不能帮我们，艾琳。但是既然如此，那我们就只能尽力而为了。"

这种情形现在对艾琳已经不利了。她非常渴望在音乐会上演唱，她之所以犹豫不决，只是为了衬托最后的首肯。而且，她也想和里拉再成为朋友。里拉曾全心全意地、心甘情愿地仰慕她，这让她的心里甜滋滋的。而且人们都乐意去拜访壁炉山庄，那里非常温馨，尤其是当一个叫沃尔特的英俊大学生在家的时候。她不再去看里拉的脚了。

"里拉，亲爱的，不要这样急躁。我真的想要帮你，如果我能办到的话，我决不会推辞的。坐下来，让我们再好好谈谈。"

"对不起，我不能再浪费口舌了。我要赶回家去了——吉姆斯该上床睡觉了，这你也是知道的。"

"哦，是的——你在按照书上的方法抚养婴儿。你那么讨厌小孩，却能那样去做，你真是太了不起了。我亲他的时候，你那么生气！但是我们会忘了这一切，再次成为好友的，对吗？现在，该说音乐会的事了——我想我可以赶早班车去镇上取我的衣服，然后乘下午的火车回来为音乐会做准备。如果你能让奥利弗小姐为我伴奏的话，一切问题就解决了。但是我决不会出面去请她为我伴奏——她太傲慢了，总是让我这个可怜的小人物感到手足无措。"

里拉不想浪费时间和精力为奥利弗小姐辩解，她冷静地谢过了艾琳，然后就起身告辞了。此时的艾琳已经变得非常友好和热情了，里拉非常感激这次面谈终于结束了。但是她心里很清楚，她和艾琳不可能再成为以前那样的朋友了。友好，可以办到——但是朋友，已经再也不可能了。她也不希望她们再成为朋友。整个冬天，在她心里，她哪怕为了一些更紧迫的事而焦虑的同时，也一直在为她和艾琳断交而深感惋惜。现在这种感觉突然消失了。艾略特太太形容心灵默契的人是"认识约瑟的人"，但艾琳不是。里拉并不觉得自己比艾琳成熟，她还不到十七岁，而艾琳已经二十岁了，如果她这样想，她会认为这很荒谬。但这是事实。艾琳还是一年前的那个艾琳——她永远也不会变，而里拉·布里兹却在一年中发生了巨大变化，变得越发成熟、稳重了。让她不安的是，她发现自己已经看穿了艾琳——在她甜美、漂亮外衣下，她看到了她的小气、虚伪，还有浅薄。艾琳永远失去了一个忠实的崇拜者。

不过当时的里拉并没有意识到这么多。她穿过上溪谷村，来到了彩虹幽谷中一个僻静的地方，斑驳的月光照着这里。她逐渐恢复了平静，在一棵高大的野李子树下停了下来。这棵树白得出奇，枝头开满了雪白的花朵，如同染上了白霜。

"现在只有一件事情是重要的——那就是让协约国赢得战争，"她大声说，"所以，毫无疑问，我穿着奇怪的鞋子和袜子去找艾琳·霍华德，这种事是无关紧要的。但是，我，贝莎·玛莉拉·布里兹对着月亮庄严发誓，"——里拉戏剧性地抬起头来对着月亮说——"从今往后，我出门前一定要仔细检查一下我的两只脚。"

斗志昂扬的溪谷村

第二天，苏珊让旗帜在壁炉山庄高高飘扬，以此来纪念意大利的宣战①。

"意大利现在宣战还不算晚，亲爱的医生太太，想想俄国前线的形势吧，他们已经顶不住德国人的攻势了。不管怎么说，那些俄国人都是些反复无常的家伙，只有那个尼古拉斯大公②算是个例外。意大利站在正义的一方，对于它来说是件幸运的事，但是这对于协约国来说是不是幸事，我还不知道。只有等我对意大利人有更多的了解后，我才能下定论。但是，它会让那个名叫弗朗茨·约瑟夫③的老恶棍好好反省一下。那个老家伙还真行——离死期不远了，还在谋划着大屠杀。"苏珊重重地捶打着手里的面团，她太用力了，就好像如果弗朗茨·约瑟夫落到她的手里，她就会像那样狠狠地揍他一顿。

沃尔特坐早上的火车去镇上了，楠主动提出要帮着照看吉姆

---

① 意大利原本是德国的盟友，但是在战争初期，出于自己的利益保持了中立。在1915年4月向奥匈帝国宣战，等到1916年8月才正式向德国宣战。

② 尼古拉·尼古拉耶维奇·罗曼诺夫·尼古拉斯大公（1856～1929），俄国骑兵上将，第一次世界大战时的俄军总司令。俄国末代沙皇尼古拉二世的叔父。

③ 弗朗茨·约瑟夫一世（1830—1916），奥匈帝国的统治者。1915年的时候已经85岁高龄了。

斯，这样里拉就轻松了一些。里拉为了音乐会忙活了一整天，帮着装饰溪谷村的大厅，很多需要打理的小事她都要一一操劳。那天晚上的夜色很美，不过有人说，普赖尔先生声称他"希望天上落刀子，并且刀尖冲下"，而且当他说这样的话时，还蛮横地踢了米兰达的狗。里拉从会场赶回了家，匆忙换好了衣服。一切都出奇的顺利。此时艾琳还在楼下和奥利弗小姐练习她的曲目。里拉又兴奋又开心，甚至有一阵子忘记了西线的战事。付出了几个星期的努力，终于有了这样一个令人满意的结果，这让她感到了无比的骄傲和自豪。她知道，很多人都认为她不具备筹办一场音乐会的能力和耐心，有人还这样暗示过她。可是，她向他们展示了自己的才能！换衣服时，她嘴里不自觉地哼唱着歌曲的片段。她兴奋得感到一阵目眩，嫩滑的圆圆面颊上泛起淡淡的红晕，遮盖住了她脸上的那几颗雀斑，她红褐色的头发也泛着光泽。她是应该戴海棠花呢，还是戴那一小串珍珠？经过了一番艰难的抉择，她最终选择了海棠花，她把白色的蜡花插在了左耳后。现在，最后再检查一遍鞋子。很好，两只脚上穿的都是舞鞋。她亲吻了一下正在熟睡的吉姆斯——那是一张多么温暖、红润、可爱的小脸啊，像丝绸一样光滑——然后她匆忙向山下的会场走去。大厅里已经有很多人了——很快就会挤满大厅的。她组织的音乐会将会迎来空前的成功。

　　前三个节目表演得都很成功。里拉待在舞台后面的小化妆间里，一边眺望着月光照耀下的港口，一边背诵着她自己的台词。她独自一人在这里待着，而其他的人在大厅另一边更大的化妆间里。突然，她感到有一双温暖的手揽住了她的腰，艾琳·霍华德在她的脸上留下了轻轻的一吻。

"里拉，你这个小乖乖，你今晚看上去简直像个天使。你真勇敢——我以为你会为了沃尔特参军的事感到难过，一定会撑不下去的。可是你竟然泰然自若。我希望能有你一半的勇气，哪怕一半也行。"

里拉完全懵了。她没有任何感觉——她什么都感觉不到，感官世界突然变得一片空白。

"沃尔特……参军去了？"——她听见自己这样说——然后她听见艾琳发出了不自然的假笑。

"怎么，你不知道？我还以为你知道，否则的话我也不会提起。我老是说错话，对吧？嗯，他今天去镇上就是为了这事——他参军的事是今晚在回来的路上给我讲的。我是第一个知道这个消息的人。他没有穿军装——他们的军服发完了——但是过两天他就会穿上了。我一直说沃尔特和其他人一样勇敢。里拉，当沃尔特告诉我他参军了，我为他感到骄傲，我向你保证。哦，里克·麦克阿利斯特的朗诵马上就要结束了，我必须赶紧去准备了。我答应了要参加下一个合唱——艾丽丝·克洛说她头疼得厉害。"

她走了——哦，谢天谢地，她终于走了！里拉又孤单一人了，她望着远处四风港的美景，这片似乎凝固了的景色，在月光照耀下如梦似幻。她渐渐恢复了知觉——感到一阵撕心裂肺的疼痛，就像她的整个身体被撕裂开来一样。

"我再也无法忍受了。"她说。然后她痛苦地意识到，她也许可以忍受，而且她还必须忍受这痛苦的煎熬很多年。

她必须离开这里——她必须跑回家去——她要一个人待着。现在她没法去台上表演军事操练了，也不可能去朗诵，或者参加对白了，这会毁掉后半场的音乐会。但是音乐会又算什么——什

148.

么都不重要了。这还是那个里拉·布里兹吗？——几分钟前她还很开心，此刻却正承受着巨大的伤痛。外面的舞台上，表演四重唱的人唱道"我们永远不会让旗帜倒下"——歌声好像是从很远的地方飘来的。她为什么不能哭一场呢？就像杰姆说他必须去参军时那样，痛痛快快大哭一场。如果她能哭出来，无法忍受的可怕感就会释放出来。但是她的眼中竟没有一滴眼泪！她的头巾和大衣在哪里？她必须离开这里，像一只因为受伤而奄奄一息的动物那样把自己藏起来。

这么逃走是不是胆小鬼的作为？她突然想到这个问题，就像有人在当面责问她似的。她想到了佛兰德前线上的大屠杀，她想到了她自己的兄弟和儿时的玩伴正坚守在硝烟弥漫的战壕里。如果她此时逃避这个应尽的小小职责，他们会怎么看她……把"青年红十字会"的音乐会坚持办完，这只是一个微不足道的职责。但是她无法留下来——她做不到……杰姆去参军时，母亲当时是怎么说的："如果我们女人丧失了勇气，我们的男人还会勇往直前吗？"但是这个打击实在是无法忍受。

然而，就在走到门口时，她停下了脚步，转身回到了窗户前。艾琳正在唱歌，她曼妙的歌声（这是她身上唯一真实的东西）响彻整个大厅。里拉知道接下来的节目是姑娘们的操练表演。她能上台去表演吗？她感到头疼——嗓子也疼。哦，为什么艾琳要在这个时候把这事告诉她？母亲明明知道这个消息会让她承受不了。艾琳太残忍了。里拉现在回想起来了，这一天她不止一次地看见母亲带着奇怪的表情看着她。她太忙了，根本顾不上去思考其中的含义。她现在明白了。母亲已经知道沃尔特去镇上的目的了，但是母亲不肯告诉她，母亲想等到音乐会结束之后再告诉她。母亲拥有怎样的毅力和耐力啊！

"我必须留在这里，直到整场演出结束。"里拉冰凉的双手紧握在一起，神情坚定地说。

对里拉来说，这个晚上接下来发生的事就像一场发高烧时的梦境。她的周围都是人，但是她的灵魂却独自在承受煎熬。她神态自若地表演了军事操练，毫不犹豫地完成了朗读。她甚至穿上了一套怪怪的爱尔兰老妇服装，代替米兰达·普赖尔表演。在排练时，她跳出了无人能及的皮鞋舞，但是现在已经达不到那种水平，她的朗读也失去了以往的热情和魅力。当她站在观众面前时，她只看到了一张面孔——坐在她母亲身旁的黑发小伙子的英俊面孔——她似乎看到了这张面孔出现在战壕中；看到他僵直地躺在星空下，全身已经冰凉；看到他被关在监狱里；看到他眼中的光芒渐渐黯淡。当她站在溪谷村大厅里，站在插满旗帜的舞台上，眼前浮现出的全是各种各样可怕的景象。她脸色苍白，比她头发上插着的那朵海棠花还要白。在节目演出的间隙，她不安地在小化妆间里走来走去。这个音乐会什么时候才能结束啊！

音乐会终于结束了。奥利弗·柯克冲了进来，兴高采烈地对她说她们筹集了一百元。"很好。"里拉呆呆地说，然后离开了所有的人——哦，谢天谢地，她可以走了——沃尔特此时正在门口等她。他一声不吭地挽住她的胳膊，然后一起走上了洒满月光的小路。青蛙正在沼泽地里歌唱，他们的周围是家乡的田野，在银光的映照下若隐若现。春天的夜晚美好而动人。里拉感到这种美对她痛苦的心灵来说是一种羞辱，她以后会永远憎恨月光的。

"你知道了？"沃尔特说。

"是的，艾琳告诉我了。"里拉艰难地回答道。

"我们本想等晚会结束后再告诉你的。你出来表演操练的时候，我就感觉到你已经听说这事了。小妹妹，我必须这样做。在路西塔尼亚号沉没后，当我想象那些死去的女人和孩子漂浮在无情的、冰冷的海水里，我就没法继续宽容我自己了——嗯，开始的时候我觉得我厌倦了生活，想逃离这个世界，逃离这些可怕的事情——让我的脚不再沾染这个世界上令人憎恶的尘土。然后，我知道我必须去参军了。"

"有……很多士兵……少你一个也没关系。"

"问题的关键不在这儿，里拉-我的-里拉。我是为了我自己才去的——为了拯救我的灵魂。如果我不去的话，我的灵魂会不断萎缩，最后会变得微小而卑鄙。这比令我恐惧的失明或残疾都更加让人可怕。"

"你可能……会……死在战场上。"里拉痛恨说出这句话——她知道这是懦弱和胆怯的表现——但是在经过了一个晚上的紧张后，她的神经已经完全崩溃了。

凡人迟早都会死亡，
谁也逃不过死神的魔掌。

沃尔特诵出了一句诗，"我不害怕死亡——我早就告诉过你了。有时候仅仅为了生存，人们就必须付出极为惨重的代价，我的小妹妹。这场战争当中有太多的丑恶——我必须为扫平邪恶尽一份力。我要去为美好的生活而战，里拉-我的-里拉——这是我的职责。可能这个世界上还有更崇高的职责——但是我的职责就是上战场。这是我对美好的生活应负的责任，也是对加拿大应尽的使命，我得主动承担这神圣的使命。里拉，自从杰姆走后，今天晚上，我第一次重拾自尊。我能够写诗了。"沃尔特笑了起来，"自从去年八月以来，我就没写过一行诗，今晚我诗情澎湃。小妹妹，勇敢一点——杰姆走时，你就很勇敢。"

"这——不——一——样。"里拉不得不一字一顿地说，因为她就快要哭出来了，"我——当然爱——杰姆——但是——在——他——离开的时候——我们认为——这场战争——会很快——结束——可是你是——我的一切，沃尔特。"

"你必须要坚强点，好让我放心地离开，里拉-我的-里拉。我今天晚上很兴奋——沉浸在战胜自己的兴奋之中——可是以后，当我不再感到兴奋的时候——我需要你的帮助。"

"你——什么——时候——走？"她必须马上知道最坏的消息。

"一个星期后——我们要去金斯波特接受训练。我猜我们大概会在七月中旬开赴海外——我们也不知道具体的时间。"

一个星期……和沃尔特在一起的时间只剩下一个星期了！这颗年轻的心不知道要怎么才能活下去。

当他们走进壁炉山庄的大门时，沃尔特在老松树下面停下了脚步，他把里拉拉到了自己的面前。

"里拉-我的-里拉，在比利时和佛兰德，也有像你这样温柔、纯洁的姑娘。你知道——连你也知道——她们遭受了怎样的蹂躏。我们必须阻止那样的事再发生，让它永远不再发生。你会帮助我的，对吗？"

"我会尽力的，沃尔特。"她说，"哦，我会尽力的。"

当她的脸紧紧地贴在他的肩膀上时，她明白了一切已无法避免了。在那一刻，她接受了这个现实。他必须去——她英勇的沃尔特必须去战斗，带着他高尚的灵魂和梦想走上战场。她其实一直都知道这一天迟早会到来。她眼看着这一天向她逼近——一步——又一步——就像乌云的影子逼近了阳光照耀下的田野，迅猛而又无情。在痛苦之余，里拉产生了一种奇怪的宽慰。整个冬天，里拉的灵魂深处都潜藏着一种模糊的、不肯承认的酸涩感，现在终于得以消除了。现在没有人——谁也不能再把沃尔特叫成是懦夫了。

夜里，里拉久久不能入睡。壁炉山庄里也许除了小吉姆斯没有人能入睡。人的身体发育可以是一个缓慢而又渐进的过程，但是灵魂的发育却可以是跳跃式的。人可以在一个小时之内变成熟。在那一夜，里拉·布里兹的精神境界一下子上升到了一个成熟女人所应有的高度，具备了能忍受一切的勇气和耐力。

当寒冷的黎明来临时，她起身来到窗前。在她的窗户下面，是一棵高大的苹果树，树上开满了粉红色的花朵。那是多年前沃尔特种下的，当时他还是个小男孩。在彩虹幽谷那边，温柔的波浪在黎明下拍打着霞光映照下的海岸。在海岸上方，高悬着一颗恋恋不肯离去的星星，展现着清冷的美。这个世界拥有如此动人的春天，为什么一定要让人心碎？

里拉感到有一双温柔的手抱住了她，让她感觉到了安全。是母亲——拥有灰色大眼睛的母亲。

"哦，母亲，你怎么能受得了？"她难以抑制地嚷道。

"里拉，亲爱的，几天前我就预感到了。我曾经在心里斗争过——现在已经平静下来了。我们必须让他去。有一种召唤比我们的爱更伟大、更持久——他必须听从这一召唤。我们不能在他的献身精神上增添负担。"

"我们的牺牲比他的牺牲要大，"里拉激动地喊道，"男孩子们献出的只是他们自己，而我们却奉献出了他们。"

在布里兹太太回答之前，苏珊在门口探出了头，她从来都不拘小节，没有敲门的习惯。她的眼睛红红的，问道："要我把你的早餐端上来吗，亲爱的医生太太？"

"不用，不用，苏珊。我们马上就下楼去。你知道——沃尔特参军了吗？"

"我已经知道了，亲爱的医生太太。医生昨天晚上告诉我了。我猜上帝允许他这样做肯定有他特殊的理由。我们必须服从这样的安排，多看光明的一面。至少，这可以消除他身上的那点诗人气，"——苏珊还是固执地认为，诗人和流浪汉是一路人——"不过，有件事还得感谢上帝，"她低声咕哝道，"雪莱还不够年龄。"

"你这么说，是不是感谢上帝让其他女人的儿子来代替雪莱的位置？"医生正好路过门口。

"不，不是这么回事，亲爱的医生。"苏珊辩解说，她把小吉姆斯抱了起来，小吉姆斯睁开了他那双黑色的大眼睛，同时伸出了他胖乎乎的小手，"不要把有些话强加到我的嘴里，那些话我永远也不会想到。我只是一个普普通通的女人，没有本事和你辩论，但是，我并不会为有人去参军而感谢上帝。我只知道他们必须去战场，否则的话我们都会受德国皇帝的统治。现在，"苏珊把吉姆斯放到她干瘦的臂弯里，往楼下走去，"想哭的哭了，想说的说了，我该振作精神了。即使我不能表现得很快乐，我也会尽力而为。"

直到天明

　　"德国人又攻占普热米什尔①了，"苏珊从报纸上抬起了头，绝望地说，"如今我们又得用那个俗气的名字'普里希'来称呼这个地方了。亲爱的医生太太，报纸刚到的时候，索菲娅表姐也在场，她得知这个消息后长叹了一口气，然后说，'啊，我就知道，他们接下来就要占领圣彼得堡②了，我对此毫不怀疑。'我对她说，'我的地理知识虽然没有我所希望的那样广博，但是我好像有点印象，普热米什尔离彼得格勒还远着呢。'索菲娅表姐叹了口气，接着说道，'尼古拉斯大公看来也不可靠，完全辜负了我的希望。'我说，'别让他听到你的评论，那会让他伤心的，他现在的烦心事已经够多了。'但是无论你怎样挖苦，你都不能让索菲娅表姐重新振作起来，亲爱的医生太太。她又叹了口气，呻吟着说，'但是俄国人在迅速撤退。'于是我说，'嗯，那又

---

① 1915年，德军在西线的马恩河会战失败后，决定先集中兵力击溃俄国，逼使俄国停战，从而结束东线战事，避免继续陷入两线作战的困局，东线于是变成主要战场。1915年5月，德奥联军分兵两路进击俄军，双方交战8个多月，德军攻占普热米什尔等城市。德军虽然大胜，但损失极大，而且并未消灭俄军主力，无法逼迫俄国投降。

② 圣彼得堡，位于俄罗斯西北部，波罗的海沿岸，是仅次于莫斯科的俄罗斯第二大城市。

怎么了？他们有足够的地方可以撤退，不是吗？'不过，亲爱的医生太太，尽管我永远不会向索菲娅表姐承认这一点，其实，我自己也并不太看好东线的形势。"

所有的人都为东面战线的形势担忧，整个夏天俄国人都在不断地后撤——这是一个漫长而痛苦的过程。

"我想我再也不能怀着愉快的心情，镇定自若地等着报纸送来了。"格特鲁德·奥利弗说，"有一个念头日夜不停地折磨着我，德军是否会彻底击垮俄军，然后斗志昂扬地把东线的兵力转而调到西部前线上？"

"不可能，亲爱的奥利弗小姐。"苏珊像一个预言家似的说，"首先，上帝不会允许这样的事发生。其次，尽管尼古拉斯大公在某些方面让人失望，但是他知道该如何体面而有序地撤退。当德军追击你时，这是很有用的策略。诺曼·道格拉斯说俄国人是在诱敌深入，好以一敌十。但我倒认为，他不得不这样做，在这种情况下，这是他能做出的最好选择，换作我们其他人也是一样。所以，不要去自寻烦恼了，亲爱的奥利弗小姐，虽然我们已遭遇了这么多的不幸，但千万不能沮丧。"

沃尔特六月一日去了金斯波特。楠、黛和菲斯也利用假期去参加了红十字会的工作。七月中旬，在去海外前，沃尔特得到了一个星期的休假。里拉一直盼着这个星期的来临，现在沃尔特终于回来了，她惜时如金地珍惜着每一分钟，她不愿意睡觉，因为这似乎会浪费宝贵的时光。尽管充满了哀愁，那个星期也是美好的，每分每秒都令人心碎、难忘。她和沃尔特在一起长时间散步，时而交谈，时而沉默不语。在那一个星期，他属于她，她知道她的理解和支持给他带来了宽慰和力量。她对他很重要，她觉得非常幸福，这种感觉帮助她撑过了那些原本难以忍受的时光，让她有勇气微笑，甚至还能偶尔笑出声来。等沃尔特走后，她可能会以泪洗面，但是他走之前，她绝对不能流泪。她甚至在夜里也不让自己落泪，担心早晨起来时她红肿的双眼会出卖自己。

最后一个傍晚，他们一起去了彩虹幽谷，在溪岸上的"白衣少女"树下坐下来。在过去没有战争阴霾的岁月里，他们曾在这里度过了多少欢乐时光。那天傍晚，彩虹幽谷笼罩在异常绚丽的落日余晖中，随后，灰暗的天空中布满点点星光。月亮出来了，在月光下，一些地方渐渐清晰起来，而其他的地方则处在一片阴影中。

"当我到了'法国的某个地方'，"沃尔特用热切的眼神环顾着周围，到处都是他灵魂所系的美景，"我会记住这片寂静的、带着露水，被月光浸润的土地。我会记得冷杉树脂发出的香味，银色的月光照耀着宁静的水塘，'高山的气魄'——圣经中的语句，是多么优美！里拉，看看我们周围那些古老的山丘。我们小时候看着这些小山，总想知道在山的那一边，会有什么样的精彩世界。它们是多么沉稳和雄壮，是多么富有耐心、坚定不移，就像一位心地善良的女人的胸怀。里拉-我的-里拉，你知道在过去的一年中，你对我有多么重要吗？我想在走之前告诉你，如果不是因为你，因为你那诚挚、信赖的心，我是不可能熬过这一年的。"

里拉不敢做出回应。她把手伸进了沃尔特的手里，紧紧地握着他的手。

"等我到了战场上，里拉，在那个人间地狱里，在那个把上帝的教诲抛诸脑后的地方，你会是我最大的慰藉。我早就知道你会非常勇敢、非常有耐心地度过这一年，事实确实如此。我不用为你担心。我知道不管发生什么，你都会是里拉-我的-里拉——不管发生什么。"

里拉强忍住了泪水和叹息，但是她还是止不住发抖。沃尔特知道他已经说得够多了。接下来是一阵沉默，就在这一刻，他们相互向对方许下了一个无声的誓言。沃尔特说："现在我们不需要再这么严肃了。让我们往前看，想想战争结束了，杰姆、杰瑞和我都回家来了，我们又可以在一起开心心地过日子了。"

"我们不会再——开心了，至少不会像以前那样了。"里拉说。

"是的，不会再像以前那样了。所有被这场战争所波及的人都会有所改变，我们的欢乐会不同于以往的欢乐。但是，我认为那将是更大的欢乐，我的小妹妹，那是我们赢回来的快乐。在战争爆发前，我们都很快乐，不是吗？有一个像壁炉山庄这样的家，有像我们的父母这样的好父母，我们不快乐都不行。但是那是生活与关爱赐予我们的欢乐，那不是属于我们自己的欢乐，生活可以随时把它夺走。可是如果我们通过履行自己的职责而赢得了欢乐，生活是不会把它夺走的。自从我穿上军装后，我就明白了这一点。尽管当我想到我的未来时，还会时不时感到恐慌，但是从那个五月的夜晚开始，我就感到了欢乐。里拉，我不在家时，要好好照顾母亲。对于母亲们、姐妹们、妻子们和恋人们来说，这会是一段最为艰难的日子，而对于所有的母亲来说，这场战争肯定是可怕的。里拉，你这个漂亮的小东西，有谁对你情有独钟了吗？如果有，在我走之前告诉我吧。"

"还没有。"里拉回答道。然后，她想到这也许是他们最后一次对话了，她有了一种冲动，想对沃尔特完全敞开心扉，她又补充说，"要是肯尼斯·福德能向我表白的话……"在月光下，她的脸蛋儿通红。

"我明白了，"沃尔特说，"但是肯尼斯也参军了。可怜的小姑娘，老天处处与你作对。好吧，至少我没有让任何姑娘为我心碎，为此我感谢上帝。"

里拉瞥了一眼山上牧师家的房子。她能看到尤娜·梅瑞狄斯的窗户上还亮着灯光。她有一种冲动，想要说点什么，但是她知道自己不应该这么做，这不是属于她的秘密，而且，她并不肯定，她只是猜测。

沃尔特满怀深情地看了看四周，他是那样依依不舍。这个地方对他来说是这样的亲切。很久以前，他们曾在这里度过了多少欢乐的时光。童年时的他们似乎沿着斑驳的小路走来，透过摇摆的树枝欢快地探出头来。还是小男孩的杰姆和杰瑞光着腿在小溪边钓鱼，他们被太阳晒得黝黑，然后他们把钓起来的鳟鱼放在旧石堆上烤；楠、黛和菲斯，脸上带着笑窝，目光清纯，散发着少女的芬芳。温柔、害羞的尤娜，盯着蚂蚁和小虫子看的卡尔，口齿伶俐、说话尖刻但又好心肠的玛丽·范斯，还有那个年少的沃尔特躺在草坪上，读着诗或徜徉在幻想的宫殿之中。那些影像都围绕在沃尔特的身边，他能够清楚地看到他们，就像他能清楚地看到里拉，看到穿花衣的吹笛手一路吹着笛子在暮色中走下溪谷村。那些过往岁月里的快乐小精灵对他说："我们是往日的孩子，沃尔特，为了今天和明天的孩子，你要好好投入战斗。"

"你在想什么，沃尔特？"里拉笑着大叫起来，"快回过神来，快回过神来。"

沃尔特长吸了一口气，清醒了过来。他站起身来，看了看他四周，月光照耀着美丽的溪谷村，他就好像要把一点一滴的美都印在他的脑海里和心坎上一样——在银色天空的映衬下，高大的冷杉显得黑黢黢的，高贵的"白衣少女"，跳动着的小溪散发出亘古的魅力，忠诚的"情人树"，还有那令人心动、神秘莫测的小路。

"我会常在梦中看到这一切的。"沃尔特在转身离开时说。

他们回到了壁炉山庄。梅瑞狄斯先生和太太都在，格特鲁德·奥利弗也在，她是专程从罗布里奇赶来向沃尔特道别的。每个人都表现得很开心，但是没有人像杰姆离开时那样提到"战争很快就会结束"之类的话。他们完全没有提到战争，虽然他们满脑子想的都是战争。最后他们围在钢琴边，齐声唱起了一首气势恢宏的古老赞歌：

> 哦，上帝，
> 在既往的岁月中给予我们保障，
> 在未来的岁月中给予我们希望，
> 在狂风暴雨中给予我们庇护，
> 你是我们亘古不变的家园。

"在这段日子里，每个灵魂都遭到了拷问，我们都回归了上帝。"格特鲁德对约翰·梅瑞狄斯说，"在过去很长一段时间里，我都不信仰上帝，没有把他看作上帝，只把他看成是科学家们所说的'唯一的不受个人情感影响的伟大的原动力'。但是我现在相信他了，我必须相信上帝。现在，除了上帝外，我们没有任何其他地依靠了，没有什么能让我们心怀谦卑、全心全意、无

160.

条件信仰的东西了。"

"在既往的岁月中给予我们帮助，无论是过去、现在还是未来。"牧师温柔地说，"即使我们遗忘他时，他仍然记得我们。"

第二天早上，他们去溪谷村车站给沃尔特送行。车站并没有聚集的人群。身穿军装的小伙子在最后一次休假后登上早班火车，这已经成了一件稀松平常事了。除了沃尔特的家人，就只有牧师一家和玛丽·范斯在场了。一个星期前，玛丽带着坚定的笑容送走了她的米勒，现在她认为她有资格向人们就如何告别提出专业性的建议了。

"最主要的是要保持笑容，就好像什么事情都没有发生一样。"她对壁炉山庄的人们说，"男孩子们像讨厌毒药一样讨厌哭泣。米勒对我说，如果我不能克制住号啕大哭，我就不要走近车站。所以我事先就大哭了一场。最后，我对他说：'祝你好运，米勒。等你回来时，你会发现我一点都没变。如果你回不来了，我会永远为你骄傲。但无论如何，别爱上法国姑娘。'米勒发誓说他不会的，但是他会不会爱上那些迷人的外国姑娘实在难说。不管怎样，当他最后一眼看到我时，我是竭尽全力保持着笑容。哎呀，那一天，我的脸好像都笑得僵硬了。"

尽管那天有玛丽的建议和现身说法，布里兹太太带着笑容送走了杰姆，但是这次她实在笑不出来，但是至少没有人哭。"星期一"从货棚下的窝里跑出来，坐在沃尔特的身旁。只要沃尔特和它讲话，它就用力摇晃尾巴，把站台上的木板敲得砰砰直响。它抬起头，带着信任的目光望着沃尔特，好像在说，"我知道你会找到杰姆，并把他给我带回来的。"

"再见了，老伙计。"当不得不说再见时，卡尔·梅瑞狄斯兴冲冲地说，"告诉那边的人要打起精神来，我很快也会去的。"

"还有我。"雪莱挥舞着褐色的手臂简短地说。苏珊听到他说这样的话，脸色一下子就变了。

尤娜默默地和沃尔特握手告别，用满带惆怅和哀伤的深蓝色眼睛看着他。在那段时间里，尤娜的眼神一直都是那么怅惘。满头黑发的沃尔特垂下他戴着军帽的英俊脸庞，像兄长那样热情地、关爱地亲吻了一下她的额头。他以前从没吻过她，就在那一刻，如果有人注意到了尤娜的表情，就会发现她深藏心底的情感。但是没人注意到她，因为此时列车员正在高声喊着"上车了"，每个人都试图露出一副高兴的表情来。沃尔特转向里拉，里拉握住他的手，抬头仰望着他。她只能等到黑暗褪尽，光明来临时，才能再见到他了——她不知道光明到来时，阳光将会照在生者身上，还是照在坟墓上。

"再见。"她说。

从她说出的话语里可以听得出，离别所带来的痛苦已经消失不见了，取而代之的是一个女人心中怀有的甜蜜——她爱着自己所爱的人，并正在为他祈祷。

在前一天晚上，沃尔特已经在彩虹幽谷里把所有严肃的事情和里拉讨论过了，所以他现在可以说些轻松点的事情："要常给我写信，并忠实地按照《摩根手册》上所教的方法照顾好小吉姆斯。"在最后一刻，他捧着她的脸庞，凝望着她勇敢的双眸。"上帝保佑你，里拉-我的-里拉。"他轻柔而温情地说。这样的土地生养了像里拉这样的姑娘，沃尔特愿意为这样的土地浴血奋战。

当火车离开站台时，沃尔特站在列车后面的平台上，向大家挥手道别。里拉本来想独自站到一边，但那时尤娜·梅瑞狄斯却向她走了过来。当火车拐过郁郁葱葱的小山时，两个对沃尔特最深情的姑娘站在一起，彼此握着对方冰冷的手。

那天早晨，里拉在彩虹幽谷里独自待了一个小时，对此她没向任何人提过，甚至没在日记中写下过这事。一小时之后，她回到家里，为小吉姆斯做背带裤。晚上，她去参加了"青年红十字会"委员会的例行会议，全身心投入到了工作之中。

"你不能想象，"艾琳·霍华德后来对奥利弗·柯克说，"就在今天早上沃尔特去了前线，里拉还能如此平静。有些人简直就是个冷血动物。不过，我倒希望我能像里拉·布里兹那样，对什么事情都满不在乎。"

现实与浪漫

"华沙沦陷了①"。八月里温暖的一天，布里兹先生拿着报纸回来，语气中含着听天由命的感觉。格特鲁德和布里兹太太惊讶地对视了一眼。里拉拿着经过严格消毒的勺子喂吉姆斯，吃的是按照《摩根手册》食谱做出来的食品，现在她把勺子放在托盘上，全然不顾上面是否有细菌。"哦，我的天哪!"这个消息就像晴天霹雳，她说话时的语气极其悲痛，虽然上个星期的新闻报道已经预料到这种结局，他们满以为做好了接受华沙沦陷的准备，可是当事情真的发生时，他们才知道其实他们还是抱着一线希望。

"好了，让我们振作起精神来，"苏珊说，"情况并没有我们想象的那样糟。昨天，我在《蒙特利尔前锋报》上读到了一篇占三个专栏的长篇报道。这篇报道从军事战略的角度，证实华沙一点也不重要。因此，让我们也从军事战略的角度来看这个问题吧，亲爱的医生。"

"我也读了那篇报道，它给了我极大的鼓舞，"格特鲁德说，"不过我知道那是个彻头彻尾的谎言。现在我的心境太糟

---

① 1915年8月6日，德军击溃了俄军的防线，占领了华沙。

164.

了，即使是谎言，对我而言，也是一种安慰，只要是令人感到愉快的谎言就行。"

"这么说来，亲爱的奥利弗小姐，德国的官方报道应该就是你所需要的。"苏珊辛辣地挖苦说，"我现在从不读那些报道，因为它们把我气得发疯。读过那些报道后，我就没法集中精力干活了。甚至这条华沙的新闻也让我心烦意乱，无法完成今天下午的计划了。我今天把面包烤煳了，现在华沙又沦陷了，真是祸不单行啊。瞧瞧，小基钦纳就快把自己给憋死了。"

吉姆斯正试图把勺子和细菌吞进肚子里，里拉回过神来，立刻制止了吉姆斯。当她正要继续给他喂饭时，她父亲漫不经心的一句话又让她倍感震惊，那该死的勺子第二次从她的手中掉了下去。

"肯尼斯·福德在港口的马丁·威斯特家，"医生说道，"他所在的军团正准备开赴前线，但不知什么原因滞留在了金斯波特。肯尼斯被准许休假，到爱德华王子岛上来了。"

"我希望他能上来看望我们。"布里兹太太大声说。

"我想他只能待上一两天。"医生漫不经心地说。

没人注意到里拉的脸变红了，也没人注意到她的手在发抖。即使是最体贴，最善于观察的父母，也不可能百分之百地注意到他们眼皮底下发生的所有事情。里拉再次试图给饿坏了的吉姆斯喂饭，但是她满脑子里想的就只有一个问题——肯尼斯会在离开之前来看望她吗？她已经有很长一段时间没收到他的信了。他是不是完全把她给忘了？如果他不来，那么她就可以断定他真的把她给忘了。也许，他在多伦多还有其他姑娘。肯定有。她真是个小傻瓜，还一直想着他。她以后不会再去想他了。如果他来了，也没什么大不了的。他只是出于礼貌来给壁炉山庄的人道个别，毕竟他以前常来这里做客。如果他不来，也没什么大不了的，这并不重要，没有人会感到不快的。好了，现在都想清楚了——她不在乎。但是与此同时，她却加快了给吉姆斯喂饭的速度。她是如此匆忙，如此心不在焉，如果是摩根看到了，肯定会被吓一大跳。吉姆斯是一个慢条斯理的孩子，他已经习惯了细嚼慢咽。他一点儿也不喜欢里拉这样，他开始抗议了，但他的抗议一点儿也不起作用。现在的里拉已经完全提不起精神来了，无心照看婴儿，也无心给婴儿喂饭。

然后，电话铃响了。电话铃响是件再普通不过的事，在壁炉山庄平均每十分钟电话就会响一次。但是里拉手中的勺子又掉了，这一次掉在了地毯上。她飞快地跑去接电话，一定要抢在别人之前接到这个至关重要的电话。吉姆斯终于失去耐心了，他扯开嗓门哇哇地哭起来。

"喂，请问是壁炉山庄吗？"

"是的。"

"里拉，是你吗？"

"是的，是我。"哦，吉姆斯难道不能停止哭叫吗？哪怕只是一秒钟。为什么就没有人去制止他呢？

"知道我是谁吗？"

哦，她怎么会听不出来？不管什么时候，不管在什么地方，这个声音对她来说是再熟悉不过了。

"是肯尼斯，对吗？"

"完全正确。我在这里小住一段时间。今天晚上我能来壁炉山庄看你吗？"

"当然可以了。"

他这里的"你"指的是你还是你们呢？现在，她真想拧断吉姆斯的脖子。哦，肯尼斯在说什么？

"是这样的，里拉，你能不能安排一下，别有太多人在场。你明白我的意思了吗？在这条讨厌的乡村电话线上，我不能把意思说得更明白了。不知道有多少人在听着呢。"

她真的听懂了吗？是的，她已经懂了。

"我会尽力的。"她说。

"那么我大约在八点的时候来。拜拜。"

里拉挂断了电话，飞奔到吉姆斯的身边。但是她没有去拧断那个可怜的孩子的脖子。相反的，她猛地把他从椅子里抱了出来，把他凑到脸上，欣喜若狂地亲了亲他柔软的小嘴，然后抱着他发疯似的在屋子跳舞，不停地转了一圈又一圈。转了几圈后，吉姆斯开心地笑了，他发现里拉又恢复了理智，能按照正确的方法给他喂完剩下的午饭，哼唱着他最喜欢的摇篮曲，让他美美地睡个午觉。整个下午，里拉都在一边为红十字会缝制衬衫，一边编织着一个关于水晶城堡的梦想，城堡里到处都是彩虹。肯尼斯想要见她——想要单独见她。那很容易办到。雪莱是不会来打扰他们的，父亲和母亲要去牧师家，奥利弗小姐从来不会充当电灯泡，而吉姆斯会从晚上七点连续睡到早上七点。她可以在门廊上招待肯尼斯——今晚会有月光——她要穿上她的白纱裙子，把头发盘起来——是的，她要把头发盘起来——至少要在脖子后面盘个发髻。母亲当然是不会反对的。哦，会是多么美妙和浪漫啊！肯尼斯要说一些特别的话吗？否则，他为什么特意要求单独见她？如果下雨怎么办——今天早上，苏珊一直都在抱怨那只猫变成了"海德先生"！如果有某位过于热心的"青年红十字会"会员打电话来，要和她讨论比利时人和衬衫的事该怎么办？还有，更糟的是，如果弗雷德·阿诺德突然来拜访该怎么办？他偶尔会来壁炉山庄的。

傍晚终于来了，一切都如意料中那样顺利。医生和他的妻子去了牧师家，雪莱和奥利弗不知去了什么地方，苏珊去商店购买日用品，吉姆斯进入了梦乡。里拉穿上了那件白色的礼服，把头发在脑后挽成了个发髻，用一串珍珠在上面绕了两圈。然后她在腰间插上一束含苞欲放的浅粉色玫瑰。肯尼斯会向她要一朵玫瑰留作纪念吗？她知道在佛兰德的战壕里，杰姆随身带了一朵已经褪了色的玫瑰，这朵玫瑰是他离开前的那个晚上，菲斯·梅瑞狄斯吻过后送给他的。

当里拉在门廊上，在月光和藤蔓阴影的交错中见到肯尼斯时，她看上去是那样的可爱。她伸出去的手冰凉。她竭尽全力不让自己口齿不清，这样使得她在问候时显得有些客气和程式化。穿着陆军中尉制服的肯尼斯看上去是多么英俊、高大啊！他显得更加成熟了，相比之下，里拉感到自己傻乎乎的。她希望眼前这个年轻而英俊的年轻军官对她有特别的表示——而她只是圣玛丽溪谷村中的小里拉·布里兹——这难道不是很荒谬吗？很有可能她并没有明白他的意思。他的意思可能只是不想让那么多人围着他问长问短，把他当成个了不起的人来看，就像在港口那边一样。是的，当然了，他就是这个意思，而她，这个小傻瓜，却自作聪明地理解成了他只想见她。现在，如果他猜测她把其他人支走为的就是能让他们单独相处，他一定会暗自笑话她的。

"我真走运，完全超乎了我的预料。"肯尼斯靠在椅子上，用不带掩饰的欣赏目光看着里拉，"我本来以为还会有其他人在附近闲逛，而我真正想见的就只有你，里拉–我的–里拉。"

里拉梦中的城堡又闪现了。这下不会有错了，她对他的意思可以充分肯定，不必加以怀疑了。

"不会……有什么人……在这附近闲逛，不像以前了。"她轻柔地说道。

"对，是这样的。"肯也温柔地说，"杰姆、沃尔特和姑娘们都走后，这里空荡荡的，是吧？但是——"他向前探着身子，直到他黑色的鬈发就快要拂到里拉的头发了，"弗雷德·阿诺德是不是偶尔会过来试着填补这个空白？有人对我这么说过。"

就在这时，里拉还没来得及做出回答，吉姆斯突然在房间里扯开嗓门哭闹起来。他的哭声透过位于他们上方的窗户传了出来——而吉姆斯以前在夜里几乎从不哭的。而且他哭声震天，里拉从经验判断，他这么大哭大闹，这表明他已经呜咽了好一阵子了，发现没人理他，现在是被彻底激怒了。一旦吉姆斯这样放声大哭，他就会哭个没完没了。里拉知道一声不响地坐着，假装不去搭理他是没有用的，他不会主动停止哭闹的。而且，在他们的头上不断传来那样尖锐的嚎叫声，谁还有心思去交谈呢。再说，她也担心如果她无动于衷地坐着，任由一个婴儿那样哭闹，肯尼斯一定会认为她的心肠太硬了。他是不大可能知道摩根的至理名言的。

她站起身来："我想吉姆斯是做噩梦了。他有的时候会做噩梦，总是会被吓坏的。请原谅我要离开一会儿了。"

里拉飞奔上楼，真希望大汤盆从来没有出现过。吉姆斯一看见她，就举起小手，停止了哭泣，但脸上还挂着泪珠，此情此景让她心中的怨恨一下就荡然无存了。毕竟，这个可怜的小乖乖是被吓坏了。她轻柔地把他抱了起来，摇着他，安慰着他，直到他渐渐停止了哭泣，闭上了眼睛。然后她试着把他放回到他的小床上。但吉姆斯立刻就睁开了眼睛，惊叫着表示抗议。这样的事重复发生了两次，里拉变得绝望了，她不能再把肯尼斯独自一人留在下面了，她离开快半个小时了。无奈中，她只得抱着吉姆斯下楼，在门廊上坐了下来。毫无疑问，在你最爱慕的年轻人来向你告别时，你却要怀抱一个战时婴儿坐在那儿，这真是件滑稽的事，但是这有什么法子呢？

吉姆斯高兴极了。他把他的脚从他的白色睡衣中伸出来，兴高采烈地乱踢着，并乐呵呵地笑着。他越长越漂亮了。圆圆的小脑袋上，柔顺光滑的金发打着小卷，他的眼睛也很漂亮。

"他是一个很漂亮的小家伙，对吧？"肯尼斯说。

"他长得确实很健康。"里拉怨恨地说，好像是在暗示，这就是他身上最大的优点了。吉姆斯是个很机敏的婴儿，他觉察到了气氛不对劲，意识到这一切应该由他来化解。他抬起头来望着里拉，灿烂地微笑着，然后清晰而又令人欢欣地说："喂咦，喂咦。"

这是他第一次说话，或者说试着来讲话。里拉惊喜交加，甚至忘了她还在生他的气。她热情地拥抱和亲吻着他，表明已经原谅他了。吉姆斯意识到自己重新得到了宠爱，紧紧地依偎在她的怀里。这时客厅透过来的一束灯光照在了他的头上，灯光透过他的头发，在她的胸前留下了一圈金色的光晕。

肯尼斯一动不动地静静坐着，看着里拉，看着她娇柔的少女轮廓，看着她长长的睫毛、凹陷的嘴唇和迷人的下巴。在昏暗的月光下，她把她的头微微伏在吉姆斯上方，她头上的珍珠反射着屋里的灯光，映出了一道细长的光。肯尼斯觉得里拉看上去就像家里挂在他母亲桌子上方的圣母像。此后，他把那个画面一直珍藏在心间，用以抵挡他在法国战场上所承受的恐惧。自从四风港舞会那一夜后，他便对里拉·布里兹产生了强烈的好感，但是直到这儿，在他看到她怀抱小吉姆斯的这一刻，他才爱上她，并且他也清楚地意识到了这一点。与此同时，可怜的里拉又沮丧又懊悔地坐在那里，觉得她与肯尼斯在一起的最后这个夜晚就这样被毁了，她不知道为什么事情总是不按自己所设想的方面去发展。她灰心丧气，不愿再开口说话了。她以为肯尼斯非常反感这次会面的结果，因为他一声不响地坐在那里，像个木头疙瘩。

吉姆斯昏昏欲睡，或许把他放下来不会再哭闹了吧，她的心头又重新燃起来了希望。她把吉姆斯放在客厅的沙发上。但是当她回来时，她发现苏珊正坐在门廊上，解开她的帽带，一副准备在那里待一会儿的样子。

"你的婴儿睡觉了吗？"她亲切地问道。

你的婴儿！真是的，苏珊说话时应该考虑得更周全一些。

"睡了。"里拉简短地回答了一句。

苏珊把她的包裹放在了芦苇编成的桌子上，她想要尽她的职责。她已经很累了，但是她必须帮里拉应付一下。肯尼斯·福德过来拜访他们一家人，不凑巧的是他们都出去了，"这个可怜的孩子"不得不独自一人招待他。不过苏珊会来解救她的，她会做她该做的事，不管她有多累。

"我的天啦，瞧你都长高了。"她看着肯尼斯，面对这个穿着军装的一米八的大个子毫不敬畏，苏珊现在已经看惯了军装，对于六十四岁的苏珊来说，即使是陆军中尉的军装也只是一件普通的衣服，仅此而已，"真是令人惊奇，孩子们这么快就长大了。我们的里拉现在也快十五岁了。"

"我快十七岁了，苏珊。"里拉情绪激动地叫起来。一个月前她就满了十六岁，这个苏珊真是让人受不了。

"昨天你们还是群孩子。"苏珊不理会里拉的抗议，继续说，"你真的是我见过的最漂亮的婴儿，肯尼斯，不过你的母亲为了让你改掉吃手指的习惯，她可没少操心。你还记得我打你屁股的事吗？"

"不记得了。"肯尼斯说。

"哦，是这样的，我猜你是太小了记不得。你那时大概只有四岁，你和你母亲来这里做客，你老是喜欢捉弄楠，直到把她弄哭为止。我尝试了好几种法子来制止你，但是没有一个奏效，我想只能打你屁股了。于是我把你提起来，放到我的膝盖上，狠狠地揍了你一顿。你扯开嗓门大哭起来，但是你一下子就老实了，不再去招惹楠了。"

里拉不耐烦地扭动着身子。苏珊完全没意识到她是在和加拿大军官讲话吗？显然她一点儿也不在意。哦，肯尼斯会怎么想？

"我猜你也不记得你母亲打你的事情了，"苏珊继续说道，那天晚上她似乎是一心想要唤起对往事的温馨回忆，"我忘不了，绝对忘不了。你三岁那年，有一天晚上，你妈妈带你来这儿玩。你和沃尔特在厨房外面的院子里和一只小猫玩，我在外面用大桶接了很多雨水——是准备做肥皂用的。然后你和沃尔特为了那只小猫吵了起来。沃尔特抱着小猫站在大桶边上的一只凳子上，你站在另一边的一把椅子上。你俯过身，抓住小猫，开始使劲扯。当时你想要什么东西都会毫不客气的。沃尔特紧紧地抱住小猫不放，可怜的小猫大叫起来。你把沃尔特和小猫拽到了大桶的上方，然后你们都失去了平衡，连人带猫掉进了桶里。如果我当时不在场的话，你们都给淹死了。我跑过来救了你们，把你们三个从里面捞了出来，还好你们都没有什么大碍。你的母亲，从楼上的窗户里看到了发生的一切，赶忙跑下楼来，把你抓起来，也不管你身上是否还在滴水，就狠狠地揍了你屁股一顿。嗨，"苏珊叹了口气，"那时壁炉山庄的日子过得可真快乐啊!"

"看来确实是这样。"肯尼斯说，他的声音听上去怪怪的，有点拘谨。里拉猜他是真的有点不高兴了。事实上，他是不敢用自己平常的声音讲话，担心自己会忍不住笑出声来。

"我们的里拉没挨过多少打。"苏珊充满感情地看着这个一脸不高兴的少女，"大多数时候，她都是个彬彬有礼的孩子。但是她的父亲有一次真的打了她的屁股。她从她父亲的工作间里拿了两瓶药，和艾丽丝·克洛比赛看谁能先把一瓶药吞下去。如果不是她的父亲及时发现的话，晚上我们见到的就会是这两个孩子的尸体了。吃了那些药后，她们都很难受。但是医生没有可怜她，当时就打了她的屁股，把她狠狠教训了一顿，自那以后，她就再也不敢动他房间里的东西了。如今，我们听到了很多像'说服教育'之类的话，但是在我看来，'用不着费什么口舌，狠狠地打顿屁股'更管用。"

里拉满是敌意地猜想，苏珊是否会把家里发生过的所有打屁股的事都讲出来。但是苏珊在这个话题上就此打住，转到另外一个更令人兴奋的话题上去了。

"我记得港口那边的小托德·麦克阿利斯特就是那样死的。他吃光了整整一盒子的果味添加剂，他以为那是糖果。真是可怜啊，"苏珊动情地说，"他是我见过的最可爱的一个孩子。他妈妈真是太粗心了，把果味添加剂放在了他能拿得到的地方。她是出了名的马大哈。"

"你在商店里遇到哪些人了？"里拉抱着一线希望，孤注一掷地想要把苏珊的话题引导到更合适的话题上来。

"只见到了玛丽·范斯，"苏珊说，"她像爱尔兰人的跳蚤一样，欢快地在周围跳来跳去。"

苏珊的比喻是多么糟糕！肯尼斯会以为这些比喻是壁炉山庄常用的呢！

"听玛丽谈论米勒·道格拉斯，你会以为他是溪谷村里唯一报名参军的男孩子。"苏珊继续说道，"当然了，她总是爱吹牛，但我还是得承认，她身上也有些优点。不过，我并不认为她那次的事做对了。那次，她拿着一条干鳕鱼追了里拉一个村子，一直把这个可怜的孩子追到了卡特·弗拉格的店铺前。我们的里拉在那里摔了一跤，头朝下摔进了前面的水坑里。"

里拉满是愤怒和羞愧，浑身冰冷。苏珊还能想起多少过去发生在她身上的那些丢脸的事来讲？至于肯尼斯，他觉得苏珊讲的往事很有趣，想要放声笑出来，但是苏珊是他心仪少女的保姆，他又不敢冒犯，因此只好一声不吭地坐在那儿，脸上的表情异常呆板，在里拉看来，他的表情显得傲慢、气恼。

"今晚买一瓶墨水就花了我一毛一，"苏珊抱怨道，"比去年的墨水翻了一番。可能是因为伍德罗·威尔逊写了太多的公告。这一定花了他一大笔的钱。我表姐索菲娅说伍德罗·威尔逊不是她所期望的那种类型的人，但是现在已经没有人是我们期望的人了。我是一个老姑娘，我不太了解男人，但也从来没假装出一副了解他们的样子，不过我的表姐索菲娅对他们却很苛刻。她结过两次婚，她对男人的评价你可能认为很公允。上个星期吹大风，艾伯特·克劳福德家的烟囱被吹倒了。当索菲娅听到屋顶上有砖块撞击的声音时，她还以为那是齐柏林飞艇来突袭了，歇斯底里地大喊大叫起来。艾伯特·克劳福德太太说，她宁愿被齐柏林飞艇轰炸，也不愿意听索菲娅表姐那样大喊大叫。"

里拉无力地坐在椅子上，就像一个被催眠了的人一样入定了。她知道苏珊的话匣子一旦打开就合不上，只要是她想说话，世上就没有任何办法能让她停下来。在平时，她很喜欢苏珊，但现在她恨死她。已经是夜里十点了，肯尼斯马上就要走了，而其他人很快就要回来了，她甚至没有机会对肯说清楚弗雷德·阿诺德的事——在里拉的心里，根本就没有弗雷德的位置。她的彩虹城堡在她的心里坍塌了。

肯尼斯终于站了起来。他意识到只要他在，苏珊就会陪他坐在那里一直说下去，而他还要走五公里的路才能回到港口那边的马丁·威斯特家。他心里暗暗疑惑：是不是里拉不想和他单独相处，才故意找来了苏珊，以免他说出些让弗雷德·阿诺德的恋人不想听的话？里拉也站了起来，默默地和他一起走下了门廊。他们就在那里站了一会儿，肯尼斯站在更低一级的台阶上。那级台阶有一半已经陷进土里了，周围是生长得很茂盛的薄荷草。由于经常被脚踩压，薄荷草很容易就散发出香味，这种浓烈的气味弥漫在他们的周围，就像是一种无声又无形的祝福。肯抬起头来看着里拉，她的头发在月光下闪闪发光，她的眼睛宛如一汪秋水。突然间他确信无疑了，他明白了那些有关弗雷德·阿诺德的事纯粹是子虚乌有。

"里拉，"他突然热切地低声说，"你是世上最可爱的姑娘。"

里拉羞得满脸通红，她扭头看了看苏珊。肯尼斯也在观察苏珊的动静，他看到苏珊正好转过身去。他抱住了里拉，吻了她。这是里拉第一次接吻。她觉得自己应该表示抗议，但她没有这么做。相反的，她羞怯地看了一眼肯尼斯深情的双眸，她的一瞥也是一吻。

"里拉–我的–里拉，"肯尼斯说，"你能答应我，在我回来之前，你不会接受别人的吻吗？"

"能。"里拉激动地颤抖着。

苏珊转了过来。肯松开了里拉，退回小路上。

"再见。"他漫不经心地说。里拉听见自己也漫不经心地回了一句。她站在那里，看着他渐渐走远，出了大门，走上了大路。冷杉树林遮挡住了她的视线，她猛地吸了一口气，"啊"了一声，然后就向大门跑去。在她奔跑的过程中，盛开的香甜花朵不时钩住她的衣裙。她倚靠在大门上，看到肯尼斯迈着轻快的脚步渐渐走远。在斑驳的树影和月光下，他高大、挺拔的身影就像一道灰影。他走到拐弯的地方，停下脚步，回过头来张望。他看到里拉站在门口，周围是高高的白色百合花。他向她挥了挥手，她也朝他挥了挥手。他拐过了弯，消失了。

里拉在那站了一会儿，望着满是雾气、洒满银光的田野。她听她母亲说过，说她喜欢道路上的拐角——未知的拐角是那样激动人心，那样引人入胜。里拉觉得自己很讨厌拐角。她看见杰姆和杰瑞拐过一个弯后，就从她眼前消失了，接着是沃尔特——现在又是肯尼斯。兄弟、玩伴和恋人，他们都走了，可能永远也不会回来了。可是吹魔笛的人还在吹奏着笛子，走向死亡的战争还在继续。

里拉慢慢地走回了房子，苏珊还坐在门廊的桌子旁边。苏珊带着疑惑说：

"里拉，亲爱的，我一直都在回想梦中小屋里度过的那些岁月，那时候肯尼斯的父亲和母亲正在热恋，杰姆还是个婴儿，而你还没有出生，甚至没有想到你会出生。他们可真够浪漫的。肯尼斯的母亲和你母亲是那么要好的朋友。真想不到，现在我要眼看着她的儿子上战场。莱丝丽小时候就没少受罪，现在还要受这样的罪！但是我们必须振作起来，坚持下去。"

里拉对苏珊所有的怨恨都消失得无影无踪了。肯尼斯的那一吻让她的嘴唇火辣辣的，她知道他让自己许下那个诺言是什么含义，这让她激动不已，现在她不可能再生任何人的气了。她把她修长而白皙的手放进苏珊褐色的、粗糙的手里，然后用力地握了一下她的手。上了年纪的苏珊是一个忠实亲切的好人，为了孩子们，她甘愿献出她的生命。

"你累了，亲爱的里拉，你最好上床去睡觉。"苏珊轻拍着她的手说，"我注意到你今晚太累了，不想说话。幸好我赶回来了，帮你解了围。你还不习惯于招待别人，现在要你独自去招待客人，确实太难为你了。"

里拉抱着吉姆斯上了楼，在上床睡觉前，她在窗前坐了很久，重新编织着她的彩虹城堡，这次她为它加上了几个穹顶和角楼。

"我真搞不清楚，"她自言自语道，"我现在和肯尼斯·福德算不算订婚了？"

难熬的几个星期

　　里拉躲进彩虹幽谷的冷杉林深处，读着她的第一封情书。不管那些老于世故的大人会怎么看，但对于一个十多岁的少女来说，收到第一封情书是一件意义重大的事。在肯尼斯的军团离开金斯波特后，她在极度的煎熬中过了两个星期。礼拜天的晚上，教徒们在教堂里齐唱：

　　　　哦，当我们向您呼唤时，请听听我们吧，
　　　　那些在海上身处险境的人，需要你的帮助。

　　里拉却唱不出声来。随着歌声渐起，她的眼前浮现出一幅鲜活的恐怖景象：一艘船被潜艇击沉，在无情的波涛中慢慢沉没，即将被淹死的人们在拼命挣扎、叫喊。后来，里拉听说肯尼斯所在的军团已经安全抵达了英国，终于舒了一口气。现在，她终于等到了他的来信。信的开头让里拉很是高兴，信的结尾让她激动、兴奋和喜悦，两颊变得绯红。信的中间是令人愉快的闲聊，肯尼斯给任何人写信时都会写这样的内容，并没有什么特别的。由于信的开头和结尾，里拉把信放在了枕头下，枕着它睡了好几

178.

个星期。有的时候，她还会在夜里醒来，把手伸到枕头下去摸一摸那封信，还会暗自带着遗憾看着有些姑娘，她们男友的来信远不及这封信的精致和美妙。肯尼斯是一个著名小说家的儿子，这可不是一般人能比的。他有他特有的表达方式，他只用几个动人的、意味深长的词，所表达的意境远远超越了词语本身，而且这些话百读不厌，哪怕读上成百上千次后也不会让人感到平庸、单调和愚蠢。每次从彩虹幽谷回家的时候，里拉的步子轻盈极了，就像在飞一般。

但是在那个秋天里，这样令人欣喜若狂的时刻屈指可数。九月里的一天，当协约国在西线战场上取得重大胜利的消息传来时，苏珊跑出去升起了国旗，自从俄国后撤后，这还是她第一次也是最后一次升起旗帜，随后的很多个日子里，他们听到的都是令人沮丧的消息。

"好像大推进终于开始了，亲爱的医生太太，"她兴冲冲地说，"我们很快就能看到德国军队完蛋了。我们的孩子能回家过圣诞节了。太棒了！"

欢呼刚一出口，苏珊就觉得有些不好意思，她温顺地道歉说，自己不应该这么沉不住气，"但是，说实话，亲爱的医生太太，在经历了这个糟糕的夏天，自从俄国人的大败和加里波利①受挫后，我就一直在等待着这个好消息。"

"好消息！"奥利弗小姐苦恼地说，"有无数的士兵为此而

---

① 加里波利之战，又称达达尼尔战役，是在土耳其加里波利半岛进行的一场战役。协约国于1915年强攻达达尼尔海峡，试图打开通向俄国的补给线。在此次登陆战中，协约国方面先后有50万士兵远渡重洋来到加里波利半岛，是当时最大的一次海上登陆作战。在八个多月的苦战后，双方均损失惨重，死亡达13万人，最后以协约国撤退告终。

战死沙场，我不知道他们的妻子会不会把这看成是个好消息。仅仅因为我们的士兵没有参加那里的战斗，我们就要为之庆祝一番吗？这太不仁道了，好像胜利根本就没有付出什么生命的代价。"

"好了，奥利弗小姐，别那样想。"苏珊辩解说，"我们已经很久没听到好消息了，而且战场上一直都有士兵战死。你不要变得那样消沉，就像可怜的索菲娅表姐一样。"

在那个阴郁的秋天里，索菲娅表姐有足够多的话题来表达她的悲观情绪，甚至是苏珊，这个一向乐观得无可救药的人，也很难让索菲娅振作起精神来。当保加利亚站在德国一边后，苏珊只是轻蔑地说："又有一个国家急着要去拍马屁了。"但是希腊的混乱让她非常担忧，远远超出了她的承受能力。

"希腊的国王康斯坦丁①的老婆是个德国人，亲爱的医生太太，这可不是好事。想想吧，我活了这么大岁数，还得去关心希腊的康斯坦丁有一个什么样的老婆！那个可怜的人肯定是受了他妻子的教唆，谁娶了德国老婆日子都不好过。我是个老姑娘。老姑娘必须自立，否则的话就得受人排挤。但是如果我结了婚，亲爱的医生太太，我会变得温顺而谦逊的。在我看来，嫁到希腊的这个索菲就是个轻佻的女人。"

当苏珊得知韦尼泽洛斯政府②被解散后，她愤怒不已。

"我要揍康斯坦丁的屁股，然后活剥他的皮，我干得出

---

① 希腊国王康斯坦丁一世（1868—1923），1889年，康斯坦丁与德意志皇帝威廉二世的妹妹索菲公主结婚。他一直有亲德倾向。
② 韦尼泽洛斯，希腊首相。韦尼泽洛斯答应协约国派一支军队进攻达达尼尔海峡，遭到了希腊国王的反对。国王与韦尼泽洛斯决裂，韦尼泽洛斯辞去首相的职务。1915年大选，韦尼泽洛斯党获胜，韦尼泽洛斯于8月再任首相。12月，国王解散了韦尼泽洛斯领导的政府。

来。"她恶狠狠地说。

"哦，苏珊，你越来越让我感到吃惊了，"医生拉长了脸，"你一点儿也不讲礼仪了吗？你尽可以活剥了他的皮，但揍屁股就省了吧。"

"要是他小的时候屁股挨过揍，就不至于像现在这样糊涂了，"苏珊反驳道。"我猜肯定没人敢揍王子的屁股，这真是太遗憾了。我看到协约国已给他下了最后通牒。我可以告诉他们说，如果想剥康斯坦丁这条蛇的皮，不是一张最后通牒就了事的。或许协约国的封锁能让他恢复点理智，但是我想那需要点时间。这样一来，可怜的塞尔维亚①又会怎么样呢？"

他们随后知道了塞尔维亚所发生的一切②。面对这些消息，苏珊真是难以忍受，除了小基钦纳外，她把所有的人和事都骂了一通，可怜的威尔逊总统更是被她骂得体无完肤。

"如果他尽到了他的职责，早点参战，我们就不会看到现在塞尔维亚这么混乱不堪了。"她怨恨不迭地说。

"把像美国这样人口构成复杂的大国③拖入战争是件很严肃的事，苏珊。"医生说。他有的时候会站出来帮威尔逊总统说两句，倒不是因为他想要维护总统，而是他喜欢故意激怒苏珊。

"可能是这样吧，亲爱的医生，可能是吧！但是那让我想起了一个老故事。有一个姑娘告诉她的祖母说她要结婚了。老太太

---

① 1915年同盟国的保加利亚进攻了塞尔维亚，而希腊和塞尔维亚有同盟协议，所以希腊理论上该加入协约国阵营。

② 塞尔维亚于1914年末成功地抵抗了奥匈帝国三次进攻，但在1915年，同盟国（包括奥匈帝国、德国、保加利亚）共同向塞尔维亚发动攻势，并占领了其全境。

③ 当时的美国人中有很多是德国移民。

说，'结婚是件严肃的事。'姑娘回答说，'是的，但是不结婚的话就是件更严肃的事。'我能用我的亲身经历来证明这一点，亲爱的医生。我想对于美国人来说，躲避战争的结果会比参加战争的结果更可怕。虽然我对他们不太了解，但是我还是认为他们会有所作为的，不管是不是那个伍德罗·威尔逊当总统。他们最终会意识到，这场战争跟他们息息相关。"

十月的一个黄昏，在一个多风的傍晚，卡尔·梅瑞狄斯离开了家。他在十八岁生日的那天报名参了军。约翰·梅瑞狄斯带着坚毅的表情送走了他的儿子。他的两个儿子都走了，现在家里就只剩下小布鲁斯了。他深爱着布鲁斯和布鲁斯的母亲，但杰瑞和卡尔也是他的骨肉，是前妻生下的儿子，这两个儿子中只有卡尔的眼睛长得像西西莉亚。当卡尔穿着军装，用那双备感熟悉的眼睛充满深情地看着他时，这位面色苍白的牧师突然想起了他第一次也是最后一次想要拿着鞭子抽打卡尔的情景。那次他第一次意识到，卡尔的眼睛酷似他母亲的眼睛。而现在他又一次意识到了这一点。他的亡妻还会再次透过他的眼睛看他吗？他是一个多么健康、多么白净、多么英俊的小伙子啊！在不久前，卡尔还只是一个小男孩，在彩虹幽谷中捕捉虫子，把蜥蜴带到床上去，还会因为把青蛙带到主日学校去而让整个溪谷村蒙羞。真难想象，现在他已经是一个身穿军服、英姿飒爽的士兵了。不过当卡尔告诉他自己必须去参军时，约翰·梅瑞狄斯并没有说一句话来劝阻他。

卡尔的离去让里拉很难过，他们一直都是亲密无间的朋友和玩伴。他只比她大一点，小时候，他们经常在彩虹幽谷一起玩。里拉独自一人慢慢地走在回家的路上，她回想起了他们以前做过的所有恶作剧。满月透过飘动的云层往下看着她，月光忽明忽

182.

暗。电话线在空中发出古怪的响声，就像唱着一首刺耳的歌。在篱笆角上，高高挺立的黄花已经枯萎变灰，摇摆着向她招手，就像是一群老巫婆在发出邪恶的诅咒。很久前，在这样的夜晚里，卡尔会到壁炉山庄来，吹个口哨把她叫到大门口。"让我们来个月夜狂欢吧，里拉。"他说。然后，他们俩就会蹦蹦跳跳地来到彩虹幽谷。里拉从来都不害怕甲虫和虫子，但是她打心底里害怕蛇。过去他们俩无话不谈，在学校里还互相取笑。但是大约在他们十岁那年，一天晚上，他们对着彩虹幽谷里的老泉眼庄严发誓说，他们永远不会结婚。因为那天在学校里，艾丽丝·克洛在她的石板上把他们俩的名字"划去"了，有人说这表明"他们结婚了"。他们都不喜欢这样，于是便信誓旦旦地在彩虹幽谷里发誓。回忆起这段往事，里拉情不自禁地笑了起来——接着又叹息起来。就在那天，在伦敦发行的某张报纸上，用轻松的语调宣称说"现在是开战后最黑暗的时候"，战局实在是糟透了。随着幽谷里她所熟识的男孩一个个离开，里拉真希望除了在家里等待，为他们提供后援外，她还能再做点儿别的什么。如果她也是个男孩子，能穿上军装和卡尔一起奔赴前线，那该多好啊！杰姆走时，她也曾经这么幻想过。但是那是突发的、浪漫的幻想，算不上是真心实意。现在，在卡尔离去的时候，里拉当真这样想了。坐在安全、舒适的家里等待，让人如坐针毡、如履薄冰。

月亮终于冲破了一片乌云，露出脸来，幽谷的上方光影交错。里拉想起她还是孩子时，在一个月夜里，她对母亲说："月亮有一张哀伤的脸。"现在她仍然认为月亮是哀伤的，一张愁肠百结、极度痛苦的脸，好像它洞穿了什么可怕的景象。它在西边的前线看到了什么？在被摧残的塞尔维亚目睹了什么？在炮火肆虐的加里波利发现了什么?

"我受够了。"奥利弗小姐那天表现得异常烦躁，"整天大脑这个弦都绷得紧紧的，处于高度紧张状态，真是太痛苦了，每天都害怕传来坏消息，总是传来坏消息。不，不要用责备的眼神看着我，布里兹太太。今天我一点儿也不想逞英雄。我的心情糟透了。我多么希望英国当初并没有为比利时而宣战①，也希望加拿大从没派过兵，我希望我能把我们的孩子系在我们的围裙上，不让他们去战场。哦，也许过不了半个小时，我就会为我说过的话感到羞愧，但是此时此刻我说的全是心里话。协约国到底会不会有所行动?"

"耐心是疲惫的母马，但是她不会停下前进的步伐。"苏珊说。

"但是世界末日的善恶大决战里，战马在奔跑，每一步都践踏在我们的心坎上。"奥利弗小姐反驳说，"苏珊，难道你就没有或不曾有过这样的时候吗——因为无法忍受你所遭受到的折磨，想大声尖叫、诅咒或是摔门，以此发泄一通?"

"我从来不诅咒，也不想这么干，亲爱的奥利弗小姐，但是我得承认，"苏珊说得很干脆，她下定决心要公开自己的行为，"我有时候也很难过，需要不停敲打才能解脱。"

"你难道不认为敲打也是一种诅咒吗，苏珊? 它们的区别在哪儿，恶狠狠地摔门和说些……"

"亲爱的奥利弗小姐，"苏珊打断了她的话，她不遗余力地想极力纠正格特鲁德的错误情绪，"你已经精疲力竭，有点神经

---

① 英国为了确保比利时的中立，而在1839年和比利时签署了《伦敦条约》。同时考虑到比利时对自己国土安全的重要性，所以才向德国宣战。

质了。这也难怪，整天要教那些不服管教的少年，回到家来听到的又都是些坏消息。现在你上楼去，躺下来休息，我去给你弄杯热茶和一点面包来，很快你就不会再去想摔门和诅咒的事了。"

"苏珊，你真是个大好人，是贝克家族的骄傲！但是，苏珊，我还是认为最好的解脱办法是——如果能够温柔地、轻声说出一个不引人注意的……"

"我还会给你拿瓶热水来暖脚。"苏珊毅然打断了她的话，"说出你想说的那个词，并不会带来任何的解脱，奥利弗小姐，听我的没错。"

"好吧，我会先试试热水瓶。"奥利弗小姐说，这让苏珊甚为欣慰。奥利弗小姐为自己取笑了苏珊而感到后悔，老老实实上楼去了。苏珊一边往瓶里倒热水，一边不安地摇了摇头——战争已经降低了人们对于自我行为的约束力，连奥利弗小姐差点都要说出亵渎的话来了。

"我们必须让她的脑子清醒一下，"苏珊说，"如果热水不起作用，我就要看看芥末酱是否管用了。"

格特鲁德恢复了理智，继续过自己的生活。基钦勒爵士去了希腊，苏珊预言说康斯坦丁会很快改变想法。劳合·乔治[1]开始就武器装备的事诘问协约国，苏珊说他们还会听到更多类似劳合·乔治的言论。勇敢的澳新军团[2]从加里波利撤军了，苏珊赞成这样做，但有所保留。对卡特伊尔埃马里的围攻开始了。苏珊研

---

[1] 劳合·乔治(1863—1945)，英国自由党领袖，英国第五十二任首相。
[2] 澳新军团，澳大利亚和新西兰军团，指1915年4月25日在土耳其加利波利半岛登陆作战的澳大利亚和新西兰陆军官兵。1915年初，英国为配合俄国军队在高加索地区对土耳其的作战，决定以澳新军团兵力进攻达达尼尔海峡，但登陆失败。加里波利一役，伤亡超过3.5万人。

究着美索不达米亚的地图，开始辱骂土耳其人。亨利·福特①动身去了欧洲，苏珊用挖苦的语气痛斥他。道格拉斯·黑格爵士代替了约翰·弗伦奇爵士②，苏珊怀疑临阵换将不是好事情。在战争的大棋盘上，王、象和卒等每个棋子的一举一动都逃不过苏珊的火眼金睛，谁也不曾想到，她以前只是读读有关圣玛丽溪谷村的报道，对一切事情充耳不闻。"以前，"苏珊悲哀地说，"我从不关心小岛以外发生的任何事情。现在倒好，如果俄国或中国的皇帝牙疼了，都会让我担心。按照医生的说法，这会增长我的见识，但是让我感到很痛苦。"

圣诞节再次来临，这次苏珊没在节日的餐桌旁留出空位置。两把空椅子对于苏珊来说太多了，九月份时她还认为，一把空椅子都不会有呢。

圣诞节晚上，里拉在日记中写道：

> 沃尔特没在家过圣诞节，这还是第一次。杰姆以前常常离开家到安维利去过圣诞，但是沃尔特一直留在家里。我今天收到肯尼斯和沃尔特的来信，他们还在英格兰，但是可能很快就要进入战壕了。我想我现在能忍受这些了。对我来说，自1914年以来，最难以想象、最不可思议的事就是：我们学会了接受我们以前认为自己永远不可能接受的东西，并顺其自然地继续生活。我知道杰姆和杰瑞在战壕里，而肯尼

---

① 亨利·福特（1863—1947），福特汽车公司的创始人，反战人士，曾经组织过和平使团前往欧洲。
② 1915年12月10日，饱受责难的英国远征军司令的弗伦奇被免职，由道格拉斯·黑格接替。九天后，弗伦奇回到英国担任英国本土部队总司令。

斯和沃尔特很快就要进入战壕了。如果他们中有人不能回来，不管是哪一个，我知道我都会心碎的，可是，我现在能按部就班地照常生活了，还能一边工作一边计划着以后的事，甚至有时候还能找到一些乐趣。当我们不再暂时忘掉战争时，我们也会有真正开心的时刻。但是当我们又回想起所有的一切时，这种忘记和醒悟的过程比一直想着战争还要糟糕。

今天天空乌云密布，黑压压一片，晚上更是风雨交加，按照格特鲁德的说法，写谋杀或逃亡主题的小说家一定喜欢这样的天气，这一定能给他们带来灵感。雨点从玻璃窗上滑落下来，就像从脸上滚落下来的泪水，狂风在枫树林间横行，发出令人毛骨悚然的哀号。

无论从哪方面讲，这都不是一个美好的圣诞节。楠惠上了牙疼，苏珊眼圈通红，却想装模作样欺骗我们，她态度古怪，很不友好。吉姆斯患上了重感冒，我担心会恶化为喉炎。自十月以来，他已经得了两次喉炎了。第一次发作的时候，我差点被吓死，因为父母都不在家。在我的记忆中，每当家里有人生病时，父亲似乎总是不在家。但是苏珊却很镇定，她知道该怎么做。第二天早上，吉姆斯就好了。那个孩子时而是天使，时而是魔鬼。他已经一岁零四个月大了，能到处跑了，还能说不少词了。他用他最可爱的方式把我叫作"喂咦——喂咦。"每当他这样叫我时，总让我想起肯尼斯来向我告别的那个夜晚。那一夜，既可怕、可笑、又甜蜜；那一夜，我是那么愤怒又是那么喜悦。吉姆斯长得粉嘟嘟的，大大的眼睛，卷曲的头发，我时不时还能看到他脸上的酒窝。我当初用大汤盆把他带回家时，他还是个骨瘦如柴、面色饥黄、丑陋无比的小东西，现在他越来越可爱了，和以前完全判若两人。没人知道有关他父亲吉姆·安德森的消息。如果他回不来了，我就要把吉姆斯养大。这里的人都非常喜欢他，处处宠着他，如果不是摩根和我冷酷地阻止他们，吉姆斯肯定会被宠坏的。苏珊说吉姆斯是她见过的最聪明的孩子，说他能辨别出恶魔来，因为有一天吉姆斯把可怜的"博士"从楼上的窗户扔了出去。在"博士"下落的过程中，它变成了"海德先生"，然后跌落进黑色的醋栗丛里，发出咕噜咕噜的咒骂声。我为了让它体内那个狂躁的"海德先生"安静下来，给它送去了一碟牛奶，但是它却一点也没喝，这一天里，它一直都处在"海德先生"的状态。最近，吉姆斯干了一件坏事，往客厅里那张大扶手椅的坐垫上抹了糖浆。没有人察觉到他的恶行，结果弗雷德·克洛太太为了红十字会的事过来拜访，恰好一屁股坐在上面。她新做的丝绸裙子被毁了，她气急败坏，虽说她的心情是可以理解的，但是她做得太过分了，说了很多恶毒的话，还指责我"溺爱"吉姆斯。我差一点儿就跟她吵起来，但是，我一直强忍着，直到她晃晃悠悠地走后，我才满腔怒气发泄出来。

"这个又胖又笨拙的老家伙真可怕。"我说。哦，说出来可真舒服。

"她有三个儿子在前线。"母亲责备我说。

"难道她凭这个就可以为所欲为吗？"我反驳道。但是话一出口，我就感到惭愧，因为她送她的三个儿子去了前线，在这一点上，她是一个勇敢的、富有正义感的人，这是事实。在红十字会中，她绝对是个值得信赖的人。她有很多优点。但是，这条丝绸裙子已经是她这一年中买的第二条了，而眼下每个人都在或试图在"节俭度日"。

最近，我又不得不把我的绿色天鹅绒帽子拿出来继续戴。我尽量戴那顶蓝色的稻草硬边草帽，但是天气实在是太冷了，我只好戴这顶绿天鹅绒帽子。我现在是多么讨厌那顶帽子啊！它太精致了，太惹眼了。我真不明白我当时怎么会喜欢上它。但是我已经说了大话，现在只能戴着它。

今天早上我和雪莱去了车站，给"星期一"送去了一顿可口的圣诞大餐。"星期一"还在那守望着，像以前一样信心十足，满怀希望。有时候它会跑到车站去转悠一圈，和人们"聊聊天"，而其余的时间，就会坐在它狗窝的门口，目不转睛地盯着站台。我们现在再也不试着劝它回家了，因为我们知道这根本没用。等杰姆回来了，"星期一"自然会跟着他一起回来的。如果杰姆再也回不来了，"星期一"就会永远等在那儿，直到它的心脏停止跳动。

弗雷德·阿诺德昨天晚上到这儿来了。到了十一月，他就满十八岁了，他准备参军，但要得到他母亲的首肯。她母亲急需动一个手术，等手术结束后，他就会去报名参军。最近他常到这里来。虽然我很喜欢他，但这让我感到隐隐的不安，因为我怕他误认为我对他有好感。我不能告诉他有关肯尼斯的事，因为实在没有什么好说的。但是我不想对他显得冷淡、不友好，因为他很快就要离开了。这让我左右为难。我记得我以前还曾经幻想过，有一大群追求者肯定很有趣，但是现在我却担心得要死，因为两个就已经太多了。

我正在学做饭，苏珊在教我。很久以前我就想学了——但是没学，说实话吧，那时只是苏珊的一厢情愿，自己学和别人要你学当然是两码事。我做什么事似乎都没成功过，我都已经灰心丧气了。但是自从小伙子们走后，我想要亲手为他们做一些蛋糕或者其他糕点，于是我就又开始学了。这一次我学得出奇的顺利。苏珊说这都是因为我现在能心平气和了，父亲说这是因为我潜意识里想学了，我得说，他们都说得对。无论如何，我现在能做一流的松饼和水果蛋糕了。上个星期，我雄心勃勃地想要尝试做奶油松饼，但是却以失败告终。我把那些饼干从烤炉里取出来时，看见全都扁扁的，就像比目鱼一样。我原以为奶油能把它们填满，让它们鼓起来，但是我错了。我觉得苏珊正在一旁暗自得意。在做奶油松饼上，她可是行家里手，如果家里有人能做得像她一样好，一定会让她心碎的。我怀疑苏珊是不是捣鬼了。但是事实上苏珊并没有这么做，我以后再也不会怀疑她了。

　　几天前米兰达·普赖尔在这里度过了一个下午，帮我裁剪红十字会的服装，这种服装有一个可爱的名字叫"寄生虫衬衫"。苏珊认为这个名字不太得体，因此我建议她改口叫"虱子内衣"，这是老海兰·桑迪的叫法。但是她直摇头，后来我听见她对母亲说，在她看来，"虱子"和"内衣"可不合适年轻姑娘挂在嘴上。杰姆最近给母亲写的一封信里说，"告诉苏珊，我今天早上和虱子大战了一通，共抓到了五十三只！"听到这里，苏珊被吓得面如土色。"亲爱的医生太太，"她说，"在我年轻时，如果体面的人不幸惹上了那些虫子，他们会尽量保守秘密的。我不想成为一个思想狭临的人，亲爱的医生太太，但是我认为最好不要公开宣扬那样的事。"

在我们裁衣服的时候，米兰达和我慢慢亲密起来，她把她所有的烦心事都告诉了我。她很不快乐。她已经和乔·米尔格里夫订婚了，而乔十月份入了伍，一直在夏洛特敦接受训练。乔参军时，她的父亲火冒三丈，不许她再和他有任何来往，也不准她和乔通信。而可怜的乔认为他们随时可能远赴重洋，希望在他走之前和米兰达完婚，这说明尽管有"月球大胡子"的阻挠，他们之间还是在暗自"通信"。米兰达想要和他结婚但是却不敢，她说她的心都要碎了。

"为什么你不和乔私奔呢？这样你们就能结婚了。"我说。给她这样的建议丝毫没有违背我的良心。乔·米尔格里夫是个很棒的小伙子，直到战争爆发前，普赖尔先生对他还是另眼相看。而且，我知道只要生米煮成熟饭，普赖尔先生很快就会原谅米兰达的，他需要有人料理家务。但是米兰达悲哀地摇动着有着一头金发的脑袋。

"乔也想到过这个主意，但是我不可能这么做。母亲临终前对我说过，永远，永远不要私奔，米兰达。我答应她了。"

米兰达的母亲两年前过世了，米兰达说她的父母当年就是私奔的。我不能把"月球大胡子"想象成一个私奔的英雄。但那是事实，至少普赖尔太太活着时对此深深后悔。她跟普赖尔先生在一起日子过得很艰难，她认为这是对她当初私奔的惩罚。所以她让米兰达发誓，不管是出于何种理由都决不能那样做。

我当然不能劝说一个姑娘去违背在母亲临终前许下的誓言，不过，我也想不出什么其他的法子来，除非她能在她父亲不在家时，让乔到她家里来和她结婚。但是米兰达说这也不成。她的父亲似乎觉察到了她会这样做，很少离开家里，另外，乔也不可能随时请假。

　　"没办法，我只能让乔就这样去打仗了。他会死在战场上的，我知道他会死的，我的心都碎了。"米兰达说。她的眼泪哗哗流下来，浸湿了"寄生虫衬衫"！

　　我这样写并不是因为我对米兰达缺乏真正的同情心。在我给杰姆、沃尔特和肯尼斯写信时，我已经养成了一种习惯，就是在可能的情况下让事情带上点喜剧色彩，为的是让他们难得一笑。我真的为米兰达感到难过，她像一个小女生一样深爱着乔，同时她还为父亲的亲德倾向感到极其羞愧。我想她能明白这一点，因为她说她想把她所有的烦恼讲给我听，因为在过去的一年中我已经变得那么富有同情心了。我不知道我是否真的像她说的那样。我知道我过去是一个自私、没有同情心的人。回想过去，我就感到惭愧，那么说来，我现在已经有进步了。

　　我希望我能帮助米兰达。筹划一场战时婚礼一定是件很浪漫的事，而且我很想给"月球大胡子"一点教训。可是，现在还不到时候。

战时婚礼

　　"我可以向你保证，亲爱的医生，"苏珊气得面色苍白，"德国人变得越来越荒唐了。"

　　他们都聚在壁炉山庄的大厨房里。苏珊正在做晚餐要吃的饼干。布里兹太太在为杰姆做松饼，里拉在为肯尼斯和沃尔特做糖果。以前她想到的都是"沃尔特和肯尼斯"，但不知怎的，在不知不觉中，肯尼斯的名字就自然而然地排在前面了。索菲娅表姐也在那里，她在打毛线。

　　医生突然一下子发起火来，打破了家里的宁静，他为渥太华议会大厦被烧的事①感到极为愤慨。在他的感染之下，苏珊也变得愤怒极了。

　　"那些德国佬接下来还想做什么？"她大声质问道，"到这里来，把我们的议会大厦也烧了吗？这样骇人听闻的事有人听说过吗？"

　　"我们还无法确定是否是德国人干的。"医生的话是这么说

---

① 1916年2月，加拿大的渥太华议会大厦起火，烧毁了主建筑。传言是德国特务的破坏活动，实际上是一场意外的火灾。

的——但是他的口气表明他对此确信无疑，"有时候，没有他们的参与，大火也会烧起来。上个星期马克·麦克阿利斯特大叔的谷仓也着火了。你总不能说那也是德国人干的吧，苏珊。"

"真的吗，亲爱的医生？我可不敢肯定，"苏珊慢慢地点了点头，似乎有所暗示，"那天，'月球大胡子'也在附近。他走后半个小时，火就燃起来了。事实就明摆在眼前，但是在掌握充分的证据之前，我是不会随便指控一个长老会的长老烧毁别人谷仓的。大家都知道马克大叔的两个儿子都报名参军了，而他自己在每次征兵大会上都会发言。难怪德国人要急着向他发难。"

"我永远不会在征兵大会上发言的，"索菲娅表姐严肃地说，"我不能昧着我的良心，说服别的女人把孩子送上战场，让他们要么杀死别人，要么自己被杀死。"

"你做不到吗？"苏珊说，"好吧，索菲娅·克劳福德，昨天晚上，当我读到在波兰，八岁以下的儿童全都死光了时，我觉得我能激励每一个人走上战场。好好想想吧，索菲娅·克劳福德，"苏珊朝索菲娅挥舞着她的手，手上沾满了面粉，"八岁以下的儿童全都死光了！"

"我猜是德国人把他们都吃了吧。"索菲娅表姐叹息道。

"哦，不——对，"苏珊极不情愿地说，好像她不愿意承认德国兵尚未天良丧尽，"就我所知，德国人倒还没有变成食人族。这些孩子是死于饥饿和寒冷，这些可怜的小家伙们。这也是杀戮，我的索菲娅·克劳福德表姐。一想到这我就吃不下饭。"

"看啊，罗布里奇的弗雷德·卡森被授予了一枚英勇勋章。"医生看着当地的报纸说。

"我上个星期就听说这事了。"苏珊说，"他是个抬担架的，做了很多英敢无畏的事。他写了一封信把这事告诉家里人，信寄来的时候，他的老祖母卡森太太已经快咽气了。她只有几分钟的时间，教会的牧师就在她旁边，他问她要不要替她祈祷。'噢，好的，好的，你可以祈祷。'她不耐烦地说——她是迪安家族的人，亲爱的医生，迪安家族的人都是乐天派——'你可以祈祷，但是求你祈祷时声音小一点，别打扰我。我要再好好回想一下这个好消息，我没多少时间了。'那就是阿尔米拉·卡森，她就这样走了。弗雷德是她的心肝宝贝。她已经七十五岁了，头上竟然没有一根白发，这事是他们告诉我的。"

"说到白发，倒是提醒我了，今天早上，我发现了一根白头发，这是我的第一根白头发。"布里兹太太说。

"我早就注意到那根白头发了，亲爱的医生太太，但是我什么都没说。我对自己说，'她已经有够多烦心事了。'现在既然你已经发现了，我想要提醒你一下，有白头发是受人尊敬的事。"

"我一定是老了，吉尔伯特，"布里兹太太哀伤地笑笑，"现在别人开始对我说我看上去很年轻了。当你真正年轻时，他们是不会这么说的。不过，我不会为我的银丝担心的。我不喜欢红头发。"

"你注意到了吗？"奥利弗小姐问，她一直埋头看书，现在抬起头来说，"战前所写的那些东西似乎离我们很遥远了，我读这些时就像在读古老的《伊利亚特》。我刚才草草读了一遍华兹华斯的诗句，这是学校里高年级学生的入门读物。他的诗句优雅、平和、安宁，让人觉得非常陌生，似乎是来自另一个星球。这些诗句就像夜晚的星星，与现实中的纷乱毫不相干。"

"现在给我最大安慰的读物就是《圣经》了。"苏珊一边说，一边把她做好的饼干送进了烤炉，"对我来说，其中有很多段落似乎描写的就是德国佬。老海兰·桑迪说，毫无疑问，德国皇帝就是《启示录》中提到的反基督的人，但是我不会这么想。亲爱的医生太太，依我拙见，我认为那是高抬德国皇帝了。"

　　几天后的一个清晨，米兰达·普赖尔悄悄来到了壁炉山庄，表面上是来做些红十字会的针线活，实际上是要向富有同情心的里拉倾诉苦恼，她觉得自己已经不堪忍受了。她带上了她的狗，一只圆滚滚的、有着罗圈腿的小家伙。她非常喜欢这条狗，因为这条狗是乔·米尔格里夫送给她的。普赖尔先生讨厌所有的狗，但是，在以前的日子里，他把乔视为他的乘龙快婿，因此他爱屋及乌，对这条小狗也另眼相看。米兰达对此感激不尽，竭力取悦讨好她的父亲，给她的小狗取名叫威尔弗里德·劳雷尔爵士，不过这个名字很快被简化成威尔弗。威尔弗里德·劳雷尔爵士是她父亲的政治偶像，是位了不起的自由党领袖。威尔弗里德爵士一天天长大，越长越肥，米兰达把它完全给宠坏了，除了她以外没人喜欢它。它会要一套可恶的把戏，里拉尤其不喜欢它。它爱平躺在地上，挥舞着爪子，让你去给它光滑的肚皮挠痒痒。米兰达的眼神无精打采，里拉看得出她昨晚一定是哭了整整一夜，于是，她让米兰达上楼到她房间去，她知道米兰达想给她倾诉苦衷，不过，她命令威尔弗里德爵士留在楼下。

　　"哦，它不能上来吗？"米兰达眼巴巴地问道，"可怜的威尔弗不会惹麻烦的。我把它带进来的时候，已经仔细擦过它的爪子了。如果它在一个陌生的地方，我又不在它身边，它会感到寂寞的，而且过不了多久，它就是唯一一个能够唤起我对乔回忆的东西了。"

里拉只好妥协了。威尔弗里德爵士把尾巴俏皮地卷在棕底花条纹的背上，带着胜利者的姿态抢在她们前面小跑着上了楼。

　　"哦，里拉，"在她们来到"避难所"后，米兰达哭诉道，"我难过极了，都不知怎么来形容。真的，我的心都碎了。"

　　里拉在她身旁的躺椅上坐了下来。威尔弗里德爵士在她们面前趴着，无礼地把它粉红色的舌头吐了出来，听着她们谈话。

　　"到底怎么了，米兰达？"

　　"今晚乔要回来，这是他最后一次休假。上个星期六我收到了他的信。他的信都是由鲍勃·克劳福德转交给我的。你知道，我要避开我的父亲。哦，里拉，他只有四天的假期了。星期五一早他就要返回营地了，我以后可能再也见不到他了。"

　　"他还想娶你吗？"里拉问道。

　　"哦，是的。他在信中恳求我和他私奔。但是我不能那样做，里拉，甚至是为了乔也不行。我唯一的安慰就是明天下午能和他见上一面。父亲要去夏洛特敦办事。至少我们可以好好叙叙旧，告个别。但是，哦，接下来我该怎么办呢，里拉？我知道，父亲不会允许我星期五早晨去车站为乔送行的。"

　　"那你和乔明天下午为什么不在家里把婚结了呢？"里拉问道。

　　米兰达哽咽了一下，吃惊得几乎喘不上气来。

　　"嗯……嗯……那是不可能的，里拉。"

　　"怎么不可能？"这个"青年红十字会"的发起者，曾经用大汤盆运送婴儿的人直截了当地问道。

　　"怎么，怎么可能，我们从来没有想过这么做。乔没领结婚证，我没有礼服——我总不能穿着黑色的衣服结婚！我……

我……我们……你……你……"米兰达完全不知所措了。威尔弗里德爵士看到她是如此忧愁,把头往后一扬,发出了一声哀号。

里拉·布里兹认真地思考了几分钟,迅速做出了判断。然后她说:"如果你把事委托给我,我可以让你在明天下午四点前嫁给乔。"

"哦,你不可能做到。"

"我能,我能办到。但是你必须照我说的去做。"

"哦,我认为这不妥。哦,父亲会杀了我!"

"胡说。我猜他会很生气。但是,你是害怕你父亲生气呢,还是害怕乔永远不会再回到你身边来?"

"好吧,"米兰达坚定地说,"我想,我明白这一点。"

"那么你会照我说的去做吗?"

"嗯,我会的。"

"那马上给乔打个长途电话,让他去弄个结婚证,今晚再打个电话来。"

"哦,我做不了,"米兰达吓坏了,哭着说,"这……这……太……太不体面了。"

里拉把两排洁白的牙齿紧紧咬在了一起。"愿上帝赐予我耐心。"她小声叮嘱自己。"那就让我来打电话,"她大声说,"你现在就回家去做一些必要的准备。等我给你打电话,让你上来帮我缝衣服时,你就马上到我家来。"

米兰达走了,她面色苍白,心怦怦乱跳,但已经下定了决心,孤注一掷。等她一走,里拉就飞奔到电话旁,给夏洛特敦打了一个长途电话。电话很快就拨通,这让她仿佛觉得上帝都同意她这么做了,但是过了整整一个小时,她才联系上军营里的乔。

在这一个小时里，她焦躁不安地走来走去，暗自祈祷，但愿没人偷听到她和乔的通话，去泄露给"月球大胡子"。

"是你吗，乔？我是里拉·布里兹。""里拉……里拉……""哦，别那么多客套话。听我说。在你今天晚上回家前，你必须弄到一张结婚证……""一张结婚证……""对，一张结婚证和一枚结婚戒指。你明白吗？你会办妥吗？很好，一定要办好……这是你唯一的机会了。"

面对成功的喜悦，她兴奋得两颊发红，因为她之前唯一担心的就是不能及时找到乔。如今，这个问题轻而易举解决了。里拉接着拨通了普赖尔家的电话。不过，这一次她的运气就不怎么好了，因为前来接电话的是"月球大胡子"。

"是米兰达吗？哦，是普赖尔先生！哦，普赖尔先生，麻烦你，帮我问问米兰达，今天下午能不能上来帮我做点针线活。这很重要，否则，我也不愿意麻烦她。哦，谢谢你。"

普赖尔先生有点不情愿，但最终还是同意了，他不想去冒犯布里兹先生，而且他也知道，如果他不让米兰达去红十字会帮忙，溪谷村就会谣言四起。里拉跑到厨房，神情诡异地关上所有的门。苏珊立刻警觉起来。里拉满脸严肃地说："苏珊，今天下午你能不能做一个结婚蛋糕？"

"一个结婚蛋糕！"苏珊吃惊得瞪大了眼睛。以前，里拉在没有任何征兆的情况下带回了一个战时婴儿。难道这一次她又要神不知鬼不觉地带回来一个丈夫？

"是的，一个结婚蛋糕，一个最好的结婚蛋糕，苏珊，我需要一个漂亮的结婚蛋糕，要有很多葡萄干，很蓬松很柔软，还要带柠檬酸味儿的。我们还必须做其他准备。我明天早上可以帮你。但是今天下午不行，我必须准备婚纱——时间是最要紧的，苏珊。"

苏珊感到她真的已经老态龙钟了，完全承受不起这突如其来的意外了。

"你要和谁结婚了，里拉？"她无力地问道。

"苏珊，亲爱的，我不是那位幸福的新娘。米兰达·普赖尔明天下午要嫁给乔·米尔格里夫，她父亲明天要去镇上。我们要举行一场战时婚礼。苏珊，那难道不够刺激，不够浪漫吗？我这辈子还没这样激动过。"

这种兴奋很快就传遍了壁炉山庄，甚至感染了布里兹太太和苏珊。

"我要马上去做蛋糕。"苏珊看了一眼时钟，郑重地宣布说，"亲爱的医生太太，你能不能帮我挑选一下水果，打一下鸡蛋？如果你能帮我，傍晚前我就能够把蛋糕准备好送进烤炉了。明天早上我可以准备沙拉和其他的东西。如果能打败'月球大胡子'，我熬上一个通宵也在所不惜。"

米兰达到了，她眼泪汪汪，上气不接下气。

"我们必须把我的那件白色礼服改一下，"里拉说，"稍稍做点改动，你穿上就会很合身的。"

这两个姑娘开始工作了。她们为了美好的生活，将礼服上的线拆去，再进行适当的改动，最后再把它缝纫起来。经过不断地努力，终于在七点的时候把衣服做好了。在里拉的房间里，米兰达试穿了这件礼服。

"非常漂亮，可是，哦，如果能有个头纱就好了，"米兰达叹息道，"我一直梦想着能够戴着美丽的白色头纱结婚。"

肯定有哪位好心的仙女听到了这位战时新娘的心愿。门突然开了，布里兹太太走了进来，手上托着一团薄纱状的东西。

"米兰达，亲爱的，"她说，"明天我想让你戴上我的头纱。过去，在绿山墙结婚的时候，我就是戴着这个头纱，那是二十四年前的事了——那时我是世上最幸福的新娘——他们说一位幸福新娘的头纱会给别人带来好运。"

"哦，你真是太好了，布里兹太太。"米兰达热泪盈眶。

她披上了头纱。苏珊进屋来了，看见了赞不绝口，但是她不敢停留得太久。

"我已经把蛋糕放进烤炉了，"她说，"我奉行一条原则就是要小心等候。今晚的新闻是尼古拉斯大公占领了厄泽勒姆①。这对土耳其人来说是一个教训。我希望我有机会告诉沙皇，当他免去了尼古拉斯的职位时，他不知犯下了一个多大的错误。"

苏珊下楼去了厨房，接着传来了一声可怕的巨响和刺耳的尖叫声。所有的人都冲到了厨房——医生、奥利弗小姐、布里兹太太、里拉，还有披着头纱的米兰达。苏珊僵直地坐在厨房中央的地板上，脸上带着茫然而疑惑的表情，而"博士"此时显然正处于"海德先生"的状态，坐在碗柜上，躬着背，眼中喷着两团怒火，尾巴高高地翘着。

"苏珊，发生什么事了？"布里兹太太惊恐地大声问道，"你摔倒了？伤着没有？"

苏珊爬了起来。

"我没事，"她冷静地说，"我没受伤，不过我被吓了一

---

① 厄泽勒姆（Erzerum），土耳其城市。

大跳。别担心。是这样的，我想要用两只脚把那只该死的猫踢出去，结果就成这样了。"

大家都大笑了起来。医生笑得都要背过气去了。

"哦，苏珊，"他喘着气说，"我终于听到你在诅咒了。"

"很抱歉，"苏珊十分苦恼地说，"我不该在两个姑娘的面前说这样的话。但是我说了这个家伙该死，它确实是该死。它和撒旦是一伙儿的。"

"你希望有一天能砰的一声，伴着一股浓浓的硫黄气味，它突然就从你眼前消失不见吗，苏珊？"

"早晚有一天，它会回到它自己该去的地方，你别不信。"苏珊阴沉着脸说，她把身体上下摇晃一下，然后走到烤炉前，"我刚才摔的那一下动静实在是太大了，很可能把蛋糕给震坏了，说不定都成干瘪的面疙瘩了。"

幸好蛋糕并没有成面疙瘩，而是一块标准的新娘蛋糕。苏珊把蛋糕装饰得非常漂亮。第二天早上，苏珊和里拉忙了一上午，为婚宴准备了精美的食物。等米兰达打电话来说她的父亲已经如期离开后，她们就把所有的东西装进了一个大篮子里，带到了普赖尔家。乔很快就到了，身上穿着军装，神采奕奕。跟他在一起的还有他的伴郎，马尔科姆·克劳福德中士。来了不少宾客，牧师家和壁炉山庄所有的人都在，还有乔的十多个亲戚，他的母亲也来了。大家总是亲切地称呼她为"安格斯·米尔格里夫的遗孀"，用这样的称呼是为了有别于另一位女士，她的丈夫也叫安格斯·米尔格里夫，但那位安格斯·米尔格里夫仍健在。"安格斯·米尔格里夫的遗孀"的脸上表情并不好看，她并不愿意和"月球大胡子"结亲。

这样，在最后一次休假里，列兵约瑟夫·米尔格里夫迎娶了米兰达·普赖尔。这本该是一个浪漫的婚礼，但事实上却不尽然，因为有太多的因素与浪漫作对，即使是里拉也不得不承认这一点。首先是米兰达。尽管她穿着礼服，戴着头纱，但是相貌平庸，是个普普通通、平淡乏味的小新娘。其次，整个仪式期间乔都哭得很伤心，这一出乎寻常的举动让米兰达很恼火。在婚礼过后很久，米兰达对里拉才透露说，"当时我很想对他说，'如果和我结婚让你感到如此难受，你就没有必要和我结婚了。'当然，我是误解他了，他哭只是因为一想到很快就要离开我，所以很难过。"

第三个因素就是一向在公共场合表现很乖的吉姆斯突然变得又羞怯又乖戾，他扯开嗓子喊"喂咦"。没人愿意把他抱出去，因为大家都想观看婚礼，所以在整个婚礼中，作为伴娘的里拉不得不一直抱着他。

还有第四个因素，就是威尔弗里德·劳雷尔爵士犯病了。

威尔弗里德爵士蹲在米兰达钢琴后面的一个角落里。在它犯病时，它发出了奇怪的、可怕的声音，先是一连串哽咽的痉挛声，接着是恶心的咕咕声，最后是窒息般的嗥叫声。梅瑞狄斯先生究竟在说什么，大家都听不清，只有当威尔弗里德爵士停下来喘气时，才能听见他的只言片语。人们都把目光投向了那条狗，而不是新娘。只有里拉，入迷的双眼不得不看着米兰达。米兰达紧张得发抖，不过，只要威尔弗里德爵士一开始它的表演，她就忘记了紧张。她唯一想到的就是她亲爱的狗就要死了，而她却没法到它身边去。仪式上说的话，她一个字都没记住。

尽管有吉姆斯的牵绊，为了配合战时伴娘这一角色，里拉还是尽可能地表现得很投入、很欢快。但是最后，她索性放弃了无望的努力，因为她不得不竭尽全力克制自己，以免不合时宜地哈哈大笑起来。她不敢看房间里的任何一个人，尤其是"安格斯·米尔格里夫的遗孀"，生怕自己控制不住。她随时都可能放声大笑，那样就有失淑女风范。

不管怎么说，他们的婚礼还是完成了，然后他们在餐厅共享了婚宴。婚宴是如此丰盛，大家都认为这是花了一个月的时间精心准备的。每个人都带了一些食物。"安格斯·米尔格里夫的遗孀"带来了一个巨大的苹果馅饼，她把它放在餐厅的一把椅子上，随后便浑然不觉地坐了上去。她的脾气和黑色的丝质礼服因此都受到了重创，但是这没有影响宴会的氛围，在欢乐的婚宴上还有各种各样的水果馅饼。"安格斯·米尔格里夫的遗孀"最后把她的苹果馅饼带回了家，不管怎样，"月球大胡子"那头信奉"和平主义"的猪没有权利享受她的食物。

傍晚时分，威尔弗里德爵士恢复了常态，在它的陪伴下，新婚的乔先生和太太去了由乔的叔叔看守的四风港灯塔，他们想在那里度过一个非常短暂的蜜月。尤娜·梅瑞狄斯、里拉和苏珊刷洗了盘子，收拾了房间，在桌上给普赖尔先生留下了一盘冷餐，还有米兰达留下的一张值得同情的字条。当她们一同步行回家时，朦胧的冬日黄昏显得神秘莫测，给幽谷披上了一层梦幻般的面纱。

"我自己一点儿也不介意成为一位战时新娘。"苏珊富有感情地说。

但是里拉却感到无精打采，也许是因为这三十六个小时的过度忙碌和高度兴奋引起的。不知怎的，她有些失望。整个事情真是太可笑了，乔哭个不停，而米兰达也漫不经心。

"如果米兰达不让那条讨厌的狗吃那么多，它可能就不会犯病了。"她愤愤地说，"我告诫过她，但是她说她不能让那条可怜的狗饿着，还说它很快就会是她唯一拥有的东西了。她总是说些诸如此类的话，我没法说服她。"

"伴郎比乔还要兴奋，"苏珊说，"他希望米兰达过上幸福快乐的生活。但是米兰达看上去并不开心，也许在这种情形下，你也不能指望她能有多高兴。"

"不管怎么说，"里拉心想，"我能把这滑稽的一幕讲给所有的男孩们听听。威尔弗里德爵士的表现会让杰姆笑得前仰后合！"

尽管里拉对这场战时婚礼感到有些失望，但是星期五一大早，当米兰达在溪谷村车站向她的新郎告别时，里拉却没有了遗憾。晨曦闪烁着珍珠般的光泽，天空宛如钻石一样澄澈。车站后的一小片茂盛的冷杉树林，笼罩在霜雾中。尽管一轮冷月还高高悬挂在西边的雪地上，但是初升的金色太阳已经照着壁炉山庄旁的枫树上。乔将他苍白的娇小的新娘搂在怀里，这位娇小的新娘抬起头来仰望着她的新郎。里拉的心灵突然一阵震撼。米兰达性格软弱，相貌平平，极其普通，可是这都不重要了。她是"月球大胡子"的女儿，这同样也不重要。真正让人震撼的是她眼中那全神贯注、义无反顾的神情，那由奉献、忠诚和无尽的勇气构筑而成的永远燃烧着的挚爱。她无声地向乔做出承诺：当加拿大的士兵在坚守西线时，她会和其他成千上万留在家中的妇女一样，好好地活下去。

里拉默默地走开了，她意识到在这样的时刻她不该站在旁边。她走到了站台的尽头，威尔弗里德爵士和"星期一"正坐在那里，相互打量着对方，用眼神聊着天。

威尔弗里德爵士和蔼可亲地问道：

"你本可以躺在壁炉山庄炉前的地毯上，过着养尊处优的生活，为什么非要终日徘徊在这个旧货棚下？这是故作姿态？还是执迷不悟？"

"星期一"对此只好回答说："我在守候一个约定。"

等火车开走后，里拉找到娇小的米兰达，米兰达浑身仍然颤抖不已。

"好了，他走了。"米兰达说，"他可能永远都不会回来了，但是我是他的妻子了，我要配得上他。我要回家了。"

"你要不要先去我家住几天？"里拉忧心忡忡地问道，没有人知道普赖尔先生会对此做出何种反应。

"不用。如果乔能面对德国兵的话，我想我也能够面对我的父亲，"米兰达毅然地说，"一个士兵的妻子不能是个胆小鬼。快来，威尔弗。我要直接回家，哪怕是让我下油锅，我也不怕。"

事实上，米兰达并没有遭遇什么可怕的事。也许普赖尔先生已经想清楚了：现在很难请到做家务的人，要是把米兰达赶走了，说不定她还乐在其中呢，因为米尔格里夫家有很多亲戚愿意收留米兰达，更何况女儿嫁给了士兵，他还可以领到政府的补贴。尽管他暴跳如雷，骂她是在犯傻，早晚会后悔，不过，骂归骂，事情已经如此，他也无可奈何。于是，乔太太系上她的围裙，像往常那样开始干活了。威尔弗里德·劳雷尔爵士在灯塔过了一夜，觉得在那儿极不舒服，心存感激地回到它木柴箱后面的狗窝，舒舒服服地睡觉去了。战时婚礼终于结束了。

"他们过不去"

　　二月里一个清冷的早晨，天气灰蒙蒙的，格特鲁德·奥利弗在颤抖中醒来，钻进里拉的房间，躺到了她的身旁。

　　"里拉，我很害怕，感觉自己就像一个受到了惊吓的婴儿，我又做了一个奇怪的梦。我知道又要发生可怕的事情了。"

　　"什么梦？"里拉问。

　　"就像我在灯塔舞会前的那一夜在梦中看到的那样，我又站在了门廊的台阶上。在东方的天空中出现了一片巨大的黑云，恐怖的雷声滚滚而来。我能看到黑云的阴影迅速向我扑来，当我被它的阴影包围住时，我感到刺骨的寒冷，浑身瑟瑟发抖。然后暴风雨来临，这是一场可怕的风暴。耀眼的闪电一个接着一个，震耳欲聋的雷声不绝于耳，大雨倾盆而下。我惊慌地转过身来，想要寻找一处地方躲避暴雨。就在这个时候，一个人，一个穿着陆军军服的法国军官冲上台阶，冲到了门口，站在了我的身旁。他胸口上有一个伤口，鲜血浸透了身上的衣服，他似乎已经筋疲力尽。他苍白的脸上露出坚毅的表情，两颊深陷，两眼却炯炯有神。'他们过不去。'他用低沉而又激昂的声音说，暴风雨发出嘈杂的声音，但是他的声音听来非常清晰。然后我醒了。里拉，我很害怕。这个春天我们不会等到期待已久的大反攻，相反，它会给法国带来致命的打击。这一点我敢肯定。德国人想在某个地方打开出口。"

"但是他对你说，他们过不去啊。"里拉严肃地说，她从不像医生那样嘲笑格特鲁德所做的梦。

"我不知道那是预言，还是表达了明确的决心，里拉，那个梦太恐怖了，我现在想来还不寒而栗。不久我们就需要拿出所有的勇气来面对残酷的现实。"

早餐时，医生听了这个梦后确实笑了，但是他后来再也没有因为奥利弗小姐所做的梦而嘲笑过她，因为就在那一天，有消息传来说，德国开始进攻凡尔登①了。在那之后，在整个美丽的春天，壁炉山庄一家人都如坐针毡，心神不宁。随着德国人一步一步逼近这一坚强的堡垒，法国陷入了巨大的绝望中，壁炉山庄的人们在巨大的恐慌中等候着最后这一时刻的到来。

"如果德国人占领了凡尔登，法国人的精神就会被彻底摧垮了。"奥利弗小姐伤心地说。

"但是他们占领不了。"苏珊坚定地说，她嘴上这样说，其实心里担心得要命，连晚饭也吃不下了，"首先，你没有梦到德国人做到了这一点，而你梦到的是法国人说'他们过不去'，这正是他们现在所说的话。我对你说，奥利弗小姐，亲爱的，当我在报纸上读到这样的话时，立刻就想到你的梦，我实在是太震惊了，浑身直哆嗦。《圣经》里的故事证明这种梦是可信的，至少在那个时代，人们经常梦到未来的场景。"

---

① 凡尔登战役，1916年，德国决定把进攻重点再次转向西线，力图打败法国。德军统帅选择法国的凡尔登要塞作为进攻目标。

"我知道，我知道。"格特鲁德小姐不安地在房间里走来走去，"我也一直对自己的梦坚信不疑，但是每次坏消息传来，我都会怀疑自己。然后我就会对自己说'这只是巧合'、'是潜意识的记忆'等等。"

"我就弄不懂，既然是没有发生过的事情，记忆怎么能回想起来呢？"苏珊仍然坚持说，"当然了，虽然我不像你和医生那样受过高等教育，但我并不觉得你们的解释更科学。我宁愿没受过任何教育，教育让你们对一些简单的事都疑虑重重。但是不管怎样，我们不需要为凡尔登忧心了，即使是德国佬占领了它也无所谓，霞飞元帅说过它没有军事价值。"

"每次打了败仗，这种自我安慰的话总是连篇累牍。"格特鲁德反驳道，"已经于事无补了。"

"历史上曾经发生过这样的战争吗？"四月中旬的一天晚上，梅瑞狄斯先生说。

"这是一场大规模的战争，我们根本不能完全掌控它。"医生说，"荷马史诗中那一小撮人参加的战斗怎能与之相比！整个特洛伊战争的规模只相当于围绕着凡尔登某一个堡垒展开的战役，新闻记者对这种战役只是一句话捎过。我不相信超自然的力量，"医生向格特鲁德眨了一下眼，"但是我有一种预感，整个战争的走势将取决于凡尔登战役。像苏珊和霞飞元帅所说的那样，凡尔登没有实际的军事意义，但是它对于我们的信念将产生深远的影响。如果德国人占领了凡尔登，他们就会赢得战争。如果德国人无法攻克凡尔登，形势就会发生逆转。"

"德国赢不了，"梅瑞狄斯先生语气坚定地说，"我们的信念是无法改变的。法国真的很了不起，在她身上，我似乎看到了

209.

文明中光明的一面正在英勇地与野蛮的黑暗势力搏斗。我想我们全世界都认识到了这一点。正因为这样，我们都才要屏息等候凡尔登战役的结果。这不仅仅是几个要塞得失的问题，或是几公里被鲜血浸泡的土地得失的问题。"

"我想知道，"格特鲁德神情恍惚地说，"我们会得到多大的补偿，大到足以补偿我们为之付出的代价，大到能抵偿我们为之所承受的痛苦？现在，整个世界在颤抖中承受着痛苦，那难道是辉煌的新纪元将要诞生前的阵痛吗？或者仅仅是'蚂蚁在骄阳的炙烤下所做的无谓挣扎'？梅瑞狄斯先生，这场战争让我们很容易联想到，我们举手投足就能摧毁一座蚁丘，灭绝蚁丘里一半的居民。我们不会在乎一群蚂蚁的存亡，但主宰世界的神会认为，我们比一群蚂蚁更重要吗？"

"你忘记了一点，"梅瑞狄斯先生的黑眼睛里闪烁着光芒，"一位无所不在的神可以是无限的大，也可以是无限的小。我们并没有超凡的能力，我们并不能理解太大或太小的东西。对于无所不在的神来说，一只微小的蚂蚁和一头巨象一样重要。我们正在目睹一个新纪元的诞生——但是像所有新生儿一样，它虚弱无力，会发出哀号。我并不像某些人所认为的那样，认为战争后会立刻带来一片新天地。这不是上帝的行事方式。但是他确实已有所指向，奥利弗小姐，最终他的目的将会达到。"

"很有道理，很正确……很有道理，很正确。"苏珊在厨房里小声赞同。苏珊乐意看见奥利弗小姐偶尔被牧师说教一番。苏珊很喜欢奥利弗小姐，但是她认为奥利弗小姐太喜欢向牧师宣扬异端邪说了。奥利弗小姐需要时不时地被提醒一下，某些事已经超过了她的职权范围。

五月里，沃尔特写信回来说，他被授予了一枚英勇勋章。他并没有说是为什么，但是其他的男孩却为之而深感自豪，他们想让溪谷村知道沃尔特所做的英雄事迹。"如果换成是别的战争，"杰瑞·梅瑞狄斯在信上说，"他肯定能得到维多利亚十字勋章。但是他们不能随便颁发维多利亚十字勋章，因为这里每天都有一些英雄事迹发生。"

　　"他应该得到一枚维多利亚十字勋章。"苏珊为此愤愤不平。沃尔特没有得到这样的奖章，她也拿不准这事是谁在负责，但是如果是黑格将军的话，她会开始怀疑他担任总指挥是否合适。

　　里拉快活地站在她身旁。是她亲爱的沃尔特得到了奖章，是那个在雷德蒙时还有人给他寄白羽毛的沃尔特。沃尔特在安全抵达战壕后，又冲出去把一个在无人区①里摔倒的受伤战友拖进了战壕。她能想象出他这样做时那英俊白皙的面庞和迷人的双眸！身为这样一位英雄的妹妹是多么令人自豪啊！而他却觉得这并没什么值得炫耀的。他的信中提到的都是其他事，一些私密的小事，是他们曾经经历过的、珍藏在记忆中的事，那些事发生在昔日阳光灿烂的美好岁月里，感觉是那么遥不可及。

　　沃尔特写道：

　　　　我总是想到壁炉山庄花园里的黄水仙。在你收到这封信时，它们应该已经开放了吧，会在那可爱的玫瑰色天幕下尽情开放。里拉，它们还像以前那样绚丽，那样灿烂吗？对我

---

① 敌对双方战壕之间的空地称为"无人区"，它的宽度在不同的战场之间也不同。在西线战场上，无人区一般约为100米至300米宽。

来说，它们似乎已经被鲜血染成了红色，就像我们这儿的虞美人①一样。而在彩虹幽谷里，春天里的声声低语，都会化为一朵紫罗兰。

今晚是一轮上弦月，一个细长的、可爱的银色弯钩悬挂在这片土地的上方，而这片土地上满是坑洞，充满了痛苦。今晚在枫树林的上方你也能看到月亮吗？

里拉，我随信附上了一首诗。这首诗是一天夜里我在挖出的战壕里借着微弱的烛光写出来的，或者说这首诗主动找上门来的。我感觉不像是我在写诗，而是有某种东西在借助我的手把它写出来。我以前也有过一、两次这样的感觉，但是从没像这次这样强烈。所以我把诗投给了伦敦的《旁观者》杂志。他们把它刊登出来了，今天我收到了一本样刊。我希望你会喜欢这首诗。这是我到海外后写的唯一一首诗。

这首诗短小精悍，情真意切。一个月内，它就让沃尔特的名字传遍了世界的每一个角落。所有的媒体都在转载这首诗，它被刊登在大城市的日报和小乡村的周报上，出现在见解深刻的书评和"沉痛哀悼"的讣告栏里，甚至还出现在红十字会的呼吁书和政府的征兵宣传单上。母亲和姐妹们被它感动得落泪，年轻的小伙子为它热血沸腾。这首不朽的诗只有三个段落，却浓缩了这场浩劫中人们所有的痛苦、希望、同情，还有顽强不屈的战争精神。一个在佛兰德战壕中的加拿大小伙子写出了最伟大的战争诗篇之一。列兵沃尔特·布里兹的《吹魔笛的人》从一开始付印就

---

① 第一次世界大战期间及战后，受战争蹂躏的土地开遍虞美人，于是虞美人成为这次战争的象征。

成了经典。

里拉把这首诗抄在一篇日记的开头，在这篇日记中，她讲述了刚刚过去的那一个星期中的艰辛。

这个星期真是糟透了。虽然这一个星期已经过去了，虽然这只是虚惊一场，但是我们所遭受的折磨无法抹去。但是从另一个方面来看，这也不失为美好的一个星期。我有机会领悟到了一些我以前从没意识到的东西，在可怕的痛苦面前，人原来可以表现得如此勇敢，如此伟大。如果换作是我，我的表现肯定永远无法与奥利弗小姐相比。

就在一个星期前的今天，她收到了格兰特先生的母亲从夏洛特敦寄来的信。信上说她刚收到了一封电报，电报中说罗伯特·格兰特少校在几天前的战斗中牺牲了。

哦，可怜的格特鲁德！一看到信，整个人一下就垮了，然而仅仅过了一天，她又重新振作起来，回学校上课去了。她没有哭。我没见她掉过一滴眼泪。但是，哦，她的脸色是多么苍白，她的眼神是多么凄凉！

"我必须继续工作，"她说，"这是我现在的职责。"

我永远也做不到这样。

格特鲁德说话时从不会露出忧伤，只有一次例外，苏珊说春天终于到了，她说，"今年的春天真的会来吗？"

然后她惨然地笑了笑，我觉得她的笑容就像是一个人在面对死亡时的笑容。然后她又说，"瞧瞧，我已经完全以自我为中心了。因为我，格特鲁德·奥利弗，刚刚失去了一个朋友，我就觉得春天不能像往常一样到来了。即使有数百万的人在承受痛苦，春天还是会如约而至。但是我的春天，哦，我的世界还能继续下去吗？"

"不要怨恨你自己，亲爱的，"母亲温和地说，"当我们遭受了某种巨大的打击，便会悲观地认为生活无法再继续下去，这种感受是很正常的。我们都有过这样的感受。"

接着，苏珊那个令人反感的老表姐索菲娅突然大声插嘴了。她坐在那里，一边织着毛线，一边像一只老迈的"不祥的乌鸦"一样呱呱叫——沃尔特过去就是这样评论她的。

"你还没有其他人那样惨，奥利弗小姐，"她说，"这事你也不要看得太重了。有的女人失去了丈夫，那才是最可怕的打击，还有人失去了儿子。而你既没失去丈夫，也没失去儿子。"

"是没有。"格特鲁德显得更加忧伤，"我确实没有失去丈夫，我只是失去了将要成为我丈夫的那个男人。我也没有失去儿子，只是我现在永远也不会生下我自己的儿子和女儿了。"

"这么说可不体面啊。"索菲娅表姐吃惊地说。然后格特鲁德笑了起来，她的笑声是那样肆无忌惮，把索菲娅表姐都吓了一跳。可怜的格特鲁德备受折磨，再也无法承受这一切了，她冲出了房间。索菲娅表姐一脸疑惑地问母亲，这次打击是不是会让奥利弗小姐神智混乱？

"我曾经失去过两个很好的伴侣，"索菲娅表姐说，"但是也没有像她那样痛苦啊。"

我想那也确实不会对她索菲娅带来什么痛苦！说不定她会因那些可怜的男人能够死在她的前头而万分感激呢。

214.

那天晚上，我听见格特鲁德在房间里不停地走来走去。她每天晚上都会来回地走，但是还从没像那晚那样走那么长时间。我听到她突然发出一声可怕的低沉的尖叫，就好像有人用匕首刺中了她。我根本睡不着，我为她感到难过，但是我又帮不上她什么。我觉得那一夜似乎漫无尽头。不过，那一夜终于过去了，像《圣经》上说的那样，"欢乐在清晨来临"。只是欢乐没有赶在清晨时分到来，而是在下午姗姗来迟。电话铃响了，我去接了电话。是老格兰特太太从夏洛特敦打来的。她说完全搞错了——罗伯特没死，他只是胳膊上受了点轻伤，现在正安全地待在医院里，不管怎样，他暂时是安全了。他们还不清楚到底是什么地方出了错，但是他们猜测，肯定还有一个叫罗伯特·格兰特的人。

　　我挂上了电话，一路飞奔到彩虹幽谷。我确信我是在飞——我都不记得我的脚接触过地面。我在格特鲁德从学校回来的路上，就在我们以前常去玩的云杉树的林间空地遇见了她，我气喘吁吁地把这个好消息告诉她。当然，我应该更冷静一些的。但是我太高兴、太激动了，都没有时间停下来思考。格特鲁德一下子倒在了新生的金色蕨草中间，就像是被子弹射中了一样。这让我惊恐不已，使我至少知道，以后遇到类似的事情时要更加理智些。我以为她死了。我想起她的母亲就是在很年轻的时候死于突发的心力衰竭。我吓得魂飞魄散！当我发现她的心脏还在跳动时，感觉时间就像已经过去了好多年。我以前从没见人晕倒过，我知道家里也没有人能来帮我，因为黛和楠下午要从雷德蒙回来，所有的人都去车站迎接她们了。所幸的是，当时我知道——只是从理

215.

论上知道——该如何救治昏倒的人，现在我才有这样一个实践的机会。好在旁边就是小溪，我手忙脚乱地折腾了一阵子。过了好一会儿，格特鲁德苏醒了过来。她只字不提刚才的消息，我也不敢再提一个字了。我扶着她穿过枫树林回到了家。她回到了她自己的房间。过了一会儿，她费了好大的力气终于说出了，"罗伯——还——活着！"然后她倒在了床上，哭了起来。我以前从没见人这样哭过。那一个星期里她积攒下来的所有泪水顷刻间全都倾泻而出。昨天晚上她哭了整整一夜，但是今天早上她的表情完全不一样了，就好像她看到了上帝的仁慈。我们高兴得都有点害怕起来。

黛和楠要在家待上几个星期。然后她们要去金斯波特的军营，继续在红十字会工作。我真羡慕她们。父亲说我在这里工作做得也很好。我一边照顾吉姆斯，一边处理"青年红十字会"的事务，但是我的工作没有她们的工作那样浪漫。

库特①失陷了。当它真的失陷时，对我们来说倒是一种解脱，我们为此已经担心很长一段时间了。我们为此伤心了一天，然后第二天又重新打起精神来，把这事抛在脑后了。索菲娅表姐还像以前那样喋喋不休地说些丧气话，她总是跑来抱怨说英国人到处失利。

"他们善于应对挫折，"苏珊坚定地说，"当他们丢失了一处阵地后，他们会四处寻找机会，伺机再把它夺回来！管不了那么多了，我的国王和国家现在需要我为后花园种上土豆，所以索菲娅·克劳福德，你拿把刀子来帮帮我的忙。

---

① 库特，伊拉克东部城市。瓦西特省省会，位于底格瑞斯河北岸。

这能转移你的注意力，让你不要再去为那场战斗瞎操心，那本来就不需要你去指挥。

苏珊总是好样的。她挫败可怜的索菲娅表姐的方式总是很精彩。

至于凡尔登，战斗还在继续。我们在希望与恐惧之间煎熬。但是我知道，奥利弗小姐奇怪的梦已经预示了法国的胜利——"他们过不去"。

诺曼·道格拉斯在祈祷会上发言

"你在想什么呢，安妮姑娘？"医生问。在他们的婚姻持续二十四年后，在没人的时候，他还会偶尔这样称呼他的妻子。安妮正坐在门廊的台阶上，茫然地看着春花浪漫的美好世界。在白色的果园外面，是一片由深色的小冷杉树和奶油味的野樱桃构成的小树林，知更鸟正在树上起劲地浅唱低吟。现在已经是傍晚时分，早出的星星在枫树林上空闪耀着。

安娜回过神来，叹了一口气。

"我正在做一个梦，让我在这无法忍受的现实世界得到一点儿慰藉，吉尔伯特——我梦到我们的孩子都回来了，又变成了小孩，在彩虹幽谷里玩耍。现在虽说这么安静，但是我能清晰地听到孩子们的说话声和欢笑声，就像过去那样。我能够听到杰姆在吹口哨，沃尔特在唱岳得尔歌①，双胞胎在嬉笑玩闹。在那短暂的几分钟里，我忘记了西线战场上的隆隆枪炮，获得了一种虚幻但却备感甜蜜的幸福。"

---

① 简介德尔唱法，又称约尔德调、岳得尔歌，是一种伴随快速并重复地进行胸音到头音转换的大跨度音阶的歌唱形式。产生一串高–低–高–低的声音。

医生没有作答。有时他全身心地投入工作，能使他暂时忘掉西线的战事，但是这种情况少之又少。这两年间，在他那依然浓密的鬓发间新添了许多白发。他微笑着看着那对熠熠发光的眼睛，那双眼睛曾经满含笑意，而如今似乎却时常噙满泪水。

苏珊手里拿着锄头从他们身旁走过，头上戴了一顶漂亮的帽子，比她最好的那顶要稍次一点儿。

"我刚读完了《企业日报》上的一篇报道，说有一对新人在飞机上举行了婚礼，你认为那合法吗，亲爱的医生？"她不安地问。

"我认为合法。"医生郑重其事地回答说。

"哦，"苏珊疑惑地说，"对我来说婚礼是非常严肃的事，在像飞机那样令人眩晕的地方举行是极不合适的。不过现在和从前不一样了。嗯，离祈祷会还有半个小时，我要去厨房后的花园锄锄草。每当我消灭杂草时，我都会不由自主地为特伦托①担忧。我不喜欢奥地利人的把戏，亲爱的医生太太。"

"我也不喜欢，"布里兹太太悲伤地说，"整个上午，虽然我手上在理着大黄，心里却一心等着战地新闻。等消息来了，我又会感到泄气。好了，我想我也得去为祈祷会做些准备了。"

每一个村子都有传承下来的故事，虽然并没有用文字记录下来，但那些或悲或喜或戏剧性的事件却一代又一代口相传。人们在婚礼上、节日里会讲起这些故事，在冬天的火炉边还会上演这些故事。而在圣玛丽溪谷村的众多故事中，那晚在卫理公会教

---

① 特伦托，意大利特别自治行政区特伦蒂诺和上阿黛杰大区的区府。1915年5月，意大利因为英法答应在战后分得阜姆和达尔马提亚，于是投向协约国一方，对同盟国宣战。意军虽然实力较弱，交战初期即损失近30万人，但却成功拖住了奥匈帝国40个师的兵力，缓减了俄法的压力。

堂举行的联合祈祷会上发生的事一定会永远被人们提起。

举办联合祈祷会是由阿诺德先生提议的。在夏洛特敦集训了一个冬天的志愿兵不久就要动身开赴海外了。属于那个营的士兵来自四风港地区——溪谷村、港口上头、港口和上溪谷村，那些男孩们都回家来休最后一个假了。因此，阿诺德先生提议，最好能在他们离开前为他们举行一个联合祈祷会。梅瑞狄斯先生极力赞成，通知大家到卫理公会的教堂去做祈祷。溪谷村的祈祷一向参加的人不多，但是在这个特别的晚上，卫理公会的教堂挤得水泄不通。所有能到的人都到了，就连科尼莉娅小姐也来了，这是她生平第一次踏进卫理公会的教堂。这可不是一件小事，科尼莉娅小姐内心的激烈斗争不亚于一场世界大战。

"我过去很讨厌卫理公会的人，"当她的丈夫为她的行为深感震惊的时候，科尼莉娅小姐却十分平静地说，"但是我现在不讨厌他们了。当这个世界上已经有了像德国皇帝和兴登堡[①]那样的恶人时，那就没必要再去恨卫理公会的人了。"

所以科尼莉娅小姐来了。诺曼·道格拉斯和他的妻子也来了。"月球大胡子"大摇大摆地穿过中间的通道，来到前排，似乎在向大家表明，他的到场对于整个教堂来说是无上的殊荣。人们对他的到场多少有些惊奇，因为他总是避开所有能与战争扯得上一点儿关系的集会。但是梅瑞狄斯先生说过，他希望大家都能来参加这次祈祷会，普赖尔先生显然把这话听到心里去了。他穿上最好的黑色礼服，打上了一条白色领带。他浓密结实的铁灰色鬈发梳理得整整齐齐。他又大又圆的脸红彤彤的。苏珊心里毫不

---

① 保罗·冯·兴登堡（1847年–1934年），第一次世界大战期间德国元帅。

客气地想，真是越发"道貌岸然"了。

"亲爱的医生太太，那个人走进教堂的那一刻，我一看到他的那副神情，就知道他没安好心。"她事后说，"我当时也猜不出他要干什么，但是从他那张脸上我就能看出来，他来了绝对没有什么好事。"

祈祷会按照通常的方式开场了，进行得很顺利。

首先是梅瑞狄斯先生以他惯有的口才和激情发表了热情洋溢的讲话。接着是阿诺德先生作了一个完美得无可挑剔的演说，甚至是科尼莉娅小姐也不得不承认，无论是在品位上，还是在内容上，这次的演说都挑不出任何毛病。

然后，阿诺德先生请普赖尔先生领着大家祈祷。

科尼莉娅小姐一直认为阿诺德先生不够老练。在评价卫理公会牧师时，科尼莉娅小姐常常有些苛刻，但是在这件事上，她并没有言过其实。阿诺德先生显然不具备那种能力——那是一种无法准确定义的能力，暂且把它称之为"老练"——否则他就决不会让"月球大胡子"在士兵祈祷会上来领祷。因为梅瑞狄斯先生在总结陈词时，说要让一位卫理公会执事来领祷，阿诺德先生想要对此做出回应，以示对梅瑞狄斯先生的尊敬。

一些人希望普赖尔先生对这个邀请能粗暴地加以拒绝，不过，这样也会把场面弄得十分尴尬。但是，出乎大家意料的是，普赖尔先生敏捷地跳了起来，油腔滑调地说："让我们开始祈祷吧。"然后他马上开始祷告起来。他圆润低沉的嗓音响彻了拥挤大厅的每一个角落，流利地说出了一连串的祈祷词，一切都很顺利，直到那些眩晕的、惊骇的听众突然意识到，他们听到的是令他们深恶痛绝的反战宣传。普赖尔先生至少还有坚持他信仰的勇气，或者，就像人们后来说的那样，他认为他在教堂里会比较安全——这是一个绝佳的机会，可以在那里宣讲他的某些观点，要是放在平时，他会害怕被围攻而不敢公然表达。他祈祷这场并不神圣的战争尽快停止；祈祷那些受到欺骗而被赶到西线去杀戮的士兵们赶快睁开他们的眼睛，为自己的所作所为忏悔；祈祷眼前这些身穿军装被逼上谋杀和军国主义道路的可怜年轻人能获得救赎。

　　普赖尔先生畅通无阻地说了这么多，他的听众一个个惊若木鸡，但由于他们生来就认为，不论受到怎样的挑衅，教堂里都不应出现混乱的局面，因此大家都束手无策，眼巴巴地看着普赖尔先生畅所欲言。但是在听众中，至少还有一个人没有束手束脚，他没有通过先天遗传或后天形成对神圣教堂的崇敬感。他，就是诺曼·道格拉斯——就像苏珊经常明确指出的那样，一个"异教徒"。但是他却是一个狂热的爱国异教徒。当他逐渐明白普赖尔先生所说的那通话的真正含义后，突然变得狂躁起来。他大吼一声，从席上跳了起来，面对听众，用振聋发聩的声音吼道："闭嘴！闭嘴！快让那个可恶的祈祷者闭嘴！一个多么令人邪恶的祈祷者！"

　　教堂里人头攒动。坐在后排一个身穿军装的小伙子小声地喝了声彩。梅瑞狄斯先生抬起手来示意诺曼先生保持安静，但是诺曼已经不再理会这样的警告了。他的妻子想要拦住他，但是终究没能拦得住他。他猛地一跃，跳到了前排，一把揪住了不幸的"月球大胡子"的衣服领子。刚才被诺曼那样大声呵斥后，"月球大胡子"并没停下来，但是现在，他终于被迫打断了。诺曼异常愤怒，甚至使得长长的红胡子都直立起来，他使劲地摇晃着他，把他身上的骨头摇得格格作响，一边使劲摇还一边骂骂咧咧，"你这个无耻的禽兽！"——摇晃——"你这个恶毒而下流的东西！"——摇晃——"你这个愚蠢的狐鼠！"——摇晃——"你这卑劣的狗崽子！"——摇晃——"你这个散播疾病的寄生虫！"——摇晃——"你这个德国人的人渣！"——摇晃——"你这条卑贱的爬虫，你，你……"

诺曼先生说不下去了。大家都相信，不管是不是在教堂，他接下来要说的话将会不堪入耳，只能用省略号代替。但就在这时，他看到妻子的眼神，往后退了一步，撞到了放圣书的架子上。"你这个伪君子！"他咆哮着，最后使劲摇着"月球大胡子"，用力将这个不幸的反战人士从他面前推开，正好推向唱诗班的入场口。普赖尔先生红润的脸颊此时变得灰白。但是他还在做困兽之斗。"我要去告你。"他喘着粗气说。

"你有本事就去告啊，去呀，去呀！"诺曼大声说道，又想冲上前去。但是普赖尔先生已经逃走了，他可不想再次落入这个想要复仇的"军国主义者"手中。诺曼大大咧咧地回到台上，享受着胜利的喜悦。

"别做出这副吃惊的样子，牧师。"他以低沉而有力的声音说，"你不能那样做——没人期待牧师那样做，但是总得有人去做。我把他扔出去了，你肯定也很高兴。我们不能再让他像这样猖狂，混淆视听，煽动叛乱和谋反了。必须有人来制止这样的恶意煽动和叛国行径。我终于可以在教堂里大显身手了。我可以继续老老实实在教堂坐上六十年！继续开你们的会吧，牧师先生们。我想，不会再有'和平主义者'来捣乱了。"

但是虔诚和肃穆的气氛都被破坏了。两位牧师都意识到了这一点，他们知道现在唯一能做的就是马上结束集会，让激动的人群赶紧回家去。梅瑞狄斯先生严肃地对穿着军装的小伙子们说了几句，普赖尔先生家的窗户没有再次受到袭击，多半是这几句话的功劳。阿诺德先生发表了一个与之不太相称的赐福祈祷，至少他觉得是不太相称，因为他还不能马上从他的记忆中抹去刚才的那一幕：高大的诺曼·道格拉斯摇晃着那个矮胖而自负的"月球大胡子"，就像一只体型巨大的狼狗在摇晃一只弱不禁风的小狗一样。他知道这一幕将会留在每一个人的脑海中。总的说来，这个联合祈祷会几乎不能称之为一次成功的祈祷会。但是就在无数次按部就班、不被打扰的祈祷会都被遗忘后，圣玛丽溪谷村里的人们还牢牢地记着这次祈祷会。

"亲爱的医生太太，我再也不会把诺曼·道格拉斯叫作异教徒了，你永远，是的，永远也不会听到这样的话了。"她们到家时，苏珊这样说道，"作为一个女人，诺曼·道格拉斯太太今晚绝对有资格感到骄傲。"

"诺曼·道格拉斯今天做的事情很不合规矩。"医生说，"在集会结束前，大家都不应该这么粗暴地去干涉普赖尔。集会结束后，他的牧师和长老自然会去教训他的。这样做才合适。道格拉斯的做法完全不合适，很丢脸，很粗暴。但是，在我看来，"医生把头往后一扬，笑道，"在我看来，安妮姑娘，他的做法确实让人很解气。"

"恋爱真可怕"

壁炉山庄

1916年6月20日

我们最近都太忙碌了，每天都有令人兴奋的消息，有好消息，也有坏消息，我好几个星期都没时间，也不能静下心来写日记。我准备坚持写日记，因为父亲说战争期间写的日记很有意义，以后可以留给孩子们看。问题是，在这个宝贝本子里，我想写上几件私事，不太想让我的孩子们读到这些内容。我觉得我在他们心中，应该是个举止端庄得体的人。

六月的第一个星期又是可怕的一个星期。奥地利人眼看就要占领意大利了，然后又传来了一条坏消息，是有关日德兰海战[①]的，德国人声称他们取得了巨大的胜利。苏珊是唯一能面对现实的人。"别跟我说德国皇帝打败了英国海军，"她不屑一顾地说，"这全是德国人的谎言，别相信。"几天后，当我们发现她果真说对了，的确是英国获胜了而不是战

[①] 日德兰海战，1916年5月31日—6月1日，英德双方在丹麦日德兰半岛附近北海海域爆发的一场海战。这是第一次世界大战中最大规模的海战，也是这场战争中交战双方唯一一次全面出动的舰队主力决战。德国公海舰队击沉了更多的英国舰只，取得了战术上的胜利；而英国皇家海军本土舰队成功地将德国海军封锁在了德国港口，使得后者在战争后期几乎毫无作为，从而取得了战略上的最终胜利。

败了时，苏珊不断地唠叨"我早就跟你们说过了"，不过，我们一点儿也不在乎，对此欣然接受。

但是基钦勒爵士的死让苏珊的自信大大受挫。我第一次看见她黯然神伤。我们只是感到了震惊，而苏珊却陷入了深深的绝望中。这个消息是晚上从电话上得知的，苏珊一开始并不相信，直到第二天她看到《企业日报》上的大字标题时，才不得不接受这个事实了。她没有哭泣，没有晕倒，也没有歇斯底里，但是她忘了往汤里放盐，在我的记忆中她还从来没这样心不在焉。母亲、奥利弗小姐和我都哭了，而苏珊却只是冷冷地看着我们，用嘲讽的口吻说："德国皇帝和他的六个儿子都活得好好的，现在这个世界还没有被彻底摧毁。你为什么要哭泣呢，亲爱的医生太太？"苏珊在这种冷淡而又无望的情绪中度过了二十四个小时，后来索菲娅表姐来了，开始安慰起她来。

"真是可怕的消息，不是吗，苏珊？我们可能要开始为最坏的局面做准备了，因为这一天迟早会来。你曾经说过——我对你说过的话还记忆犹新，苏珊·贝克——你说你对上帝和基钦勒爵士完全有信心。啊，好吧，苏珊·贝克，现在就只剩下上帝了。"

索菲娅表姐一边说，一边可怜兮兮地用手绢去擦眼泪，就好像整个世界真的陷入了绝境。对于苏珊来说，索菲娅表姐成了她现成的出气筒。她抽搐了一下，突然变得激动起来。

"索菲娅·克劳福德，你给我闭嘴！"她严厉地说，"你可以当个傻瓜，但你不需成为一个懦弱的傻瓜。现在只剩下万能的上帝来帮助协约国了，你这样哭泣、哀号是很不体面的。至于基钦勒爵士，他的死是一个巨大的损失，这我承认。但是一个人的生死并不会改变这场战争的结果。现在俄国人已经开始反击了，你很快就会看到转机的。"

苏珊说这话时神采飞扬，以至于把她自己都给说服了。她重新振作起精神，但是索菲娅表姐却直摇头。

"艾伯特的老婆想给他们的孩子取俄国名叫布鲁斯洛夫，"她说，"但是我对她说先等等看吧，谁知道那个孩子会长成个什么样的人呢。他们俄国人办事从来都不牢靠。"

那时的俄国人表现很出色，他们拯救了意大利。但是即使是在他们节节胜利的时候，我们也没有心情像以前那样升起国旗来以示庆祝了。就像格特鲁德所说的那样，凡尔登战役已经消耗掉了我们所有的喜悦之情。只有西部战线上的频频捷报传来，我们才会高兴。"英国人到底什么时候反击？"格特鲁德今天早上叹息着说，"我们都已经等了这么久了，真是望眼欲穿啊。"

最近几个星期以来，我们这里发生的最激动人心的新闻，就是本地的军队在开赴海外前进行了一次乡间大游行。他们从夏洛特敦出发，一直游行到罗布里奇，然后穿过港口上头，走到上溪谷村，最后往下到达圣玛丽溪谷村车站。每个人都跑出来观看，不过卧床不起的范妮·克洛大婶和普赖尔先生除外。自从一个星期前的那个联合祈祷会后，普赖尔先生就再也没有迈出过家门，甚至是教堂也不敢去了。

看见部队从我们面前列队走过，我们既感到骄傲又觉得伤心。队伍中有年轻人，也有中年人。有从港口那边来的劳里·麦克阿利斯特，他只有十六岁，但是为了参军，他发誓说他有十八岁了。也有从上溪谷村来的安格斯·麦肯齐，他已经有五十五岁了，但却发誓说他只有四十四岁。还有两个从罗布里奇来的南非退伍老兵，以及从港口上头来的巴克斯特家十八岁大的三胞胎兄弟。当他们走过时，人群向他们欢呼。大家还特意为福斯特·布斯欢呼，他已经四十岁了，和他二十岁的儿子查理并肩走在一起。查理的母亲生他时死于难产。当查理报名时，福斯特说他不能让孩子独自到一个连他自己都从没去过的陌生地方，佛兰德战壕也不例外。车站上，"星期一"几近疯狂，它四处飞奔，想让每个人给杰姆捎话去。梅瑞狄斯先生发表了一个演说，丽德·克劳福德吟诵了《吹魔笛的人》。士兵们发出狂热的欢呼声，大声喊着，"我们会追随笛声，我们会紧随笛声，我们决不会背弃信仰。"想到那首美妙的、振奋人心的诗竟然出自我亲爱的哥哥笔下，我就感到无比的自豪。我看着这一列列穿着军装的士兵，那些高大的士兵真的就是一直以来和我在一起欢笑、玩耍、起舞，又被我取笑过的男孩子吗？好像有什么东西触动了他们的灵魂，让他们和旧日的回忆完全决裂，让他们踏上了远方的征程——他们听到了魔笛的召唤。

弗雷德·阿诺德也走在队伍里。我为他感到非常难过。他神情忧伤，我知道都是因为我的缘故。但是，我对此却无能为力，即使我能做些什么，也会同样感到难受。

就在弗雷德离开前的一个夜晚，他来到壁炉山庄，对我说他爱我，问我如果他能活着回来的话，是否愿意嫁给他。他态度极其真诚，我却为难极了。我不能对他许下那样的诺言。唉，即使没有肯尼斯，我也不会喜欢上弗雷德，而且永远也不会爱上他——但是，让他这样伤心欲绝地上前线，似乎是太残忍、太无情了。我像孩子一样哭起来，而弗雷德看起来不知所措，凄惨而狂躁。是的。哦，我真的不能答应他，因为就在我哭的时候，我的脑海里突然想到，如果答应了他，将来每天就会在早餐桌的对面看到他的那个鼻子。哦，我真的受不了。但是弗雷德对我这么诚恳，我却想着这些，我真是轻浮得无可救药。这就是我不希望我的后代在我的日记中读到的内容。但是这是事实，尽管它让我很丢脸。不过，正是这种想法挽救了我，否则我很可能会出于同情和自责，草率地向他许下承诺。如果弗雷德的鼻子能和他的眼睛和嘴巴一样漂亮，我很可能会答应下来——而将来那会让我置身于一种多么可怕的困境！

当可怜的弗雷德确信我不能给他那样的承诺后，他表现得很有风度，但那让我的处境变得更糟了。如果他气急败坏，我就不会感到如此悲伤和悔恨。不过，我也不知道我为什么要感到悔恨，因为我从来没有暗示过弗雷德我喜欢他。但是我真的感到懊悔，而且现在依然感到懊悔。如果弗雷德·阿诺德回不来了，这会成为我一生的阴影。

然后弗雷德说，如果他不能带着我的爱去前线，至少他希望还能拥有我的友谊。他问我能否亲吻他一下，作为临别的纪念，也许他再也回不来了。

我不知道我以前为什么会把恋爱想象成一件愉快而又有趣的事。这种事情很可怕。我甚至不能给可怜的、心碎的弗雷德一个小小的吻，因为我对肯尼斯有过承诺。这太残忍了。我不得不对弗雷德说，我们当然还是朋友，但是我不能吻他，因为我对别人已许下了承诺。

他问："是肯尼斯·福德吗？"

我点了点头。我讨厌被迫承认我和肯尼斯的关系，因为这是我和他之间一个特别神圣的小秘密。

弗雷德走后，我跑回我的房间，大哭起来，结果把母亲都惊动了。她坚持想要知道究竟发生了什么事，我只好一五一十地告诉她了。她听着我的讲述，脸上流露出一种特殊的表情，好像在说："真的有人想娶这个小丫头？"但是母亲是那样的慈爱，那样的善解人意，而且富有同情心，哦，她就是属于"认识约瑟的那类人"。我感到了极大的安慰，母亲是世界上最知心的人。

"可是，哦，母亲，"我哭着说，"他想要我给他一个告别之吻，但是我却做不到，这让我伤心透了。"

"嗯，你为什么不能吻他呢？"母亲冷静地问，"考虑到这种特殊情况，我认为你该给他个吻。"

"但是我不能，母亲。肯尼斯走时，我答应过他，在他离开的日子里，我不会吻别的人，我要等着他回来。"

这对于可怜的母亲来说是另一颗重磅炸弹。她惊叫起来，语气中带着一种奇怪的腔调："里拉，你和肯尼斯·福德订婚了吗？"

"我不知道。"我呜咽着说。

"你不知道？"母亲重复了一句。

接着我又不得不把前因后果告诉她。糟糕的是，每当我说起这事时，我自己都觉得自己很可笑。当我讲完后，我觉得自己像个大傻瓜，同时感到很害臊。

母亲沉默不语地坐了一会儿。然后她走过来，在我身旁坐了下来，抱住了我。

"别哭了，亲爱的小里拉–我的–里拉。对于弗雷德，你没有什么好自责的。如果莱丝丽·威斯特的儿子不让你再去吻别人，我觉得这是一种订婚的表示。但是，哦，我的宝贝，我最后的一个小宝贝，我要失去你了。这场战争这么快就让你成长为一个女人。"

我依偎在母亲的怀里寻求安慰，我怎么可能已经成长为一个女人了呢？不管怎么说，两天后，当我在行进队伍中看到弗雷德时，我的心还是感到揪心的疼痛。

不过，另一方面，我感到特别欣慰，因为母亲认为我已经和肯订婚了！

"星期一"的预感

"举办灯塔舞会的那个夜晚已经过去整整两年了，那天晚上，杰克·艾略特给我们带来了战争爆发的消息。你还记得吗，奥利弗小姐？"

索菲娅表姐替奥利弗小姐做了回答："哦，事实上，里拉，那晚的事我还记得清清楚楚。你活蹦乱跳地跑下来炫耀你的礼服。我不是警告过你说，我们是不能预知未来的吗？你那天晚上根本不知道将要面对怎样的未来。"

"我们谁都没有想那么多，"苏珊立刻插了进来，"因为我们不具备预知未来的能力。索菲娅·克劳福德，每个人的生活中都会出现一些难以预料的麻烦，作这么简单的预言根本没什么好吹嘘的。我自己随时都能说几句类似的格言警句。"

"那时我们都认为战争过几个月就会结束。"里拉若有所思地说，"现在回过头去看看，我们当时的想法真是可笑。"

"现在，都过去两年了，我们还看不到任何战争结束的迹象。"奥利弗小姐沮丧地说。

苏珊轻快地织着毛线。

"好了，奥利弗小姐，亲爱的，你知道这样说可不太恰当。

无论战争什么时候结束，我们至少离战争结束又近了两年。"

"艾伯特今天在蒙特利尔的一份报上看到一篇文章，一位战争专家预言说战争还要持续五年。"这就是索菲娅表姐的"良好愿望"。

"不可能，"里拉喊了起来，接着又叹了口气，"可两年前我们就说过'不会持续两年'。怎么还有五年！"

"如果罗马尼亚参战——我有很强烈的预感，它很快就会这么做——只需要五个月，而不是五年，战争就会结束。"苏珊说。

"我对外国人没有信心。"索菲娅表姐叹气道。

"法国人也是外国人，"苏珊反驳说，"看看凡尔登一战吧。再想想这个上帝保佑的夏天里，我们在索姆河一战①中所取得的胜利吧。大推进还在继续，而且俄国人那边也进展顺利。嘿，黑格将军说他抓住的德国军官都承认德国已经失败了。"

"德国人说的话你一个字也不能信。"索菲娅表姐反对说，"你不能随便相信一个说法，都是你的一厢情愿，苏珊·贝克。英国人在索姆河一战中死了上百万人，可是他们又向前推进了多少？面对现实吧，苏珊·贝克，面对现实吧。"

"他们把德国人拖垮了。只要能做到这一点，无论是向东扩展了几公里，还是向西退了几公里，这些都已经无所谓了。我不是个军事家。"苏珊极其谦恭地承认道，"索菲娅·克劳福德，但是我能看清其中的道理。如果你不用悲观的态度来看待这一切，你也能看清这个道理。德国人并不是这世界上最聪明的。

---

① 索姆河会战，第一次世界大战中规模最大的一次战役，双方伤亡约134万人，其中英军45万余人，法军34万余人，德军53.8万人。英、法军未达到突破德军防线的目的，但钳制了德军对凡尔登的进攻，进一步削弱了德军实力。

好了，打仗的事就交给黑格吧，我要给我的巧克力蛋糕做糖霜去了。做好后，我得把它放在最高层的架子上。上一次我把做好的蛋糕放在底层的架子上，结果小基钦纳溜了进来，把上面的糖霜挖出来吃掉了。那天晚上我们有客人过来喝茶，当我去拿蛋糕时，那个蛋糕真是惨不忍睹啊！"

"那个可怜的孤儿的父亲还是没有消息？"索菲娅表姐问。

"有消息了，七月的时候，我收到了一封他的来信。"里拉说，"信上说他一得知他妻子的死讯和我收养了他的孩子后——你知道，梅瑞狄斯先生给他写过信——他就立即回了信。但是他却一直没有收到我们的回信，所以他慢慢意识到，他写的前一封信已经寄丢了。"

"他花了两年的时间才想明白？"苏珊轻蔑地说，"有些人的脑子也实在是太迟钝了。吉姆·安德森在战壕里待了两年，却没受一点伤。俗话说得好，傻人自有傻福。"

"信中，他对吉姆斯的感情真是情真意切，还说他很想见见自己的儿子，"里拉说，"于是我给他写了信，告诉他所有关于这个小不点的事，还给他寄去了快照。下个星期吉姆斯就要满两岁了，他真是可爱极了。"

"你过去不喜欢婴儿呀。"索菲娅表姐说。

"严格来讲，我跟过去一样讨厌婴儿，"里拉坦诚地说，"但是我真的爱吉姆斯。当我收到吉姆·安德森的信，知道他安然无恙后，我并没有感到有多高兴，甚至还有点儿失望。"

"你该不会希望这个人死在战场上吧！"索菲娅表姐惊恐地叫道。

"没有，没有，没有！我只是希望他能忘了还有一个吉姆斯，克劳福德太太。"

"那样的话，你的父亲就要负担抚养他的费用了。"索菲娅表姐责难道，"你们这些年轻人怎么一点都不替别人考虑呢？"

就在这个节骨眼上，吉姆斯跑了进来，他的脸蛋红扑扑的，头发卷曲着，可爱得让人想亲上一口，连索菲娅表姐都忍不住称赞了他一番。

"他现在看起来真的很健康，不过他的脸色看上去太红了，说起来，有点像是肺结核的样子。你把他带回来的那天，我根本不相信你会养他。我真的不认为你能养他，我回家后把我的看法告诉了艾伯特的老婆。艾伯特的老婆说，'里拉·布里兹比你想象的要能干，索菲娅姑妈。'这是她的原话，'里拉·布里兹比你想象的要能干'艾伯特的老婆对你的评价一直很高。"

索菲娅表姐叹了口气，给人的感觉是这个世界上只有艾伯特的老婆一个人对里拉有好评。其实，索菲娅表姐并不是那个意思。她很喜欢里拉，但是她习惯用她特有的消极方式来表达对里拉的喜爱，她认为年轻人必须保持低调。如果他们不能保持低调，整个社会的道德肯定会被败坏掉。

"你还记得两年前你从灯塔走回来的那个晚上吗？"格特鲁德·奥利弗对里拉低声调侃说。

"我想我还记得。"里拉笑了起来，然后她的笑容变得迷离而恍惚。她想到另外的事上去了，就在那天晚上，她和肯尼斯坐在沙滩上共度美好时光。今晚，肯尼斯会在哪儿呢？还有杰姆、杰瑞和沃尔特，还有所有那些男孩子们。那一夜，在古老的四风海岬上，他们乘着月光，在欢声笑语中翩翩起舞，那是他们最后一个无忧无虑的夜晚。在索姆河前线肮脏的战壕里，枪炮的呼啸声和中弹者的呻吟声代替了内德·伯尔的小提琴声，而照明弹耀眼的光芒代替了古老的蓝色海湾上那泛动着的点点银光。他们中，已经有两个长眠在了佛兰德的虞美人下，一个是上溪谷村的埃里克·伯尔，另一个是罗布里奇的克拉克·曼利。还有其他人受伤住进了医院。到目前为止，牧师家和壁炉山庄的孩子们都安然无恙，他们的生活似乎无灾无难。可是，随着战争一天天推进，时间的推移丝毫没有缓解他们的紧张和焦虑。

"这和生病不一样。如果他们两年没有发烧，你大概可以说具有了某种免疫力，"里拉叹息道，"但战争的危险并没有减小，和他们第一天进入战壕时一样，死神一直近在咫尺。我知道这一点，每天都备受折磨。然而我还是忍不住希望，既然那么久他们都没事，那么就让他们一直平平安安，直到战争结束吧。哦，奥利弗小姐，如果每天醒来，不用担心报纸上可能出现的噩耗，那种生活该是多么美好啊！不知怎的，我现在无法想象那样的生活。而两年前的今天，当我一早醒来时，我在想新的一天会给我带来怎样的惊喜。我当时还以为这两年会充满了无尽的欢乐呢。"

"如果给你机会，你会用充满欢乐的两年来交换这两年吗？"

"不会，"里拉慢腾腾地回答说，"我不会换的。这很奇怪，是吧？这是很可怕的两年，但是我有一种奇怪的感觉，似乎对这艰辛的两年心存感激，伴随着所有的痛苦，这两年也给我带来了一些非常珍贵的东西。我不想回到两年前，不想变成两年前的那个小姑娘，即使能也不愿意。我知道我并没有什么了不起的进步，不过，我不再是当年那个自私而又愚蠢的小丫头了。我想，我当时可能已经有了灵魂，奥利弗小姐，但是我那时根本没有意识到。我现在已经很清楚了，这对我来说意义重大，这两年所承受的苦难也值得。不过，"里拉稍感歉意地笑了笑，"我不想再遭受这种折磨了，即使是为了让自己的灵魂得以成长，我也不愿过这样的日子。再过两年，我回首往事，也许会感激这段岁月让我不断成长，但是我现在不愿意再受苦了。"

"我们从来都不愿意受苦，"奥利弗小姐说，"我猜测，正是这个原因，我们才不能拥有自主成长方式和发展道路。不管我们从痛苦中学到了什么，不管我们多么珍视学到的东西，我们也不愿意在痛苦中学习。好了，还是让我们希望最好的结局吧，就像苏珊说的那样，现在形势确实在往有利的方向发展了。如果罗马尼亚能参战，也许局势就会有突变。"

罗马尼亚真的参战了。苏珊赞许地说，从照片上看来，罗马尼亚国王和王后是她见过的最好看的一对皇室情侣。夏天就这样过去了。九月初传来消息说，加拿大的士兵被调往了索姆河一线，焦虑的气氛日渐浓重。布里兹太太的神经高度紧张，快支撑不住了——这还是第一次。这种悬而未决的日子一天天过去，医生忧心忡忡地看着妻子，开始反对她参加红十字会的一些工作。

"哦，让我去工作吧，让我去工作吧，吉尔伯特。"她激动地恳求说，"我一有工作，就不会胡思乱想了。如果我闲下来，我就会胡思乱想。休息对我来说只会是一种折磨。我的两个儿子都在可怕的索姆河前线，而雪莱夜以继日地研读有关航空的资料，什么也不肯说，但是在他眼中我能看到他日益坚定的决心。不，我不能休息，不要叫我休息，吉尔伯特。"

但是医生的态度也非常坚决。

"我不能看着你把自己累垮，安妮姑娘。"他说，"等孩子们回来时，我希望他们的母亲还能在这里迎接他们。瞧瞧，你的精力已经透支了。这样不行，不信的话，你可以问问苏珊。"

"哦，如果苏珊和你真要联合起来反对我，那我就没话可说了！"安妮无助地说。

突然有一天，传来了令人振奋的好消息：加拿大的军队攻占了库尔杰莱提和马滕皮尤伊克[1]，抓获了很多战俘，也缴获了大批的枪械。苏珊把国旗升了起来，她说，显而易见，黑格知道这是一场艰苦卓绝的战斗，一定派出了最优秀的士兵。其他人不敢像苏珊那样太过高兴，谁知道这付出了怎样的代价？

那天早上，天色微明，里拉就醒了，她睡眼蒙眬地来到窗户旁向外张望，沉重而柔滑的眼睑还没有完全睁开。破晓时分，此时的世界看上去跟别的时候完全不同。带着露水的空气清爽宜人，果园、小树林和彩虹幽谷笼罩着神秘的色彩，令人感到惊奇。东边的小山上是一片金色的深谷和银粉色的洼地。没有风声。里拉清楚地听到狗的哀鸣声，是从火车站方向传来的。是"星期一"吗？如果是，它为什么要那样号叫？里拉打了个寒战。这声音里有着某种凶兆，充满了悲切。她想起了一段往事，有一次她和奥利弗小姐在夜色中回家，她们也听到了狗的这种号叫，奥利弗小姐说："当狗如此嗥叫时，那就是死亡天使正从头上经过。"里拉倾听着狗吠声，心中泛起深深的恐惧。是的，那是"星期一"，她敢断定。它在为谁唱挽歌？它在向谁的灵魂发出极度痛苦的问候和告别？

里拉回到床上，但是她已经睡不着了。她一整天都胆战心

---

① 库尔杰莱提和马滕皮尤伊克，都是索姆河区域的城市。1916年9月，英国、加拿大和新西兰的部队向德军防线发起了第三次攻击。坦克第一次在战斗中亮相。

惊，她没向任何人提起这事，只静静等候着。她下山去看了"星期一"。车站站长对她说："你们的这条狗从半夜到天明一直在那里奇怪地号叫。我不知道它是怎么了。我起来了一次，出去叫它住嘴，但是它根本不理睬我。它独自待在月光下，坐在站台的尽头。每隔几分钟，这个可怜而孤独的小家伙就会扬起鼻子，撕心裂肺地哀叫一番。以前它从来没有这样过，总是睡在自己的狗窝里，静静地等着每一趟火车到来。它昨天晚上肯定是感觉到了什么。"

"星期一"正趴在它的狗窝里，摇动着它的尾巴，舔着里拉的手，但是对她带来的食物碰都不碰一下。

"我想它是病了。"里拉忧心忡忡地说。她极不情愿地离开了车站，离开了"星期一"。但是那天没有坏消息传来，第二天没有，第三天也没有。里拉不再感到害怕了。"星期一"也没再叫了，它又恢复了以往的生活，等候火车，观察到达的乘客。五天过去了，壁炉山庄的人们开始感到他们又可以舒口气了。里拉在厨房里跑上跑下，帮苏珊准备早餐，她的歌声是如此嘹亮悦耳，连街对面的索菲娅表姐都听见了。索菲娅表姐对艾伯特太太粗声粗气地说：

"俗话说：'吃饭前唱歌，就会在睡觉前哭泣。'你等着瞧好了。"

但是里拉·布里兹在日落前并没有哭泣。那天下午，布里兹医生找到了里拉。他的脸色苍白，神情憔悴，像是老了好几岁。医生告诉她说，沃尔特在库尔杰莱提的战役中牺牲了。里拉立刻昏厥了过去，倒在了医生的怀里，好几个小时都没能醒过来。

"好了，晚安"

痛苦的熊熊烈焰已经燃尽，剩下的灰色余烬撒遍了整个世界。里拉比她的母亲要年轻，身体恢复起来也比母亲要快，而布里兹太太由于过于悲痛和震惊，一连几个星期都卧病在床。里拉发现她还能继续活下去，开始考虑着如何生活的事。有很多事要做，因为苏珊一个人根本忙不过来。因为母亲的缘故，白天她必须披上镇静、忍耐的伪装，但是到了晚上，她会躺在床上，心酸的泪水止不住地流淌，直到她的眼泪都流干了，那一生都挥之不去的隐隐伤痛替代了眼泪。

奥利弗小姐是她的精神支柱。因为奥利弗小姐知道该说什么，不该说什么，很少有人能具备这样的洞察力。那些善良、好心的来访者和安慰者往往让里拉更加痛苦。

"你很快就会适应的。"威廉·瑞斯太太爽快地说。瑞斯太太有三个身强力壮的儿子，却没有一个去参军。

"你应该感到庆幸，牺牲的是沃尔特而不是杰姆，"莎拉·克洛小姐说，"沃尔特是教会成员，而杰姆不是。我给梅瑞狄斯先生说过很多次了，他应该在杰姆走之前就此事好好跟杰姆谈一谈。"

"可怜的、可怜的沃尔特。"瑞斯太太叹息着。

"你没有资格说他可怜。"苏珊愤怒地说，她突然出现在厨房门口，这让里拉大大地松了一口气，她感到她已经再也无法忍受下去了，"他不是个可怜的人。他比你们任何人都富有。像你这样整天躲在家里，不让你的儿子上前线的人才叫真正的可怜。你这个可怜的、自私的、卑鄙的小人。你毫无道德廉耻，你的儿子也一样。你们有富裕的农场，有肥壮的牛群，但是你们的灵魂却比不上一只跳蚤，顶多就只有一只跳蚤那么点儿大。"

"我到这里来是安慰受苦的人，不是来受侮辱的。"瑞斯太太生气地说，然后就起身告辞了。没人挽留她。苏珊的怒火发泄完了，退回到厨房，趴在桌子上，伤心欲绝地恸哭起来，哭完后就又去干活了，还顺便熨烫了吉姆斯的小连衣裤。当里拉进来想自己熨衣服的时候，她温和地责备她说，不该抢她的活儿干。

"我不能让你为了照顾一个战时婴儿把自己累垮了。"苏珊固执地说。

"哦，我想要工作，我想不停地工作，苏珊。"可怜的里拉哭道，"我希望我可以不用睡觉。我睡着的时候会暂时忘掉一切，但是一觉醒来，所有的事情都会重新涌上心头，这太可怕了。苏珊，一个人能够习惯这种生活吗？哦，苏珊，我忘不了瑞斯太太说的话。沃尔特遭受了很大的痛苦吗？他对疼痛总是那样敏感。哦，苏珊，要是我能知道他没受多大的苦，我想我还能找回一点勇气和力量来。"

里拉的心终于得到了些慰藉。沃尔特的指挥官寄了封信来。他在信上说沃尔特在向库尔杰莱提冲锋时，被一颗子弹打中了，当场就死了。在同一天，里拉还收到了沃尔特本人写给她的一封信。

里拉拿着未拆封的信，来到彩虹幽谷，在她和沃尔特最后一次聊天的地方坐下来，读了这封信。读一封已死去的人写来的信是一件奇怪的事，既苦涩，又甜蜜，因为痛苦与安慰奇怪地交织在了一起。自从听到噩耗后，里拉怀着极大的希望和忠诚，幻想着那个有着卓越天赋、怀着光辉理想的沃尔特还活着。他的天赋不会泯灭，理想不会褪色。他在库尔杰莱提战役前夕写下了他一生中最后的一封信，这封信中所体现出来的人性光辉将永存，他的精神将永存，虽然他已断绝了和这个世界物质上的任何联系。沃尔特写道：

　　　　我们明天会向山顶进发，里拉-我的-里拉。我昨天已经给母亲和黛写过信了，但是不知怎的，我觉得我今晚必须得再给你写封信。我本来今晚没有打算写信，但是我必须这么做。你还记得港口那边的汤姆·克劳福德老太太吗？她说她自己总是被迫去完成各种事。嗯，我想我此刻也有这种感受。我今晚被迫给你写信，给你，我的妹妹和好友写信。有些事我想对你说，必须赶在明天之前告诉你。

　　　　很奇怪，今夜我觉得你和壁炉山庄就在我的身旁。自我来到战场，我还是第一次有这种感觉。以前，总觉得家似乎一直是那样遥远，和这个充满血腥的丑陋世界相隔万水千山。但是今晚，壁炉山庄似乎就近在咫尺，就好像我能看到你，听见你说话，还能看到皎洁的月光静静地洒在家乡古老的小山包上。自我来这儿后，就感觉满世界纷乱复杂，似乎任何地方都不会再有宁静、温和的夜晚和不被打扰的月光了。但是不知怎的，今晚我所有那些深爱着的美好事物似乎又依稀可见了，这种感觉真好，它让我的内心产生了一种深切的、细腻的幸福感。现在你们那边一定是秋天了，港口会是一派梦幻般的景象。古老的溪谷村群山会被雾霭染成蓝色，彩虹幽谷会是个欢乐的去处，漫山遍野的野翠菊会在幽谷间吟唱我们的那首《告别夏天》的古老歌谣。

里拉，你知道我总能预感到些什么。你还记得那个吹魔笛的人吗？不记得了吧，你肯定不记得了，你当时还太小。很久以前的一个晚上，楠、黛、杰姆、梅瑞狄斯家的孩子们，还有我，一起到彩虹幽谷去玩，我产生了一种奇怪的感觉，我不知道那是幻觉还是预感，随你怎么说都可以。里拉，我看到吹魔笛的人沿着溪谷村走下来，身后跟着一大群孩子。其他人认为我是在说谎，但是我真的看到了吹魔笛的人。里拉，昨天晚上我又看到他了。当时，我正在放哨，看见他从我们的战壕出发，穿过无人区，向德军的战壕走了过去，那个身影和我以前看见的一模一样，他吹奏着奇怪的曲调，身后跟着一群穿卡其布军服的男孩子。里拉，我向你保证，我看到了吹魔笛的人，这不是幻想，也不是错觉。我听到了他吹奏的乐曲，然后他就转眼间不见了。我看到他了，我知道这意味着什么，我知道我就是跟在他身后的男孩子中的一个。

里拉，吹魔笛的人明天会召唤我踏上归途，我确信这一点。但是里拉，我并不害怕。当你得知消息的时候，记住我现在所说的。我在此获得了自由，我不再有任何的恐惧了。我再也不会害怕任何事情，不再害怕死亡，也不再害怕活着——如果我能够幸存下来的话。在生和死之间，我认为，活着会是更难以面对的状态，因为我再也无法体会到活着的美好，我会情不自禁地回想起那些可怕的事情，对于我来说，这些事情只会让生活变得更加丑陋和痛苦。我永远也不能忘记它们。但是无论是生是死，我都不怕了，里拉–我的–里拉，我并不后悔来这儿。我感到很满足。我再也不能去写那些我一直梦想着要写的诗篇了，但是加拿大未来的诗人安全了，未来的劳动者安全了，还有未来的梦想家们都安全了。如果人们有了梦想，经历了朗厄马克和凡尔登的"腥风血雨"，就会带来一个金色的丰收，不过，这需要一代人的努力，而不是像一些愚蠢的人所认为的那样只需要一两年时间———因为种下的种子需要有足够的时间发芽、生长、开花、结果，到那时，人们就不必为加拿大的未来和世界的未来牺牲什么了。是的，我很高兴我来了，里拉。我所关注的并不仅仅是那个在大海中诞生的小岛的命运，也不仅仅是加拿大和英国的命运。我所关注的是全人类的命运，我们为此而战。我们会取得胜利——对此你丝毫不要怀疑，里拉。因为不仅仅是活着的人在战斗，死去的人也在战斗，这样的军队是所向披靡的。

在你的脸上还能看到笑容吗，里拉？我希望如此。在今后的日子里，这个世界将会比以往任何时候都更需要笑容和勇气。我不想说教，这还不是说教的时候，我只是打算说些宽慰的话，在你听到我走后，这些话能帮你渡过难关。我有一个关于你的预感，里拉，就像我对自己有预感一样。我预感到肯尼斯会回到你身边，不久你就会过上幸福的生活，直到永远。到那时，你会把我们为之奋斗，甚至为之牺牲生命的信念告诉给你们的孩子，告诉他们，为了这个信念值得付出生命的代价，为了这个信念应该好好活着，否则我们为之付出的代价将毫无意义。这是你工作的一部分，里拉。如果你，还有家乡所有的姑娘们，都能做到这一点，那么我们这些回不去的人就会知道你们并没有"失信"于我们。

今晚我本打算给尤娜也写封信，但是我没有时间了。把这封信读给她听，告诉她这封信是写给你们俩的，两个忠诚而可爱的姑娘。明天，我们将发起冲锋，我会想着你们，我会记得你的笑容，里拉-我的-里拉，我也会记得尤娜坚定的蓝色眼睛。不知怎的，我今晚也能清晰地看到她的那双眼睛。是的，你们俩都会很忠诚，我确信这一点，你和尤娜。好了，晚安。我们要在黎明时发起冲锋了。

里拉把信仔仔细细读了很多遍。等她最后站起来时，她年轻而苍白的脸上焕发出了新的光彩，她站在沃尔特深爱的翠菊间，沐浴在秋日的阳光下。至少在这一刻，她不再感到痛苦和孤单了。

"我一定会守信的，沃尔特。"她坚定地说，"我会工作，会教育下一代，会学习，会保持笑容。是的，我甚至要一辈子笑对人生。因为你，因为你在听从召唤时付出了一切。"

里拉本想把沃尔特的信当作一件神圣的珍宝收藏起来。但是，当她看到尤娜·梅瑞狄斯读完信后，把它交还给她时脸上的表情，她一下子动摇了。她能把信留给尤娜吗？哦，不行，她不能放弃沃尔特的信，这是他的最后一封信。当然，把信留下来也不是什么自私的表现，因为抄录的信会失去生命力。但是尤娜几乎没他的信，从她的眼神可以看出，她有着无言的痛，但她却不能哭泣，也无法寻求同情。

"尤娜，你想保留这封信吗？"她犹豫着问。

"是的，如果你肯把它给我。"尤娜无力地说。

"那么，你就留着吧。"里拉急忙说。

"谢谢。"尤娜说。她只说了这么一句，但是她的声音里有某种东西，补偿了里拉所做出的牺牲。

尤娜捧着这封信。里拉走后，她把它紧贴在了她孤寂的嘴唇上。尤娜知道，她的爱再也不会回到她身边来了，它被永远埋葬在了法国某处被鲜血浸染的土地上。除了她自己，也许还有里拉，就再也没有人知道这个秘密了。在世人的眼中，她无权悲伤。她必须藏起感情，独自一人忍受漫长的痛苦。但是，她也会做到遵守承诺的。

玛丽及时赶到

对于壁炉山庄来说，1916年的秋天是一段痛苦的时光。布里兹太太的身体恢复得很慢，大家的心中都充满了悲伤和寂寞。每个人都力图在别人面前隐藏真实的感受，继续表现出一副快乐的样子。里拉常常发出笑声，但她的笑声却骗不了壁炉山庄里的任何一个人，因为她的笑声只停留在她的嘴唇上，并非发自肺腑。但是，不了解真相的人却说他们太无情了，这么快就忘记了伤痛。艾琳·霍华德声称，里拉·布里兹的肤浅让她感到震惊："嗨，她过去曾装腔作势地表明她有多爱沃尔特，结果却毫不在乎他的生死。没人见过她掉眼泪，也没人听到她提起过他的名字。她显然把他忘得一干二净了。可怜的人，我还以为他的家人会为此深受打击。在上次'青年红十字会'的会议上，我向里拉提到他，我说他是一个非常勇敢、非常了不起的人。我说沃尔特走了，我的生活也变了样儿——我们是那样好的朋友，他还把参军的事第一个告诉了我。里拉的回答是那样平静，语气是那么冷漠，就像是在谈论一个根本不认识的陌生人，'他只是无数为祖国献出了生命的、勇敢而杰出的士兵中的一个。'哼，我倒希望我也能像她那样平静，但是我不是那样的人。我特别敏感，很容易受伤，没法忘记伤心事。我立刻就问里拉，她为什么不为沃尔特穿丧服。她说是她母亲不让。但是每个人都在议论这事。"

"里拉没穿鲜艳的衣服，她一直穿着一身白色衣服。"贝蒂·米德反驳道。

"她穿白色比穿其他颜色更漂亮，"艾琳意味深长地说，"而且我们都知道，她的肤色完全不适合穿黑色。但是，我并不是说她就是因为这个而不穿丧服，我只是觉得怪怪的。如果我的哥哥死了，我会痛不欲生，我根本没有心情去做其他的事。里拉·布里兹这么做，让我太失望了。"

"我倒不这样认为。"忠诚的贝蒂·米德大声说，"我认为里拉是一个很了不起的姑娘。几年前，我也确实觉得她是一个爱慕虚荣、喜欢傻笑的姑娘，可是她现在已经完全不同了。我认为溪谷村里还没有一个姑娘能像里拉那样无私，那样勇敢，那样耐心细致地去履行自己的职责。如果不是因为她的机敏、坚持和热情，我们的'青年红十字会'不知已经触礁多少次了。这个你很清楚，艾琳。"

"怎么啦？我没有要贬低里拉的意思。"艾琳两只眼睛睁得大大的，"我只是批评她缺乏感情，我猜她天生如此。当然了，她是一个天生的领导者，大家都知道这一点。她也很喜欢组织工作，我承认我们需要那样的人。所以，贝蒂，求你了，别那样看着我，就好像我说了什么可怕的话。如果能让你高兴，我很愿意承认，里拉·布里兹的身上集中了所有的美德，而且她能无动于衷地承受别人难以承受的打击，毫无疑问，这也是一种美德。"

艾琳说的有些话传到里拉的耳朵里，但是这并没有像以前那样给她带来伤害。这根本不重要。生活本身的意义扩大了，她已

248.

经不必为琐屑小事斤斤计较了。她要遵守一个誓言，还要做一份工作。在那个灾难性的秋天，在那漫长的、难熬的日日夜夜里，她一直都在忠实地干着她的工作。战场上总是传来坏消息，德国在罗马尼亚取得了一连串的军事胜利。"外国人——外国人，"苏珊满是怀疑地念叨着，"俄国人、罗马尼亚人或是其他的什么人，他们都是外国人，都靠不住。但是凡尔登战役给了我希望，我不会轻易泄气的。你能不能告诉我，亲爱的医生太太，这个'多布罗加'是一条河，还是一座山脉，或者是天气状况？"

在十一月份，美国开始了总统大选。苏珊为此激动不已，她为自己的激动感到抱歉。

"我现在居然会对美国人的选举感兴趣，亲爱的医生太太。这只能说明一点，我们永远也无法预见我们将来会变成什么样子，所以我们也不应该做骄傲的井底之蛙。"

在公布选举结果的前一天晚上，苏珊很晚才睡觉，表面上是要织完一双袜子，但是她却不时地给山下卡特·弗拉格的商店打电话。刚一听到初步统计结果休斯①领先的消息，她就昂首阔步，庄严地走到楼上布里兹太太的房间里，站在床头，用颤抖的声音小声宣布说休斯获胜了。

"我猜你还没有睡，你也许想知道美国选举的结果。我相信这是最好的结果。可能他也会染上写文章的毛病，亲爱的医生太太，但是，我希望他能有所作为。我从来都不喜欢蓄胡子的男

---

① 查尔斯·埃文斯·休斯（1862—1948），美国政治家，曾任纽约州州长、美国国务卿和美国首席大法官。1916年6月他辞去大法官职务，作为美国共和党竞争美国总统的候选人，但以微弱差距败给了伍德罗·威尔逊。休斯有着络腮胡。

人，但是一个人不能样样都让人称心。"

第二天早晨，当威尔逊最终连任的消息传来，苏珊转而换了一种乐观的说法：

"嗯，常言道，一个你知根知底的傻瓜总比你一无所知的傻瓜要好一些。"她乐观地说，"我绝不是说伍德罗是个傻瓜，虽然有时候他办事的能力让人怀疑他的智商有问题。但是至少他很会写信，而我们甚至都不知道这个叫休斯的人是否会写信。考虑到各方面的因素，我认为美国人的选择是对的。他们很有判断力，我并不介意承认这一点。索菲娅表姐想让他们选择罗斯福，而且她对罗斯福没有获选而耿耿于怀。我自己也很想选他，但我相信上帝对这事自有安排，我们要知足——尽管在罗马尼亚这事上我也弄不懂上帝的意图是什么①——我怀着万分的崇敬这样说。"

当阿斯奎斯②首相下了台，而劳合·乔治成为首相后，苏珊明白了，或者她自以为她明白了上帝的用意所在。

"亲爱的医生太太，劳合·乔治终于接管政府了。我为此已经祈祷很久了。现在好了，我们很快就会看到惊喜的变化。是罗马尼亚的惨败带来了这样的变化，这就是上帝的旨意，虽然我以前没有看出来。我不会再犹豫不决了。我想胜利是十拿九稳的事。别不信，不论布加勒斯特③是否会沦陷。"

---

① 罗马尼亚于1916年8月向同盟国宣战。德奥联军于是决定进攻罗马尼亚，以夺取石油和粮食补给。罗马尼亚首都布加勒斯特很快便失陷，德奥军队占领了大部分罗马尼亚国土。

② 阿斯奎斯（1852～1928），1908年起任英国首相。第一次世界大战爆发后，直到德军入侵比利时，国内舆论哗然时，他才宣布参战。1915年5月，阿斯奎斯容纳保守党人、工党人士组成联合内阁。由于战事失利，1916年12月被迫辞职。

③ 布加勒斯特，罗马尼亚首都。

布加勒斯特最终沦陷了，德国提出和平谈判。对此苏珊不屑一顾，完全拒绝听从这样的建议。当威尔逊总统发表他著名的《十一月和平倡议》时，苏珊对此充满了嘲讽。

　　"伍德罗·威尔逊要讲和了，我知道他的用意。起初福特公司的亨利·福特就尝试过，现在轮到威尔逊了。但是和平不是通过白纸黑字达成的，伍德罗，你别不信。"苏珊站在厨房里，朝着离美国最近的一扇窗户怒斥，好像那个倒霉的总统能够听到似的，"劳合·乔治的演讲会告诉德国皇帝该怎样做。你就待在家里发表你那一套和平的长篇大论吧，这样还可以省点邮费。"

　　"真遗憾，威尔逊总统听不到你说的，苏珊。"里拉俏皮地说。

　　"说真的，里拉，亲爱的，很遗憾，他身边没有人能给他提个好一点的建议，这一点是显而易见的，无论是在民主党人里还是在共和党人里都没有一个明白人。"苏珊反驳说，"我不知道这两个党派之间有什么区别，我就是弄不懂美国人的政治，不管我多么努力，都没法把它弄懂。但是在洞察力方面，我只能说，"苏珊怀疑地摇摇她的头说，"他们都是一路货色。"

　　十二月的最后一个星期里，暴风雪笼罩着壁炉山庄，里拉在日记中写道：

　　　　谢天谢地，圣诞节过去了。我们都害怕过圣诞节，因为这是自库尔杰莱提战役以来的第一个圣诞节。我们邀请了梅瑞狄斯一家来和我们共进晚餐。没有人试图要装出一副兴高采烈的样子来，我们都很安静，很友好，这很好。我也很感激吉姆斯的表现，他这次表现好多了，我还很感激我的心情比较好。我怀疑今后是否还能真正再开心起来,那颗子弹击中了沃尔特的心脏,似乎也扼杀了我的快乐。也许有一天,我的灵魂中会萌发出一种新的快乐,但原来的那种快乐不会再复活了。

今年的冬天来得特别早。在圣诞节前十天,我们迎来了一场很大的暴风雪,至少我们当时认为这是一场很大的暴风雪。可是实际上,这只是一场更大的暴风雪的前奏。第二天雪停了,壁炉山庄和彩虹幽谷看上去美极了,树木上挂满了积雪,到处都是大雪堆,东北风用它的凿子把积雪雕刻成了各种奇妙的形状。父亲和母亲去安维利了。父亲认为换个地方会对母亲有好处,他们还想去探望可怜的戴安娜姨妈,她的儿子杰克不久前受了重伤。他们留下我和苏珊看家。父亲本打算第二天就回来,但是过了一个星期都没能回来。那天晚上又开始下暴风雪了,雪一直不停地下了四天,这是爱德华王子岛多年以来下过的最大和最长的一场暴风雪。一切都乱了,道路封堵了,火车停开了,电话也完全被切断了。

接着,吉姆斯就病了。

父母离开时,他只是有点儿着凉,但是随后的几天里,他的病情越来越严重。我从来没想到这会危及他的生命,我甚至没有给他量过体温,我无法原谅我自己,这完全是我的疏忽大意造成的。事实上,我那几天陷入了萎靡不振的状态。母亲走了,我放任自己消沉。突然之间我觉得厌倦了勇敢和乐观的伪装,那几天我什么都不想干,大多数时候都是趴在床上任自己哭个够。我完全忽略了吉姆斯的病情,这就是可怕的实情,我胆怯了,没有履行对沃尔特的承诺。如果吉姆斯死了，我将永远无法原谅自己。

父母走后的第三个晚上，吉姆斯的病情突然加重了。哦，病情来势汹汹，而且非常突然。我和苏珊孤立无援。格特鲁德在开始下暴风雪时就去了罗布里奇，一直没回来。起初我们并没有感到惊慌。吉姆斯以前也得过几回喉炎，苏珊和《摩根手册》，还有我总能应付自如。但是，这一次我们很快就意识到了问题的严重性。

"我从来没有见过这么严重的。"苏珊说。

我意识到了这是什么样的喉炎，但是已经太晚了。这不是普通的喉炎，不像医生所说的那种"假性喉炎"，而是"真性喉炎"。我知道这是一种致命的、危险的疾病。但是父亲不在家，最近的医生也在罗布里奇，我们又打不通电话，道路上的积雪很厚，马车出不去，步行也不可能。

为了活下去，勇敢的小吉姆斯顽强地与疾病做斗争，我和苏珊试了所有我们能想到的办法，还有在父亲的书上能找到的各种办法，但是他的情况还是继续恶化。看着他的样子，听着他的声音，我的心都要被撕裂了。他呼吸极其困难，可怜的小家伙。他的脸色发青，脸上的表情痛苦极了。他不停地挥舞着两只小手，好像是在请求我们给予他帮助。我想那些在前线中了毒气的士兵们的表情一定也是这个样子，这个念头让我在为吉姆斯担心的同时更增添了几分不安。与此同时，吉姆斯的呼吸越来越困难。在他小小的喉咙里，那个致命的白膜在不断地变大、变厚，阻碍了正常的呼吸。

哦，我要疯了！直到那时，我才意识到吉姆斯对我有多重要。我感到如此的痛苦和无助。

然后，苏珊放弃了希望，"我们救不了他！唉，如果你的父亲在这里就好了——看看他，这个可怜的小家伙！我不知道还能为他做些什么。"

　　我看着吉姆斯，觉得他快不行了。苏珊把他从小床上抱起来，让他直立着，好让他更顺畅地呼吸，但是好像他已经不能呼吸了。我的战时婴儿，他的一举一动是那么乖巧，他的表情是那么可爱、顽皮，他现在就快要窒息了，而且就在我的眼前，而我却无能为力。我把热药膏扔在地上，我已经放弃最后一线希望。热药膏有什么用呢？吉姆斯就要死了，都是我的错，我没把他照看好！

　　十一点的时候，门铃响了。门铃声很大，即使在暴风雪的呼啸声中整个房子也能听到。苏珊没法去开门，她不敢把吉姆斯放下来，于是我冲下了楼。在大厅里，我迟疑了片刻，我突然感到一阵恐惧。说来可笑，我想起了格特鲁德曾经给我讲过的一个离奇的故事：有一天晚上，她的一位姑妈独自在家陪着她生病的丈夫。她听到了敲门声，于是她去开门，但是那里什么都没有，至少她什么都没看到。但是当她把门打开时，一股阴冷的风吹了进来，尽管那是一个平静的、温暖的夏夜。那股冷风似乎从她身旁刮过，往楼上扑去。突然她听到了一声惊叫，她跑上楼去，发现她的丈夫死了。格特鲁德说，她的姑妈一直相信，当她把门打开时，她把死神放了进来。

　　我感到如此的害怕，真是可笑。但是当时我心烦意乱，已经折腾得筋疲力尽。我真的不敢开门，我以为死神就站在门外。然后，我提醒自己已经没有时间可以浪费了，我不能再这样疑神疑鬼了。我迈步向前，打开了门。

真的有一阵寒风吹了进来，夹杂着雪花吹进了大厅。但是站在门外的是活生生的玛丽·范斯，她从头到脚都沾着雪花。她带来的是生，而不是死，虽然我那时并不知道。我只是傻傻地盯着她。

"终于有人来给我开门了。"玛丽咧嘴笑道，她说着就走了进来，并关上了门，"两天前我上山来，到了卡特·弗拉格家，然后就被暴风雪困住了。但是老艾比·弗拉格让我感到很心烦，今晚我终于下定决心走到这里。我想我能走这么远，但是，我告诉你，这还真惊险，我差点被困在半路上。这天气真是糟透了，是吧？"

我回过神来，想起我必须赶快上楼。我尽我所能地向玛丽简单解释了一下，然后留她自己在楼下掸雪。回到楼上，我发现吉姆斯这一阵子的发作已经过去了，但是几乎就在我回到房间的同时，又一阵发作开始了。除了叹息和哭泣外，我什么也做不了。哦，现在回想起来，我当时的表现可真够丢脸的，但是我还能做什么呢——所有我们知道的法子都已经试过了。突然，我听见玛丽·范斯在我身后大叫起来，"怎么了，这个孩子要死了？"

我猛地转过身。我难道不知道他要死了吗？我的小吉姆斯！在那一刻，我真想把玛丽·范斯从门或窗户扔出去。她站在那儿，冷静而沉着，用她那双奇怪的白眼睛看着我的婴儿，就好像在看一只透不过气来的小猫一样。我一直都不喜欢玛丽·范斯，那一刻我恨死她了。

"所有的办法我们都试过了。"可怜的苏珊无奈地说，

"这不是普通的喉炎。"

"嗯，这是白喉病。"玛丽接口说，她一把抓过一条围裙，"剩下的时间不多了，但是我知道该怎么办。好几年前，就在我还住在港口那边的威利太太家时，威尔·克劳福德的儿子就死于白喉病。当时尽管有两个医生在场，都没能救活那个孩子。后来，上了年纪的克丽丝蒂娜·麦克阿利斯特姑妈听说了这事。你知道，她可神了。我有一次得了肺炎，快死了，是她把我救活了。没有哪个医生能比得上她，他们不相信土法子。我给你讲，她说，如果她在场的话，能用她祖母的办法救活那个孩子。我把那个法子告诉了威利太太，这个方法我一直都没忘记。我的记性很好，我把每件事情都记在脑子里，等着有一天可以派上用场。家里有硫黄吗，苏珊？"

我们家正好有硫黄。苏珊和玛丽下楼去找硫黄了，我抱着吉姆斯，但不抱一点儿希望。玛丽·范斯可能像以往那样在吹牛，她一直都爱吹牛，我不相信老祖母的法子能救他。不一会儿，玛丽回来了。她的口鼻上围上了一块厚厚的法兰绒，手里拿着苏珊的旧锡皮锅，里面装着半锅烧得通红的炭。

"看我的，"她夸耀地说，"我以前没干过，但是那个孩子横竖都要死了，咱们不妨试一试。"

她撒了一勺硫黄在炭火上，然后把吉姆斯翻转过来，让他脸朝下，刚好就位于那些令人窒息的，让人睁不开眼的浓烟上方。我不知道我为什么没有跳上去，把他给抢过来。苏珊说这都是因为命中注定我不该那样做，我认为她是对的，因为我当时真的好像一点儿力气也没有了。苏珊自己也好像是被钉住了，她从门口看着玛丽的一举一动。玛丽用她那双宽大结实的手熟练地翻动着吉姆斯。哦，是的，她真的很熟练，烟熏，喘气，再烟熏，再喘气——我感到吉姆斯就要被折磨死了。然后突然间，他把让他窒息的白膜咳了出来。这其实只是很短暂的时间，但是对我来说，比一个小时还要漫长！玛丽把吉姆斯翻过来，放回他的小床上。吉姆斯的脸像大理石一样苍白，眼泪从他褐色的眼里涌出来，但是他脸上那种可怕的乌青色不见了，他又能够自如地呼吸了。

"我这一手不错吧？"玛丽得意扬扬地说，"我也不知道这法子行不行，但是总要试一试。天亮之前，我会对他的喉咙再熏上一两次，这样能杀灭所有的细菌。不过，他现在已经没有危险了。"

吉姆斯睡着了，我开始还以为他昏迷了，其实是沉睡过去了。在夜里，玛丽又"熏"了他两次。等到天亮时，他的喉咙里真的没有异物了，他的体温也基本恢复正常了。等我确信他已经没事了，我就去找玛丽·范斯。她正坐在椅子上，给苏珊传授家政心得，其实对于这些事，苏珊知道的远比玛丽要多得多。但是，现在我不在乎她要传授多少心得，也不在乎她有多么炫耀自己。她有权力炫耀，她敢于去做我永远也不敢去做的事情，她救了吉姆斯一命，把他从死神那里抢了回来。她拿着一条干鳕鱼吓唬我，追着我跑遍了整个村子的事，如今，我已经不在乎了；在举办灯塔舞会的那个晚上，她用鹅脂搅乱我浪漫美梦的事，我也不在乎了；她总是认为她比别人知道得多，而且总爱自吹自擂，这也不重要了。我以后再也不会讨厌玛丽·范斯了。我走上前去，亲吻了她。

"怎么了？"她说。

"没什么，我只是想感谢你，玛丽。"

"嗯，我想你应该感谢我，这没什么可说的。要不是我碰巧过来，这个孩子就会死在你们手上。"玛丽自鸣得意、满脸笑容地说道。她为我和苏珊准备了一顿很棒的早餐，还让我们必须吃完。在接下来的两天，"她指挥着我们的生活。"像苏珊说的那样。等到路通了，她就回家去了。那时，吉姆斯差不多也康复了。然后父亲回来了，他听了我们的故事，并没多说什么。父亲对他所谓的"老祖母的"药方总是不以为然。他笑了笑，说，"这下好了。玛丽·范斯成了专家，她会希望我请她来会诊所有的重症了。"

所以，这个圣诞节并没有像我想象的那样难熬。现在新年到了，我们仍盼望着"大反攻"尽快到来，好结束这场战争。"星期一"在寒风中忠于职守，身体变得僵硬，患上了关节炎，但是它还在"继续坚守"。雪莱还在读王牌飞行员的事迹。哦，1917年，你会为我们带来什么？

雪莱走了

"伍德罗，你想错了，没有胜利就不会有和平。"苏珊用她的毛衣针恶狠狠地戳着报纸上威尔逊总统的名字，"我们加拿大人想要和平，也想要胜利。你，如果这样能让你高兴的话，你，伍德罗，也可以去要没有胜利的和平。"苏珊觉得她的批评切中要害，于是大踏步地走到床边，心满意足地睡觉了。但是几天后，她又欣喜若狂地冲到布里兹太太的面前。

"亲爱的医生太太，你听说了吗？刚刚有人从夏洛特敦打来电话说，伍德罗·威尔逊驱逐了德国大使。他们说这就意味着要开仗了。我想伍德罗的内心毕竟还是偏向于对的一方，不管他的脑子转过弯儿来没有。我要去弄点糖来，做点乳汁软糖来庆祝这个时刻，顾不上食品委员会厉行节约的呼吁了。我想潜艇的事会让美国和德国对立起来①，我早就告诉过索菲娅表姐了，她还说协约国的末日就要开始了。"

"别让医生知道乳汁软糖的事，苏珊，"安妮笑着说，"你

---

① 威尔逊一直致力于避免美国卷入战争。但1917年1月，德国宣布其潜艇舰队将攻击所有的水上目标，包括民用船只，这威胁到美国的商业海运，这使中立性开始倾斜。1917年2月，英国截获了德国的一封密电并成功破译，这封电报证明德国在策动墨西哥加入同盟国，并许诺帮助墨西哥夺回美国南部的领地。威尔逊认为要"使世界安全以确保民主"，于是美国参与了第一次世界大战。

知道，他积极响应政府的号召，已经给我们定下了严格的规定。"

"我知道，亲爱的医生太太，一个男人应该是一家之主，家中的女人都应该服从他的命令。我不是自吹自擂，我已经极其节俭了，"苏珊现在习惯使用一些夸张的词汇，这都是跟德国人学的，"但是一个人偶尔也可以稍微放纵一下。雪莱几天前就想吃我做的乳汁软糖了——苏珊牌的——他这样来称呼我做的软糖。我说，'等我们庆祝下一个胜利时，我就给你做点来吃。'我想这条新闻就相当于一个胜利了，而且只要我们瞒着医生，他也不会生气的。在这件事上，我负全责，亲爱的医生太太，所以你就不必内疚。"

这个冬天苏珊简直把雪莱给宠坏了。他每个周末都要从奎恩学校回来，苏珊总是想尽办法瞒住或骗过医生，为他准备他最爱吃的各种菜肴，并且还要无微不至地服侍他。虽然她不停地向别人说起战争，但是她却从来不和雪莱讨论战争，甚至只要他在场，她总会避开有关战争的所有话题。她就像一只看着老鼠的猫。当德国人开始从巴波姆①前沿逐渐后撤时，苏珊的喜悦溢于言表——战争就要结束了，在征募新兵之前就会结束的。

"形势终于对我们有利了。我们让德国人疲于奔命。"她吹嘘道，"美国终于向德国宣战了，我对美国一直有信心，尽管伍德罗只善于写信。你会看见美国人斗志昂扬地投入战斗，因为我知道这是他们的办事风格。我们让德国人后撤了，没错。"

"美国人的想法是好的，"索菲娅表姐哀叹道，"但是不管多么努力，他们也没法在今年春天投入战斗。在他们赶到之前，

---

① 巴波姆，索姆河战役中的一个战略要地。

协约国早就完蛋了。德国人只是在诱敌深入，那个叫西蒙兹的人说过，德国人撤退只是为了让协约国掉入一个陷阱。"

"那个叫西蒙兹的人从来都不说好话。"苏珊反驳道，"只要劳合·乔治还是英国的首相，我才不会在乎西蒙兹的话。乔治是不会被蒙蔽的，你别不信。形势对我们一片大好，美国参战了，我们已经收复了库特和巴格达，我猜协约国六月份就能占领柏林。还有俄国的军队，他们已经摆脱了沙皇的统治①。在我看来，这是一件好事。"

"时间会证明一切的。"索菲娅表姐说。是看到苏珊丢面子重要，还是推翻暴君重要，或者是协约国的军队沿着菩提树下大街②游行更重要？如果有人说她更愿意让苏珊丢面子，她一定会非常愤怒。一方面，当时索菲娅表姐对俄国正处于水深火热中知之甚少，另一方面，苏珊总是表现出咄咄逼人的乐观精神来，这让她如鲠在喉，极其不舒服。

就在她们说话的时候，雪莱坐在客厅的桌子旁边，晃荡着他的双腿。这是一个皮肤黝黑、面色红润的小伙子，从头到脚，浑身都散发着健康的气息。他平静地说道："爸爸、妈妈，上个星期一我就满十八岁了。你们同意我去参军吗？"

面色苍白的母亲吃惊地看着他。

"我的两个儿子已经走了，其中一个永远也回不来了。我必

---

① 俄国本身为农奴制的经济体系，经不起东线持续的战事，结果其国内经济崩溃，工厂倒闭，失业率骤增，军火补给极度困难，士兵极度厌战。1916年冬，俄国内部各种矛盾加剧，首都莫斯科的罢工人数更达百万人以上。1917年3月(俄历2月)，二月革命爆发，沙皇尼古拉二世退位。

② 菩提树下大街，德国首都柏林的著名街道，也是欧洲著名的林荫大道。全长1390米，街两边有挺拔的菩提树。

须把你也奉献出去吗，雪莱？"

"约瑟不在了，西缅不在了，你们又要把便雅悯带走。"这古老的哀告再次响起。在这场世界大战中，有多少母亲在重复着雅各十几个世纪前的悲叹啊[①]。

"你不想让我当懦夫吧，母亲？我能够参加空军。你说呢，父亲？"

医生为治疗艾比·弗拉格的风湿配了些药粉，此时他正在把盛药粉的纸袋折起来。他的手有些发抖，他知道会有这么一刻，但是他还没有为这一刻做好准备。他缓缓地回答说："我不会阻拦你去履行你认为应尽的职责，但是你必须征得你母亲的同意。"

雪莱没有再向母亲多说什么，他是一个话不多的男孩。安妮也没有说什么。她想到了港口那边老墓地上小乔伊丝的墓，如果她还活着，现在也应该是个大人了；她想到了法国的白十字架[②]，那个在她膝头接受职责和忠诚教育的、灰眼睛的小男孩；她想到了待在恐怖的战壕里的杰姆；她想到楠、黛和里拉，她们在等候，等待，等待，而豆蔻年华就在守候中流逝……她还能承受新的离别吗？她付出的已经够多了，她想她已经不能承受了。

可是当天晚上，她却告诉雪莱说他可以去参军。

但是，他们没有立即把这个决定告诉苏珊。几天后，当雪莱

---

① 源自《创世纪》故事。约瑟是雅各的第十一子，曾被嫉妒他的十个哥哥卖到埃及为奴，后来却成为那里的宰相。之后，由于雅各及众子所住之地迦南有大饥荒，约瑟将父亲连众兄弟全家迁往埃及居住，雅各派儿子们去埃及买粮食。而西缅可能在出卖约瑟的事情上领头，去买粮时，曾被约瑟扣押作人质，单独拘禁，让其他人把粮食带回去。约瑟扣押西缅作人质后，要求以便雅悯作为交换。

② 白十字架，代指沃尔特的坟墓。

穿着空军军服出现在她面前时，苏珊这才明白过来。她并没有像杰姆和沃尔特离开时那样激动，她只是冷冷地说："那么，他们也要把你带走了。"

"带走？不对，是我自己要去的，苏珊，我必须这么做。"

苏珊在桌子旁边坐了下来，她苍老的手痉挛起来，她把双手绞在一起，试图抑制住颤抖。因为长年累月为壁炉山庄的孩子们操劳，这双手已经变得十分粗糙。然后她说道：

"是的，你必须去。我以前不知道这样做的必要性，但是我现在明白了。"

"你真是好样的，苏珊。"雪莱说。她如此心平气和地接受这件事，这让他大大地舒了口气。他本来有点担心，男孩子都对"动情场景"充满了恐惧。他吹着口哨高兴地离开了。但是半个小时后，当面色苍白的安妮·布里兹走进来时，苏珊还坐在那里。

"亲爱的医生太太，"苏珊说话了，她说出了以前宁愿去死也不肯承认的话，"我觉得自己已经老了。杰姆和沃尔特是你的孩子，可雪莱是我一手养大的。想到他要开飞机，而飞机可能会坠毁，我就受不了——他的命都会摔没了的。那是我的孩子，当他还是个襁褓里的婴儿时，我就在照料他，搂抱着他。"

"苏珊——不要再说了。"安妮哭喊道。

"哦，亲爱的医生太太，请你原谅我。我不应该大声说那样的话，有的时候，我会忘了我已经下定决心要当个女英雄了。这……这件事对我来说太震惊了，但是，我以后决不会再违背自己许下的誓言。至少，"可怜的苏珊努力挤出一丝笑容，"至少开飞机是很干净的工作。他不会像在战壕里的人那样脏兮兮的，这很好，他一直都是个干干净净的孩子。"

于是雪莱也走了。不像杰姆那样满怀雄心壮志，像要去冒险似的，也不是像沃尔特那样，怀着神圣庄严的自我牺牲精神，他的心态很平静，就好像去做一件肮脏、令人讨厌的，但又不得不去做的事。他亲吻了苏珊，他最后一次吻苏珊还是五岁的时候。他对苏珊说："再见，苏珊，苏珊妈妈。"

"我褐色的小男孩，我褐色的小男孩。"苏珊说，她看着医生悲伤的脸痛苦地想着，"你还记得吗？雪莱小的时候，有一次你打过他的屁股。谢天谢地，我没干过那样的事，我也用不着为此感到愧疚。"

医生已经不记得过去对孩子的处罚了。但是在他戴上帽子，准备出去巡诊前，他在宽大而寂静的客厅里站了一会儿，这里曾经充满了孩子们的欢声笑语。

"我们最后的一个儿子——我们最后的一个儿子，"他大声地说，"他是一个善良、强壮、明事理的小伙子。他总是让我想起我的父亲来。他想去打仗，我想我应该为此感到骄傲。杰姆走的时候我感到骄傲，沃尔特走时我也感到骄傲，但是，空荡荡的房子却让人感到沮丧。"

"我一直在想，医生，"上溪谷村的老桑迪那天下午对他说，"等雪莱走后，你的房子会变得空荡荡的。"

海兰·桑迪古怪的用词说中了医生心底的痛处。那一夜，壁炉山庄真的显得巨大而空荡。整个冬天，雪莱只有周末在家，即使在家，他也很安静。他的离去似乎让壁炉山庄一下子少了很多东西，每个房间都没有了生机，好像被人遗弃了。是因为他是最后一个男孩子，所以他的离去让人无法忍受？为什么草坪上的树木都在用发芽的树枝相互抚慰，难道它们为最后一个曾经在树下嬉戏的小男孩的离去而伤心吗?

　　苏珊整天都在不停地工作,一直工作到深夜。她给厨房的钟上好了发条,冷酷地把"杰基尔博士"赶出了厨房。然后她在门槛上站了一会儿,俯视着山谷。一轮正在下沉的新月给山谷染上淡淡的银灰色。但是苏珊并不关心周围熟悉的山丘和港口。她在观望着金斯波特的空军营地,雪莱就在那里。

　　"他叫我'苏珊妈妈',"她想,"嗯,现在我们所有的男孩子都走了,杰姆、沃尔特、雪莱、杰瑞和卡尔。他们没有谁是被逼着去的。所以,我们有权力骄傲。但是骄傲——"苏珊痛苦地叹了口气,"骄傲是一个冷酷的朋友,这一点千真万确。"

　　月亮沉入了西边的一片乌云中,山谷顿时失去了色彩,陷入阴暗。在几千公里之外,身着军装的加拿大士兵,无论是活着的还是死去了的,都正在向维米岭①发起进攻。

　　维米岭是用鲜血和光荣写成的战史,在加拿大历史上名垂青史。"英国人没能攻克它,法国人也没能攻克它,"一个被俘的德国战俘说,"但是你们加拿大人是傻瓜,你们愚蠢地选择了一个最困难的进攻地点!"

---

① 维米岭战役,第一次世界大战中西部战线的一次战役,发生于1917年。维米岭战役是阿拉斯战役的序幕,也是加拿大最有名的战役之一。维米岭是法国阿拉斯市以北维米镇附近的山岭,这个地方是德国在整个西部战线守卫最坚固的。双方都认为这是一个军事战略上重要的地方。英国和法国都在1915年进攻维米岭,但结果都是以惨痛的失败而告终。1917年,盟军决定再次向维米岭进攻。此次执行进攻任务的是加拿大军。直至到维米岭战役,加拿大军在一战中的角色不大。4月12日,加拿大以3598名阵亡的较小代价控制了整个维米岭。而德军方面大约有2万士兵阵亡,4千余人被俘房。这场战役是加拿大军第一次独立地参与一场战役。而且,来自加拿大全国9个省份的加拿大军人都参与了维米岭战役。有很多加拿大人说维米岭战役是"加拿大成长的日子"。

而这样的"傻瓜"攻克了它——也为此付出了代价。

杰瑞·梅瑞狄斯在维米岭受了重伤，一颗子弹打在了他的背上，电报上是这么说的。

"可怜的楠。"消息传来时布里兹太太说。她想到自己过去在绿山墙度过的快乐的少女时代，那时候可没有像这样的悲剧发生。现在的姑娘要承受的苦难多么可怕啊！两个星期后，当楠从雷德蒙回来时，从她的脸上可以清楚地看出，这两个星期对她来说承受了怎样的煎熬。在这两个星期里，约翰·梅瑞狄斯也突然间苍老了许多。菲斯没有回家，她正在作为一名"义勇救护队员"跨越大西洋，前往欧洲。黛试图说服她的父亲让她也参加，但是医生说为了她的母亲着想，她不能去。于是黛匆匆回家看了一眼，然后又回到金斯波特去，继续从事红十字会的工作。

五月花在彩虹幽谷的角落里静静地开放了。里拉四处寻找着它们。杰姆曾经为母亲采来了一捧最早盛放的五月花。杰姆走后，沃尔特为她采回了鲜花，去年春天是雪莱，现在，里拉想应该由她来接替男孩子们的工作了。但是，就在她找到五月花之前，在一个黄昏，布鲁斯·梅瑞狄斯却手捧着一大把娇嫩的粉色鲜花来到了壁炉山庄。他大步走上了门廊的台阶，把鲜花放在了布里兹太太的膝盖上。

"雪莱不在了，所以我为你送来了五月花。"他腼腆而又坦率地说。

"你真有心，亲爱的。"安妮的嘴唇颤抖着。她看着眼前这个身体结实的小家伙，他有着两道浓黑的眉毛，双手悠闲地插在口袋里。

"我今天给杰姆写了封信，告诉他不用为五月花的事担

266.

心，"布鲁斯神情严肃地说，"这事就交给我来办好了。我还对他说，我很快就要满十岁了，过不了多久就满十八岁了，到那时我要去帮他打仗。也许我能接替他的位置，这样他就能回家休息一阵子了。我还给杰瑞写了封信。你知道吗，杰瑞好多了。"

"真的吗？有他的消息了吗？"

"是的。母亲今天收到了一封信。信上说他已经脱离危险了。"

"哦，感谢上帝。"布里兹太太喃喃自语。

布鲁斯好奇地看着她。

"母亲告诉父亲时，父亲说的也是这句话。但是几天前，当我发现米德先生的狗没有伤害到我的小猫时，我也说了同样的话——我还以为它被吓死了——你知道吗？父亲非常严肃地对我说，我永远不能把这句话用在一只小猫的身上。但是我不明白为什么，布里兹太太。我满怀感激，一定是上帝救了我的小猫条纹，因为米德的狗爪子是那么大。哦，它把可怜的条纹吓坏了。我为什么不能感谢上帝？嗯，"布鲁斯回忆说，"也许是我说话的声音太大了。当我发现条纹安然无恙后，我太高兴，太激动了，我几乎是喊出来的，布里兹太太。如果我能像你和父亲那样轻声说，是不是就没问题了？你知道吗，布里兹太太，"布里兹向安妮凑近了一点，小声说道，"如果德国皇帝落到我的手上，我会怎么处置他呢？"

"你会怎么处置他呢，小家伙？"

"今天在学校，诺曼·瑞斯说他要把德国皇帝绑在一棵树上，然后让恶狗去吓唬他，"布鲁斯严肃地说道，"艾米丽·弗拉格说她要把他关进一只笼子里，然后用尖东西去戳他。他们的想法都差不多。可是，布里兹太太，"布鲁斯把他的小手从口袋里拿出来，诚恳地放在安妮的膝盖上说——"我想要把德国皇帝变成一个好人，一个大好人，如果我能办到的话，这就是我想做的。你不认为，布里兹太太，那才是最严厉的惩罚吗？"

"上帝保佑这个孩子，"苏珊说，"你是怎么想来的？'变成一个好人'，这对于那个邪恶的魔鬼来说是一种惩罚吗？"

"你难道不明白？"布鲁斯用他那双深蓝色的眼睛平视着苏珊，"如果他变成了一个好人，他就会意识到他所做过的事有多么可怕，他一定会悔恨不已、自惭形秽，这比受其他处罚更凄惨。他会痛恨自己，而且会永远恨自己。没错，"布鲁斯握紧了双手，用力地点了点头，"就这么办。我要把德国皇帝变成一个好人。这就是我想做的，他就该受到这样的惩罚。"

有人向苏珊求婚

　　一架飞机从圣玛丽溪谷村的上空飞过，像是一只大鸟，翱翔在西边的天宇之中。天空是如此澄净，带着淡淡的银黄色，让人联想到了广阔、自由、清爽的、风的世界。壁炉山庄草坪上坐着一小群人，他们痴迷地抬头观望着，尽管飞机已经不稀罕了。那个夏天时不时就会看到飞机从头顶掠过，不过苏珊每次都异常激动。是谁在飞机上？也许就是雪莱，他驾驶着战机穿越过云层，特意从金斯波特飞到爱德华王子岛来看望他们吧？但是雪莱已经去欧洲了，所以，苏珊对这架飞机和上面的飞行员并没有特别的兴趣。不过，她还是满怀敬畏地看着它。

　　"我经常在想，亲爱的医生太太，"她神情严肃地说，"如果山下墓园里那些已经入土的人能从墓地里爬出来，当他们看见眼前的景象时，他们会怎样想呢？我的父亲是不会赞成的，我敢肯定，因为他是一个不会相信任何新发明的人。他至死都一直坚持用镰刀割麦子，绝对不会用新式的收割机。他总是说：'父辈用过的东西，对子孙同样适用。'我觉得他的这个观点是错误的，但愿我这么说不算忤逆，但是我也不赞成飞机这玩意，尽管它有军事用途。如果上帝想让我们飞翔，他会让我们生出翅膀。

269.

既然我们没有翅膀，那就是说上帝希望我们老实地待在地面上。不管怎么说，亲爱的医生太太，我决不会坐着飞机在天上跑。"

"但是，说到汽车，你或许不会拒绝坐着我父亲的汽车出去兜兜风吧，苏珊？"里拉取笑她道。

"我这把老骨头可信不过汽车，"苏珊反驳道，"不过我并不是思想狭隘的人，我对汽车没有偏见。'月球大胡子'说政府应该被赶下台，因为它允许在岛上跑汽车。他们对我说，他一看见小汽车就会气得口吐白沫。几天前，他看到一辆车沿着他麦地旁的小路开过来。他翻过栅栏，站在路中间，手里举着干草叉。车里的人是个代理商，'月球大胡子'对代理商的讨厌一点儿也不亚于对汽车的讨厌。'月球大胡子'迫使车子停下来，因为路很窄，汽车不可能从他身边绕过去。代理商又不能从大胡子身上碾过去。'月球大胡子'举起干草叉嚷嚷，'从这个恶魔机器里滚出来，否则我就用干草叉把你叉出来。'亲爱的医生太太，这是真的，那个可怜的代理商被迫往后退，一直退到了罗布里奇路上，足足退了两公里。'月球大胡子'紧紧跟着汽车，挥舞着他的干草叉，大声谩骂着。亲爱的医生太太，我认为这样的行为是不理智的。不过，"苏珊叹了口气继续说道，"岛上出现了飞机、汽车等新鲜玩意儿，这个岛已经不再是原来的那个岛了。"

飞机攀升，俯冲，盘旋，又攀升，直到它变成落日映衬下的一个小点。

"我不知道，"奥利弗小姐说，"人类是否会因为发明了飞机而感觉更幸福。对我来说，好像人类世世代代所能享受的幸福总量是一成不变的，只是在分配上会有所不同。即使有这么多新发明，也不能减少或增加人类幸福的总量。"

270.

"说到底，'天堂在你心中'，"梅瑞狄斯先生说，盯着那正在消失的小黑点儿，人类不停地努力，终于赢得了这个最新的胜利，"天堂并不取决于物质上的胜利和成功。"

"但是，飞机确实是个很神奇的东西，"医生说，"古往今来，飞行一直是人类最大的梦想之一。经过无数的梦想，如今终于变成现实，或者更确切地说是通过不懈的努力造就了这个奇迹。如果有机会，我很想坐坐飞机，体会一下飞行的乐趣。"

"雪莱给我写信说，他第一次飞行时的体验令他很失望，"里拉说，"他本来希望能像鸟儿一样振翅高飞，但是他觉得他的身体根本没动，而是大地在往下陷。第一次独自飞行时，他突然感到特别想家。他以前从没有过这样的感觉，他说那是突然之间产生的感觉，他觉得自己好像漂浮在了太空中，他发疯似的想要回家，回到熟悉的星球上来，回到同类中来。"

飞机消失了。医生仰天叹了一口气。

"每当我看到那些飞行员从我眼前消失时，我都有一种奇怪的感觉，好像自己是一条可怜的爬虫。安妮，"他转向他的妻子说，"你还记得我第一次带你乘坐马车兜风的事吗？那是你在安维利当老师的第一年，那晚我们去听卡莫迪音乐会。当时我驾着一辆亮闪闪的崭新的马车，由一匹前额上带着一颗白星的黑色小母马拉着。毫无疑问，我当时是全世界最得意的人，没人能比得上我。等轮到我们孙辈的时候，他们可能会在晚上随随便便带着他的情人来个夜间飞行。"

"飞机可不会像小母马银星那样听话，"安妮说，"机器只是机器。而银星是有灵性的，吉尔伯特。坐在'银星'拉着的马车里的感觉很特别，即使是穿过云霞的飞机也没法儿比。所以，我完全不会去羡慕我孙子的情人。梅瑞狄斯先生说得对，'天堂'、爱情和幸福不是由外在的东西决定的。"

"还有，"医生严肃地说，"我们的孙子不得不把注意力放在开飞机上。他可不能松开缰绳，像我那样凝视着身旁心爱的姑娘。我相信谁也不能一只手开飞机。如此说来，"医生摇着头说，"我还是会更喜欢银星些。"

那年夏天，俄国人的防线又被攻破了，苏珊痛心地说自从克伦斯基①放下公务去结婚后，她就预料到了会有这一天。

"我真的不是要谴责神圣的婚姻，亲爱的医生太太，但是我觉得当一个人在领导革命时，他本来就已经忙得焦头烂额了，怎么还会有心思去结婚呢？难道不可以把婚礼推迟到一个更加合适的时候去举行吗？俄国人这次是完蛋了，这是明摆着的事实。你看到伍德罗·威尔逊对教皇提出的和平倡议的答复了吗？真是有文采。他把道理说得非常透彻，我写不出这么好的文章来。我想我会为此而原谅威尔逊的一切过失。他懂得文字的力量，别不信。说到文字的问题，'月球大胡子'最近出了洋相，你听说了吗，亲爱的医生太太？几天前，他去了罗布里奇的一所学校，突发奇想想要检查四年级学生的拼写。你知道，他们只在夏季进行学习，而春季和秋季都要放假，所以这个学校的学习进度相对要慢些。我的侄女艾拉·贝克就在那所学校上学，是她把这件事告诉我的。那天老师不太舒服，头疼得厉害，当普赖尔先生来检查这个班的教学情况时，老师正好出去呼吸新鲜空气了。孩子们的

---

① 亚历山大·弗多洛维奇·克伦斯基（1881-1970），俄国二月革命爆发后，沙皇尼古拉二世退位，之后组成了由克伦斯基担任总理的临时政府。这个政府是俄国地主阶级、资产阶级性质的临时政府。

拼写完成得很好，但是当'月球大胡子'开始问他们词语的含义时，他们一个个傻眼了，因为他们还没有学到那儿去。艾拉和其他几个高年级的孩子感到很恐慌。他们很喜欢他们的老师，但是普赖尔先生的兄弟，阿贝尔·普赖尔，却不喜欢那个老师。阿贝尔是那所学校的理事，一直试图说服其他理事把这位老师赶走。艾拉和其他人都很担心，如果四年级的学生回答不上来，'月球大胡子'会认为是老师教得不够好，然后会去向阿贝尔告状，阿贝尔就会抓住这事不放。但是小桑迪·洛根挽救了危局。虽说他是霍姆家的男孩，但是灵敏得就像一个捕兽器。他迅速猜出了'月球大胡子'的学识水平。'月球大胡子'问，'anatomy（解剖学）是什么意思？'桑迪连眼皮都不眨一下，便毫不犹豫地回答说，'胃疼。''月球大胡子'并没有什么文化，亲爱的医生太太，连他自己也不知道这个词到底是什么意思，于是他说，'很好，很好。'孩子们马上就明白了，至少有三四个更机灵点的孩子明白了，他们继续捉弄'月球大胡子'。吉恩·布兰说'acoustic（听觉的）'的意思是'宗教上的争论'，穆里尔·贝克说'agnostic（不可知论者）'指的是'消化不良的人'，吉姆·卡特说'acerbity（刻薄）'的意思是'只吃蔬菜'，如此种种。'月球大胡子'信以为真，频频点头说'很好，很好'。艾拉都快笑死了，但是她必须装出认真的模样，那真够她受的。当老师回来时，'月球大胡子'夸奖说，她的学生对于所学的东西具有超强的理解力，还说他要报告校理事说，他们有一位非常了不起的老师。真是'太出色'了，他说，这里的四年级的学生居然能够这么迅速地解释单词的含义。他兴高采烈地走了。艾拉对我说，这是一个绝密。亲爱的医生太太，为了罗布里奇的那位老师，我们必须保守这个秘密。如果'月球大胡子'发现他被愚弄了，这个老师的工作可能就保不住了。"

那天下午，玛丽·范斯来到了壁炉山庄。她说米勒·道格拉斯参加了加拿大军队攻占"70号高地"①的战斗，他负了伤，一条腿被锯掉了。壁炉山庄的人都很同情玛丽。尽管玛丽在战争初期并不热心，但是现在的玛丽和所有的人一样心中燃烧着怒火和爱国的热情。

"有些人挖苦我，说我有一个独腿丈夫。"玛丽高傲地说，"我宁愿要一个独腿的米勒，也不愿要一个有十条腿的男人，除非，"她想了想又补充了一句，"除非他是劳合·乔治。好了，我得走了。我想你们有兴趣听到有关米勒的消息，所以我从商店过来了，但是我必须赶快回家，因为我答应卢克·麦克阿利斯特，今晚要帮他把谷垛堆好。现在男孩子太少了，要靠我们姑娘来收割庄稼了。我有一件工作服，很合身，但是埃里克·道格拉斯太太说女人穿工作服不体面，应该被禁止，甚至是脾气好一些的艾略特太太都不正眼瞧我一眼。但是上帝保佑，世界还在运转。不管怎么说，对于我来说，最有趣的事就是让凯蒂·埃里克大吃一惊。"

"对了，父亲，"里拉说，"如果你不反对的话，我要到杰克·弗拉格父亲的店里去代杰克干一个月的活，这样杰克就能去帮着收割庄稼了。我今天答应他了。虽然其他姑娘都去帮着收割了，但是我在农田里是不会有什么作为的。如果我能代替杰克，杰克就能做些其他事了。现在吉姆斯白天已经不会惹麻烦了，晚

---

① "70号高地"，1917年8月，英国和加拿大部队进攻法国北部兰斯附近的一片高地。加拿大伤亡人数达到九千多人。

上我会在家里照看他。"

"你觉得你会乐意去称糖和豆子，卖黄油和鸡蛋吗？"医生眨着眼问。

"可能不会。但那不是问题，我只是在寻找一种途径，尽一份力而已。"

这样，里拉在弗拉格先生的铺子里干了一个月，而苏珊则到艾伯特·克劳福德的燕麦地里去帮忙。

"我跟他们一样出色，"她自豪地说，"说到堆谷仓，没有一个男人能胜过我。当我主动提出要帮忙时，艾伯特还满腹疑虑地说，'恐怕这活对你来说太重了吧。''给我一天时间让我试试看，看看结果会怎样，'我说，'我保证会让你的眼珠子掉下来。'"

有那么一会儿壁炉山庄的人都没说话。他们的沉默是想赞叹苏珊在田地里干活儿的勇气。但是苏珊误解了，她被太阳晒伤的脸变得更红了。

"我现在似乎越来越习惯说脏话了，亲爱的医生太太。"她带着歉意说，"想想吧，我这么大岁数了还会变成这样！对于年轻姑娘来说，这可真是个糟糕的榜样。我想这都是由于报纸读得太多的缘故。报上都是些亵渎的话，现在写这些话也不像我年轻时那样用省略号来代替了。这场战争降低了整个社会的道德水平。"

苏珊站在谷堆上，她灰白的头发在风中飘荡。为了安全和干活方便，她把裙子挽到了膝盖的位置上。苏珊没有工作服，她既不漂亮也没有动人的身材，但是她干瘦的胳膊散发出顽强的斗志——加拿大的士兵就是凭借着这种斗志攻占了维米岭，也是凭借这种斗志从凡尔登击退了德军的进攻。

一天下午，普赖尔先生驾着马车经过时，看到苏珊正在起劲地叉干草，他被深深地吸引了，当然，最吸引他的绝对不是她表现出来的这股斗志。

　　"那个女人很能干，"他想，"抵得上两个年轻姑娘。我可能还做不到这样好。如果米尔格里夫活着回来，我就会失去米兰达。雇一个管家比娶一个老婆花的钱还要多，而且可能随时会遇着麻烦。我得好好想想。"

　　一个星期后的一天傍晚，布里兹太太从村子里回来，她看到了令她难以置信的一幕。她被惊呆了，愣在壁炉山庄的大门口。普赖尔先生从厨房里跳了出来，拼命地跑，尽管这个肥胖的、自负的普赖尔先生已经有很多年没跑过步了，但是他现在健步如飞。他的脸上满是惊恐，说是惊恐是有道理的，因为在他的身后是苏珊，如同复仇女神一样追赶着他。她手里拿着一个巨大的铁锅，锅里还冒着烟，她眼里喷着怒火，那架势表明，如果她追上了这个家伙，一锅就会砸到他的脑袋上。追逐者和被追逐者一路跑过了草坪。普赖尔先生比苏珊早几步冲到门口，他打开门，仓皇逃上大路，根本顾不上看一眼壁炉山庄的女主人，她正呆若木鸡地站在一旁。

　　"苏珊！"安妮惊愕地喊道。

　　苏珊停下了她疯狂的追逐，放下了手里的铁锅，朝着普赖尔先生的背影挥舞着拳头，而普赖尔先生仍然不敢停下脚步，显然他以为苏珊还在后面追赶他。

　　"苏珊，你到底在干什么？"安妮问道，略微显得有点严厉。

　　"你该问问这是怎么一回事，亲爱的医生太太。"苏珊愤

276.

怒地说，"我已经很久没有这么生气过了。那个……那个……那个'和平主义者'居然厚颜无耻地跑到我的厨房里来，叫我嫁给他。就他！"

安妮忍住没笑。

"但是，苏珊！你难道不能找到一个更好点的，不那么壮观的方式来拒绝他吗？你想如果有人刚好经过这儿，看到眼前这一幕，肯定会说闲话的。"

"是的，亲爱的医生太太，你说得很对。我刚才没有想到这一点，因为我太生气了，完全失去了理智。进来吧，我告诉你都发生了什么。"

苏珊端起地上的铁锅，走进了厨房，她仍旧愤愤不平，全身都在颤抖着。她把铁锅重重地放回到了炉子上。

"先等一下，亲爱的医生太太，我要把窗户都打开，好给厨房通通风。这下好多了。我还得洗洗手，因为'月球大胡子'进来时，我和他握了手。不是因为我想和他握手，只是因为当他伸出那只肥胖油腻的手时，我也不知道该怎么拒绝。今天下午，我刚刚做完清洁，正在心满意足地欣赏我一尘不染的厨房，我心想，'染料已经煮好了，我可以在晚饭前把地毯染好。'

"就在那时，地板上出现了一个人影，我抬头一看，是'月球大胡子'。他站在门口，穿戴得整整齐齐，他的衣服看上去就像刚刚浆洗熨烫过一样。我和他握了手，就像刚才说的那样，亲爱的医生太太。我对他说您和医生都不在家，但是他说，'我是来找你的，贝克小姐。'

"出于礼貌，我请他坐下来，然后我就站在屋子的中央，用最鄙夷的眼神看着他。尽管他是一个厚颜无耻的家伙，我的目光还是让他感到有点紧张。然后，他用他那双贪婪的小眼睛深情地看着我，我立刻就明白他一定在打坏主意。我能感觉到，亲爱的医生太太，终于有人要向我求婚了。我一直幻想着，应该有人向我求婚并遭到我的拒绝，这样我才能和其他的女人平起平坐，但是我决不会声张这次求婚的事。我认为这是一种侮辱，如果我能阻止他的话，我会阻止他的。但是，亲爱的医生太太，你知道，当时的形势对我非常不利，我完全懵了。我听说，很多男人认为在正式求婚前应该先做一些求爱的表示，让求婚对象至少有些心理上的准备，但是'月球大胡子'可能认为我会把他当作避风港，我会迫不及待地答应他的求婚。好了，现在他应该不抱幻想了。是的，他应该清醒了，亲爱的医生太太。不知道他是不是还在跑。"

"我知道你很生气，苏珊。但是你用这种方式把他赶出去不太好，你就不能用更优雅点的方式拒绝他吗？"

"也是，可能我应该更优雅点，亲爱的医生太太。我也想这样，但是他说了一句话，把我给激怒了，让我忍无可忍。如果不是因为他说的那句话，我不会端着染锅追赶他的。我要把我们谈话的整个经过说给你听。'月球大胡子'坐了下来，像我刚才说的那样。'博士'那时就趴在他旁边的一把椅子上。这畜生假装在睡觉，但我清楚它并没睡着，因为它一整天都处在'海德先生'的状态，而'海德先生'是从不会睡觉的。顺便说一句，亲爱的医生太太，你注意到了吗？那只猫现在是'海德先生'的时候远多于是'杰基尔博士'的时候了。德国人打的胜仗越多，它变成'海德先生'的时候就越频繁。剩下的就不用我多说了，还是由你自己来下结论吧。'月球大胡子'大概认为他要是赞美这只动物几句，就能赢得我的好感吧，真是痴人说梦，他根本不知道我对那只猫的真实看法。于是他伸出他那只圆鼓鼓的手去抚摸‘海德先生’的后背。他说，‘多可爱的猫啊。’这只‘可爱的猫’跳起来，咬了他一口，然后尖叫了一声，冲了出去。‘月球大胡子’很吃惊地看着它。‘真是个奇怪的小恶魔。’他说。在这点上我倒是赞同，但是我不能让他看出来。还有，他怎么能把我们的猫叫作恶魔呢？‘不管它是不是恶魔，’我说，‘它总能分清加拿大人和德国鬼子。’你应该已经想到了，不是吗，亲爱的医生太太？那样的一个暗示对他来说已经足够了！但是，这却对他丝毫不起作用。我看到他很惬意地往后挪了挪身子，好像做好准备要和我好好聊一聊。我想，‘如果他有什么企图，最好干脆一点儿，早点讲出来。在晚饭前，我还有那么多地毯要染，我可没时间浪费和他胡扯。’于是我直截了当地对他说，‘普赖尔先生，如果你有什么特别的话要跟我讲，我希望你直截了当把它说出来。请你不要浪费我的时间，我今天下午忙得很。’他透过那圈红色的胡子，满脸笑容看着我，然后说，‘你是一个讲求实际的女人，我喜欢你这样的做事风格。那么，我就没有必要浪费时间来转弯抹角了，我今天来的目的是请求你嫁给我。’就这么直截了当，亲爱的医生太太。我等了六十四年，终于有人向我求婚了。

"我瞪着这个狂妄自大的家伙，说道，‘即使世界上的男人都死光了，我也不会嫁给你，乔西亚·普赖尔。这就是我的答复，你可以走人了。’你不会看到有哪个男人像他当时那样吃惊，亲爱的医生太太。他瞪圆了眼睛，竟然脱口而出。‘为什么？你有一个机会嫁人，我还以为你会巴不得呢。’他说。这句话让我失去了理智，亲爱的医生太太。一个德国佬、一个'和平主义者'竟敢如此羞辱我，我怎么会不生气？'滚出去!'我怒吼了一声，一把抓起了铁锅。他肯定认为我是疯了。我想他也明白，一个装满了滚烫染料的铁锅，在疯婆子手上，是一件极为危险的武器。不管怎样，他是走了，虽然他没有按照我命令的那样滚出去，但至少也是抱头鼠窜了，这些你都看到的。我猜他最近不敢再来向我提结婚的事了。我想他至少明白了一点：在圣玛丽溪谷村，至少有一个女人不想成为'月球大胡子太太'！"

等　待

壁炉山庄

1917年11月1日

现在是十一月了，溪谷村里一片褐色和灰色，只有钻天杨像金色的灯塔一样散落在昏暗的风景中，其他的树木早已掉光了叶子。近来，我们的情绪都极其低落了。卡波雷托①的惨败是一个沉重打击，直到现在，甚至连苏珊也不能从当前的形势中寻找到一丝安慰了，我们都没有哭泣。格特鲁德老是绝望地说："不能让他们占领威尼斯，不能让他们占领威尼斯。"好像通过这样反复地说，她就能阻止他们那样做似的。但是我也不知道怎么才能阻止他们去占领威尼斯。但是，苏珊提醒我们说，没有什么不可能的事情，1914年时似乎没有什么能阻止巴黎陷落，但是他们最终还是没能占领它。她断言说，他们不会占领威尼斯的。哦，我不停地祈

---

① 卡波雷托战役，1917年10月底至11月初，奥德联军在意大利北部伊松佐河畔的卡波雷托地域和意大利交战。意大利惨遭失败，死亡万余人，成千上万意大利士兵逃离前线。奥德联军顺利地突破了山地战区的阵地防御，深入北意大利100公里，并占领了近1.4万平方公里的土地。卡波雷托战役使意大利几乎屈膝投降，直到当年12月26日，德奥联军才因兵力耗竭而撤退。

祷，希望不要让他们占领威尼斯，因为它是亚得里亚海地区的明珠。虽然我没有亲眼见过它，但是我能像拜伦那样感受到它的魅力。我一直热爱威尼斯。对我来说，它一直都是我心底的"梦幻之城"。可能我是因为沃尔特才爱上了这座城市。沃尔特崇拜它，他的梦想就是去威尼斯，我还记得我们谋划过威尼斯之行——就在战争爆发前的一个晚上，在彩虹幽谷里——我们约好将来有一天要一起去看看威尼斯，乘坐贡多拉①小船在洒满月光的河道上穿行。

自开战以来，每年秋天我们的军队都会遭受一次沉重的打击，先是1914年的安特卫普，再是1915年的塞尔维亚，去年秋天是罗马尼亚，现在是意大利，而且今年的形势是最糟的。我想，如果不是因为沃尔特在他最后一封信中所说的那句"因为不仅仅是活着的人在战斗，死去的人也在战斗，那样的军队会所向披靡"，我肯定会在绝望中放弃希望。

最近，我们正在积极地为发行新的胜利债券而奔走。我们"青年红十字会"坚持不懈地为债券做宣传，甚至说服了几个当初断然拒绝投资债券的老人。我甚至说服了"月球大胡子"。我起初以为会很艰难，会遭到拒绝。但是，让我感到吃惊的是，他欣然同意了，当场同意认购1000美元的债券。他也许是一个"和平主义者"，但他不会拒绝送上门来的投资良机。

父亲故意取笑苏珊，说她在胜利债券推销大会上的讲话说服了普赖尔先生。我认为这完全不可能，因为自从苏珊

---

① 贡多拉，威尼斯独具特色的尖舟，轻盈纤细，造型别致，是居住在潟湖上的威尼斯人代步的工具。

明确无误地拒绝了他的情人般的求爱后，他对苏珊表现出了明显的敌意。不过，苏珊的确发表了演讲，而且是集会上最好的演讲。这是她第一次上台演讲，她发誓说这也将是最后一次。溪谷村里的每个人都出席了会议，有不少人发表了演讲，但不知怎的都很平淡，不能激起听众的激情来。苏珊为缺少激情很是焦虑，因为她急切地希望爱德华王子岛在债券认购上能超过限额。她不断对我和格特鲁德嘀咕说演讲中没有"辛辣味"。最后，当没有人上前去认购债券时，苏珊"头脑发热"了。至少，她自己是这样说的。她跳了起来，软帽下的表情严肃而凝重。苏珊是圣玛丽溪谷村里唯一一个还戴着无边软帽的人。她用讽刺的口气高声说："毫无疑问，看来夸夸其谈确实比实干容易，该拿出爱国的实际行动的时候就缩手缩脚。我们在呼吁大家做善事，当然，就是让你无偿把钱借给我们！毫无疑问，当德国皇帝听到这个会议的消息后，他肯定会垂头丧气的！"

苏珊坚定地认为，以普赖尔先生为代表的德国皇帝奸细会立即把我们溪谷村里的一举一动报告给主子。

诺曼·道格拉斯大叫道："听着！听着！"后排的一些男孩用一种苏珊不喜欢的腔调说道："那么让劳合·乔治知道了会怎么样呢？"既然基钦勒已经不在了，劳合·乔治现在就成了她偏爱的英雄。

"我任何时候都支持劳合·乔治。"苏珊驳斥道。

"我想那样会给他带来很大的信心。"沃伦·米德说，说完后还加上了两声令人不快的"哈——哈"。

沃伦的话点燃了苏珊心中的火药桶。她"走上讲台"，就像她自己说的那样，"说出了她该说的话"。她说得非常精彩。不管怎样，她的演讲中一点都不缺乏"辛辣味"。苏珊一旦被激怒了，她的口才就非同凡响，她把那些人数落了一番，那些话既好笑，又精彩，还有效。她说正是她这样的女人，数百万个苏珊，在坚定地支持劳合·乔治，给予他无穷的力量。这就是她演讲的核心内容。亲爱的老苏珊！她是一个能量超凡的机器，洋溢着爱国热情和无限忠诚，鄙视着任何形式的懦弱。当她的激情爆发时，所有的听众都被震撼了。这样的机会简直是在给她的能量机器接上电源。苏珊总是发誓说，她不支持妇女参政，但是那天晚上她展示了女性应有的权利，让男人们自惭形秽。等她训完话后，男人们都乖乖地听从了她的指挥。她最后命令他们——是的，命令他们——马上走到台前来认购胜利债券。大家疯狂地鼓掌，然后大多数人都去认购了，其中甚至还包括了沃伦·米德。第二天，《夏洛特敦日报》刊登了认购的新闻报道，我们发现溪谷村的认购额位居岛上各区之首，这其中当然有苏珊的功劳。苏珊自己那天晚上回来后感到很难为情，担心自己犯下了行为不当的过错，她向亡故的母亲承认说自己不够"淑女"。

今天晚上，我们所有的人都坐父亲的新车兜风，除了苏珊。这是一辆很棒的车，不过，我们最后很丢脸地把车开进了沟里，因为一个讨厌的老女人，上溪谷村的伊丽莎白·卡尔小姐，不愿勒住马给我们让路，我们按了喇叭也不管用。父亲很生气，但是我心里却很同情伊丽莎白小姐。如果我是一个老姑娘，一边驾着我的老马前进，一边沉浸在自由自在的幻想中，当吵闹的汽车在我后面猛按喇叭时，我也不会把缰绳勒住的。我也会像她那样板着脸，坐起身来说："如果你想要过去，就从沟里开过去吧。"

我们真的开进了沟里，车轮陷进了沙地里，我们只好傻乎乎地坐在那里，而伊丽莎白小姐则带着胜利者的姿态，嘚嘚地驾着马走了。

要是我写信把这事告诉给杰姆，他肯定会哈哈大笑。他认识那个伊丽莎白老小姐。

但是……威尼斯……能……保住吗？

1917年11月19日

威尼斯仍然岌岌可危，形势仍然非常严峻。但是意大利人还在皮亚韦河①一线做最后的抵抗。军事评论家说他们肯定守不住，一定会撤退到阿迪杰河②去。但是苏珊、格特鲁德，还有我都坚信他们一定能守住皮亚韦河，决不能放弃威尼斯。军事评论家都在胡说些什么呢？

哦，如果他们能守住它该多好！

我们加拿大的军队又取得了一次重大胜利。面对顽强的抵抗，他们对帕斯尚尔③发起了猛烈的进攻，并最终攻下了它。我们家和牧师家的男孩子都没有参加这场战斗，哦，多

---

① 皮亚韦河，意大利东北部河流。第一次世界大战中，奥地利突破卡波雷托防线后，该河成为意大利的主要防线，并始终未被突破。
② 阿迪杰河，意大利第二大河。威尼斯就位于阿迪杰河与皮亚韦河之间。
③ 帕斯尚尔战役，从1917年7月31日开始，一直持续到11月6日。英军统帅率领部队攻占比利时的帕斯尚尔，以摧毁德军在该地的潜水艇基地。在这场伤亡人数惊人的残酷拉锯战中，协约国盟军共有32.5万人伤亡，德军有26万人伤亡，战争最后以英军和加拿大军队攻占帕斯尚尔而宣告结束。

么可怕，看看那长长的伤亡名单吧！乔·米尔格里夫参加了这次战斗，不过并没有受伤。在没得到他的消息前，米兰达度过了一段担惊受怕的日子。说起米兰达，她结婚后变化真大，就像是鲜花盛开了。她再也不是过去的那个小姑娘了，甚至连她的眼睛也似乎变得更蓝，更深邃了。不过我猜那是因为她受到的压力太大了，她让她的父亲坐立不安。只要是西线上收复了一寸土地，她就会把国旗升起来。她经常来参加我们"青年红十字会"的活动，还带上了点有趣而迷人的"小妇人"味道。不过，她是溪谷村里唯一一个战时新娘，她想炫耀一下情有可原。

俄国那边情况不妙，克伦斯基政府倒台了，列宁成为领袖①。在这样灰暗的秋日里，我们不断听到坏消息，整天提心吊胆，处在无望之中，很难再振作起精神来。但是选举临近了，就像海兰·桑迪所说的那样，我们正在"悄悄地被卷入"政治之中。这次选举的结果牵扯到《强制兵役法》②，所以我们都激动不已。所有那些到了"适当年龄"的女人，只要丈夫、儿子或者兄弟在前线作战就能参加选举。哦，如果我满二十一岁就好了！格特鲁德和苏珊都愤愤不平，因为她

---

① 新组成的克伦斯基临时政府继续战争，被德奥联军击败。这让俄国工人及农民不堪忍受，在1917年11月(俄历10月)，由布尔什维克党领袖列宁领导了武装起义，推翻了临时政府的资产阶级政权，建立了苏维埃政府和第一个社会主义国家，史称"十月革命"。列宁其后与德国签署《布列斯特—立陶夫斯克条约》，并宣布退出第一次世界大战。

② 加拿大在战争初期采用志愿兵制度，而到了1917年，加拿大陷入兵源匮乏的困境，尤其说法语的魁北克地区参战热情不高。英语区为主的加拿大政府把推行《强制兵役法》作为1917年大选的口号。时任总理的罗伯特·博登推行了《战时选举法案》，首次允许士兵和士兵的直系女性亲属参加选举，以便赢得更多选票。

们都没有权利参加投票。

"这不公平。"格特鲁德情绪激动地说，"就因为艾格尼丝·卡尔的丈夫在前线，所以连她都有资格参加投票。她曾竭力阻止她丈夫去参军，她肯定会给联合政府投反对票。可是我却不能投票，就因为在前线的那个男人是我的情人，而不是我的丈夫！"

至于苏珊，当她想到她不能投票，而像普赖尔先生那样老资格的"和平主义者"却有资格投票时，她的评论是酸溜溜的：

"我真的为艾略特家、克劳福德家和港口那边的麦克阿利斯特家的人感到难过。他们以前总是忠实于各自的自由或保守两大阵营，界限分明，现在他们都如海上孤舟，离开了自己停泊的地方，开始了绝望的漂流——我知道我的比喻用得不太恰当。投票支持罗伯特·博登爵士①会气死那些上了年纪的自由党人，但是他们不得不这样做，因为他们相信我们到了必须征兵的时候了。而另外一些可怜的保守主义者因为反对征兵，所以必须投票支持那位他们一直诅咒的劳雷尔②。有些人的处境真是艰难啊。他们在作激烈的思想斗争，就像马歇尔·艾略特太太对待"教会合并"的态度一样。

马歇尔·艾略特太太昨晚到这儿来了。她现在很少来拜访了。亲爱的"科尼莉娅小姐"太老了，已经走不了那么远的

---

① 罗伯特·博登爵士（1854—1937），加拿大第八任总理，保守党领袖，积极推行《强制兵役法》。

② 威尔弗里德·劳雷尔爵士（1841—1919），加拿大第七任总理。自由党领袖，反对《强制兵役法》。

路了。想到她已经垂垂老矣，我就很难过。我们一直都很喜欢她，她对我们这些壁炉山庄里的年轻人也总是那么友好。

她以前一直反对"教会合并"。但是昨天晚上，当父亲告诉她说这件事实际上已经定下来了时，她听天由命地说，"好吧，现在这个世上一切都颠覆了，多一样东西被颠覆又有什么关系呢？对我来说，和德国人相比，哪怕是卫理公会的人也很可爱。"

我们"青年红十字会"的活动进展得十分顺利。不过艾琳又回来了，我知道她和罗布里奇社团闹翻了。在上次的会上，她又让我感到难堪，她说我的那顶绿色的天鹅绒帽子太醒目了，哪怕在夏洛特敦的广场上，也可以"通过那顶帽子"一眼认出我来。每个人都知道我那顶可恶的帽子，我真是烦死了。我已经戴了四年了!今年秋天，就连母亲都认为我该去买顶新帽子，但是我说不用了，只要还在打仗，我就一直戴那顶天鹅绒帽子过冬。

1917年11月23日

皮亚韦河一线还在掌控中，同时，我们的宾尼将军在康布雷①大获全胜。我为此升起了国旗，但是苏珊却说："今晚我得在厨房的灶上烧一壶水。我注意到了一个现象，每当英军打胜仗后，小基钦纳都会患上喉炎。我希望他的血管里没有什么德国血统。我们对于他父亲的家史知之甚少。"

今年秋天，吉姆斯患过几次喉炎，只是普通的那种——

---

① 康布雷，法国北方北部省一个城市，位于斯海尔德河畔，1917年11月20日至12月6日，英军和德军在康布雷地区进行交战。

不是去年那种特别可怕的白喉病。但是不管怎样，他纤细的血管里流淌着健康的血液。他肤色红润，胖乎乎的，头发鬈曲，特别可爱。他说的话很有趣，问的问题也很滑稽。他对厨房里的一把椅子情有独钟，但是那把椅子也是苏珊偏爱的。如果苏珊想要坐那把椅子，吉姆斯就得从椅子上下来。上次当她把他从椅子上抱下来时，他转过头来，神情严肃地问："苏珊，等你死了，我能坐那把椅子吗？"苏珊认为这个问题很可怕，我想就是在那时起，她开始担心起吉姆斯的血统问题来。几天前，我带着吉姆斯步行到了山下的商店。这是他第一次晚上出门。他看到星星后就惊叫起来，"哦，维娜，看，有一个大月亮，还有那么多小月亮！"上个星期三他一早醒来，发现我的小闹钟没有声响。因为我忘了给它上发条。吉姆斯从他的小床上跳下来，跑到我跟前。他穿着蓝色的法兰绒睡衣，一脸的惊恐。"闹钟死了，"他喘着气说，"哦，维娜，闹钟死了。"

有一天晚上，他很想要一件东西，但是我和苏珊都不给他，于是他很生气。做祈祷时，他怒气冲冲地扑通一声跪倒在地上。当说到他的愿望时，除了通常的"让我当个乖孩子"外，他还特别强调地补充了一句："也请让维娜和苏珊乖一些，因为她们现在一点儿也不乖。"

我并没有逢人就讲吉姆斯的趣事。我也一直反感别人那样做！我只把它们记录在了这本日记本里，这里面什么都可以记录。

就在今晚，当我把吉姆斯放进小床时，他抬起头来，认真地问我："维娜，为什么不能回到昨天呢？"

哦，为什么不能，吉姆斯？那个美好的"昨天"充满了梦想和欢笑，那时，男孩子们都在家，那时，我和沃尔特在彩虹幽谷里一起读书、散步、看月亮。如果能够回到昨天该多好！但是昨天永远回不来了，小吉姆斯，而今天乌云密布，我们也不敢去想象明天会怎样。

1917年12月11日

今天传来了振奋人心的好消息。昨天英军攻占了耶路撒冷①。我们升起了国旗。格特鲁德暂时又恢复了一些昔日的活力。"不管怎么说，"她说，"能够看到十字军东征②的目标得以实现，也不枉此生了。"昨晚，所有那些十字军将士的幽灵一定都在狮心王理查③的带领下聚集到了耶路撒冷的城墙前。

也有让苏珊感到心满意足的事。

"我很高兴能读到耶路撒冷和希伯伦④这样顺口的名字

---

① 耶路撒冷，位于近东黎凡特地区，是一座历史悠久的城市，被誉为三大宗教的圣城（犹太教、基督教和伊斯兰教）。

② 十字军东征，是从1096年到1291年发生的六次宗教性军事行动的总称，是由西欧基督教（天主教）国家对地中海东岸的国家发动的战争。由于罗马天主教圣城耶路撒冷落入伊斯兰教徒手中，十字军东征大多数是针对伊斯兰教国家的，主要的目的是从伊斯兰教手中夺回耶路撒冷。东征期间，教会授予每一个战士十字架，组成的军队称为十字军。十字军东征一般被认为是天主教的暴行。

③ 理查一世（1157–1199），即"狮心王"，英格兰金雀花王朝第二任国王，历史上有名的"战神国王"，他刚一继位，就将内政交给坎特伯雷大主教，自己参加了第三次十字军东征。在十年的国王生涯中，有九年零两个月的时间在国外征战。

④ 希伯伦，巴勒斯坦中部城市，位于约旦河西岸南部、耶路撒冷西南部，历史悠久。因与《圣经》中的列祖亚伯拉罕、以撒、雅各和大卫有关，被尊为犹太教四大圣城之一和伊斯兰教圣城。

了，"她说，"比起普热米什尔和布列斯特—利托夫斯克①来，这两个名字念起来要舒服多了！嗯，至少我们让土耳其团团转了。威尼斯也安全了，不用再去在意兰斯顿君主了。我认为完全没有必要垂头丧气。"

耶路撒冷！"米字旗"正飘扬在你的上空，"新月旗"②不见了。要是沃尔特听到这个消息该多激动啊！

1917年12月18日

昨天大选揭晓了。晚上，父亲到村里去了，母亲、苏珊和格特鲁德和我都齐聚在了客厅里，屏住呼吸等待着。我们无法获得最新的消息，因为我们打不通卡特·弗拉格店铺里的电话。即使打通了，转接站也总是毫无例外地回答说线路忙，因为方圆几公里的人都像我们一样，为了同一个原因拼命地给卡特打电话。

大约在十点时，格特鲁德去打电话，拿起电话，碰巧听到港口那边的某个人在和卡特·弗拉格通话。格特鲁德就像自古以来的偷听者一样，毫无顾忌地偷听了谈话的内容，她听到的不是什么好消息：联合政府在加拿大西部的选举"一败涂地"。

我们惊愕地看着彼此。如果政府在西部失利，那它就输了。

"全世界的人都会耻笑加拿大的。"格特鲁德痛心地说。

---

① 布列斯特—利托夫斯克，今布列斯特，白俄罗斯西南部城市，布列斯特州首府。1921年以前称"布列斯特—利托夫斯克"。
② 新月旗，代指伊斯兰教。

"如果大家都像港口的马克·克劳福德家那样态度坚定的话，这样的事就不会发生了。"苏珊抱怨道，"今天早上，他们把他们的亲舅舅锁进了谷仓，除非他答应投联合政府的票，否则就不放他出来。我认为这才是有效的劝说方式，亲爱的医生太太。"

　　听到这个消息，我和格特鲁德都心神不宁。我们在房间里走来走去，直到两腿发软，不得不坐下来休息。母亲机械地打着毛线，装出一副镇定自若的样子。她伪装得很成功，我们都被她给蒙住了，都很钦佩她的定力。但是第二天，我发现她把织到一半的袜子拆掉了十厘米——她忘了织脚后跟！

　　父亲十二点过才回家。他站在门口，望着我们，我们也望着他。我们不敢问他结果怎样。然后他说，是劳雷尔在西部"一无所获"，而联合政府获得了大多数的选票。格特鲁德拍手称快，我又想哭又想笑，母亲的眼中闪烁着过去那样的光芒，苏珊发出的声音既是惊叹，也是欢呼。

　　"德国皇帝肯定会很不舒服的。"她说。

　　然后我们上床睡觉，但是我们都太兴奋了，根本睡不着。真的，就像苏珊今早煞有介事地向母亲说的那样，"亲爱的医生太太，我认为对于女人来说，政治真是件劳神的事。"

1917年12月31日

　　我们度过了开战以来的第四个圣诞节。我们都想要找到一些能让人振奋的东西，好让我们能面对战争中的又一个新年。今年的整个夏天，我们总是听到德国获胜的消息。现在有人说，德国要把它在俄国前线的军队撤回，准备在明年春天发起一次大的攻势。这个冬天，我们就只能在不安中等待——这个冬天可真难熬啊！

这个星期我收到了好几封从海外寄来的信件。雪莱现在也到前线了，他描述起前线的情况，就跟过去介绍奎恩学校的足球赛一样客观而冷静。卡尔来信说，接连下了好几个星期的雨。在战壕里的夜晚，总会让他想起很久前在墓地里独自度过的那个夜晚，他被幻想出来的亨利·沃伦的鬼魂吓跑了，所以自罚在墓地过夜。卡尔的信总是妙趣横生，让人忍俊不禁。在他写信的前一天晚上，他们对老鼠进行了一次大围捕——用他们的刺刀去消灭老鼠，他刺死的老鼠最多，赢得了大奖。他还有一只驯化了的老鼠，它认识他，晚上就睡在他的口袋里。很多人都讨厌老鼠，但是卡尔并不讨厌它们，他对所有的小动物都非常友好。他说他正在研究战壕里老鼠的生活习性，想写一篇有关老鼠的学术论文，并以此出名。

肯尼斯的信很短。他现在写来的信都很简短，信里也很少出现让我激动不已的句子。有时我甚至会怀疑，他是不是已经完全忘记了他来告别的那个夜晚，但是我又会在信里找到那么一句或是一个词，让我相信他还记得我们的约定，而且会永远铭刻于心。比如今天的信，正文并没有任何特别的话语，这样的信可以寄给任何一个姑娘。但在最后落款的时候，他写的是"你的肯尼斯"，而不是'你们的肯尼斯'，他以前通常都会使用这个标准的客套语。他是故意省去了那个小小的"s"[①]，还是一时间的疏忽大意？我今晚肯定会为此

---

① 英文中"你的"和客套话"你们的"只差一个字母"s"。

辗转反侧。现在他已经是上尉了。我既兴奋又自豪，但是福德上尉听起来是那样的遥远，那么高不可攀。肯尼斯和福德上尉像是两个完全不同的人。我应该算是和肯尼斯订婚了，我相信母亲的判断，但是我不可能和福德上尉订婚！

杰姆现在是陆军中尉了，他在战地获得了晋升。他寄给了我一张他穿着新军装的相片。他看起来瘦了，老了，我那个孩子一样的哥哥杰姆！当我把照片给母亲看时，她脸上的表情让我永远难以忘记。她只说了句："那是我的小杰姆吗，那个梦中小屋中的小婴儿？"

我也收到了菲斯寄来的一封信。她在英国做志愿救护工作，她写这封信时，言语中充满了希望和欢乐。我觉得她很幸福，在杰姆最后一次探家的时候，她和杰姆见了面，现在她又离他很近。如果他受伤了，她还可以过去照顾他。哦，如果我能和她一起去该多好！但是，我的工作是在家里。我知道沃尔特不希望我离开母亲，在每件事上我都会对他"守信"，即使是简单而琐碎的日常工作，我也要遵守对沃尔特的约定。他为加拿大献出了生命，而我必须为加拿大活着。这是他对我的要求。

1918年1月28日

今天，索菲娅表姐带来了一个离奇的说法，她说德国刚刚投入使用了一种新型的、所向无敌的潜艇。"我不想劳心管这种事情，我完全相信英国舰队。我要去做些糠饼了。"苏珊对索菲娅表姐说。但是近来政府对制作食品出台了些规定，这让苏珊有些不满，她对联合政府的忠诚正在经受考验。当第一波严峻的规定传来时，苏珊的忠诚帮她勇敢地战胜了考验。当限制使用面粉的消息传来，苏珊毫不在意地说："我老了，也许学不了什么新东西了。不过，如果战时面包有助于我们打败德国人，我倒可以学一学这种战斗方式。"

但是后来更多的新规定与苏珊的愿望完全相悖，要不是父亲严厉的态度，我想她一定会轻蔑地责怪罗伯特·博登爵士。

"巧妇难为无米之炊啊，亲爱的医生太太！没有黄油和糖，我怎么能做出蛋糕来？这样不行，那不能称之为蛋糕。那也会是蛋糕？当然我们能做块厚饼，亲爱的医生太太。我们甚至不能给它上点糖霜来让它好看点！想想吧，我这把年纪了还会这样——渥太华的政府居然干涉我厨房的事务，还告诉我说食物实行配给了！"

苏珊愿意为了"国王和国家"献出最后一滴血，但是，要让她放弃她钟爱的烹饪方法可不行，这比献出生命还要可怕。

我还收到了楠和黛的信，或者更恰当地说是便条。她们太忙了，没时间写信，因为快要考试了。今年春天她们就要毕业了，到时就是文科学士了。我显然是家里的蠢材，我并不想上大学，大学对我一点吸引力也没有。看来我是一个胸无大志的人。我真正想做的只有一件事情，但我不知道我是否能做到。如果我不能做到的话，我就什么都不想做了。不过，我不想把它写下来，放在心里想想就可以了，把它写下来了就是不知羞耻——索菲娅表姐肯定会这么说的。

但是我最终还是决定写下来，我才不会被世俗的看法和索菲娅表姐的意见吓倒呢！我想成为肯尼斯·福德的妻子！就是这样！

我看着镜中的自己，我一点也没有脸红的意思。从骨子里来说，我想，我并不是一个淑女。

我今天下去看望了"星期一"。它的关节炎已经很严重了，动作变得很僵硬，但是它还是坐在那里，等候着火车。它用力地扑打着它的尾巴，用恳切的眼神看着我，似乎在问："杰姆什么时候才能回来？"哦，"星期一"，对于这个问题，我没有答案。我们也在问着一个问题，"如果德国对西线再次发起进攻，发起最后的猛烈攻击，那会有什么后果？"我们同样找不到它的答案。

1918年3月1日

"今年春天会发生什么？"今天格特鲁德说，"以前我很喜欢春天，但现在我特别害怕它。我们还会过上没有恐惧的生活吗？差不多快四年了，我们一直在恐惧中生活，带着恐惧睡下，又怀着恐惧醒来。它每天都会光临，真是一个不速之客，实在令人讨厌。"

"兴登堡①说他会在四月一号进入巴黎。"索菲娅表姐叹气道。

"兴登堡！"苏珊的轻蔑无法用语言来描述，"他大概已经忘了四月一号是什么日子了？"

"兴登堡历来说到做到。"格特鲁德说，她说这话的时候，那种忧郁的神情简直就是索菲娅表姐的翻版。

---

① 保罗·冯·兴登堡（1847—1934），德国陆军元帅，在魏玛共和国时期曾任第二任总统。第一次世界大战爆发后，他被任命为东方战线第八军的司令官。1914年终于击败俄罗斯军队。这为他带来了许多荣誉，被晋升为元帅。

"没错，他确实打败了俄国和罗马尼亚，但是那是俄国和罗马尼亚。"苏珊气愤地说，"你等着瞧，等他碰上英国和法国就会吃苦头，更不要说美国了。美国人正在火速赶往欧洲，一定会大显身手的。"

"你以前也是这么说的，苏珊。"我提醒她说。

"兴登堡说，他要不惜一切代价突破协约国的防线，哪怕牺牲一百万士兵也在所不惜。"格特鲁德说，"付出如此巨大的代价，他肯定会有所收获的。不管他最终是否会成功，我们都无法承受这样的打击。过去的两个月里，我们一直不安地等待着敌人的反扑，这两个月比前面三年还要漫长难熬。每天夜里，我都会在凌晨三点醒来，惊恐间，似乎看到兴登堡攻战了巴黎，德国获得了胜利。而且每天凌晨三点，我的脑海都会浮现出这可怕的景象。"

苏珊对格特鲁德的说法不以为然，她觉得德国人不可能为获得胜利而牺牲一百万的士兵。

"我希望能喝下一种灵丹妙药，让我一连睡上三个月，醒来后就发现这场世界末日大决战已经结束了。"母亲用几乎不耐烦的语气说道。

母亲很少这样悲观地许愿，至少很少这样用语言明确地表达出来。自从九月里我们得知沃尔特牺牲以来，母亲变了很多，但是她一直都很勇敢，很有耐心。现在看来，她的忍耐已达到极限了。

苏珊走过去，拍了拍她的肩膀。

"不要害怕，也别垂头丧气，亲爱的医生太太。"她温和地说，"昨天晚上，我的感受和你差不多。我从床上爬起来，把灯打开，翻开了《圣经》。你知道我第一眼看到的是什么吗？我看到的是，'万军之王①说，他们会与你作对，但是他们无法战胜你，因为我与你同在，我会来解救你。'我不像奥利弗小姐那样可以在梦中预见未来，但是我马上明白了，亲爱的医生太太，这是个重要的启示，是说兴登堡永远到不了巴黎。我立刻安心了，没有继续往下读，我回到了床上，一直睡到了天亮，中途没有再醒过来。"

我不断在心里重复着苏珊提到过的那段话。万军之王耶和华与我们以及所有那些完美正直的灵魂同在。不管德国在西线投入多少军队和枪炮，他们都会在这道屏障上碰得头破血流。当我这样想的时候，我的精神为之一振。可是在其他时候，我也会像格特鲁德那样，对于暴风雨即将来临前的那种可怕的、不祥的宁静压得透不过气来。

1918年3月23日

世界末日的大决战已经开始了！"最后的一场大战！"这场战争会决定整个世界的命运吗？我不知道。昨天我去了邮局取邮件。天气阴沉，寒风凛冽。积雪已经不见了，但是灰暗的大地被冻得硬邦邦的，到处死气沉沉，整个溪谷村都显得很丑陋，让人觉得毫无希望。

我拿到了报纸，上面是黑色的大字标题。德国在二十一

① 万军之主，the Lord of Armies。上帝在帮助以色列时所使用的名字。

日发动进攻了①。德国声称缴获了大量的枪炮，还俘获了不少战俘。黑格将军说，"惨烈的战斗还在继续。"这个说法让我心神不宁。

那些需要集中精力思考的工作，我们现在都没法做了。所以，我们就拼命地打毛线，因为我们能机械地完成这项工作。不管怎么说，可怕的等待结束了，我们不用再疯狂地猜想，在何地何时会开始进攻？敌人的进攻已经开始了，但是，他们无法战胜我们！

哦，今晚，在我坐在我的房间里写下这段话时，西线上的情况到底怎样？吉姆斯正睡在他的小床上，窗外，寒风呼啸。在我桌子的上方有着一张沃尔特的照片，他正在用他那双漂亮的、深邃的目光凝视着我。去年圣诞节，他回家时送给我的《蒙娜丽莎》挂在桌子的一边，另一边是镶在相框里的《吹魔笛的人》的诗文。我好像能听到沃尔特的声音，他正在反复吟诵着这首诗。这首诗倾注了他的全部激情。这首诗将永存青史，沃尔特的名字也将流芳百世。我周围一片平静、祥和与安宁，沃尔特似乎就在我身边。如果我能撩开在画框里那摇摆不定的薄纱，我就能看到他，我就能看见他，

---

① 1917年，东线因俄国发生十月革命并退出战争而结束，德军立即集中于西线，意图在美军到达欧洲之前，于1918年夏季打败英法两国，以扭转局势。1918年3月至7月，德军在西线接连发动五次大规模的攻势，前两次攻势在损兵十万后仍无所获。而美军则到达欧洲，使协约国兵力大增。同年5月底，德军发动第三次攻势，这次成功突破法军的防线，进逼至距巴黎仅37公里之地，但并不能歼灭英法联军的主力，而己方则损失十万人。在6月9日至6月13日这五天，德军发动第四次攻势，企图将德军在亚眠和马恩河的两个突出点连接起来，以集中兵力攻击巴黎，但未能成功。7月15日，德军发动第五次攻势，在损失15个师后，仍无所获，己方军力反而消耗殆尽，只得撤退至兴登堡防线，从此转向消极防御。

就像他在库尔杰莱提的那一夜看到吹魔笛的人一样。

今晚，在遥远的法国，他们能守住阵线吗？

黑色星期日

公元1918年3月，有一个星期，是人类历史上最痛苦的七天。在那一个星期中的某一天，似乎全人类都被钉在了十字架上，整个地球都在痛苦中呻吟，每一个角落里的人们都在恐惧中极力挣扎。

早晨的时候，天色平静、冰冷、灰暗。布里兹太太、里拉和奥利弗小姐心神不宁地准备去教堂做礼拜，只有教堂里的希望和信心才能让她们感到安心。医生不在家，凌晨他接到上溪谷村的马伍德家打来的电话，然后就赶过去了。那里有一位年轻的战时新娘，她正在自己的阵地上勇敢地战斗，将为世界带来新的生命，而不是死亡。那天早上苏珊说她想待在家里，这可是罕见的现象。

"今天我宁愿不去教堂，亲爱的医生太太，"她解释道，"如果'月球大胡子'在那里，我就会看到他兴高采烈、神气活现的样子。每次德国人取得胜利，他都会露出那副嘴脸。我怕我会失去耐心和矜持，把手里的《圣经》或赞美诗朝他扔过去。这样，我就会让我自己和那块圣地蒙羞。不，亲爱的医生太太，我愿意待在家里，用心祈祷。等战局扭转了，我再去教堂。"

"我觉得我也应该留在家里，对我来说，我今天去教堂肯定是毫无益处。"当她们沿着冻硬了的红色小路向教堂走去时，奥利弗小姐对里拉说，"我所有心思都在想着一个问题，战线还能守住吗？"

"下个礼拜天就是复活节了，"里拉说，"复活节会给我们带来死亡还是转机呢？"

那天早上，梅瑞狄斯先生布道时引用了《圣经》上的内容，"那些能忍受到最后的人将获救。"他鼓舞人心的话语中充满了希望和信心。里拉抬头看着教堂的墙上，位于他们座位上方有个铭牌，上面刻着"缅怀沃尔特·卡斯伯特·布里兹"，她心中的恐惧消失了，又重新充满了勇气。沃尔特不会白白献出自己的生命，他生来就具有预见未来的能力，他已经预见到了胜利。她应该坚信——战线能守住。

在焕然一新的心境中，她满心喜悦地从教堂走回了家。其他人也满怀希望，面带笑容地走进了壁炉山庄的大门。客厅里没有人，除了吉姆斯，他在沙发上睡着了。还有"博士"，它"庄重而肃静"地蹲坐在炉前的地毯上，完全进入了"海德先生"的状态。餐厅里也没有人，更为奇怪的是，餐桌上没有午餐，甚至连餐具也没摆上。苏珊到哪儿去了？

"她不会是生病了吧？"布里兹太太焦急地大声说，"她今天早上没有去教堂，我就觉得奇怪。"

厨房的门开了，苏珊出现在了门口。她的脸色惨白可怕，布里兹太太惊恐地大叫起来。

"苏珊，出什么事了？"

"英军的防线被攻破了，德国人正在炮击巴黎。"苏珊双眼无神地说。

三个女人目瞪口呆。

"这不会是真的，这不会是真的。"里拉喘着气说。

"这太可笑了。"格特鲁德·奥利弗说。她接着就笑了起来，笑声很可怕。

"苏珊，谁告诉你的？你什么时候得到的消息？"布里兹太太问。

"在半个小时前，我从夏洛特敦打来的长途电话里听到这个消息的，"苏珊说，"昨天晚上晚些时候消息就传到了镇上。霍兰德医生打电话过来，他说这事千真万确。听到这个消息，我什么都干不下去了。亲爱的医生太太，我很抱歉没有准备午饭。这是我第一次没能把自己该做的事做好。请你们耐心等一会儿，我马上给你做点儿吃的。但我恐怕会把土豆烧糊。"

"午饭！没人想吃午饭，苏珊，"布里兹太太发疯似的说，"哦，这件事真是难以置信。这简直像一场噩梦。"

"巴黎沦陷了，法国沦陷了，我们战败了。"里拉喘着气说，她的希望、信心和信仰彻底给摧毁了。

"哦，上帝！哦，上帝！"格特鲁德·奥利弗一边悲叹，一边紧握着双手在房间里走来走去，"哦，上帝！"

没有其他的表示，没有其他的语言，只有这句亘古不变的恳求。当人类遭受巨大痛苦时，都会发出这句古老的恳求，这是出自人类肺腑之言，来自每一个心灵。

"上帝死了吗？"通向客厅的门外，传来了一个稚嫩的声音，声音里透着无比的震惊。吉姆斯站在那里，他刚刚睡醒，满脸通红，褐色的大眼睛里满是恐惧，"哦，维娜！哦，维娜！上帝死了吗？"

奥利弗小姐停下了脚步，不再大声叫喊了。她愣愣地看着吉姆斯，吉姆斯无比恐惧，眼中噙满了泪水。里拉跑过去安慰他，而苏珊则从她刚才跌进去的那把椅子上跳了起来。

"不，"她迅速说，马上恢复了自信，"不，上帝没有死，劳合·乔治也没死。我们把这给忘了，亲爱的医生太太。不要哭，小基钦纳，虽然现在的情况很糟，但是还有希望。英军的防线可以被攻破，但是英国的海军不会被打败。别不信。我要振作起精神，去做点吃的，因为我们必须保持体力。"

她们假装恢复了信心，但那只是假装。壁炉山庄的人永远也忘不了那个黑色的下午。格特鲁德·奥利弗在房里焦躁不安地走来走去。她们都像一只无头苍蝇一样，在房间里转着圈。只有苏珊拿出灰色的军袜开始织起来。

"亲爱的医生太太，我必须在今天干活，以前我从来没想过会这样做，虽然这违背第三条戒律，我知道礼拜天是不能干活的，但是我已经顾不了那么多了，我今天必须干点针线活，否则我会发疯的。"

"如果你能织，你就织吧，"布里兹太太焦躁不安地说，"如果我能织，我也会织。但是我做不到！我做不到！"

"如果我们能得到更多的消息，"里拉悲叹道，"如果我们能知道所有的细节，也许就能找到让我们重新振作起来的东西。"

"我们知道德国人正在炮轰巴黎，"奥利弗小姐悲痛地说，"如果是那样的话，他们一定炸毁了一切，把巴黎包围起来了。完了，我们已经输了。在人类的历史上，曾经有很多正直而顽强的民族和国家奋勇作战，但最后都不得不面对不公平的现实。正义也遭受过无数次屈辱，我们的失败只是其中之一。"

"我不会就这么放弃的，"里拉大叫道，她苍白的脸涨得通红，"我不会绝望。即使德国占领了整个法国，我们也不会屈服。我为我刚才感到绝望而羞愧。我再也不会沮丧了，你们等着瞧吧。我要马上给镇上打电话，问问详细的情况。"

但是里拉打不通镇上的电话，所有偏僻的乡间都惊慌失措，都试图接通到镇上的电话，已经把长途线路都阻塞了。最后，里拉放弃了努力，偷偷跑出壁炉山庄，到了彩虹幽谷里一个幽静的地方，那是她和沃尔特最后一次交谈的地方。她跪倒在了一片灰色的枯草上。地上横着一棵倒下的树，树干长满了青苔，她俯下身子把头顶在了树干上。太阳已经穿破了乌云，给溪谷村染上了一层淡淡的金色。在三月阵阵狂风中，情人树上的铃铛不时发出精灵般的声响。

"哦，上帝，请赐予我力量，"里拉轻声说，"请赐予我力量，赐予我勇气。"然后她像小孩子一样把手握在胸前，就像吉姆斯那样直接恳求道，"请您明天给我们带来好消息。"

她在那儿跪了很久，当她再次回到壁炉山庄时，她已经平静下来了，意志也坚定了。医生已经回来了，虽然疲惫但却带着胜利的喜悦——小道格拉斯·黑格·马伍德已经平安降生了。格特鲁德还在烦躁地踱着步子，但是布里兹太太和苏珊已经从震惊中恢复过来。苏珊正在为战场考虑一条新的防线。

"我在马伍德家听说防线被攻破了，"医生说，"但是德国人炮轰巴黎的消息不太可信。即使他们攻破了防线，最近的地方离巴黎也有八十公里。他们又怎么能在这么短的时间把他们的大炮拉到足以炮轰巴黎的地方？从这一点来看，姑娘们，我们已知的消息中有一部分是不可靠的。"

医生的看法让她们都宽了心，帮助她们熬到了天黑。最后，等到了晚上九点，她们在长途电话上得知了一个消息，新的消息帮助她们安心度过了那个夜晚。

"只有一处防线被攻破了，是在北部的圣昆廷市，"医生挂上听筒说，"英国部队正在有秩序地撤退。情况还不算太糟。至于落到巴黎的炮弹，是从一百一十公里之外的地方打过来的，是德国人在开始进攻的时候发射的。德国人发明了一种超长射程的新式大炮，这就是到目前为止已知的所有消息。霍兰德医生说这些消息都很可靠。"

"如果昨天听到这些消息，我会认为是可怕的消息，"格特鲁德说，"但是与我们今天早上听到的消息相比，它几乎就算得上是好消息了。不过，"她试图微笑一下，"今晚我恐怕仍然不会睡个安稳觉。"

"不论怎样，有件事情我们必须要心存感激，亲爱的奥利弗小姐，"苏珊说，"幸好今天索菲娅表姐没来拜访。如果有她在一旁说丧气话，我肯定会发疯的。"

受伤，失踪

"受到重创，但未被攻破"，这是星期一报纸上的大字标题。苏珊在干活时，反反复复地念叨着这句话。圣昆廷市失守造成的缺口及时被堵上了，但是协约国的防线被无情地推后了，被迫放弃了在1917年以50万生命夺得的战地。星期三的头版头条是"英军和法军顶住了德军的进攻"，但是撤退仍在继续。后退，后退，后退！到哪儿才会是个终结？防线会不会再次崩溃，会不会溃不成军？

周六的标题是"柏林被迫承认进攻受阻"，经过一个星期的折磨，壁炉山庄的人们终于长长地舒了一口气。

"好了，我们熬过了一个星期，现在该做好准备应付下一个星期了。"苏珊毫无惧色地说。

"我觉得自己是一个刑架上的囚犯，他们暂时停止了对我的折磨，我终于可以喘口气了。"在复活节的早晨，她们去做礼拜时，奥利弗小姐对里拉说，"但是我并没有挣脱刑具，折磨随时都可能再次来临。"

"上个礼拜天，我曾经怀疑过上帝，"里拉说，"但是今天我不再怀疑他了。邪恶无法战胜正义。神与我们同在，神圣的意志必然会战胜凡俗的力量。"

但是，在接下来的那个黑暗的春天里，她的信仰不断受到考验。世界末日的大决战并没有像他们希望的那样在短短几天之内结束，战斗持续了一个星期又一个星期，一月又一月。兴登堡用野蛮而又凶残的进攻刺激着他们的神经，但是每次都徒劳无功。一次又一次，军事评论家们声称局势危在旦夕。一次又一次，索菲娅表姐随声附和着军事专家的观点。

"如果协约国再后退五公里，我们就会输掉整个战争。"她哀叹道。

"你大概没有考虑英国海军的作用吧？"苏珊轻蔑地问。

"依我看，德国人很快就会占领巴黎，而且，苏珊·贝克，他们还会占领加拿大。"

"德国人永远也别想占领这个地方。只要我还能挥舞干草叉，德国鬼子就休想踏上爱德华王子岛一步。"苏珊大声说，她的表情和口气就像她用一只手就能把整个德军给赶跑，"永远也别想，索菲娅·克劳福德。我实话告诉你，我已经厌烦了你的那种悲观论调。我不否认军事统帅们犯了一些错误。如果让加拿大士兵守卫帕斯尚尔，德国人就不可能再把它给夺回去。还有，不应该轻信葡萄牙人，把利斯河①交给他们防守就是个错误。但是，这些根本不足以证明我们输掉整个战争。我不想和你争论了，至少不会在这样的紧要关头和你争论。我们必须保持昂扬斗志，所以我要郑重其事地告诉你：如果你继续聒噪，那你最好还是回你家去，这里不欢迎你。"

---

① 利斯河，流经法国和比利时的河流。第一次世界大战期间的主要战场之一。

索菲娅表姐怒气冲冲地回家去了，一想到她所受到的羞辱，她一连好多个星期都没再出现在苏珊的厨房里。其实这样也好，壁炉山庄能暂时少一点儿让人焦躁的因素，因为这几个星期相当难熬。德国人不断发起攻击，一会儿在这，一会儿在那，而且好像每次进攻都会夺下军事要塞。五月初的一天，清风与阳光在彩虹幽谷间嬉戏，枫树林变成了一片青绿色，港口一片蔚蓝，水波荡漾，白帆点点。这时，壁炉山庄突然听到了杰姆的消息。

加拿大部队在防线上进行了一次突袭，这是一次小规模的突袭，无足轻重，连后来的新闻报道都没提到过。但是突袭结束后，詹姆斯·布里兹中尉"受伤而且下落不明"。

"我觉得这比阵亡通知还要糟糕。"那晚，里拉嘴唇苍白地悲叹着。

"不，不，'下落不明'就意味着还有一线希望。"格特鲁德·奥利弗立刻说。

"是的，这令人痛苦的一线希望很折磨人，它让你无法放弃，无法去面对最糟糕的结果。"里拉说，"哦，奥利弗小姐，我们必须要这样过上几个星期或几个月吗？在这期间，我们不知道杰姆是生还是死，也许我们永远也不会知道他的生死。这让我受不了，实在是受不了。先是沃尔特，现在又是杰姆。这会要了母亲的命——看看她的脸色，你就明白了，奥利弗小姐，这迟早会要了她的命。还有菲斯，可怜的菲斯——她怎么能受得了？"

格特鲁德痛苦地颤抖了一下，温和地说："不会的，你的母亲不会崩溃的。她有足够的勇气来面对这一切。此外，她不相信杰姆已经死了，她会始终抱有希望，我们都会抱有希望。你要相信，菲斯也会这么做。"

"我做不到。"里拉悲叹道，"杰姆受伤了，他怎么会有活下来的可能性?如果德国人发现了他，我们都知道德国人是怎么对待战俘的。我希望我能怀着希望，奥利弗小姐，这样能让我好受些。但是我心中的希望火焰已经被浇灭了，我不能毫无根据地去希望，现在我没有任何理由抱有希望。"

　　奥利弗小姐离开房间后，里拉躺在月光照耀的床上，拼命祈祷上帝让自己再坚强一点。清瘦的苏珊悄无声息地走了进来，在里拉身旁坐下来。

　　"里拉，亲爱的，别担心。小杰姆没死。"

　　"哦，你怎么能这么肯定，苏珊?"

　　"因为我知道他还活着。你听我说。今天早上当消息传来时，我首先想到的就是'星期一'。晚餐后，我洗完碗，收拾好厨房后，就去了车站。'星期一'还在那儿，像往常一样耐心地等候着火车。里拉，亲爱的，突袭发生在四天前，也就是上个星期一。我问站长，'那条狗上个星期一的晚上有没有号叫过或是表现得很烦躁?'他仔细想了想，然后说道，'没有，它很老实。''你能肯定吗?'我说这个问题事关生死!'非常肯定。'他说，'上个星期一的晚上，我一夜都没睡，因为我的马病了。那条狗没有发出任何声响。如果有，我应该听得见，因为马厩的门一直开着，而它的窝就在马厩的对面!'里拉，亲爱的，他就是那么说的。你也知道，库尔杰莱提战役那次，那条可怜的狗是哀号了一个晚上。但是它对沃尔特的爱还不及对杰姆那样深，如果它能为沃尔特哀号，你想想，要是杰姆死了，那个晚上它还能安心在窝里睡觉吗?不，里拉，亲爱的，小杰姆没有死，你别不信。如果小杰姆死了，就像上次那样，'星期一'会

310.

知道的，它就不会在那里等火车了。"

这个解释很荒谬，不合逻辑，也说不过去。但是，尽管如此，里拉还是相信了，布里兹太太也一样，至于医生，虽然他的脸上带着几分假装出来的微笑，看似在嘲讽她们的荒诞，但是在他内心深处，也产生了一种怪异的信心，替代了他先前的绝望。不管这个解释是否愚蠢和荒谬，只要溪谷村车站上的那条狗还在忠贞不渝地等候着它的主人归来，他们就会一直保持着信心和勇气。

峰回路转

入春后，壁炉山庄极漂亮的草坪被开垦出来种上土豆。苏珊看到这样的场景很伤心，但是她并没有表示反对，即使是牺牲了她心爱的牡丹花圃也无所谓。但是当政府通过了"夏令时"①时，苏珊不服气了。苏珊虽然对联合政府很忠诚，但是她更愿意听从上帝的规定。

"你认为干预上帝的安排合适吗？"她愤怒地质问医生。医生很冷静地回答说，必须得遵守法律的规定，因此壁炉山庄的钟也要相应的调整一个小时。但是医生没有权力调整苏珊的闹钟。

"那个闹钟是我用自己的钱买的，亲爱的医生太太，"她毫不妥协地说，"它该按上帝的时间走动，而不是按罗伯特·博登的时间。"

苏珊按照上帝的时间起床和睡觉，也按上帝的时间安排自己的作息。她牢骚满腹，因为她不得不按博登的时间端上饭菜，也不得不按博登的时间去教堂做礼拜——这是对她最大的伤害。但

---

① "夏令时"，又称"日光节约时制"或"夏时制"，是一种为节约能源而人为规定地方时间的制度，比标准时快一个小时。1916年，德国首先实行夏令时。

是她按自己的时间祈祷，给鸡喂食，因此当她面对医生时，她的眼中总隐隐流露出一种胜利的喜悦，至少在某些方面她已经胜过了他。

"'月球大胡子'很高兴实行夏令时，"一天晚上，苏珊对医生说，"这是理所当然的，因为那是德国人发明的。我听说前不久他差点儿损失了全部的小麦。上个星期有一天，沃伦·米德家的牛闯进了他家的麦地里，刚好就是德军占领切明迪坝的那天，这也许是巧合，但也许是天意。那些牛正在大肆践踏'月球大胡子'的小麦时，迪克·克洛太太正好从阁楼的窗户里看到了这一切。刚开始时，她并不打算通知普赖尔先生。她对我说，起初她看到那些牛啃他的小麦，她只是幸灾乐祸地看着，觉得他是罪有应得。但是她很快又意识到这些收成很重要，政府号召'节约就是美德'，在这节骨眼上可不能让牛群毁了收成。于是她下楼去给'月球大胡子'打了个电话。他非但没有感谢她，反而对她说了些不中听的话，这就是她得到的回报。她不愿意承认那实际上是骂人的话，因为隔着电话线，她不能确定那些话到底是什么意思。但是她猜测'月球大胡子'在骂人，我也这么认为。我不能再说了，梅瑞狄斯先生来了。'月球大胡子'是他教区里的长老之一，所以我们要慎重一点。"

"你们在找新星吗？"梅瑞狄斯先生走到奥利弗小姐和里拉身边问。而她们正站在长势喜人的土豆苗间，仰望着星空。

"是的，我们已经找到了。快看，就在那棵最高的老松树尖上一点点儿。"

"真是太棒了，能看到三千年前发生的事，是吧？"里拉说，"天文学家说是三千年前发生的碰撞导致了新星的诞生。"

"德国人距离巴黎只有一步之遥了，和星系形成相比，这件事现在更重要。"格特鲁德不安地说。

"我倒很想成为天文学家。"梅瑞狄斯先生盯着那颗星，陷入了遐想。

"研究天文学一定会产生独特的满足感，"奥利弗小姐说，"一种超自然的满足。我希望身边有几位天文学家朋友。"

"闲聊日月星辰的感觉真是太美妙了。"里拉笑道。

"我真想知道，天文学家是否会对世上发生的事感兴趣？"医生说，"那些研究火星上的河道的学生大概不会去关心西线上几米战壕的得失吧。"

"我好像在哪里看过一篇文章，"梅瑞狄斯先生说，"上面说在1870年巴黎被围困期间，法国学书院院士欧内斯特·勒南完成了他的一部作品，而且他'很享受写作的过程'。我想这样的人大概是真正的哲学家。"

"我也读到过一篇关于欧内斯特·勒南的报道，"奥利弗小姐说，"据说在他临死前，他曾评价德国皇帝是个'相当有趣的年轻人'，他唯一的遗憾就是无法看到这个年轻人的丰功伟绩。如果欧内斯特·勒南先生今天'活过来'，看到这个'有趣的年轻人'对他挚爱的法国的所作所为——更不要说对整个世界的践踏，我不知道他是否还能像在1870年时那样超脱。"

"我很想知道今晚杰姆身在何方。"里拉的心头突然涌上了苦涩的回忆。

自从杰姆的消息传来，已过去一个多月了。尽管他们做了一切的努力，但仍然没有关于杰姆的丝毫音信。他们收到了两三封杰姆的信，但都是在突袭前写的，此后就杳无音信了。现在德

314.

国人已经把战线推进到了马恩河，正一步步紧逼巴黎。还有传闻说，奥地利人又要对皮亚韦河一线发起进攻了。里拉心情沉重，再也没心思看新星了。她再次觉得自己丧失了希望和勇气，似乎一天也撑不下去了。她多想知道杰姆到底怎样了，不管是好是坏，知道了消息，总得想办法面对。要知道，在恐惧、怀疑和忧虑的几重围攻下，一个人要想长久保持斗志是多么困难。如果杰姆还活着，想必他肯定会想办法给家里写信。他一定是死了，只是他们永远也不知道，永远也无法确定。"星期一"会一直守候在火车站，直到老死。"星期一"只是一条患有风湿的狗，它无比忠实，又无比可怜，它和家里其他人一样对主人的命运一无所知。

里拉度过了一个难眠之夜，直到凌晨才睡着。当她醒来时，格特鲁德·奥利弗正坐在窗台上，探出身子去迎接神秘的银色清晨。东边天空中那苍白的晨光映衬出了她苗条的迷人侧影和披在身后的浓密黑发。里拉想起杰姆以前对奥利弗小姐的评价，他总是赞叹奥利弗小姐的额头和下巴。她颤抖了一下，所有的东西都会让她想起杰姆，这成了一种难以忍受的痛苦。沃尔特的死已经在她的心头留下了一道深深的伤口。不过，那是道干净的伤口，它已经慢慢愈合了，就像多数伤口那样慢慢愈合，留下永久的一道伤疤。但是，杰姆的失踪带来了完全不同的折磨，好像伤口上被抹了毒药，总是无法愈合。希望与绝望交替出现，日复一日地焦急等待着永远不来的信件，也许他们永远也收不到杰姆的信了，还有报上登的有关虐待战俘的报道，杰姆的伤势，所有这一切混杂在一起，压得里拉喘不过气来。

格特鲁德·奥利弗转过头来，眼中闪烁着奇异的光芒，"里拉，我又做了个梦。"

"哦，不，不。"里拉叫道，身子往后挪了挪。奥利弗小姐的梦总是预示着即将到来的灾难。

"里拉，这是个好梦。听着，就像四年前那样，我又梦到我站在门廊的台阶上，俯瞰着溪谷村。溪谷村被波涛淹没了，水波淹没到了我的脚踝。但是我看着看着，波涛就开始往后退了。它们退去的速度就像它们四年前袭来的速度那样快。它们退呀，退呀，一直退到了海湾里。溪谷村就躺在我的面前，绿意盎然，美丽极了；一道彩虹横跨彩虹幽谷。彩虹的颜色是那样绚丽，让我神魂颠倒，接着我就醒了。里拉，里拉·布里兹，局势要发生变化了。"

"我希望这是真的。"里拉叹息道。

> 我那恐怖的预言已经成真，
> 而欢乐的预言也将激动人心。

格特鲁德欢快地引用了一小节诗，"我的梦预示着好事。"

几天之后，传来了意大利军队在皮亚韦河大捷的消息。但是，在接下来的几个月里，格特鲁德还是常常对这个预言感到怀疑。特别是当七月中旬德国人再次越过马恩河时，绝望又无比厌恶地再次向她袭来。他们都感到，四年前马恩河的奇迹不可能再次重演。

但是奇迹再次上演了，就和1914年一样，马恩河战局发生了逆转，德军的侧翼暴露出来，法军和美军出其不意地给予了沉重的一击。在那几乎不可思议的短短几天中，整个战争的局面发生了逆转——就像是在做梦。

"协约国赢得了两次重大的胜利。"7月20日，医生宣布说。

"战争很快就要结束了，我能感觉到，我能感觉到。"布里兹太太说。

"感谢上帝。"苏珊把颤抖的双手握在了一起，接着她又小声地加了一句，"但是我们的孩子还没有回来。"

但是，她还是跑出去升起了国旗。自从耶路撒冷陷落后，那面旗帜就再也没有飘扬过。当旗帜迎着轻风，在她头上高高飘扬起来时候，苏珊抬起她的手，向它敬了个礼，就像雪莱那样。"为了让你能够飘扬起来，我们付出的太多了。"她说，"我们有四十万小伙子去了海外，其中五万人已经战死了。但这是值得的！"风吹动着她灰白的头发，轻拂着她的脸颊。长长的方格纹围裙极其朴素，再也没有镶长长的花边了——那是出于节约，而不是美观的考虑，但不知怎的，苏珊此时的身影却给人留下了深刻的印象。当医生从门口看着她时，他突然有一种感觉：苏珊代表了千千万万勇敢无畏、富有耐心和英雄气概的加拿大女性——是她们的力量赢得了战争的胜利。她的敬礼代表了所有的女性，她们在向亲人们为之浴血奋战的信念致敬。

"苏珊，"当她转身进屋时，医生说，"在这场战争中，你自始至终都坚如磐石！"

马蒂尔达·皮特曼太太

当火车在米尔沃德站停下来时，里拉和吉姆斯正站在车厢尾部的平台上。八月的傍晚又闷又热，拥挤的车厢让人窒息。没人知道为什么火车要在米尔沃德站的侧轨上停下来，从来没有人在这一站上下车。车站周围都是贫瘠的土地，满是蓝莓树以及低矮的云杉林，附近六公里的范围内只有一栋房子。

里拉正在赶往夏洛特敦的路上，她准备在一个朋友家过夜，第二天为红十字会进行采购。她带上了吉姆斯，一方面是不想给苏珊和母亲增添负担，另一方面是想多和吉姆斯多待一段时间，因为她很快就要被迫放弃他了。吉姆·安德森不久前给她写了封信来，说他在战场上负了伤，住进了医院，已经无法再回前线了，等他伤好后，就会回来接走吉姆斯。

这个消息让里拉心情沉重，而且忧心忡忡。她和吉姆斯之间已经有了深厚的感情，她无论如何都舍不得放弃他。如果吉姆·安德森是个负责任的人，能够给这个孩子一个温暖的家，她也不会这样担心。尽管吉姆·安德森是一个仁慈、善良的人——她也知道如果他足够仁慈、善良，自己占有吉姆斯的机会也就越小——但是吉姆·安德森是一个四处游荡、得过且过、不负责任的人，把孩子交给这样的父亲，里拉怎么能不为吉姆斯担心呢？安德森甚至连住在溪谷村的可能性都不大，他在这儿没有亲戚，他甚至可能会带着吉姆斯回英国去。她可能再也见不到她亲爱的小吉姆斯——那个阳光灿烂的、由她精心养大的小孩儿了。有那样的父亲，他的未来又会怎样呢？里拉想恳求吉姆·安德森把孩子留给她，但是从他信上的口气来看，这种可能性不大。

"如果他能住在溪谷村，我就能随时照顾吉姆斯，经常和他在一起，这样我就不会这么担心了，"她沉思道，"但是我敢肯定他会搬走，吉姆斯会过上苦日子的。他是一个多么聪明的小家伙啊。他有理想——虽然我不知道他的理想是怎么产生的——而且他一点儿也不懒惰。但是他的父亲身无分文，没法让他接受教育，也无法帮助他开创自己的天地。吉姆斯，我的战时小婴儿，你以后可怎么办啊？"

吉姆斯一点也不关心自己的命运。他正兴奋地观看着小小的车站房顶上的动静，那里有一只带有条纹的金花鼠，正在滑稽地跳来跳去。当火车开动的时候，吉姆斯急切地向外探出身来，想要最后看一眼那只金花鼠，他把他的手从里拉的手里抽了出来。里拉正全神贯注地思考吉姆斯的未来，放松了警惕，没有留意到小吉姆斯的动静。结果吉姆斯失去了平衡，猛地倒下台阶，滚过那个小小的站台，最后摔倒在站台另一侧的一丛蕨草里。

里拉尖叫起来，完全给吓坏了。她猛地冲下台阶，跳下了火车。

幸运的是，火车刚刚启动，速度还相对缓慢。更为幸运的是，她还有足够的理智，让她顺着火车行驶的方向跳下来。当然，她还是摔倒了，在站台上翻滚了几下，最后落到了一个小土坑里，身边是茂盛的鼠尾草和其他杂草。

没人留意到这一幕，火车拉响了清脆的汽笛，顺着一个长满杂草的弯道走远了。里拉站起身来，感到有点头晕目眩，幸好没有受伤。她从沟里爬出来，狂奔过站台，生怕吉姆斯死了或摔坏了。幸好，吉姆斯除了几处擦伤，受了惊吓外，并没有大碍。他被吓坏了，甚至忘了哭泣。确信他安然无恙后，里拉反倒突然痛哭起来，不停地抽泣着。

"讨厌的老火吃（火车），"吉姆斯恶狠狠地说，"还有讨厌的老上帝。"他一边说一边朝着天空瞪眼睛。

里拉破涕为笑，她险些陷入了被她父亲称为歇斯底里的状态。还好，就在她要发作起来时，她及时控制住了自己的情绪。

"里拉·布里兹，我为你感到惭愧，马上振作起来。吉姆斯，你不该讲那样的话。"

"是上帝把我扔下了火吃（火车），"吉姆斯大胆地说，"有人推我，不是你，所以是上帝。"

"不对，不是上帝。你跌倒是因为你松开了我的手，而且往前探着身子。我告诉过你不能那样做。这是你自己的错。"

吉姆斯盯着她看，发现她是认真的，然后又仰头望着天空。

"那么，原谅我吧，上帝。"他快活地说。

里拉也抬头看着天空，她不喜欢此时的天色，西北方向出现了滚滚乌云。现在该怎么办？今晚没有其他的火车经过这儿了，九点的快车只在星期六才运行。汉娜·布鲁斯特的房子在三公里外。在暴风雨降临前，他们能赶到那儿吗？里拉盘算了一下，她一个人的话还可以轻松走过去，但是多了个吉姆斯那就得另当别论了。他的小腿能走那么远的路吗？

"我们必须得试一试。"里拉孤注一掷地说，"我们可以待在这儿，直到暴风雨过去。但是它可能会下一个晚上，而且周围一片漆黑。如果我们能赶到汉娜家，她肯定会收留我们一个晚上。"

汉娜·布鲁斯特是克劳福德家的女儿，她以前就住在溪谷村里，和里拉上同一所学校。那时她们是好朋友。汉娜要比里拉大三岁，很早就结了婚，然后搬到了米尔沃德。繁重的劳动，加上要照顾孩子，丈夫又没出息，所以汉娜生活得很艰难。她很少回老家。在她结婚后不久，里拉曾去探望过她一次，之后她们就再也没有见过面了，已经很多年没有汉娜的任何消息了。但是她能够肯定，面色红润的汉娜是个慷慨大方的人，她一定会热情欢迎她和吉姆斯，会让他们住上一宿的。

开始的一公里他们走得很顺利，但是后面两公里就很艰难了。那条路很少有人走，所以坑坑洼洼，高低不平。吉姆斯已经累了，所以在最后的行程里，里拉不得不背着他走。当他们来到布鲁斯特家的小屋前时，里拉几乎累得筋疲力尽，她把吉姆斯放了下来，终于松了口气。天空中乌云密布，大滴的雨点开始砸下来，轰隆隆的雷声也变得越来越骇人。而接下来的景象让里拉心里透凉。她发现布鲁斯特家的窗帘是放下来的，房门都紧锁着。显然，布鲁斯特家里并没有人。里拉只好跑到小谷仓那边，结果发现谷仓也上了锁。找不到其他可以躲避风雨的地方了，这个孤零零的小屋甚至没有一个露台或门廊。

现在天几乎一片漆黑，她的处境令人绝望。

"我必须进去，即使打破一扇玻璃也在所不惜。"里拉毅然说，"汉娜不会责怪我的。如果她听说我来她家躲避暴风雨却吃了个闭门羹，她一定会过意不去的。"

幸好还没到破门而入的地步。厨房的窗户很容易就打开了。里拉让吉姆斯先爬进去，然后自己也爬了进去，她们刚一进屋，暴风雨便席卷而来。

"哦，看啊，有好多一条条的小雷电。"吉姆斯兴奋地嚷着。冰雹蹦了进来，里拉赶紧关上了窗子。然后，她费了些工夫找到了一盏灯，点亮了。他们站在一间温馨的小厨房里。一侧是陈设精巧的整洁客厅，另一侧是储藏室，里面堆满了食物。

"我就不客气了，"里拉说，"我知道汉娜也希望我这样做。我要给自己和吉姆斯弄点吃的。如果这雨不停，又没人回家来的话，我就到楼上客房里去睡一觉。在紧急情况下，不需要顾及太多的礼仪。如果我能理智点，在吉姆斯摔下火车时，我就该冲回车厢，叫人把火车停下来。那样的话，我就不会这么狼狈了。既然情况已经这样了，那就随遇而安吧。"

"这个房子，"她又想，"比我上次来时摆设要好些了。当然，那时候汉娜和布鲁斯特刚刚成家，还来不及收拾屋子，但我一直以为布鲁斯特是个穷光蛋。他这几年干得一定比我想象中的好，要不然，他们也买不起这么好的家具了。我真为汉娜感到高兴。"

暴风雨已经过去了，但是大雨一直哗哗地下着。晚上十一点时，里拉肯定不会有人回来了。吉姆斯已经在沙发上睡着了。她抱着他来到了楼上的客房，把他放到了床上，然后在洗脸架的抽屉里找到了一件睡袍，自己换上睡袍，睡眼蒙眬地钻进了带着薰衣草香味的精美被单里。经历了长途跋涉和惊心动魄的历险后，里拉已经累坏了，她也顾不上多想了。几分钟后，她就沉沉地睡去了。

里拉一觉睡到第二天早晨八点，她突然惊醒了。有人正在用生硬刺耳的声音质问道："喂，你们两个，醒醒。我想知道这是什么意思。"

里拉马上醒了，完全清醒了。她以前还从没有这么快就醒过来。屋子里站着三个人，里拉一个也不认识，其中一个还是男的。那个男的是个大块头，长着浓黑的胡子，紧皱着眉头，怒气冲冲。站在他旁边的是个又高又瘦的女人。这个女人颧骨高凸，长着一头乱蓬蓬的红发，戴着一顶难以名状的帽子。那个男人看上去已经够生气、够吓人的了，但是她看起来更加恼怒和惊诧。在他们的身后，站着另外一个女人，一个瘦小的老太太，她至少有八十岁了。尽管她很瘦小，但却引人注目。她全身上下都穿着黑色的衣服，头发雪白，脸色苍白，那双乌黑发亮的眼睛炯炯有神。她看上去和其他两个人一样吃惊，不过却没有表现出恼怒。

里拉也意识到什么地方出错了，非常严重的错误。接着，这个男人粗暴地问道："老实交代。你是谁，你在这里干吗？"

里拉用一个手肘撑起了身子，陷入了极度的迷茫，她感到自己蠢极了。她听到站在后面的那位黑白分明的老妇人在吃吃发笑。"她一定是真实的，"里拉心想，"我不可能梦到这样的人。"她喘着气大声说，"这难道不是西奥多·布鲁斯特的家吗？"

"不是。"那个高个子女人说，这是她第一次开口讲话，"这是我们的房子，是我们去年秋天从布鲁斯特手上买过来的。他们搬到格林韦尔去了。我们是查普林夫妇。"

可怜的里拉往后倒在了枕头上，完全不知所措了。

"我很抱歉，"她说，"我……我以为布鲁斯特一家还住在这里。布鲁斯特太太是我的一位朋友。我是里拉·布里兹，圣玛丽溪谷村布里兹医生的女儿。昨天晚上，我……我带着我的……

我的……这个小男孩正要往镇上去。他从火车上摔了下来，我只好跟着他跳下了火车，没人注意到我们，火车就开走了。我知道我们没法回家，因为暴风雨就要来了，所以我们就来这儿。我们……我们发现没人在家，就从窗户爬了进来，在这儿住了一晚上。"

"说得真像那么回事。"那个女人讽刺地说。

"还挺会编的。"那个男人说。

"别把我们当三岁的小孩。"那个女人又说。

那个黑白分明的老妇人什么都没说，但是当其他两人你一句我一句说着冷言冷语时，她露出了笑意，摇着头，似乎在给那两个人鼓劲。

查普林夫妇不友善的态度把里拉给深深刺痛了，她感到自己的自尊心受到了极大的伤害，她发火了。她从床上坐了起来，用最傲慢的语气说："我不知道你们几岁了，也不知道你们是在哪儿出生的，但是你们肯定出生在缺乏教养的地方。我请你们离开我的房间，嗯，就这个房间，等我起床把衣服换好，我就会离开，我不会再奢求你们的殷勤款待。"里拉的语气极尽嘲讽，"我们昨晚吃了你们的东西，在这里住了一晚上，我会为此付给你们足够多的报酬。"

那个黑白分明的幽灵似乎要拍手叫好，但是她一个字也没说出来。查普林先生也许是被里拉的语气给震慑住了，也许是听里拉答应要付钱给他，所以不再那么激动。不管怎样，当他再次开口讲话时，语气明显客气多了。

"好吧，这很公平。如果你能把钱付清就行。"

"她不该付钱给你，"那个黑白分明的太太突然用清晰的声音说，语气坚决，毋庸置疑，"如果你不为你自己的行为感到

324.

害臊，罗伯特·查普林，你的岳母也要为你感到害臊。只要我马蒂尔达·皮特曼太太还活着，你就别想让陌生人付食宿费。你不要忘了，尽管我已经半截身子入土了，但是我还没有忘记基本的待人之道。阿美莉亚和你结婚时，我就知道你是个吝啬鬼，如今你把她也变成了一个吝啬鬼。但是这个家一直是由马蒂尔达·皮特曼太太说了算，将来也该由她说了算。现在你，罗伯特·查普林，立刻离开这个房间，好让这个姑娘把衣服换好。至于你，阿美莉亚，赶快下楼去给她准备早饭。"

两个如此高大的人在一个瘦小的老太太面前温顺得像只小羊羔，这样的怪事里拉还是第一次看到。他们毫无怨言，毫不反抗地乖乖出去了。门在他们的身后关上了，马蒂尔达·皮特曼太太无声地笑了起来，笑得前仰后合。

"真是笑死我了。"她说，"我大多数时候都任由他们胡来，但有时候我也会收紧缰绳，而且是在他们毫无防备的时候。他们不敢激怒我，因为我有一大笔财产，他们生怕我把财产分给别人。我当然不会全留给他们。我会给他们一部分，但是不会全给他们，我就是要气气他们。我还没想好要把剩下的钱用在哪里，但是我不得不抓紧时间想，要尽快想清楚，我已经八十岁了，活一天算一天了。现在，你可以放心地换衣服了，亲爱的。我要下楼去监督那两个吝啬的无赖干活了。那个孩子真漂亮。他是你的弟弟吗？"

"不是，他是一个战时婴儿，一直由我在照顾，因为他母亲死了，而父亲在海外打仗。"里拉缓慢地回答道。

"战时婴儿！哇！我最好在他醒过来之前离开这里，他看到我很可能会哭起来。小孩子都不喜欢我，从来没有哪个孩子喜欢过我。我也想不起有哪个年轻人主动靠近过我。我自己的孩子也不例外。阿美莉亚是我的继女。嗯，这样也好，让我省了不少麻烦。如果孩子们不喜欢我，我也不会喜欢他们，所以我们就扯平了。不过，这个孩子还真是漂亮。"

吉姆斯偏偏在这时醒了过来。他睁开了他那双褐色的大眼睛，一眨也不眨地盯着马蒂尔达·皮特曼太太。然后他坐了起来，露出了迷人的酒窝，用手指着她，一本正经地对着里拉说："飘（漂）亮太太，维娜，飘（漂）亮太太。"

马蒂尔达·皮特曼太太笑了。即使是八十岁的老太太也会抵不住虚荣心的诱惑。

"我听人说，只有孩子和傻瓜会说实话。"她说，"我年轻时习惯了受人恭维，但是到了现在这个岁数，已经很少听见恭维话了。实际上，我已经有很多年都没听到这么动听的话了，这种感觉真好。那么，你这个小淘气，你愿不愿意吻一下我这个老太婆？"

吉姆斯做出了惊人之举。他并不是一个感情外露的小孩，很吝惜自己的吻，甚至很少亲吻壁炉山庄的家人。但是这一次，他毫不犹豫地从床上站了起来，胖胖的小身子上只有一件内衣。他跑到了床脚的位置，用胳膊搂住了马蒂尔达·皮特曼太太的脖子，给了她一个大大的拥抱，还给了她三四个真诚的、慷慨的、响亮的吻。

"吉姆斯！"里拉呵斥道，这一突如其来的举动让她大吃一惊。

"你不要干涉他。"马蒂尔达·皮特曼太太命令道，她把她的帽子正了正，"这是上帝的旨意，我喜欢看到不惧怕我的人。每个人都怕我，你也一样，虽然你刻意隐瞒。但是为什么会这样呢？罗伯特和阿美莉亚当然怕我，因为我有意要让他们怕我。但是其他人也都怕我，不论我对他们有多友善。你要一直养着这个孩子吗？"

"恐怕不行。她的父亲很快就要回来了。"

"他是个好人吗？我是说孩子的父亲。"

"嗯，他很善良、友好，但是他很穷，恐怕一直都会是个穷人。"里拉结结巴巴地说。

"我知道，混日子的人永远都不会有出息的。嗯，让我想想，让我想想。我有了一个主意，一个不错的主意，而且这个主意也能让罗伯特和阿美莉亚坐卧不宁。我主要是想气气查普林两口子，当然我也喜欢这个孩子。要知道，他不怕我，他值得我为他费心。好了，现在把衣服穿好，就像我先前说的那样，收拾好了就下楼来。"

经过昨天的那一跤和长途跋涉，里拉浑身又僵又疼，但是她还是很快就换好了衣服，也把吉姆斯收拾利落了。她下楼来到厨房，发现桌上摆着热气腾腾的早餐。查普林先生不见了踪影，而查普林太太正在切面包，一脸的不高兴。马蒂尔达·皮特曼太太正坐在一把扶手椅上，织着一只灰色的军袜。她还戴着她的那顶帽子，脸上洋溢着胜利的喜悦。

"快坐下，亲爱的，你们可以享用一顿丰盛的早餐。"老太太说。

"我并不饿，"里拉几乎是用哀求的语气说，"我什么都吃不下。我现在也该动身去车站，早班车很快就要到了。请原谅我这么快就要走，就让我们赶紧走吧。我会给吉姆斯带上点面包和黄油。"

马蒂尔达·皮特曼太太挥了挥毛线针，向里拉半开玩笑半当真地说："坐下来，吃你的早餐。"她说，"马蒂尔达·皮特曼太太命令你这样做。每个人都得服从马蒂尔达·皮特曼太太，包括罗伯特和阿美莉亚。"

马蒂尔达·皮特曼太太的那双眼睛像是能催眠，里拉真的就听从了她的话，乖乖地坐了下来，吃了一顿还说得过去的早餐。顺从的阿美莉亚一言不发，马蒂尔达·皮特曼太太什么都没说，但是她飞快地织着毛线，还不时暗自发笑。等里拉吃完了，马蒂尔达·皮特曼太太收起了袜子。

"如果你还想走，现在就可以走了，"她说，"但是你也不用急着走。如果你想留下来，随便住多长时间都行。我会让阿美莉亚给你们做饭的。"

这位自有主见的布里兹小姐，被"青年红十字会"里的某些人指责为盛气凌人和"专横"的人，在马蒂尔达·皮特曼太太面前却温顺极了。

"谢谢您，"她温和地说，"但是我们真的得走了。"

"那么，好吧，"马蒂尔达·皮特曼太太一边说，一边打开了门，"你们的交通工具已经准备好了。我刚才吩咐罗伯特准备好马车，送你们去火车站。我喜欢支使罗伯特。这是我目前唯一能做的事了。我已经八十岁了，大多数事已经失去了它们原有的乐趣，但是指挥罗伯特仍然很好玩。"

门口停着一辆漂亮的双排座马车，罗伯特就坐在这辆橡胶轮子的马车前排。他一定听到了岳母所说的每一个字，但是他没有任何表示。

"我真的希望，"里拉鼓起了仅剩的一点勇气，"你能让我，哦，啊……"但是看到马蒂尔达·皮特曼太太的眼睛，她又畏缩了，"补偿你的……为了……"

"马蒂尔达·皮特曼太太先前已经说过了，她是当真的。她不会收取陌生人的膳食费，也不会允许她的家人那样做。不管他们是否是天生的吝啬鬼，多么贪婪地想得到你的补偿。你去镇上吧，下次经过的时候别忘了来探望我。别害怕。从你今天早上与罗伯特顶嘴的情形来看，我猜你是个很勇敢的姑娘。我喜欢你的勇敢。如今的姑娘大多都畏首畏脚、胆小如鼠。我年轻的时候可是天不怕，地不怕。你要好好照顾那个孩子，他可不是一个普通的孩子。在路上叫罗伯特绕开水坑走，我可不想让我的新车溅上污泥。"

当他们驾车离开时，吉姆斯向马蒂尔达·皮特曼太太送出了一连串的飞吻，而马蒂尔达·皮特曼太太则向他挥舞着手上的袜子，直到他们从视线中消失为止。一路上罗伯特什么话都没说，不管是好话还是坏话。但是他没有忘了要绕开水坑。等里拉下车时，她很有礼貌地向他表达了谢意。但是罗伯特只嘟囔了一声，掉转马头就往回走了。

"好了，"里拉深吸了口气，"我现在要努力恢复正常的里拉·布里兹。在刚才的几个小时里，我好像完全变成了另外一个人，一个令自己都感到陌生的人。我好像被那个奇怪的老太太控制住了，我觉得她对我实施了催眠术。这是多么精彩的一次历险啊，我要写信告诉给前线的男孩子们，他们一定会很感兴趣的。"

然后她叹了口气，伤心地想到，她现在只能写信给杰瑞、肯尼斯、卡尔和雪莱了。杰姆肯定会很欣赏马蒂尔达·皮特曼太太的性格，但是他现在在哪儿啊？

杰姆有消息了

1918年8月4日

从那次在灯塔上跳舞算起，到现在已经过去整整四年了。战争持续了四年，感觉上就像十二年似的。我当时不到十五岁，现在已经十九岁了。我本以为这四年会是我一生中最快乐的时光，但等来的却是战争岁月，充满了恐惧、悲伤和焦虑的四年，但是我还是谦卑地认为，这四年也是让我的勇气得以增长、人格得以完善的四年。

今天当我经过客厅时，我听见母亲向父亲谈起我。我并不是有意要偷听，但是我恰好准备上楼，不可能听不到他们的对话。也许就因为这是无心的，所以我听到了他们对我的赞誉，一般的偷听者永远也不会听到这样的内容。母亲表扬了我。因为是母亲的表扬，所以我要把她的话写在我的日记里。这样，在我感到沮丧的时候，我就能从中获得安慰。要知道，每当我感到沮丧的时候，我就会觉得自己虚荣、自私、脆弱、一无是处。

"在过去的四年中，里拉的变化非常惊人，取得了很大的进步。她以前是个不负责任的孩子，而现在的她已经变成了一个能干的、有女人味儿的大姑娘了。她让我感到十分欣慰。楠和黛已经长大了，跟我不再像以前那样贴心了，她们又很少在家，但是里拉却和我越来越亲密了，我们就像心心相印的好朋友。吉尔伯特，如果没有里拉，我真不知道怎么能熬过这可怕的几年。"

没错，母亲就是这么说的。我很高兴，也很伤心，既感到骄傲，又觉得渺小！母亲能这样评价我，真是太好了。但是我并没有她说的那样好，我还不够优秀，也不够坚强。在很多时候，我会感到愤怒、急躁、悲观，甚至是绝望。是母亲和苏珊一直在支撑着这个家。不过，我相信我也帮了点儿忙。听到母亲的话，我很开心，对此也充满了感激。

战场上不断传来好消息，法国人和美国人打得德国人节节败退。有时我会害怕好梦无法长久。在经历了近四年的苦难后，对这样的连续胜利我们难以承受。我们没有大张旗鼓地进行庆祝。苏珊还会把国旗升起来，但是我们的热情都那么高涨。为了胜利，我们付出了太大的代价，大得已经无心庆祝了。我们只是感谢上苍，这样的牺牲并没有白费。

还是没有杰姆的消息。我们仍然抱着希望，因为我们不敢放弃希望。但是有的时候，我们也会感到抱着那样的希望是很愚蠢的，不过我们在口头从没这样说过。随着日子一天天过去，让我们感到越来越心灰意冷。我们也许永远不会知道杰姆的下落了，这才是最可怕的。我不知道菲斯是怎么熬过来的。从她的信中来看，她一刻也没有放弃希望，但是她一定也跟我们其他人一样，会因为焦虑而感到极度痛苦。

1918年8月20日

　　加拿大的军队又投入了战斗。梅瑞狄斯先生今天收到了一封电报，说卡尔受了轻伤，现在正在住院。电报上没说伤在哪儿了，这很不正常，我们都很着急。

　　现在每天都有获胜的消息传来。

1918年8月30日

　　今天梅瑞狄斯家收到了卡尔的来信。他受的"仅仅是轻伤"，但是伤在他的右眼上，那只眼睛已经永远失明了！

　　"观察虫子，用一只眼睛就够了。"卡尔在信上轻松地写道。可是，我们都知道卡尔的伤算是不幸中的万幸了，幸好不是两只眼睛！但是我看了卡尔的信后整整哭了一个下午。卡尔的眼睛，那双蓝色的、漂亮的、勇敢的眼睛！

　　这也是让人欣慰的事，他不必再回前线了。他一出院就可以回家了，是我们的男孩子中第一个能回家的。但是其他人呢，他们什么时候能回来？

　　还有一个人永远也回不来了。即使他回来了，也是一个看不见、摸不着的幽灵。哦，是的，我想他还在战场上，当我们加拿大的士兵上阵的时候，有一只隐形的军队在保佑他们——那些倒下的士兵组成的军队。我们看不见他们，但是他们就在战场上！

1918年9月1日

　　昨天我和母亲去了夏洛特敦，去看电影《世界之心》。我让自己出尽了洋相，父亲肯定会拿这件事来取笑我一辈子。但是电影里的一切似乎都太逼真了，我看得非常入神，沉浸在我眼前的景象里，全然忘记了周围的一切。就在电影快要结束时，出现了一个惊心动魄的场面。那个女主角和一个凶恶的德国兵搏斗了起来，那个德国兵想要把她拖走。我知道她有一把刀子——我看见她把它藏了起来，准备在关键的时候派上用场。我不明白她为什么不把刀子拔出来，捅死那个畜生。我想她一定是忘了，所以就在那千钧一发的时刻，我完全昏了头，在拥挤的房子里，我腾地一下站了起来，扯开嗓子喊道："那把刀在你的长袜子里——那把刀在你的长袜子里！"

我的喊声引起了轰动！

有趣的是，我刚喊出来，那个姑娘就真的把刀抽了出来，刺进了那个士兵的身体！

剧场里所有的人都哄堂大笑起来。我回过神来，坐回到椅子上，感到羞愧难当。母亲笑得全身发抖。她也太不负责任了！她为什么不在我出丑前把我拉住，不让我把话喊出来呢？她辩解说，她根本来不及。

幸好屋子里很黑，我相信并不是所有的人都认识我。我一直都以为自己已经是一个明白事理、有自控能力的成熟女人了！很显然，我离我向往的成熟还远着呢。

1918年9月20日

在东线上，保加利亚已经认输求和了；在西线上，英国人已经粉碎了兴登堡的防线。而在这时，在圣玛丽溪谷村，小布鲁斯·梅瑞狄斯做了件让我认为很了不起的事，因为其中饱含着他对杰姆的爱。今晚梅瑞狄斯太太来这里拜访，把这件事告诉了我们。我和母亲都哭了，而苏珊站了起来，激动得把炉子边的碗碟弄得啪啪直响。

布鲁斯忠诚地爱着杰姆，这些年来，这个孩子从没忘记过他。就像"星期一"一样，他以他特有的方式表达了对于杰姆的忠诚。我们一直告诉他杰姆会回来的。但是，昨晚在卡特·弗拉格的店里，他听到他的诺曼姨父断言说杰姆·布里兹再也回不来了，壁炉山庄的人可能也放弃希望了。布鲁斯回到家里，哭着睡着了。今天一早，他母亲看见他抱着小猫从后院出去了，脸上带着一种非常悲伤但却很坚定的表情。梅瑞狄斯太太当时没有多想。后来，布鲁斯带着最为凄惨的表情回来了。他浑身发抖，抽泣着对她说，他已经把小猫条纹给淹死了。

"你为什么要这么做？"梅瑞狄斯太太惊叫起来。

"为了让杰姆回来。"布鲁斯哭着说，"如果我把小猫奉献给上帝，上帝就会让杰姆回来。于是我淹死了条纹。哦，母亲，这真是太难了。现在上帝肯定会让杰姆回来了，因为条纹是我最心爱的宝贝。我对上帝讲，我把条纹给你，你要让杰姆回来。他会这么做的，对吗，母亲？"

梅瑞狄斯太太不知道该对这可怜的孩子说些什么。她不能告诉他说，也许小猫条纹的死不能让杰姆回来，上帝并不会那样做。她只能对他说，他不能太心急，上帝不会立刻实现他的愿望——也许他要等上很长的时间。

但是布鲁斯说："应该不会超过一个星期的，母亲。哦，母亲，条纹是多么可爱的一只小猫。它是那么漂亮，还咕噜咕噜地叫。上帝会很喜欢它的，他一定会把杰姆送还给我们的。"

梅瑞狄斯先生很担心这件事情会影响布鲁斯对上帝的信仰。梅瑞狄斯太太则担心，如果他的愿望不能实现，会对他自身产生什么影响。每次我想起这事都想哭。他的行为是多么伟大而感人，但是这件事本身又是多么的凄惨。这个可爱的、忠诚的小家伙！他很爱那只小猫。而如果它的牺牲毫无结果，就像我们已经付出了那么多的牺牲，却好像毫无结果一样，他肯定会心碎的。他还是个小孩子，还无法明白上帝的原则：上帝不会简单地实现我们的愿望，即使我们献出自己最珍贵的东西，上帝也不会做出丝毫的让步。

1918年9月24日

今天早上，我在我的窗前跪了很久，就是为了要一遍遍地感谢上帝。昨晚和今天，我感受到的喜悦是如此强烈，甚至让我感到了一种揪心的疼痛，就好像我的心脏不够大，承载不了这么多的喜悦。

昨天晚上十一点的时候，我正坐在房间里给雪莱写信。其他人都已经上床睡觉了，除了父亲，因为他出诊还没回来。我听到电话铃响，于是冲到客厅里去接电话，我不想让铃声吵醒母亲。这是一个长途电话。我拿起听筒，电话里说，"这里是夏洛特敦电报公司。有一封从海外发来的电报，是给布里兹医生的。"

我想到了雪莱，我的心脏一下子停止了跳动，然后我听到他说："是从荷兰发来的。"

电报的内容是：

"刚刚到达荷兰。顺利逃离德国。一切安好。会给你们写信。詹姆斯·布里兹。"

我没有晕倒、瘫软或尖叫，我也没感到高兴或是吃惊，我没有任何感觉。我感到浑身麻木，就和我听到沃尔特参军时的感觉一样。我挂上了听筒，转过身来。母亲站在她的房门口。她穿着一件和服式的玫瑰色旧睡衣，一根又长又粗的发辫垂在她的身后，她的眼睛闪闪发光，看上去就像一个小姑娘。

"杰姆有消息了吗？"她问。

她是怎么知道的？在电话上我除了"是的……是的……是的……"外，别的什么都没说。母亲说她也不知道是怎么知道的，但是她就是知道。她突然醒了，听到了电话铃声，就知道是杰姆有消息了。

"他还活着，他很好，他在荷兰。"我说。

母亲走下了楼，来到了客厅里。她说："我必须立刻给你父亲打个电话，告诉他这个消息。现在他还在上溪谷村。"

母亲很镇定，也很沉着，一点不像我想象的那样激动。而且，我也不激动。我上了楼，叫醒了格特鲁德和苏珊，把这个好消息告诉了她们。苏珊先是说："感谢上帝，"接着说，"我不是告诉过你吗？'星期一'早就心知肚明呢，"接着她又说，"我要下楼去冲一杯茶。"她穿着睡衣下楼去了。她真的泡了茶，还让母亲和格特鲁德都喝了茶。但是我没喝，我回了自己的房间，把门关上，锁了起来，然后跪在窗前，像格特鲁德听到格兰特安然无恙的消息时一样。

336.

我想，我终于体会到了信徒看到耶稣复活时的感觉。

1918年10月4日

今天收到了杰姆的信。在六个小时里，那封信被读了不知多少遍，都快变成碎片了。邮局局长把杰姆来信的消息告诉了所有的人，结果大家都来打听情况。

杰姆的腿受了重伤，他被德国人抓住了，成了战俘。由于发高烧，他陷入了昏迷状态，所以根本不知道发生了什么，也不知道自己在哪儿。几个星期后，他才苏醒过来，能够写信了。他确实写了很多信，但是我们都没有收到。在战俘营里，他并没有受到虐待，只是食物很糟糕。除了一点黑面包和煮熟的萝卜，偶尔还有点掺着黑豌豆的汤外，就没有什么可吃的了。而那些日子里，我们却坐在这儿每天享用着丰盛奢侈的一日三餐！他一有空就给我们写信，但是他知道我们没有收到他的信，因为他没有收到回信。等他的身体恢复到差不多时，他就试图逃跑，但是被抓住了，又送了回去。一个月后，他和一位战友又尝试了一次，这次他们成功地逃到了荷兰。

杰姆还不能立刻回到加拿大来，他的情况并没有像他电报上说的那样好，他的伤还没有痊愈，他得去英国的一家医院接受进一步的治疗，但是他说他最终会完全康复的。我们知道他安全了，而且将来有一天会回家来。哦，这让生活中每件事都变了样！

今天，我还收到了吉姆·安德森的来信。他和一个英国姑娘结婚了，获准退役，马上就要带着他的新娘回加拿大

337.

来了。我不知道是该高兴还是该难过。这要看他的新娘是个什么样的女人了，也许她会决定吉姆斯的去向。另外，我还收到了一封有几分神秘色彩的信。这封信是夏洛特敦的一位律师写来的，让我尽快在方便的时候去见他一下，说这事与"已故的马蒂尔达·皮特曼太太"的遗产有关。

几个星期前，我在《企业日报》上曾读到一则有关马蒂尔达·皮特曼太太去世的讣闻，上面说她死于心力衰竭。我猜测这次律师找我可能与吉姆斯有关。

1918年10月5日

今天早上我去了夏洛特敦，与皮特曼太太的律师见了一面。他是一个瘦弱的小个子男人，谈到他已故的委托人时怀着深切的敬意。很显然，他跟罗伯特和阿美莉亚一样，都在她的掌控之下。在皮特曼太太去世前不久，他为她草拟了一份新的遗嘱。她留下了三万美元的遗产，其中大部分都留给了阿美莉亚·查普林，但是她留下其中的五千美元让我为吉姆斯代管。这笔钱生成的利息将以我认为合适的方式用在吉姆斯的教育上，本金将在他二十岁生日那天转交给他。显然，吉姆斯生来就是幸运的。我把他从康诺弗太太的手上解救出来，使他免遭慢性致死的厄运；玛丽·范斯治好了他的喉炎，让他大难不死；当他从火车上摔下来时，又是他的好运救了他，他不仅滚进了蕨草里，还正好滚进了这一笔可观的遗赠里。很显然，就像马蒂尔达·皮特曼太太所说的那样，也像我一直相信的那样，他不是一个普普通通的孩子，他有着非同寻常的未来。

338.

现在，小吉姆斯的教育和未来都有了保障。而且有我做监管人，吉姆·安德森无法挥霍儿子的财富。如果这位英国来的新继母是个好人，那么这个战时婴儿的将来就没有什么值得我焦虑的了。

不知道罗伯特和阿美莉亚会怎么看待这件事情。我猜他们下次出门的时候，一定会把他们家所有的窗户都用钉子钉死！

胜　利!

　　"寒风凛冽，阴沉的一天。"里拉在礼拜天的下午——确切地说是在十月六日的下午说，天寒地冻，他们不得不在客厅里生起了炉火，快乐的火苗竭力驱散屋外的阴郁，"这哪像是十月？更像是十一月，十一月才是个可怕的月份。"

　　索菲娅表姐也在，她又一次原谅了苏珊。马丁·克洛太太也在。礼拜天她通常是不会来拜访的，但这次是为了借苏珊的风湿药，苏珊的药比医生开出的药要便宜得多。"恐怕今年冬天会来得比较早，"索菲娅表姐预言说，"麝鼠开始在池塘边建造巨大的窝棚了，那是个征兆，永远不会错的。我的天啦，那个孩子长得可真快！"索菲娅表姐叹息说，就好像孩子长大是件令人不快的事，"他的父亲什么时候回来？"

　　"下个星期。"里拉说。

　　"嗯，我希望他的继母不要虐待这个可怜的孩子，"索菲娅表姐叹息说，"但是我很担心，我真的很担心。不管怎样，他以后肯定会受到跟这里不一样的待遇。你把这个孩子给宠坏了，里拉。你一直在尽心尽力地伺候他，你总是这样。"

　　里拉笑了，把她的脸颊贴在吉姆斯的鬈发上。她很清楚，这

340.

个性格乖巧又开朗的小吉姆斯并没有被宠坏。但是在她的笑容背后，确实隐藏着焦虑。她也同样放心不下这位新的安德森太太，极其不安地猜测她会是怎样的一个人。

"我不能把吉姆斯交给一个不爱他的女人。"她下定了决心。

"我打赌要下雨了，"索菲娅表姐说，"这个秋天已经下了很多场雨了，这让外来的人很难在这儿安顿下来。我年轻时可不是这样，那时十月里的天气好极了，现在的气候与过去完全不同了。"

在索菲娅表姐阴沉的声音中，清晰地传来了电话铃声。格特鲁德·奥利弗去接了电话。"是的……什么？你说什么？是真的吗？……是官方的消息吗？谢谢……谢谢。"

格特鲁德转过身来，用夸张的表情面对着房间里的人，她的黑眼睛闪闪发光，深色的脸庞因为激动而涨得通红。就在这一刻，太阳穿过了厚厚的云层，把金色的光芒照在了窗外那棵高大的红枫树上。枫树映出的红光透过窗户，照在了格特鲁德的身上，把她包裹在了一团奇异的无形火焰之中。她看上去就像一位女祭祀，在主持某种神秘而隆重的仪式。

"德国和奥地利求和了。"她说。

在接下来的几分钟里，里拉几乎陷入了疯狂。她跳了起来，在房间里跳舞，一边拍手，一边笑着、哭着。

"坐下来，孩子。"克洛太太说。她从来都是处乱不惊，也因此而丧失了生活中的种种烦恼与欢愉。

"噢，"里拉喊道，"在过去的四年中，就在这块地板上，因为绝望和焦急，我不知道来来回回回走了多少个小时。现在，我要怀着喜悦的心情再在这儿走一走。为了这一胜利的时刻，度过那漫长而苦闷的四年也值得。为了能再次体验这一刻，把这四年重新再过一遍也值得。苏珊，我们去升国旗。我们必须打电话，把这个消息告诉给溪谷村里的每一个人。"

"我们现在可以想用多少糖就用多少糖了吗？"吉姆斯急切地问。

那是一个让人终生难忘的下午。当消息传开后，激动的人们在村子里奔走相告，还不断有人拥到壁炉山庄来。梅瑞狄斯一家人都来了，留下来吃了晚饭。每个人都在诉说，但是没有人倾听。索菲娅表姐试图提出不同的看法，说德国和奥地利不可信，这只是一个圈套，但是根本没有人理会她的话。

"这个礼拜天弥补了三月里的那个礼拜天。"苏珊说。

"我不知道当和平真的来临后，"格特鲁德跟里拉隔开一段距离，梦呓般地说，"一切是否会显得平淡、乏味。在经历了四年惊恐、担忧、可怕的失败和惊人的胜利后，平静的生活难道不会显得沉闷、无聊吗？每天不用再在惊恐中等待邮件到来，这会是一种多么奇怪、多么幸福，然而又多么乏味的生活！"

"我想，在接下来的一段日子里，我们还会担心上一段时间，"里拉说，"和平不会立刻到来，也不可能立刻到来，至少还要过好几个星期。在这段时间里，也许还会发生可怕的事情。我的兴奋劲儿已经过了。我们赢得了胜利，但是，哦，我们又付出了多么高昂的代价！"

"为了自由，无论付出多么高昂的代价都是值得的，"格特鲁德温和地说，"你说是吗，里拉？"

"是的，"里拉低声地说，她的脑海里浮现出了在法国某处战场上的一个小小的白色十字架，"是的。只要我们这些活着的

342.

人珍视这来之不易的和平，只要我们能'守信'，一切代价都是值得的。"

"我们会守信的。"格特鲁德说。她突然站了起来，餐桌上顿时安静了下来。在一片寂静中，格特鲁德吟诵了沃尔特那首著名的诗篇《吹魔笛的人》。等她背诵完了，梅瑞狄斯先生站了起来，举起了他的酒杯。

"让我们干杯，"他说，"为那支无声的军队干杯，为那些响应魔笛手召唤已经倒下的孩子们干杯。'为了我们的明天，他们献出了宝贵的今天'。今天的胜利属于他们！"

"海德先生"回"老家"，苏珊度蜜月

    十一月初的时候，小吉姆斯离开了壁炉山庄。里拉饱含热泪看着他离去，但是心中却坦然了。第二任吉姆·安德森太太是一个很善良的小女人，让人一看见她就会禁不住惊叹吉姆的运气实在是太好了。她面色红润，蓝眼睛，身体健康，看上去让人赏心悦目。第一眼看到她，里拉就确信可以把吉姆斯托付给这个女人。

    "我喜欢小孩，小姐。"她真诚地说，"我已经习惯小孩子了，我在英国有六个弟弟妹妹。吉姆斯是个很可爱的孩子。我得说，你能把他抚养得这么健康、这么漂亮，这真是个奇迹。我会好好待他的，就跟我自己的亲生儿子一样，小姐。我也会让吉姆·安德森好好过日子。他是个很灵巧的人，但是做事缺乏恒心，需要有人时时督促他，并帮他把钱看管好。我们在村子边上租了一个小农场，我们会在那里安顿下来。吉姆想要留在英国，但是我说'不行'。我渴望去一个新的国家，而且我一直认为加拿大会很适合我。"

    "你们就住在附近，这太好了。请你允许吉姆斯经常来看望我们，我非常爱他。"

    "我知道你对他的感情很深，小姐，我还从没见过这么可爱的孩子。我和吉姆，我们知道你为他所做的一切，我们不会忘恩负义的。你想他了，他随时都可以来这里。在他的教育问题上，我也希望听从你的建议。说起来，他更像是你的孩子，你有权利管教他。这一点我们可以保证，小姐。"

然后，小吉姆斯走了，带着那个大汤盆，不过这次他不再是躺在里面。紧接着传来了停战的消息，整个圣玛丽溪谷村都陷入了狂欢中。那一夜村里点起了篝火，烧毁了德国皇帝的画像。渔村里的男孩子们点燃了沙丘上的杂草，形成了一条绵延十公里的火龙，场面蔚为壮观。在壁炉山庄，里拉欢笑着跑回了自己的房间。

"现在我要做一件最不淑女、也不可原谅的事情，"里拉把她那顶绿色的天鹅绒帽子从帽盒里抽出来，"我要在房间里踩这顶帽子，直到把它踩变形、踩瘪、踩烂为止。只要我活着，我就再也不会戴这种绿色的帽子了。"

"你真了不起，勇敢地一直坚守了你的誓言。"奥利弗小姐笑着说。

"不是勇敢，是十足的固执。我为自己的倔强感到愧疚，"里拉一边开心地踩着帽子，一边说，"我想要和母亲赌气，向母亲证明我能做到。这种举动真是太不孝，太卑鄙了！但是我已经赢了。我也向自己证明了我还有一些优点！哦，奥利弗小姐，一时之间，我感到自己又变小了好多，又变得年轻、轻浮而又愚蠢了。我曾经说过十一月是个丑陋的月份吗？为什么它现在成了一年之中最为美好的月份？听，彩虹幽谷里的风铃声！我还从没这样清晰地听到过铃声。它们为和平，为新的欢乐，也为我们能重新拥有珍贵、甜蜜、理智而又舒适的东西而欢唱。奥利弗小姐，现在我的神智还不清醒，我也不想假装我很清醒。今天，整个世界都发疯了。很快我们就会清醒过来，会'守信'，会开始着手开创我们的新世界。但是今天就让我们狂欢吧。"

苏珊从屋外的阳光里走了进来，看起来非常开心。

"'海德先生'走了。"她宣布说。

"走了！你的意思是说它死了吗，苏珊？"

"不是，亲爱的医生太太，那个畜生没死。但是你再也见不到它了。我敢肯定。"

"别这么神秘，苏珊。它到底怎么了？"

"嗯，亲爱的医生太太，今天下午它坐在外面屋后的台阶上。就在签署停战协议①的消息传来后，它就变成了'海德先生'。我向你保证，它看上去就是一头凶神恶煞的野兽。就在那时，亲爱的医生太太，布鲁斯·梅瑞狄斯踩着高跷从厨房的拐角绕了过来。最近他一直在学踩高跷，他来给我展示他的成果。'海德先生'看了他一眼，纵身一跳，跳过了后院的围墙。然后它耳朵往后紧贴着，一路狂奔，穿过了枫树林。我从来没有见过有动物被吓得魂飞魄散的样儿。到现在它也没回来。"

"哦，它会回来的，苏珊。可能这次它真的是被吓坏了。"

"等着瞧吧，亲爱的医生太太，等着瞧。别忘了，停战协议已经签署了。这让我想起了'月球大胡子'，他昨天晚上中风了，瘫痪了。我不敢说这是上帝对他的惩罚，因为我不知道上帝的旨意，但是我们不妨这样猜测。在圣玛丽溪谷村不会再听到有关'月球大胡子'和'海德先生'的事了，亲爱的医生太太，你别不信。"

---

① 1918年11月11日，《贡比涅森林停战协定》签订，德国投降。历时四年零三个月的第一次世界大战以协约国的胜利告终。

"海德先生"的确失踪了。大家认为短暂的恐惧不可能使它永远地离开壁炉山庄，一定是某种可怕的命运降临到了它的身上。它可能被误杀了，也可能被毒死了——但是苏珊不这样想，她坚持认为，它只是"去了它该去的地方"。里拉为它哀悼，她很喜欢这只仪表堂堂的金色猫咪，不管它是古怪的"海德先生"，还是温顺的"杰基尔博士"，她都一样喜欢它。

　　"好了，亲爱的医生太太，"苏珊说，"我已经完成了房屋的秋季大扫除，花园里种植出来的蔬菜也都储藏到了地窖里。现在，为了庆祝和平，我要去度我的蜜月了。"

　　"蜜月，苏珊？"

　　"是的，亲爱的医生太太，蜜月。"苏珊坚定地重复了一遍，"也许我永远都找不到一个丈夫，但是我不想剥夺应该享有的一切，我想要度一个蜜月。我要去夏洛特敦拜访我的哥哥和他的家人。他的妻子已经病了一个秋天了，但是没有人知道她能否挺过来。她总是让人捉摸不透，她从来不告诉别人她的想法，做事也从来不预先打招呼。就因为这个毛病，我们家的人都不喜欢她。但是为了安全起见，我觉得我还是应该去看看她。都过去二十年了，我在镇上待的时间还不足一天。我也有可能会去看一场电影。大家都在谈论电影，我可不想落伍。但是它们不会让我着迷的，亲爱的医生太太。如果你允许的话，我想离开两个星期。"

　　"你是该好好休个假了，苏珊。最好是一个月，那才是蜜月。"

　　"不用，亲爱的医生太太，我只要两个星期。另外，我必须在圣诞节前三个星期赶回来，为圣诞做准备。今年，我们要过一个像模像样的圣诞节，亲爱的医生太太。你觉得我们的孩子能赶回来过圣诞节吗？"

"不，我想这不可能。杰姆和雪莱写信来说他们预计要到明年春天才能回来，雪莱也许要拖延到夏天。但是卡尔·梅瑞狄斯应该能在圣诞节前回来，还有楠和黛也会在家里，我们要好好庆祝一番。我们要为每个人留出个座位来，苏珊，就像过第一个战时圣诞节那样。是的，要为所有的人留出座位，特别是那个将会永远空着座位的亲爱的小伙子，苏珊。"

"我怎么会忘记他的位置，亲爱的医生太太。"苏珊抹着眼泪说。然后苏珊就去收拾行李，准备去度"蜜月"了。

"里拉–我的–里拉！"

　　卡尔·梅瑞狄斯和米勒·道格拉斯在圣诞节前赶了回来。圣玛丽溪谷村的人们在车站热烈地迎接他们归来。有从罗布里奇借来的铜管乐队助兴，还有热情洋溢的演讲。尽管米勒装上了假肢，但却表现得轻松活泼、神采奕奕。他已经变成了一个仪表堂堂的魁梧男人。他胸前佩戴的英勇勋章抬高了他的身价，以至于科尼莉娅小姐不再计较他的出身，默许了他和玛丽的婚事。玛丽也平添了几分神气，尤其是在卡特·弗拉格邀请米勒到他店里担任店员的主管时，她更是大肆炫耀。在这个喜庆的日子里，没有人去计较她的卖弄。

　　"我们现在肯定不会干农活了，"玛丽对里拉说，"但米勒认为他会重新习惯这种安宁的生活，他会喜欢管理商店的，而且比起老凯蒂来说，卡特·弗拉格会是个容易相处的老板。我们会在这个秋天举行婚礼，我们住在老米德的房子里，他的房子有着凸窗和漂亮屋顶。我一直都认为那是溪谷村最漂亮的房子，但是我从来没有想过会住在那里。当然，我们现在只是租住。如果一切顺利，卡特·弗拉格会让米勒成为他的合伙人，有朝一日我们就能拥有这幢房子。瞧瞧，我已经成了公众人物了，不是吗？再

349.

想想我的出身，我做梦也想不到我会成为商店主管的妻子。米勒非常有抱负，作为他的妻子，我会全力支持他的。他说法国姑娘根本不值一提，还说他的心完全忠实于我。"

杰瑞·梅瑞狄斯和乔·米尔格里夫在一月份回到了溪谷村。整个冬天，住在溪谷村和附近地区的小伙子们三三两两回到了家乡。他们都变了，不再是当年离开的男孩子——那些没有受伤的幸运儿也不例外。

春天到了，壁炉山庄的草坪上的黄水仙迎风绽放，彩虹幽谷的小溪边弥散着紫色和白色的紫罗兰花香气，一列下午到达的普通旅客列车懒洋洋地驶进了溪谷村车站。村里的居民很少乘坐那列火车，所以除了新来的站长和一条黄黑色的狗外，再也没人在那儿迎接。在四年半的时间里，这条狗迎接了每一趟喷着气驶进圣玛丽溪谷村的火车。"星期一"已经苦等了几千趟火车了，但是它等着、盼着的那个小伙子却迟迟不归。但是，"星期一"从来没有放弃希望，仍然无怨无悔地守望着。也许它的心里也曾失望过。它渐渐老了，还患上了风湿病。现在，在每列火车开走后，它都会走回自己的狗窝，它的步伐越发冷静了。它不再小跑了，而是垂着头，耷拉着尾巴，慢慢地往回走，它的尾巴也不再像过去那样欢快地立起来了。

一位乘客走下了火车，这是一位高大的小伙子，穿着褪了色的陆军中尉军服，他走路时有些跛，不过不留神的话根本察觉不出来。他有着一张古铜色的脸，垂在前额上微红的鬈发里夹杂着几根银发。新站长担忧地看着这位乘客，他已经看惯了身穿军装的身影走下火车的场景了。一些人会受到亲人的簇拥和欢呼，而另外一些人没有提前通知回家的日期，他们会静静地走下站台，就像这个中尉一样。但是这个人的举止风度与众不同，一下子就吸引住了他，他好奇地猜测着他是谁。

一道黑黄相间的影子从站长身旁一闪而过。谁说"星期一"不灵活了？谁说"星期一"患上风湿了？谁说"星期一"老了？这全是胡说。"星期一"还是一条年轻的小狗，因为狂喜而重新焕发了生机。

它扑到了这个高个子军官的身上，它的叫声因为兴奋而颤抖着。它又跳到地上，欢快地打着滚，表达几近疯狂的欢迎。它又跳起来，想要爬上他的腿，它滑了下来，欣喜若狂地弓着身子，使劲地舔着他的靴子，似乎整个身子就要被巨大的喜悦给扯碎了。等中尉终于把这个小家伙抱起来时，它趴在他的肩膀上，亲昵地舔着他黝黑的脖子，发出了一种介于号叫和呜咽之间的奇怪叫声。这个中尉嘴上带着笑，眼里满是泪花。

站长听说过有关"星期一"的故事。他现在知道这位返乡的军官是谁了。"星期一"漫长的值守结束了。杰姆·布里兹回家了。

一个星期后，里拉在她的日记中写道：

　　我们每个人都又喜悦，又难过，充满了感激之情。我认为苏珊还没有从杰姆回来的震惊中恢复过来，也许永远也无法恢复过来了。就在那天，在那个具有特殊意义的一天，苏珊准备了一顿"异常丰盛"的晚餐。我永远无法忘记她当时的模样，她眼泪汪汪，从储藏室跑到地窖，四处寻找收藏起来的好吃的东西，好像大家很在乎餐桌上有什么食物。其实，我们根本吃不下，看着杰姆就觉得心满意足了。母亲不敢把她的眼睛从他身上挪开，唯恐一转眼，他就会从她的眼前消失。杰姆和"星期一"能回来真是太好了。"星期一"一刻也不愿和杰姆再分开。它睡在他的床边，吃饭时就蹲在他旁边。而且礼拜天时它还和他一起去做礼拜，坚持要和我们坐在一起，然后趴在杰姆的脚边睡着了。在布道进行到一半时，它突然醒了过来，想再一次表达对杰姆的欢迎之情。它跳了起来，兴奋地叫着。直到杰姆把它抱起来，它才安静下来。但是大家似乎都不介意。布道结束后，梅瑞狄斯走上前来拍着"星期一"的脑袋说：

"无论以何种形式表现出来，信念、挚爱和忠诚都是珍贵的美德。这条小狗的爱是珍宝，杰姆。"

一天晚上，当我和杰姆在彩虹幽谷里聊天时，我问他在前线时有没有害怕过。

杰姆大笑起来：

"害怕！我经常感到害怕，而且怕得要死。过去我还嘲笑沃尔特胆小。可是你知道吗，沃尔特去前线后从来没害怕过。他并不怕残酷的现实，他只是害怕他想象中的场景。他的上校告诉我说，沃尔特是他们军营里最勇敢的人。里拉，我在回家后才知道沃尔特牺牲的消息。你不知道我有多么想念他。在某种程度上，你们大伙已经习惯了这个事实，但是对我来说，这是一个沉重的打击。我和沃尔特一起长大——我们既是兄弟也是好朋友，现在在这儿，在这个我们还是孩子时就深爱着的幽谷里，我发现自己孑然一身，再也见不到他了。"

今年秋天，杰姆要去上大学，杰瑞和卡尔也会去上学。

我猜雪莱也会去上学的，他大概七月份回来。楠和黛会继续教书。菲斯要等到九月份才回来，我想她大概也会去教书，因为她要等到杰姆修完医学课程才能和他结婚。尤娜·梅瑞狄斯已经下定决心，她打算去金斯波特学习有关家政学的课程。而格特鲁德就要和她的少校结婚了，她为此很兴奋，按她自己的说法是，"幸福得不知道害臊了"。但是我认为她的表现很优雅。他们都谈到了各自的计划和目标，与战前相比，现在他们变得更冷静、更务实了。尽管他们失去了四年的光阴，但是他们并没有失去抱负，也没有丧失追求梦想的决心。

"我们身处一个全新的世界，"杰姆说，"我们必须让这个时代更加美好，这一点我们现在还没有做到，不过有些人想当然地认为已经做到了。我们的使命还没有结束——事实上才刚刚开始。旧的世界已经被摧毁，我们必须建立起一个新的世界，这是长期的任务，需要花上多年的时间。我已经看够了战争的丑恶，所以我明白了一个道理：我们得建立一个新世界，来阻止战争再次发生。我们已经给了普鲁士主义以致命的一击，但是它并没有完全消亡，而且这种邪恶的主义也不仅仅出现在德国。光是赶走旧的观念还不够，我们还得创建一种新的观念。"

我把杰姆的话记在了我的日记里，以便我能时不时地拿出来仔细读读。在我感到无法"守信"时，读一读它，我也能从中获得勇气。

里拉轻轻地叹了一口气，合上了日记本。她现在就感到"守信"并不容易。其他的人似乎都有了自己的目标或抱负，他们都要去重新开始自己新的生活，但是她没有目标。她很孤独，非常孤独。杰姆已经回来了，但是他已经不再是那个1914年离家时爱笑的男孩子了，而且他的心属于菲斯。沃尔特再也不会回来了，连小吉姆斯也不在身边了。突然之间，她的世界变得又大又空，是的，又大又空。但是确切地说，这种感觉似乎是从昨天的某一时刻开始的。昨天她读了一份蒙特利尔的报纸，上面有一份两个星期前回国士兵的名单，其中有肯尼斯·福德上尉的名字。

肯尼斯已经回来了，但是他没有给里拉写信，没有告诉她回家的消息。他回加拿大已经两个星期了，却没有只言片语。他当然是忘记了里拉，其实也没有什么值得他记住的东西，只不过是一次握手，一个吻，一个眼神以及一时冲动之下要求她许下的诺言。这些都是那么可笑。她是一个愚蠢的、满脑子浪漫、毫无经验的傻瓜。嗯，好吧，那么将来她会变得更聪明一点，要非常聪明，非常谨慎，要警惕男人和他们耍的花招。

"我想我最好和尤娜一起去学家政学。"里拉站在窗边，俯瞰着彩虹幽谷时，心里这样想道。在彩虹幽谷里，刚生长出来的翠绿色藤蔓无比娇嫩，此时正沐浴在夕阳美妙的淡紫色余晖下。家政学听起来并不诱人，但是，当一个新世界正等着人们去建设时，一个姑娘也必须做点儿什么。

门铃响了，里拉极不情愿地向楼梯走去。她必须去开门，因为其他人都不在家，但是她不喜欢这时有来访者。她慢腾腾地走下楼梯，打开了大门。

一个身穿军装的人站在台阶上，有着高大的身影，黑色的眼睛和头发，一道细细的伤疤划过他褐色的面颊。里拉愣愣地盯着他看了一会儿。这是谁？

　　她应该知道他是谁。在他身上，有某种她很熟悉的东西。

　　"里拉–我的–里拉！"他说。

　　"肯！"里拉惊叫起来。当然，这是肯尼斯了，但是他看上去老了很多，他的变化太大了——那道伤疤，眼睛和嘴唇周围的皱纹——她头晕眼花，思绪一片混乱。

　　里拉颤抖着伸出手，肯尼斯一把攥住，深情地凝望着她。四年前的那个苗条的里拉已经变得身材丰满。一个少女变成了女人，一个有着迷人的双眸和带凹陷的嘴唇的女人，一个玫瑰般娇艳欲滴的女人，一个美丽动人的女人，一个他心仪的女人。

　　"是里拉–我的–里拉吗？"他意味深长地问。

　　里拉从头到脚都在颤抖。喜悦、幸福、悲伤、恐惧，过去漫长四年所积攒下来的种种情感，在这一瞬间，全都涌上心头，在汹涌澎湃、起伏跌宕。她想要说话，却发不出声来。终于，她开口了。

　　"系（是）的。"里拉说。